新 潮 文 庫

ソロモンの偽証

第Ⅲ部 法廷

下　　　巻

宮部みゆき著

新 潮 社 版

10076

ソロモンの偽証　登場人物相関図

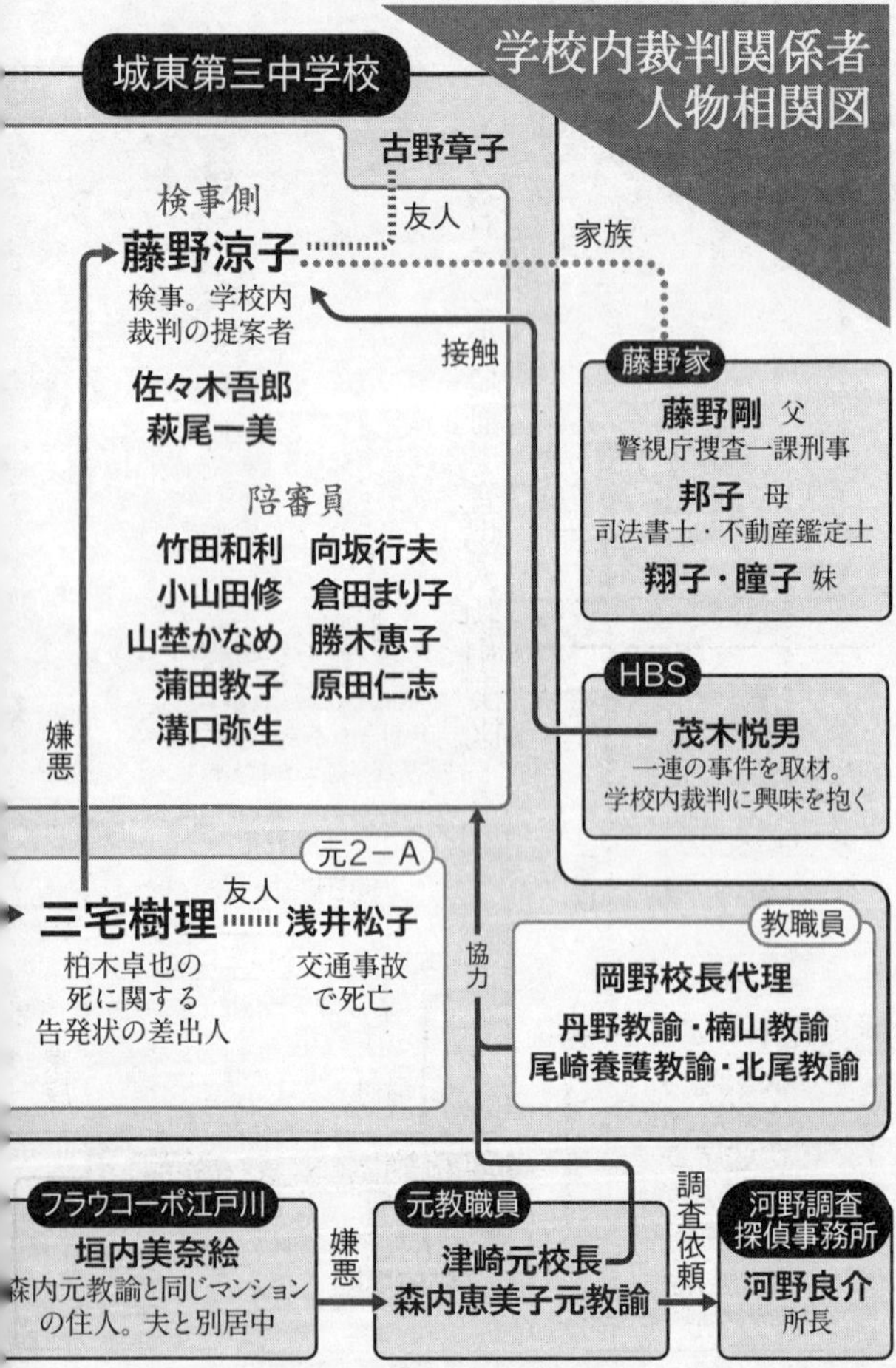
学校内裁判関係者
人物相関図
城東第三中学校
古野章子
友人
検事側
藤野涼子
検事。学校内
裁判の提案者
佐々木吾郎
萩尾一美
陪審員
竹田和利
向坂行夫
小山田修
倉田まり子
山埜かなめ
勝木恵子
蒲田教子
原田仁志
溝口弥生
家族
藤野家
藤野剛 父
警視庁捜査一課刑事
邦子 母
司法書士・不動産鑑定士
翔子・瞳子 妹
接触
HBS
茂木悦男
一連の事件を取材。
学校内裁判に興味を抱く
嫌悪
元2−A
三宅樹理
柏木卓也の
死に関する
告発状の差出人
友人
浅井松子
交通事故
で死亡
協力
教職員
岡野校長代理
丹野教諭・楠山教諭
尾崎養護教諭・北尾教諭
フラウコーポ江戸川
垣内美奈絵
森内元教諭と同じマンション
の住人。夫と別居中
嫌悪
元教職員
津崎元校長
森内恵美子元教諭
調査依頼
河野調査
探偵事務所
河野良介
所長

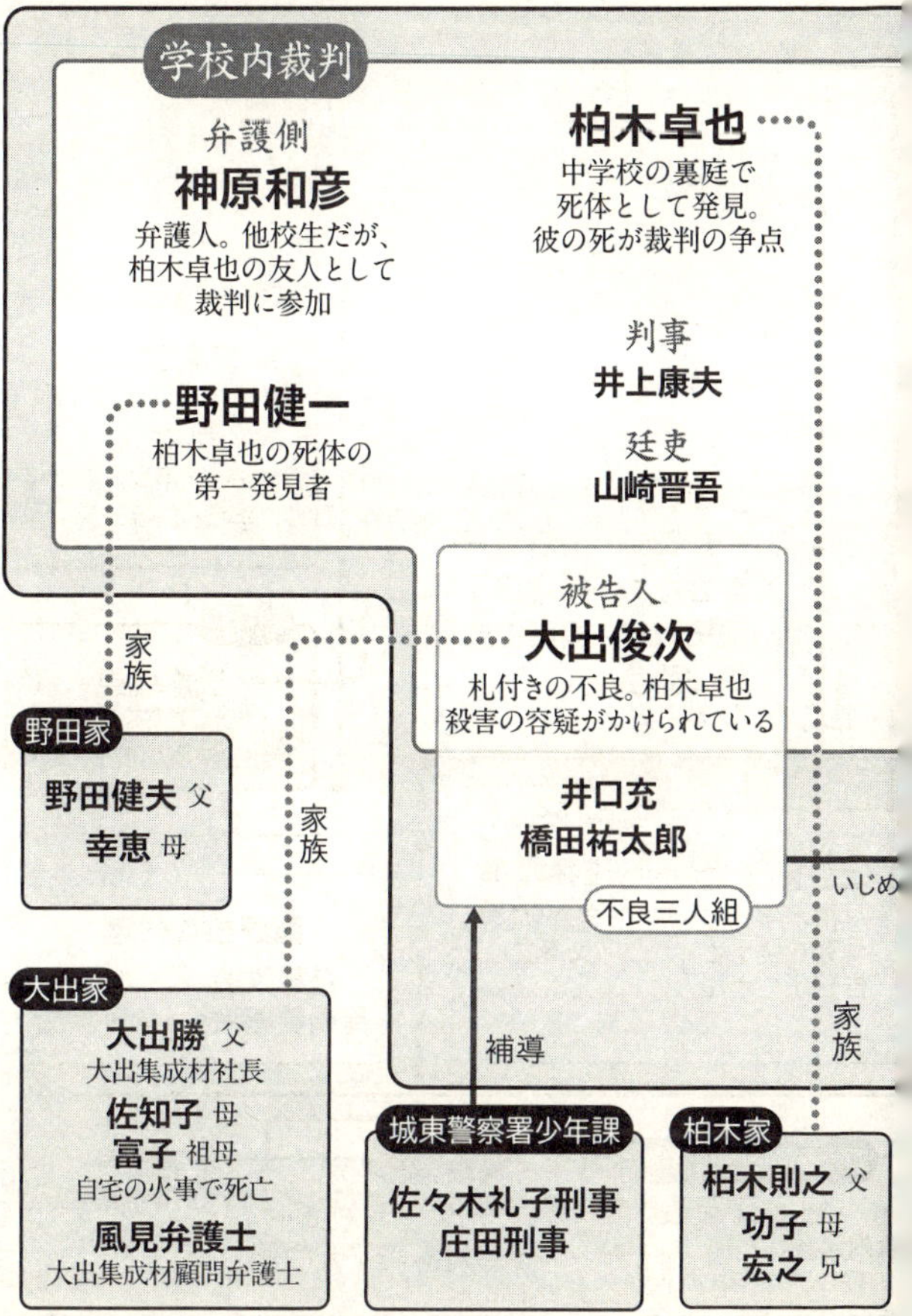
学校内裁判
弁護側
神原和彦
弁護人。他校生だが、柏木卓也の友人として裁判に参加
柏木卓也
中学校の裏庭で死体として発見。彼の死が裁判の争点
判事
井上康夫
廷吏
山崎晋吾
野田健一
柏木卓也の死体の第一発見者
被告人
大出俊次
札付きの不良。柏木卓也殺害の容疑がかけられている
井口充
橋田祐太郎
不良三人組
いじめ
家族
家族
家族
補導
野田家
野田健夫 父
幸恵 母
大出家
大出勝 父
大出集成材社長
佐知子 母
富子 祖母
自宅の火事で死亡
風見弁護士
大出集成材顧問弁護士
城東警察署少年課
佐々木礼子刑事
庄田刑事
柏木家
柏木則之 父
功子 母
宏之 兄

ソロモンの偽証

第Ⅲ部　下巻

〈承　前〉

傍聴人たちがいたなら騒然とするところだろうが、陪審員たちは逆に、全員が息をひそめて静まりかえった。

藤野涼子に表情はなかった。一様に驚いている二人の事務官を隣に、ただしんとして座っている。

「それはいつのことですか」と、弁護人が訊いた。

「十二月のアタマ、最初の土曜日か日曜日だったと思うけど」

「どこで柏木君に会って話したんですか」

「わざとじゃねえ」

急に弁解口調になり、橋田証人は頭を搔いた。腕が長い。手も大きい。久々に、彼が竹田陪審員長と肩を並べるほどのっぽであることを、まり子は実感した。

「夜、店の氷が切れちゃって、おふくろに言われてコンビニに買いに行ったんだ。そしたらそこに柏木がいた」

「どこのコンビニで、何時ごろでしたか」

「うちから二、三軒先のセブンイレブン。十二時近かった。だからビックリしたんだ」

「柏木君は何をしていましたか」

「雑誌を立ち読みしてた」

「すぐ君に気がつきましたか」

証人はうなずいた。

「気づいて、どんな顔をしました？」

「にやっとした」

「薄笑いをした？」

「そう」

「愛想笑い？」

「そんなんじゃなくて、俺がすごくビビってたから、面白かったんだと思う」

「橋田君はビビっていた。ずっと気になっていた柏木君とばったり出会って」

「うん」うなずいて、橋田証人は口元を歪めた。「けど、俺はムカついて」

「君は驚いてビビっているのに、柏木君に笑いかけられたから、ムカッとした？」

「そうだよ」

「で、どうしました」

「最初はシカトするつもりだったけど、氷を買って出ていこうとしたら、あいつがこっち見てたから」

「やっぱり薄笑いをして？」

「だから寄ってって、話しかけた」

「何と言いましたか」

「何やってんだよとか、そんなこと」

「柏木君は何と答えましたか」

ちょっと間が空いた。

「お使い？　って」

弁護人が小首をかしげた。「君がコンビニに買い物に来たのは、お使いに来たのかという意味の質問ですね？」

「だと思う」

「気さくな訊き方ですね」

「俺はムカついた。バカにされてる気がしたから」

だから――と、声が低くなった。

「夜中にコンビニなんかうろついてると補導されるぞって、柏木に言ってやった」

「柏木君の反応はどうでしたか」

「やっぱりニヤニヤしてた」

「こそこそした様子ではなかった？」

「ぜんぜん」

「柏木君の服装を覚えていますか」

「ジャージ」

「つまり普段着ですね」

「そう」

「不登校になって以来、柏木君は生活のペースが乱れて、昼夜逆転することも珍しくなかった、夜通し起きていて、ときには夜中に外出することもあったようだと、彼のご両親が話しています」

弁護人は判事と陪審員たちに説明し、再び証人に訊いた。「それから、どんなやりとりをしましたか」

「俺は、ずっと気になってたから、おまえ何で学校に来ないんだって訊いたんだ」

素直に訊ねたのだ。

「柏木君は答えましたか？」

「心配しなくても、橋田君たちには関係ないって言った」

「君の気持ちを見抜いてたんですね」

証人は答えず、また口元をへの字にした。

「おまえなんかワルぶるのは似合ってないんだから、やめとけって言ったんだけど」

「柏木君には、不良を気取って学校をサボるのは似合ってないと言ってあげたんですね。それから？」

「あいつは、サボってるんじゃないけど、もう学校には行かないって言ったよ」

「そのとき、まわりにはほかに誰かいましたか」

「レジに店長がいただけだった」

「君と柏木君の二人だけで、コンビニの雑誌コーナーで立ち話をしていたわけですね」

「そう」

「大きな声を出しましたか」

証人はかぶりを振り、目を上げて弁護人を見た。「あそこの店長は、俺のこと知ってるんだ」

「君はお店の手伝いでお使いに行くから、店長と顔見知りだったんですね」

「近所だし。だから俺は、遅い時間に行っても何でもないけど、柏木は違うから。ちっこいから小学生みたいに見えるし」

「ぐずぐずしていると注意されるかもしれないと思った？」

「うん。だから柏木をひっぱって、一緒に店から出たんだ」

まり子は感心した。橋田君って、そういうところがあったんだ。

「柏木君は素直に従いましたか」

「うん」

「抵抗しなかった？」

「前にも夜中にここに来たけど、何も言われなかったって。コンビニなんてそんなもんなのにって笑ってた」

「それからどうしたんですか」

「うちの店の前まで戻って、ちょこっとだけ話した」

「どんな話を？」

橋田祐太郎の尖った喉仏が、ごくりと上下に動いた。「俺はしゃべるの下手だから」

「大丈夫ですよ。これまでのところ、橋田君の証言はとてもわかりやすいです」

証人が怪しむような眼差しを陪審員たちの列に向けてきたので、まり子は彼にうなずいてみせた。証人の目をとらえることはできなかったけれど、動きは伝わったはずだ。

「俺は、ホントに、柏木がヤバいと思ってたから」

「人を殺すとか傷つけるとか、そのような事を引き起こしそうな予感がしたと」

「だからおまえヤバいって」

「はっきり、本人に言ったんですね？」

証人はうなずいた。

「柏木君の反応は？　またニヤニヤしましたか」

「驚いてた」

「驚いた？」

「橋田君には、僕が本気だったってわかるんだねって」

「理科準備室でのやりとりについて、あれはふざけていたんじゃない、本気で真面目に訊いたのだと」

「そう」

「実際、柏木君は真面目に見えましたか」

「そンときはニヤニヤしてなかった」

弁護人はうなずいて、目顔だけで先を促した。橋田祐太郎の額に汗が浮かんでいる。

「マジで誰か殺そうとか思ってるなら、やめとけって言ってやった。おまえには無理だって。俺らだってそんなことしねえ」

「すると柏木君は？」

「自分にはできないって言った。だから俺らに頼もうと思ったんだって。だから俺」

早口になり、口の端に唾が溜まってきたのを、証人は手の甲でぐいと拭った。

「いったい誰を殺したいんだって訊いたんだ。先公か、親かって」

銀縁眼鏡の向こうで、判事の目が糸のように細くなっている。対照的に、藤野検事はまばたきもしない。

「誰のこと、そんなにムカついてんだって訊いたら、そういうのじゃないってあいつは言った。ただ、誰か近くにいる人間に死んでほしいんだって」

弁護人の目も訝(いぶか)るように細くなった。「どういう意味なんでしょうか」

「誰か近くにいる人間が死ぬと、死ぬってことがどんなことか、よくわかるから。そうでないとわからないからって柏木は言ってた」

額の汗を拭い、証人はぶるんとひとつ身震いした。

「俺はマジでこいつアタマおかしいって思った。大真面目に、なんかテストの話とかしてるみたいに、誰か死んでくれればいいなんて、アタマがおかしくなくっちゃ考えねえ」

「君は怖(おそ)ろしかったんですね。君が怖ろしいと感じていることが、その場で柏木君に伝わったと思いますか？」

ためらわずに、証人は大きくうなずいた。

「あいつ、心配しなくても、もう橋田君たちを巻き込んだりしないからって言ったよ」

竹田陪審員長が音をたてて深く息を吐くと、

「橋田おまえ、何で早く言わなかったんだよ。俺らに言えばよかったじゃねえか」

たまりかねたように発言した。途端に、判事が鋭く制止した。

「陪審員長、静粛に」

竹田陪審員長は、抗議するように判事を見返して、肩を落とした。証人席の橋田祐太郎は、そのふるまいから隠れようとするかのように身を縮めていた。

短いあいだだったけど、この二人は部活仲間だったのだ。まり子は、のっぽのバスケット部のエースの横顔に深い傷心の色を見つけて、胸が痛んだ。

「それから？　話はどうなりました？」

身を縮めたまま、証人は答えた。「それだけだよ。俺、おまえは変だって言って、うちに入ったから」

「柏木君をその場に残して？」

「そう」

「逃げたわけですね」

「そう、だな。うん」

「逃げ出したくなるほど、そのときの君は怖ろしかった」

「柏木は普通じゃねえって思ったから」

「このことを誰かに話しましたか？」

「話してないよ。だからその、おまえらと話すまでは」

「お母さんにも、柏木君の担任の森内先生にも、大出君にも井口君にも黙っていた？」

証人はうなずいた。

「なぜ話さなかったんですか」

返事なし。

「信じてもらえないと思った？」

「ていうか、俺も何か、信じられないような気がしたし」

「柏木君のものの考え方、柏木君の言葉、すべてが信じられないような気がした？」

「そう」

「放っておこう、関わらない方がいいと思ったわけですか」

「俺には何にもできねえし」

「その後、柏木君に会いましたか？」

「会わなかった」

「彼から電話などがあったことは？」

「あるわけねえよ」

「君から働きかけたことはありますか」

黙って、証人はかぶりを振った。

「ありがとうございました。判事、このセブンイレブンには僕たちも問い合わせてみましたが、残念ながら、防犯カメラのテープは使い回ししているそうで、昨年十二月初旬の録画は残っていませんでした。ただ、はっきりと日時を特定することはできませんでしたが、昨年末、橋田君が深夜に氷を買いに来て、同級生らしい小柄な少年と店内で顔を合わせたことがあると、店長は覚えていました。その供述調書を作成してありますので、弁護側の証拠として提出します」

「受理します」と、判事は即決した。検事側の意見を尋ねようとはしなかったし、何故か藤野検事も異議を唱えなかった。

「反対尋問はあるか？」

判事に問われて、ようやく藤野涼子の表情が動いた。証人席の橋田祐太郎は、見るからに怯えてすくみ上がった。

ゆっくり立ち上がると、両手を机について、藤野検事は証人に向き合った。

「橋田君」

証人は無言でくちびるを嚙み、下を向いた。

「おしゃべりになりましたね」

と言って、検事はぎこちなく微笑んだ。

「人が違ったみたいです。短い時間で練習しなくちゃならなくて、大変だったんじゃありませんか」

藤野は何を言っているのだと、助けを求めて証人が弁護人を盗み見た。神原弁護人は口元だけで、ちょっと微笑を返した。

「この証言をきちんと行うために、神原弁護人と野田君を相手にお稽古しましたかと訊いているんですけど」

笑みを広げて、検事は重ねて訊いた。証人は答えない。

「反対尋問はこれだけです。橋田君、この裁判に出てくれてありがとうございました」

ぺこりと一礼して、藤野涼子は着席した。橋田祐太郎は証人席で固まったまま動かない。

「俺は――」

うつむいたままの証人の呟きに、弁護人が軽く目を瞠った。野田健一があわてる。

が、判事が身を乗り出した。

「証人、何か言いたいことがあるんですか」

橋田祐太郎はうなずいた。

「わかりました。判事の裁定で発言を許可します」

言葉が難しくて意味がわからないのか、証人はへどもどしている。言いたいことを言っていいんだよと、弁護人が優しく説明した。

そうやってあらたまると、かえって言葉に詰まってしまうのだろう。もじもじする橋田祐太郎の気持ちが、まり子にはよくわかった。

「自分の、考えてることとか」

目を泳がせながら、彼は呟いた。

「ちゃんとしゃべらないといけないって」

無口で何を考えているかわからない橋田祐太郎の、自発的な発言だ。

「そう思ったから」

短く言い切って、彼は立ち上がった。下を向いたまま席を離れ、教室の後ろの扉へと向かう背中に、竹田陪審員長が声を殺し、口の動きだけで呼びかけたのを、まり子は見た。

——バカヤロウ。

ホントだね。

「今後の証人尋問の進め方について相談したいんですが」

橋田祐太郎が去った法廷で、弁護人が口を切った。「こちらは、今朝提出したリストにある通り、あと一人の証人を召喚して、それから被告人の本人尋問を行いたいと思っているんですが」

検事が割り込んだ。「このリストにある〝今野努（こんのつとむ）〟という人はどこの誰ですか？　名前しか書いてないんですけど」

「すみません。今の段階では名前しか明かせないんです。実を言うと、その人が来てくれるかどうかも、その場にならないとはっきりしなくって」

「どういうこと？」

藤野検事はあからさまに気分を害している。ちょっとビクついているようにも見えるのは、まり子の考えすぎか。

「どうもこうも先方からの要請なので、すみませんと言うしかないです。で、この証人がですね判事」

検事の剣突（けんつく）を脇（わき）に置いて、弁護人は判事に言った。「今日はどうしても都合がつきません。それと被告人も、非公開の法廷ではなく、傍聴人のいる場で本人尋問を行ってほしいと強く希望していますので、こちらも明日以降にしていただきたいんです」

陪審員たちが驚き、勝木恵子にいたっては声をあげた。「バカじゃないの！　あんたたち、シュンジをさらし者にする気？」

「陪審員、静かに」

「だって！」

「静かにしないと追い出すぞ。いや、それ以上だ。罷免するぞ勝木」

「陪審員をクビにするって意味だよ」

よせばいいのに原田仁志が説明し、案の定、恵子がカッとなった。

「またあたしをクビにするって？　できるもんならしてみなさいよ！」

「勝木さん」

女子の声のコーラスだ。歌わなかったのはまり子だけだった。かなめ、教子、弥生の三人の声だ。

「自分の立場をわきまえなさいよ」

女子陪審員たちのリーダー的貫禄を見せて、蒲田教子がきっぱりと言い聞かせた。

「わがまま勝手はいい加減にして。あたしたちはチームなんだから、勝木さんがクビになるときは、あたしたちも解散するのよ。それじゃ、あなたの大事な大出君のためにもならないの。わかった？」

恵子は目を吊り上げて、でもけっこうひるんでいる。

「わかった？」

教子は声を張り上げて追い打ちをかけた。

「——わかったわよ」

「だそうです、判事。すみません」

陪審員長が締めて、みんなが笑った。藤野涼子と、威厳を保たねばならない井上判事だけを除いた全員が。

「それで、え〜と何だっけ」

神原弁護人も調子が狂っている。

「検事側の証人リストでも、今日は三宅樹理さん一人だけの予定ですよね？　だから」

検事がまた割り込んだ。「わたしたちは、さっきの判事の裁定を受けて、四中の増井望君を召喚したいと思います」

「それはごもっともですけど、呼んですぐ来てもらえますか？」

弁護人の問いに、涼子はちょっと詰まった。

「それは――」

「だったら明日に回して、今日はいったんここで休廷にしませんか。陪審員のみんなにも、今日の証言と供述調書をゆっくり検討する時間が必要だと思いますし」

教室の時計は午後二時半を指している。確かにいつもより早いが、今日は大事なやりとりが多くて、大変だった。まり子は頭が混乱しかけている。裁判も三日目で、緊張と疲労が溜（たま）っているのだろう。

「そうだな。ここでひと区切りにするか」

判事も急に緊張が解けたようになった。そのとき、前の扉にノックの音がして、ヤマシンが顔を覗（のぞ）かせた。

「失礼します」

堅物ぶりを発揮して、九〇度の礼をする。

「休廷、もしくは本日の審理が終了したところで、学校内裁判の皆さんに少しだけ時間をいただきたいと、津崎（つざき）先生から申し入れをいただいています。岡野（おかの）校長代理も同席されるそうです」

みんながざわついた。判事が脱ぎかけたローブと一緒に職責を身にまとい直して、

「何事だ？」と問い返した。

「自分は詳細を知りません。判事の許可をいただければ、すぐ校長室にお知らせします」

「わかった。許可します」

また一礼して、ヤマシンは走って消えた。

「山崎ってさ」と、原田仁志が言った。「楠山先生とタイマン張って勝ったことがあるって噂、ホントか？」

「本当よ。あたしたちの無敵の廷吏よ」

教子がそう返し、それ以上の無駄なおしゃべりが発生する前に、風のような早さで岡野校長代理が到着した。長身で、歳の割にはスマートな校長のすぐ後ろには、丸まっちい豆ダヌキ、津崎元校長がくっついていた。

かつては立場が逆だった二人の先生だ。今も、岡野校長代理に遠慮するように小さくなっている豆ダヌキを、まり子はまっすぐ見ることができなかった。

「皆さんの課外活動は順調に進んでいるようですね」

岡野校長代理は口を切った。しかし私はけっしてこの〈課外活動〉に賛成していな

い——と、怒った肩が正直に告げている。

「私としても、皆さんの邪魔をしたくないのですが、ひとつ問題が発生したもので。津崎先生、どうぞ」

この〈問題〉とやらは私のマターではなく、津崎先生が持ち込んできたものだと、露骨に態度に表している。

「皆さん、申し訳ない」

津崎元校長は丸い頭のてっぺんを下げて、いきなりみんなに謝った。

「しかし、これは皆さんにとって、この裁判にとっても大事なことだと判断しましたし、岡野先生にも認めていただきましたので」

「短時間ですよ」と、校長代理が横合いから釘を刺した。「十分以内です」

「十分以内です」と、豆ダヌキは復唱した。「休廷になるのを待っていました。今日は早く終了してくれて助かった。夕方までかかるようなら、あちらを説得して諦めてもらおうかと思っていました」

あちらって、どちら？　今度は、ちんぷんかんぷんなのはまり子だけではなさそうだ。井上判事も、神原弁護人でさえぽかんとしている。

「どうしたんですか、津崎先生」

井上判事の方が、顔いっぱいに汗をかいてちょこまかとしゃべっている津崎元校長より、よっぽど威厳がある。

「森内先生の事件です」

陪審員たちがざわついた。検事や弁護人たちはちょっと身構えた。

「進展があったんですか」と、判事が訊いた。

「ありました。実はその」

豆ダヌキが開襟シャツの胸ポケットからハンカチを取り出し、顔を拭いてくれたので、まり子はほっとした。

「先生に怪我をさせて逃亡していた女性がですね、今、この学校に来ているんです」

みんなの驚きに、恐怖の色が加わった。

「ここにいるんですか？　どこに？」

真っ先に甲高い声を上げ、椅子から立ち上がったのは萩尾一美だ。「森内先生をやっつけるだけじゃ足りなくて、あたしたちまで襲いに来たんですか？」

「バカ」とひと言、佐々木吾郎が彼女の腕を引っ張って座らせた。「おまえ、バカ過ぎ」

「だって相手は殺人犯だよ！」

「殺人じゃねぇよ。森内先生は生きてる。よくなってるんだから」

珍しく驚きで中腰になっていた神原弁護人が、口を半開きにしたままストンと腰をおろして、野田健一に笑いかけた。健一の方は目が全開で、気絶してるんじゃないかというくらい無反応だ。

「野田君、しっかり」

弁護人に揺さぶられてやっと我に返った。

「森内先生の隣の部屋に住んでいた、垣内美奈絵という女性です。これから警察に行くんだけどね」

「え？　自首するんだ」

教子と弥生のひそひそに、

「自首じゃない。この場合は〝出頭〟が正しい」と、几帳面に訂正を入れる判事がいる。

「垣内さんは、自分のしたことを素直に認めて警察に出頭します」と、津崎元校長は続けた。「身柄を拘束されることになると、もう皆さんに会って話す機会はない。それでね、どうしても出頭前にここに来て、学校内裁判をしている皆さんに謝りたいと、昼頃からずっと待っていたんだよ」

「私の厳命で校長室に留めていたから、皆さん安心しなさい。その女性はこの教室に近づいていません」

岡野校長代理の説明に、まり子は思い当たった。お昼前、校庭で浅井さんのお母さんに会ったとき、「校長室が騒がしい」と言っていたじゃないか。あれは垣内美奈絵のせいだったんだ。パッとかなめを振り返ると、彼女も同じことを考えていたのか、うんうんとうなずいている。

「どうしてわたしたちに謝るんです？」

藤野涼子の声から驚きの響きは消えて、怒りと不信の音がした。

「謝るなら、まず森内先生に謝るのが順序です」

「ご本人もそのつもりでいたんだけど、森内先生の病院に近づいたら、それこそその場で通報されてしまうだろうからね」

「そりゃそうだ」と、吾郎がうなずく。「先生のお母さんが通報するよ。相手の言い分なんか聞かないね」

「私は本来、これは非常識きわまる事態だと考えています」

岡野校長代理が、これでもかというほど嫌味をきかせて、豆ダヌキを横目で睨んだ。

「しかし、垣内という女性は一人ではなく、ご家族と弁護士が付き添ってきていてね。

特に弁護士さんから丁重に頼まれて、断る方がむしろ手間がかかるし、断ったことで本人が取り乱して、また逃走するなどということになってはいけないと思って、十分以内という条件を付けて許可しました」

「お言葉ですが、岡野先生」井上判事が起立して言った。「垣内美奈絵という女性は、僕らの裁判の核である告発状の重要な関係者です。それができるものならば、最初から証人として召喚したかった。これは大変有難い機会です。十分でも二十分でも、必要なだけ証人尋問の時間を設けます。どうぞ垣内さんをお連れください」

校長代理の反応を待たずに、検事と弁護人の顔を見回した。

「どっちが主尋問を？」

藤野、神原が同時に手を上げて、弁護人がにっこりして手を下げた。

「譲ります。森内先生は藤野さんの先生だ」

「当然よ」

何だか不満がありそうな岡野校長代理の渋面が解ける前に、ヤマシンが先導して問題の人びとを連れてきた。後ろの扉から、ぞろぞろと三人入廷してきた。一人は三十代の女性だ。これが垣内美奈絵だろう。

この裁判で、たった三日のあいだに、まり子はいろいろな景色を見てきた。中学生が急に老けることもあれば、いい大人がその中学生の前で取り乱すこともあり、大学生が小学生みたいに父親に楯突くこともあった。だからもう何を見ても驚かない、少なくとも今年の夏休みの分の驚きは種切れだと思っていたのに、やっぱり驚いてしまった。

――この人も幽霊みたい。

きっと美人なんだろう。垢抜けた女性なのだろう。でも今は見る影もない。安っぽいプリントのワンピースに、足元はなぜか運動靴だ。化粧っ気はなく、窶れた頬に長い髪がまつわりついている。

女性にぴったりと寄り添っているのは、残り二人の男性のうち、表情が明るい方の人だった。年齢もこの人の方が上だ。五十歳前後という感じ。もう一人は垣内美奈絵と同じくらいで、なかなかハンサムでスーツ姿がぴしりと決まっている。

うつむいてふらついている女性を、津崎元校長が手早く並べた椅子のひとつに座らせてから、その脇に立ち彼女の肩に手を置いて、年長の男性が口を開いた。

「みんな、お邪魔して申し訳ない。私は河野良介と申します。みんなにわかりやすい言葉で言うなら、職業は私立探偵です」

廊下側の端に立っていた岡野校長代理が飛び上がった。「河野さん、あなた弁護士だと言ったじゃないですか！」

河野探偵は、初対面のまり子にもわかりやすいほどコミック的に惚けてみせた。

「は？　いえいえ僕は、垣内夫妻にはカネナガ先生という弁護士がついていますと言ったんですよ」

岡野校長代理が真っ赤になり、豆ダヌキが懸命に宥めている。

「判事君、検事さんたち、弁護側コンビとは病院で会ったよね。元気そうで何よりだ」

闊達に言って、河野探偵は満面の笑みを浮かべた。「陪審員諸君には、初めまして。僕は君たちの熱烈なファンでもあります。ずっと傍聴していたよ。みんな立派だね！」

今度は元校長が飛び上がった。「河野さん、傍聴してたんですか？」

「してましたよ。いけませんか？」

藤野検事が下を向いて笑っている。

「だって、あなたは学校関係者じゃないでしょう」

「森内先生のお母さんに依頼されたんです。代わりに傍聴してくれって」

言って、河野探偵は心臓の上に手を置くと、慇懃にまり子たち陪審員に語りかけた。

「僕の立場はそういうことです。告発状が投書された件で、森内先生と先生のお母さんから依頼を受け、調査していました。今日ここに同行してきたのは、こちらの垣内典史さんが」

探偵が三十代の男性の方を手で示すと、彼はみんなに向かって軽く頭を下げた。沈み込んだ苦しそうな表情で、目が赤い。

「垣内さんが、逃亡中の美奈絵さんから出頭したいという電話を受けて、私に報せてくれたもんですからね」

うわぁと、一美が目を丸くした。「旦那さん、勇敢！」

「バカ、黙れ」と吾郎がたしなめる。

「だけどその電話、よく警察に知られませんでしたね」

「会社にかかってきたから……」

垣内氏が小声で返答すると、一美はさらに頓狂な声で言った。「たったそれだけで警備をすり抜けちゃうなんて、警察って、こういうとき頼りにならないのね」

井上判事が、一美にではなく藤野涼子に言った。「こいつを、黙らせろ」

「すみません」と謝りながらも、藤野検事はまだ笑っている。河野探偵も開けっぴろげに笑っている。

「一美ちゃん、今日もゴーイング・マイウエイでいいねえ」

現校長と元校長が卒倒し、判事が本格的に怒り出す前に、河野探偵は真顔に戻った。

「前置きはこれぐらいにして、さてみんな、こちらが垣内美奈絵さんです。彼女は証人席に座った方がいいかな？」

「そうしてください。藤野検事が主尋問を行います」

「ちょ、ちょっと待ちなさい」卒倒寸前の岡野校長代理が前に出てきた。「この女性を私の生徒たちに近づけるなんて、とんでもない！」

「岡野先生、ここは法廷です。判事の僕の裁定に従っていただきます」

「井上君！」

「廷吏」と、判事はかまわずヤマシンを呼んだ。今は彼も入廷していて、後ろの扉の前で直立不動だ。

「はい！」

「証人を証人席へ移動させなさい。廷吏もそこで待機を」

ヤマシンは素早く前に出てくると、垣内美奈絵を促して立ち上がらせ、証人席に導いた。これまでのやりとりのあいだ、一度も顔を上げずひと言も発しなかったこの女性は、歩くと途端によろけてしまった。ヤマシンがとっさにその肩を支えると、

「ありがとう」

初めて、みんながその声を聞いた。弱々しく、女性らしい甘い声だった。

「証人は体調がよくないようにお見受けしますので、着席したままで結構です。最初に氏名を確認します。あなたは垣内美奈絵さんですね」

椅子の上でかろうじて身を支え、頭を持ち上げて、女性は答えた。「はい」

「お住まいは、江戸川区のフラウコーポ江戸川四〇二号室で間違いありませんか」

「はい、そうです」

垣内美奈絵のやつれた顔に、かすかな驚きのさざ波が浮かんだ。井上判事の判事ぶりに感嘆したのかもしれない。

「では、宣誓してください」

たどたどしい宣誓は、彼女の気力と体力が弱っているせいだろうけれど、もともとこの人は甘ったれたしゃべり方をする女性なんじゃないかなと、まり子は感じた。あたしはあんまり好きじゃないけど、大人にもいるよね、そういうオンナ。顔や雰囲気と合ってない人でも、そういうしゃべり方をするよね。その方がオンナらしいと思ってるのかな。

早合点はいけないけれど、何かもう、この人の内側がちらりと見えた気がした。

「垣内さん、あなたにはこれから証人尋問に答えていただきます」

井上判事は事務的に語りかけた。

「一問一答の形ですので、判事の僕が許可しない限り、あなたが勝手にしゃべることはできません。それでいいですか？」

垣内美奈絵はうなずいて言った。「はい」

そして、息を整えるようにしながら早口で言い足した。「みなさんにとって、いちばん納得のいく形にしてください」

「わかりました。では」

判事にうなずきかけられ、

「主尋問を始めます。わたしは検事を務める藤野涼子です」

起立して、藤野検事は一礼した。

「まず伺います。森内先生宛に投函された告発状——昨年十二月二十四日に本校の生徒である柏木卓也君が死亡した事件は自殺ではなく殺人事件であり、自分はその現場を目撃したという内容の文書を知っていますか」

「知っています」

「その現物を手にしたことがありますか」

「あります」

「なぜ手にしたのですか」

垣内美奈絵がうつむくと、髪が乱れて顔を半分方覆い隠した。

「森内さんの郵便受けから盗んだからです」

「なぜそんなことをしたのですか」

「嫌がらせです」

「あなたは森内先生の友人ですか」

「いいえ」

「ただのマンションの隣人に過ぎない？」

「――そうです」

「森内先生とのあいだにトラブルがありましたか？」

「ありません」

「それなのに、なぜ先生に嫌がらせをしたのですか」

垣内美奈絵は長い髪を手で掻き上げた。

「わたしはあなた方の先生が嫌いでした」

「森内先生があなたに迷惑をかけたり、あなたに被害を及ぼすことをしたのですか」

「していません。ただわたしが一方的に嫌っていただけです」

「なぜですか」

切り口上にぽんぽんと質問する藤野涼子は、悲しそうだった。

「――嫉妬(しっと)していたのだと思います」

「友人でもない、ただの隣人の森内先生の、いったい何がねたましかったんですか」

「森内さんが若くて」

証人の声が詰まり、それと同時に夫の垣内典史が彼女から目を背けた。

「若くてきれいで幸せそうで、あなた方生徒さんたちに慕われている様子がねたましかったんです」

藤野検事は口をきゅっと一文字に結んで、鼻息を吐いた。「先生の郵便受けから告発状を盗み出したのは、計画的にやったことでしょうか」

「いいえ、たまたまです」

「それ以前から郵便物を盗んで先生のプライバシーをのぞき見していた。その延長線上で、たまたま告発状も入手したわけですね」

「そうです」

「内容を一読して、それが重要なものであるとわかりましたか？」

「重要なものではないかと思ったので、新聞記事などを調べましたから、わかりました」

「それなのに、告発状をわざと破って、ＨＢＳの〈ニュースアドベンチャー〉に投書したのですか」

「そうです」

「それはあなたが一人で、あなた個人の考えでやったことですか」

「そうです。わたしが一人でやりました」

「〈ニュースアドベンチャー〉の特集を観たとき、どんな気持ちでした？」

また髪を掻き上げ、垣内証人はいっそう深くうなだれた。

「担任教師なのに、無責任にも告発状を破って捨て、柏木君の事件を隠蔽しようとしたと、森内先生が指弾されていることを知ってどう思いましたか」

長い髪に隠れて、垣内美奈絵の声は消え入りそうだった。「――ごめんなさい」

藤野涼子は、廷吏のヤマシンと同じように直立不動になり、証人を見据えていた。

「質問を終わります」

入れ替わりに神原弁護人が起立した。

「この裁判の被告人である大出俊次君を弁護している神原です」

垣内美奈絵は顔を上げ、鼻をすすった。

「垣内さん、大出俊次君と面識がありますか」

「ありません」

鼻声だった。

「彼の家族とは？」

「まったく存じ上げません」

「森内先生以外に、城東第三中学校に知り合いはいますか」

「おりません」

「HBSに告発状を送りつけた際、そこに書かれている内容が真実であると思っていましたか」

陪審員たちが証人に注目する。

「――わたしにはわかりません」

「でも、真実かもしれないと思った？」

「わかりませんでした」

「ほんのちょっとでも？　五〇パーセントぐらいは真実だと思ったんじゃありませんか」

髪を掻き上げ、涙で潤んだ目で、証人は弁護人を見上げた。「真実だったらいいと思いました。森内さんがそういう無責任な教師だったら、告発されるべきだとも思いました」

「するとあなたは、当時は自分が正しいことをしていると思っていたんでしょうか」

証人は涙をこぼした。「はい」

「その考えは変わりましたか」

「わかりません。柏木君という生徒さんの事件のことは、わたしは何も知らないというだけです」

堪えかねたようにしゃくりあげ、手で口元を押さえる。続く証言は呻き声になった。

「でもわたしは、大人げない嫌がらせをしました。それだけじゃ足りなくて、森内さんに怪我をさせました。みなさんの先生に、大変なことをしてしまいました」

「あの」

垣内典史氏が、赤くなった目をしばたたきながら立ち上がった。

「美奈絵がこんなことをしでかしたのは、僕たち夫婦のあいだに問題があったからです。赤の他人の大人のトラブルに、こんな形で皆さんを巻き込んでしまって本当に申し訳ないと思っています。だからこそ美奈絵も、警察に出頭する前に皆さんに謝りたいと」

「垣内さん、あなたは証人ではありません。発言は控えてください」

「しかし僕は」

「そういう謝罪と弁明は、僕たちではなく森内先生にするべきです」

赤の他人の大人を諭す中学生の判事に、赤の他人のいい大人の垣内氏は言い負かされた。なぜなら、中学生の判事の見解の方が正しいからだ。

「そうですね……。申し訳ない」

彼が着席すると、弁護人が言った。「もう一度確認します。柏木卓也君の死の真相について、証人は何も、何ひとつ、まったく知らない。無関係なんですね」

「はい、わたしは無関係の第三者です」

「あなたはただ、森内先生を困らせたかっただけだ。そうですね？」

「そうです」

「質問は以上です」

弁護人は垣内美奈絵から目を逸らしたが、その場に立ったままだった。それに呼応するように、藤野検事も立ち上がった。

「もういいの？」と、河野探偵が訊いた。

判事が答えた。「証人尋問は終わりました。どうぞお引き取りください」

「しかし、彼女が森内先生に怪我をさせたときのこととか、訊かなくていいの？」

「それは、この学校内裁判で扱う事柄じゃありません」

そう言って、判事も席から立った。陪審員長も立った。陪審員たちも、双方の助手たちも立ち上がった。ただ一人、勝木恵子だけは脚を組んで座っている。怒りに燃えたまなざしが、あんたのせいでシュンジが傷ついたんだよ、このバカ女と叫んでいる。

「そうか。そうだよね」

大きくうなずき、明るい顔のまま、口元だけは強く引き締めて、河野探偵は垣内夫妻を促した。「行きましょう」

「ちょっと待った」

蚊帳（かや）の外状態だった岡野校長代理が復活した。

「河野さん、生徒たちに説明しておかないといけません」

ああ、と探偵は手で額を打った。「あのね、みんな。垣内さんが出頭の前にこの学校に来たことは、警察には黙っていた方がいいというのが校長のお考えなんだよ」

「わ、私一人の考えじゃない」

あわてる校長代理を、探偵は無視した。「その方が話がシンプルだろ？　ここに寄って君たちと会ったなんてことが漏れたら、またぞろ校長先生の責任問題になりかねないしね」

「だから私はそんなことを言っているのではないと」

「了解しました。全員、垣内さんのことは秘密にします」と、判事が約束した。

「ありがとう」

岡野校長代理の顔は紅潮し、豆ダヌキは何だか放心している。

「じゃあね、みんな頑張ってくれ」

河野探偵は中学生たちに敬礼した。敬礼を返すそそっかしい中学生はいなかった。

夫と探偵に両側から支えられ、元校長に先導され校長代理に監視されつつ、垣内美奈絵は後ろの扉から出ようとして、もがくように振り返った。

「みなさん」

幽霊は泣いていた。

「わたしみたいな大人にならないでね」

そして出ていった。結局、あの人はそれを言いに来たんだと、まり子は思った。

「オバハンに言われる筋合いじゃねえよ」

勝木恵子が吐き捨てた。

「モリリンだって、そんなに立派だったわけじゃないしぃ」

憎まれ口を叩く萩尾一美は、そのくせ目にいっぱいの涙を湛えていた。おまえとことんバカだなもらい泣きかよ——と言いながら、佐々木吾郎がその頭をごしごしと撫でてやる。

「だってあの人、反省してたもん」

「どうかわかんねえよ。出頭するんだって、逃げ回るのに疲れて、惨めになっただけかもしれない」

「だったら、わざわざここへ来たりしないよ」と、神原弁護人が言う。「河野さんが僕たちの裁判のためだからって、説得してくれたんじゃないかな」

藤野涼子はぺたりと机につっ伏した。疲れた——と、その背中が訴えている。法廷には大人たちも証人もいない。学校内裁判のコアなメンバーだけだった。

「でもあの人、ボロボロだった」

溝口弥生は、垣内美奈絵が去った扉からまだ目が離せない。幽霊が現れて、消えていった扉だ。

「人を呪わば穴二つってことよ」

教子の言葉に判事も言った。「真実だな」

そうだね、真実だね。

あたし、どんな大人になってもいいから、大した大人にはなれないだろうけど、それでも、あんな真っ暗な目をした幽霊もどきにだけはなりたくない。

それが倉田まり子の人生の目標だ。


テレビ画面に、垣内美奈絵の顔写真が映し出されている。

パスポートか運転免許証の顔写真だろう。正面を向いて真顔で写っている。美人だし、メイクも上手だ。髪型も洒落ている。でも、どこか冷たくて計算高そうな印象を受ける。

――こんな目つきをした人、どっかで見たことがある。

眼差しが硬い。瞳に鎧を着ている。誰にも見下されてなるものか。わたしにはそんな隙はない、と。

灯りを消した自室で一人、頬杖をついてテレビに見入りながら、三宅樹理は考えていた。

中学生の女の子にそんな分析まがいのことをされているなんて、当の垣内美奈絵は想像していないだろう。いや、いくらかは覚悟しているだろうか。なにしろわざわざ三中にやってきて、学校内裁判の証人席に立ったというのだから。

容疑者・垣内美奈絵。

男性ニュースキャスターの解説が続く。

「垣内容疑者は、警察の取り調べに対して素直に応じる姿勢をみせていますが、事件の詳細については、〝今はまだ気持ちの整理がつかないので話したくない〟と述べているとのことです」

画面が切り替わり、城東第三中学校の校舎が映った。正門の脇に掲げてある学校名のプレートは、モザイクで消されている。

相方の女性アナウンサーが発言した。「でも垣内容疑者は、警察に出頭する前に、被害者の森内恵美子さんが勤務していた中学校を訪れ、森内さんが担任していた生徒たちの一部に、森内さんの傷害事件について謝罪したということですが」

男性キャスターは大仰にうなずいた。「そうなんですね。生徒たちも驚いたと思いますが、垣内容疑者が強く希望した結果、学校側から面会の許可が出たそうです」

「保護者からは異論がなかったんでしょうか」

「問題視されるところでしょうね」

小一時間前から、樹理はチャンネルを切り替えてはニュース番組を追いかけている。

この番組もそうだが、ＨＢＳ以外の局では、告発状がらみの経緯まで報じてはいなかった。もともとあれは〈ニュースアドベンチャー〉の独占だったのだし、ＨＢＳ内部でもその取り扱いをめぐって紛糾していたというのだから、他局も慎重になっているのかもしれない。

ベッドのサイドテーブルの上で電話が鳴った。呼び出し音が一度で、すぐにやんだ。パパが出たのか、ママが飛びついたのか。

今度は親機から子機を呼び出すベルが鳴ったので、樹理は右手にテレビのリモコンを握ったまま、左手を伸ばして子機をつかんだ。すぐ回してくれたところをみると、最初に電話に出たのはパパだろう。ママだったら、相手が誰であれ三宅家の言い分をまくしたてて、しばらくは受話器を離さないはずだから。

「樹理、藤野さんから電話だ」

やっぱりパパだった。

「学校から連絡があるかもしれないから、長電話は駄目だよ」

「割り込み電話が入ったら、ちゃんと知らせるから」

「長電話は駄目だと言ったんだ」

はい、と応じて、樹理は黙った。かちりと音がした。

「もしもし？」

藤野涼子の声だ。樹理は言った。「今、テレビを観(み)てるとこ」

そう、と涼子は言った。「うちもさっきまで観てた。HBS？」

「あちこち。HBSのも観たけど、何か弁解ばっかりしてた感じね」

この垣内美奈絵という女が告発状を盗んで投書するなんて余計なことをしたばっかりに、〈ニュースアドベンチャー〉は振り回されたんですと言わんばかりだった。もう一歩踏み込んで、茂木(もぎ)記者がつくりあげたあの特集は、我々とは関係ありませんと言いたいところを、かろうじて我慢しているみたいだった。

「放っとけばいいよ。あたしたちにはもう関係ないもの」

樹理はリモコンでテレビを消した。カーテンを閉め切ってあるので、室内は真っ暗になった。子機の通話ランプだけが赤く点灯している。

「三宅さん、大丈夫？」と、涼子が訊いた。

「何が心配なの？　あの垣内って女のことなら、あたしも知ってたんだから平気だって言ったじゃない」

法廷で証言した後、樹理は付き添ってきたママと一緒に、ずっと保健室にいた。今日の審理が終わるまで学校内にいたいと、尾崎(おざき)先生に頼んで待たせてもらったのだ。

ママは嫌がったけれど、樹理は残りたかった。もしかしたらもう一度呼ばれることがあるかもしれないと思っていたから。呼ばれることを望んでいたのか、恐れていたのか、それは自分でもよくわからない。

三時過ぎになって、藤野涼子が保健室にやってきた。樹理の顔を見て（やっぱり、まだいてくれたのね）という目をした。その瞬間、とっとと帰っていればよかったと後悔した。

――すごく辛かったと思うけど、頑張って証言してくれてありがとう。あとはあたしたちがしっかりやります。

涼子はそう言って、樹理を労った。そんな態度をとられることも嫌だったから、樹理はすぐに言ってやったのだ。さっき、森内先生を殺そうとした女がみんなに会いに行ったでしょ、と。

垣内美奈絵は校長室で審理がひと区切りつくのを待っており、彼女をどうするか、校長室は大騒ぎだった。その様子は同じ一階にある保健室にも筒抜けだったから、尾崎先生が樹理とママに事情を話してくれたのだ。

――垣内さんという女性なんだけど、森内先生を怪我させて、みんなに迷惑をかけたことを謝りたいって、来ているの。告発状がテレビ局に渡ったのも、その人の仕業みたいよ。

尾崎先生は、もしも垣内美奈絵が学校内裁判のメンバーと会うようなら、樹理も立ち会いたいかと訊いた。樹理はきっぱり断った。今さら、そんなことを云々したくない。したくないという態度をとった方が、正義を求める目撃者らしいと思った。あたしは真実を語っているのだから、それだけでいい。だから涼子にもその場でそう言ってやったのだ。あたしは垣内美奈絵の謝罪を聞きに、法廷に戻るつもりはなかったと。

なのに、まだ訊くのか。大丈夫かって。

受話器に向かって、樹理は言った。「垣内って女の嫌がらせのせいで、あたしの――あたしと松子の告発状もまやかしみたいに思われるとしたら、頭にくる」

「あたしたちはそうは思わないわよ」

「あ、そう」

どうしてむやみに腹が立つんだろう。どうして何かが怖いんだろう。何が怖いんだろう、あたしは。

「だけど岡野先生はまずいんじゃないの？ 殺人未遂の容疑者を、保護者に無断で生徒に近づけちゃったりしてさ。また校長が代わるかもね。そんな騒ぎになったら、裁判だって中止じゃないの？」

樹理の言葉に、藤野涼子はちょっと黙った。

「――明日はまた傍聴人が来るから、審理に入る前に、井上君が事情を説明するって」

井上判事か。偉そうに。

「垣内さんはあたしたちを殴りに来たわけじゃないし、付き添い人もいたんだし、何にも危険はなかった。あたしたちもあの人の証言を聞きたかったってちゃんと説明すれば、この学校内裁判に関心を持ってくれてる人たちならわかってくれるでしょう」

「マスコミはどうかわかんないわよ」

教育委員会もね、と樹理は言った。「今ごろ、校長室の電話は鳴りっぱなしじゃないの？　岡野先生、謝罪会見をするのかな。また保護者集会も開かないとならないかもね」

藤野涼子はまた黙り、今度はなかなか口を開かない。

電話の向こうの沈黙が、樹理には腹立たしくてたまらなかった。どうして黙ってるのよ。訊きたいことがあるんでしょ？　だから電話してきたんじゃないの？

「うちのパパよ」と、樹理は言った。「うちのパパが警察に通報したの。垣内って女は、江戸川の警察署に出頭したんでしょ？　わざわざ番号を調べて、電話したの。垣内容疑者が出頭前に城東第三中学校に来て、こんなけしからんことをしたって」

涼子はまだ何も言わない。

「岡野先生が、みんなにこのことは黙ってろって言ったことは知ってる。あたしも同じことを言われたから。だから黙ってるつもりだったけど、パパが帰ってきたら、ママが全部しゃべっちゃったのよ」

ママは、樹理の付き添いとして法廷に入れなかったことが不満なのだ。学校内裁判のメンバーのことを、子供のくせに大人に指図するなんて生意気だと息巻いていた。だからパパが帰るなり言いつけ口を始めて、その勢いで、垣内美奈絵登場のハプニングのこともぶちまけてしまったのだった。

「あたしが焚きつけたわけじゃない。うちのパパはそういう人なの。間違ったことは嫌いなのよ。だって、みんなで口裏を合わせて黙ってるなんて、間違ってるもの」

意外なことに、藤野涼子が軽く笑うのが聞こえてきた。「うちでも、母は岡野先生はおかしいって怒ってた。あたしも、三宅さんのお父さんは正しいことをしたと思う」

だけどねと、すぐ続けた。「このことがバレると、厄介なのは確かでしょ。面倒が増えるし、黙ってたって別に害になることじゃないから、黙ってようってことだった

「明日は傍聴人も増えるだろうし、垣内さんの件があるから、マスコミの取材を断るのも大変かもしれない。でも、あたしたちは最後まで頑張るから、心配しないで待ってて」

頑張って——どうするのよ。

「藤野さん」

「何？」

「大出君は認めると思う？」

自分がやったって、柏木君を殺したって認めると思う？

藤野涼子の答えは簡潔だった。「わからない」

樹理の足元から冷気が駆けのぼってきた。

「藤野さん、ホントにあたしの話を信じてる？」

「あたしは検事よ」と、涼子は答えた。

思わず、樹理は叫んだ。「それだけ？　絶対勝つって言いなさいよ。あたしが言ってることがホントだって証明しなさいよ！」

藤野検事の呼気の音が、かすかに聞こえる。

「この裁判で、誰も勝つことなんかできないよ」と、涼子は言った。「みんな泥だらけ、傷だらけで、何ひとつ得なんかない。だけど、それでも放っておけないから、放っておくのは間違ってるから、みんなで頑張ってるの。正しいことをしたいから」

「約束が違うじゃない！」

「あたしは三宅さんを信じるって約束した。今も信じてる。それだけじゃ駄目？」

信じてるからって、それが真実とは限らないわよ。樹理の耳にはそう聞こえた。

「あたしのこと、騙したわね」

藤野検事は答えなかった。

「騙して証言させたのね。そう言ってやる。言いつけてやるから」

ゆっくりと、声を落として囁くように、藤野涼子は樹理に問い返してきた。

「誰に？」

そう、誰に言いつけるのだ。警察に？　先生に？　教育委員会に？　パパとママに？　それとも茂木記者に？

今、確実に樹理に味方してくれるのは、どこの誰だ。

みんな泥だらけだ。みんな傷だらけだ。

受話器を叩きつけて、電話を切ってやろうと思った。でもできなかった。切ったら、自分を取り囲む世界のすべてから切れてしまうような気がした。

松子に会いたい。松子に会って、藤野涼子がどんなに嫌な女か、意地悪で嘘つきで性悪なのか、悪口を聞いてもらいたい。

——そうだね樹理ちゃん。樹理ちゃんの気持ちはよくわかるよ。

わかりゃしないくせに、でも松子はいつもそう言った。わかるよ樹理ちゃん。だから怒らないで。泣かないで。

でも、松子はもういないんだ。

「あたしだけ悪者になるなんてイヤだ」

この先もずっと、嘘つきだと蔑まれ、白い目で見られながら生きていくなんて、絶対に我慢できない。だから自分で自分の言い分を訴えようと決心したのに、それでもまだ悪者扱いされるなんて。

「誰も三宅さんが悪者だなんて言ってない」

樹理は泣き出した。「陪審員の連中は、そんな顔であたしを見てたわよ！」

「あたしも泣きたい」と、涼子は言った。「泣いたら気が晴れそうだしね。それで明日からまた頑張る。この裁判を途中で諦めたりしないよ。誰にも邪魔させないよ」

「もし、あたしが嘘をついてたら？」

いったい、何を言い出すの。樹理のなかの樹理が狼狽えている。何を血迷ってるの。

「あの告発状が嘘っぱちだったら、藤野さん、どうする？」

その問いかけに対する返答は、樹理の予想を超えていた。しかし、それしかないという唯一の答えでもあった。

「告発状が嘘か本当かを見極めるのは、もうあたしでも、三宅さんでもない」

法廷だよ——と、藤野検事は言った。

「できるだけゆっくり休んで、ちょっとでも眠ってね。そう言いたくて電話したのに、こんな話をしちゃってごめんなさい」

そして電話は切れた。樹理は受話器を握ったまま座り込んでいた。

松子に会いたい。松子ならわかってくれる。松子ならあたしに味方してくれる。いつだってそうだった。そうだったのに。

——あたしの嘘が、松子を死なせちゃったんだ。

たった一人の友達を悼み、三宅樹理は泣いた。

「もしもし？　お、夕飯だった？」

「ん。夜食」

「口のなかのもの、飲んじゃえよ。きったねえなあ」

「んん。で、何なの」

「さっき藤野から電話があってさ。俺とおまえで手分けして、ほかの陪審員に連絡してくれって。俺一人だと時間かかるから、二人の方が早いからさ」

「どしたのさ」

「テレビ観たろ？　やってんじゃん、ニュースで」

「うちの学校、映ってたなあ。誰がバラしたんだ？」

「だから、それだって。三宅の親父さんが警察に通報しちゃったんだよ」

「……わちゃあ」

「三宅が悪いわけじゃないって、藤野は言ってる。ま、親のやることだからな」

「けど三宅、あそこにいなかったろ」

「ずっと保健室にいたんだって。だから事情を知ってるんだよ。あいつ、前から保健室べったり女子なんだってな。蒲田が言ってた」

「ンで、どうすりゃいいの」

「みんな、おまえみたいに〝誰がバラしたんだ？〟ってギモンアンキしてるだろ。それはまずいから、藤野がみんなに知らせろって」

「それをいうなら〝ギシンアンキ〟だな」

「どっちだっていいだろ。ちゃんとやれよ」

「オレ、誰と誰に電話すればいいの」

「女子を頼む」

「勝木はカンベンしてくれよぉ！」

「俺だってカンベンだもん」

「じゃあ蒲田に頼もっかな。でもさ、勝木はこんなこと気にしてるかぁ？」

「あいつも陪審員なんだから、知らせとかねえと」

「めんどい」

「陪審員長の命令だ」

「あいあい。けど、こんなニュースになっちって、明日は法廷やれんのかなあ」

「判事が事態を収拾すると、藤野検事は言明しておられました。俺も平気だと思うよ。今さらやめたってしょうがねえもん」

「タケ——じゃなくて陪審員長さま」

「何だよ」

「気にすんなよ」

「何を」

「橋田のこと。なるようになって、ああなっちゃったんだ。本人がその気にならない限り、まわりじゃどうしようもなかったよ」

「おまえ、俺がそんなことでクヨクヨしてるって」

「してなかった？」

「——どうしてわかるんだ？」

「オレは将棋指しだもん」

「じゃなくて、友達だからとか言えよ」

「オレはおまえの友達の将棋指しだからよ」

「友達って、さあ」

「親友の将棋指しの方がいいか」

「じゃないって。神原って柏木の友達だったんだろ？」

「らしいよな」

「なんつうか……友達想いっていうか、よくやるよな。頭いいし。IQ一七〇ぐらいあったりしてな」

「陪審員長さま、ほかのメンバーには黙っててくれる？」

「何だよ」

「オレ、あいつ何かクサい気がする」

「クサい？」

「カンニングしてるっていうか」

「カンニング？」

「わかんないけど、オレらは手ぶらなのに、あいつ一人だけマップ持ってる感じがする」

「おまえ、将棋やりたいからテレビゲームはやめたんじゃなかったの？」

「そういう話じゃないっつの。もういいよ、蒲田に電話する」


「そう……。うん、わかった。だからってどうってことないよ。お父さんが怒っちゃったんじゃ、三宅さんだってどうしようもなかったでしょ」

「明日はまた大変な騒ぎになるかもよ。弥生、大丈夫？」

「山埜（やまの）さんや倉田さんはどうだった？」

「かなめちゃんはしっかりしてるから平気。倉田さんは、あんまり難しいことを考えるタイプじゃないから平気。テレビも観てなくって、びっくりしてたくらいだから」

「アハ、それって倉田さんらしいなあ。あの子、いい子だよね」

「あたしはちょっとイライラする」

「ノンちゃんとは合わないのかあ。でも倉田さんとあたし、ちょっと似てない？」

「やめてよ、ゼンゼン違うから」

「それより、ノンちゃん」

「――なあに」

「三宅さんの証言、どう思う？」

「あたしたちはまだ、そういう話をしちゃいけないのよ」

「今だけ。お願い！　ノンちゃんはあれ、ホントだと思う？」

「まあ、空から赤い雪が降りますっていう天気予報みたいなもんよね」

「よくわかんないなあ」

「みんなで話し合うときに説明したげる。それまで考えといて」

「あたしも考えてるよ。今日はうちに帰ってから、ずっと考えてたの。三宅さんと浅井さんのこと」

「何を考えたの？」

「ノンちゃんが転校してきて、友達になってくれなかったら、あたしはずっと保健室登校で、もしかしたらまた学校に来れなくなってたかもしれない」

「――それはどうか、な」

「あたしの友達はノンちゃんだけ。ノンちゃんがいてくれるから、学校にいられるの。三宅さんと浅井さんも、そんなふうだったんじゃないかなあ」

「浅井さんは音楽部に仲間がいたよ」

「うん、だから三宅さんの方はってこと」

「ふむ」

「だからあたし、考えたの。もしも――もしもだよ、百パーセントもしもの話で、ノンちゃんが誰かに頭にきて、仕返ししてやりたいって、そのヒトが悪いことをしたって告発状を書いて学校に送りつけるから手伝ってって言ったら、あたしはどうしようって」

「あたしはそんなことしないわよ」

「しないよ。だからもしもの話。ね？」

「わかったわかった」

「そういうとき、手伝ってあげるのが親友なのかな。それとも、やめなさいって言ってあげるのが親友なのかな」

「弥生ぃ――」

「やめなさいって止めてもノンちゃんがそういうことをやっちゃったら、あれは嘘ですって、誰かに本当のことを打ち明けるのが親友なのかな。それとも黙ってるのが親友なのかな」

「逆にして考えてみてくれない？　あんたが嘘の告発状を出すから手伝ってくれってあたしに泣きついたら、あたしはどうするか」

「ノンちゃんは止めるよね」

「止めるだけじゃない。怒るよ。絶交だね」

「──なら、あたしもそうしないといけないよね」

「あたしの親友ならね」

「わかった。ノンちゃん、ありがとう」

「神原君は、大事な用件で電話中なんだ。そっちが済んだら大出君に連絡したいって。だけど」

「わかったわかった。ぐちゃぐちゃ言うなって。オレ、別に平気だったよ。今日はいちんち寝てたしな」

「橋田君はちゃんと証言してくれたよ」

「そんなのもどうでもいい。あいつも井口も、もうオレの友達じゃねえ」

「テレビ観てた？」

「おふくろが観てて何か言ってるけど、あれ何なんだ？」

「お母さんに聞いてください。気にならなきゃ気にしないでいいけど、明日は傍聴人が増えそうなんだ」

「どうせみんな、オレが藤野にガミガミ怒られるのを観に来るんだろ」

「ガミガミ怒るって」

「だろうがよ。藤野って、あんなヒステリー女だったか？　けっ」

「――大出君、無理しなくていいよ」

「何でオレが無理するんだよ」

「明日はけっこうキツいと思う」

「今さら何でもいいよ」

「そう思っててもキツくなるよ」

「ブチ切れたら、おまえらを殴ってやる」

「藤野さんは殴らないようにね」

「何で笑うんだよ。ここは笑うとこじゃねえぞ。野田さあ、おまえ調子こいてねえ？

オレが本気出したらおまえなんか」

「裁判のあいだは、そういうの忘れることにしてるんだ。裁判が終わっちゃったら、僕、大出君から逃げ回らないとならないの？　だったら転校しようかな」

「そういうのが調子こいてンだよ」

「調子こいてないと、大出君の弁護はできないよ。あ、僕は助手ですけど」

「――ち、ちょっと待て。テレビに森内の写真が映ってる。これ何だ？」

「お母さんに聞いてください。じゃあね」

いくつかの電話のやりとりが交錯する同じ夜のなかで、井上家では、姉弟が録音機とワードプロセッサーを挟んで顔を合わせていた。喧嘩しているわけではないが、事情を知らない者には喧嘩中のように見える雰囲気である。

「ったく、ほかに手はないの？　何が何でもあたしたちが二人でこのテープ起こさなくちゃなんないの？」

「姉ちゃん、新聞記者になりたいんだろ？　いい練習になるじゃんか」

「物理的に無理よ。無理過ぎよ」

「だから、大筋だけまとめりゃいいって言ってんだろ。細かいこと気にするから時間がかかるんだよ」

「裁判の証言って、細かいことが大事なんじゃないの？」

「語尾のですますにまでこだわるなって言ってんの。大事なのは、供述調書と証言の矛盾がないかってことなんだ。それだけ押さえときゃいいんだよ」

プリントアウトしたA４用紙の山を前に、井上康夫（やすお）の姉はため息をついた。

「紙だってインクリボンだって無料（ただ）じゃないのよ」

「はいはい」

「はいは一回でよろしい！」

「はいはい」

「あんたさあ、自分が貧乏くじ引いてると思わないわけ？」

「思わないね」

「あたしは貧乏くじよ。あんたみたいな弟を引き当てちゃって、最悪よ」

「それは俺の責任じゃない。親父とおふくろの共同作業だからな」

「どんな共同作業だか、あんた知ってンの？」

井上康夫は銀縁眼鏡の縁を押さえた。

「やめなさい、その顔。未来のどこかで汚職がらみの経済犯罪でパクられて、東京地検特捜部に締め上げられるときまでとっときな」

井上康夫はプリントアウトしたばかりの新しいペーパーを脇に置き、ついでにその手をTシャツの下に突っ込んで、脇腹をぼりぼり掻いた。

「掻いちゃ駄目だって、何度いったらわかるの？　汗疹は掻いたらひどくなるの。だいたいあんた、あんなマントなんか着てるからいけないのよ」

「判事のしるしだ」

「あのぺらっぺらのビニールが？」

「うるさいんだよ。口より手を動かせ」

「この弟想いの姉さんに向かって、よくそんな口がきけるわね」

井上康夫の手が止まり、額から頬を伝ってひと筋の汗が流れ落ちた。

「――姉ちゃん」

「何よ」

「俺たちの弁護人のこと、どう思う？」

姉は弟の顔を見た。そしてそこに、頭がよくて理屈っぽく、腹が立つほど努力家でストイックで負けず嫌いの彼女の弟が、初めて見せる表情を見つけた。

「どうって？」

「優秀だよな?」

「そうね。あれも将来、ひとつ間違うと経済犯罪でパクられる口だわね」

「俺の同類か」

「でも友達にはならない方がいいと思うよ。あんた、ああいうタイプに負けるの我慢できないでしょう」

あの子ハンサムだしと姉は言い、弟が怒りも笑いもせずに、凍ったような目をしていることに苛立った。

「イヤね、やめてよ。何ビクついてんの」

「俺、ビクついて見える?」

「今はね。ちょっとだけ」

そうだ、怯えている。あたしの小癪な切れ者の弟が。あたしが中学生で、こいつが小三だったとき、巨大な隕石が地球に激突して人類が滅亡の危機に瀕するという筋書きの映画を観て怖がっていたら、その映画の科学考証がどれだけ間違っているかをとうとうと語り、それであたしを慰めているつもりだった弟が、怯えている。

眼鏡を外し、井上康夫は腕で顔を拭いた。

「この裁判、何かとんでもないとこへ行っちゃいそうな気がしてきたんだ」

「とんでもないって……どこへ行くのよ」

「本当に真相を突き止めちゃうかもしれない」

だって、あんたたちそれを望んでるんでしょう——と言いかけて、姉はやめた。

「俺の思い過ごしならいいんだけど、何かさ、今日、思ったんだ。藤野も俺と同じことを感じてるんじゃないかって」

「藤野さんはあんたのガールフレンドにならないから大丈夫だよ」

からかったのに、やっぱり弟は笑わない。

「あいつ、何か知ってるんじゃないのかな」

「藤野さん？」

「違うよ。神原だよ」

井上康夫の姉は、手元に散らばったメモの束に手を伸ばし、何となく触ってみた。そのなかの一枚には、神原弁護人と橋田証人のやりとりが殴り書きされている。

「知ってるって、事件のこと？」

「——うん」

「知ってて弁護人やってるって意味？」

「知ってるからこそ、志願して弁護人になったんじゃないかな」

つまり——と、康夫はまた腕で顔を拭った。

「告発状はデタラメで、大出は何もやってないってこと、あいつ、最初から知ってるんじゃないかって意味だよ。だからあんなに自信たっぷりに弁護できるんだ。今日、藤野もその可能性に気づいたんじゃないかと思うんだ。途中で少し様子がおかしかったから」

井上康夫は頭がいいが、その頭脳のキレは、必ずしも彼の想像力と比例していない。壮麗なファンタジー映画を観ていてさえ、「この筋書きは理屈に合わない」と文句を垂れる小理屈小僧が、どうしてまたこんな突飛なことを言い出すのだろうか。

「あんた、自分がなに言ってるのかわかってる？」

「たぶんな」

「神原君が事件の真相を知ってるってことは、柏木君が死んだ現場にいなきゃわからないことを知ってるってことだよ。遺書はなかったんでしょ？」

「なかった」

「だったら——あんた、神原君が柏木君を死なせたって言いたいの？」

寸前で〈殺した〉と言わず、〈死なせた〉と言い換えた姉だった。

「姉ちゃん」

「何よ」

「いつもながら、姉ちゃんの思考には穴がある」

まったく可愛げのないヤツだ！

「どんな穴よ？」

「現場にいたのは、被害者と犯人だけに限らない」

目撃者の可能性もあるんだと、井上康夫は言った。

「あらそう」と、姉は言った。「あたしのコメントは、〝とっとと寝ろ〟よ」

五年に一度ぐらいしかないことだが、康夫は素直に姉の言に従い、寝てしまった。

ワープロと録音機と大量のペーパーに囲まれて、姉は蒸し暑い夏の夜に一人。

──何であたしまで不安になるんだろ。

窓の外では、暦に律儀な秋の虫が、かぼそい鳴き声をたてていた。

5

八月十八日　学校内裁判・四日目

予想どおり、十八日の城東第三中学校の体育館前は、傍聴希望者で溢れかえった。前の晩に、北尾教諭の提案で、バスケット部と将棋部の有志たちが大急ぎで作った抽選券が、飛ぶようにはけてゆく。基本的に無作為抽選だが、保護者のふりをして潜り込もうとする取材記者やレポーターを排除するために、北尾教諭が目を光らせている。

メディアからの取材申し入れには、岡野校長代理と楠山教諭が合同で予防線を張り、それを死守しきった。岡野校長代理は午前八時に正門前で記者会見を開き、昨日午後の垣内美奈絵と生徒たちとの対面について、すべての責任は自分が負うものであると明言した。一方、垣内美奈絵と生徒たちとのやりとりについては、「非公開の法廷内でのことなので、私にはそれを公表する権利がない」の一点張りで押し通し、但し、「裁判を行っている生徒たちは、垣内さんの口から彼女の言葉で事実を聞くことができてよかったと思っていると信じる」と付け加えることは忘れなかった。

記者たちのなかからは、校長代理が垣内美奈絵の来訪を伏せておくよう、生徒たちに口止めしたことについて批判的な質問が相次いだが、岡野校長代理はその問いかけから逃げなかった。確かに口止めしました。その理由はただひとつ、現在のような事態が引き起こされ、学校内裁判の進行が遅延ないし停止してしまうことを恐れたからです。私自身の進退には関係ありません。しかし、一部の保護者から抗議があったとは認めますし、その抗議は妥当なものだと考えます。森内教諭に対して不公正な発言をしてしまったことも含め、今後私自身がどのような形で責任をとるのか、地区の教育委員会の判断を仰ぐものであります——

記者会見の様子を遠巻きに見ていた保護者たちは、「やけくそだ」「開き直っている」と思った。「あれはあれで果断だ」と思う人びともいた。騒ぎ立てる記者たちに反感を募らせ、「うちの学校のことに、どんな権利があってあんたら他所者が首を突っ込んでくるんだ」と、記者たちに食ってかかる保護者もいた。騒動の輪から黙って遠ざかり、抽選券配布に大わらわの助っ人たちを手伝ってくれる保護者もいた。

裁判関係者の生徒たちのもとには、いくつかのメディアからバラバラと接触があった。多くは早朝の電話で、訪問を受けた生徒もいる。この学校内裁判について事前の知識がなく、あわてて取材を始めたらしい記者のなかには、間違った情報をつかんでいて、まったく無関係の生徒を訪ねたケースもあった。

岡野校長代理が記者会見場所に正門を選んだことには、煙幕を張る意図もあった。

記者たちがそこに引きつけられているあいだに、裁判に関わる生徒たちは無事学校内に入ることができたのだ。とはいえ、これまで傍聴するのみで静観してきた彼らの保護者たちが、今朝だけは特別だからと車で送ったり、一緒に登校したりして、通学路で待ち受ける記者やレポーターたちを追い払う一幕もあった。

だから、控え室に集まった関係者たちには、それぞれの朝のトピックがあった。山埜かなめの父親は剣道の有段者で、娘の登校に竹刀を提げてついてゆくと言い張って、母親にこっぴどく叱られた。いざ外に出てみると、テレビで何度か顔を見た覚えのある女性レポーターが近づいてきたが、かなめの父親がひと睨みすると、何も訊かずに退いた。竹刀抜きでも、その朝のかなめの父親には充分な迫力があった。俺の娘に近寄るな。

倉田まり子と向坂行夫は、行夫の両親の付き添いで登校してきた。今朝も腹具合がおかしかった行夫は、道々母親にそのことばっかり聞かれて恥ずかしかった。だがそういう雰囲気がよかったのか、彼らの一行は記者にもレポーターにも食いつかれなかった。何も知らないと応じると、彼らはすぐ離れていった。それはそれでつまんないねとまり子はこぼし、行夫は今日も汗だくだ。

仲良しコンビの蒲田教子と溝口弥生には、双方の母親がついてきた。娘の護衛を終えてそのまま傍聴席の抽選の列に並んだ母親たちは、娘たちを通して以前から付き合いがあり、二人とも今回の娘たちの陪審員就任に驚いていて、思うさまその驚きを語り合った。そういう〈目立つようなこと〉からは逃げ出すか、無関心を決め込むだけだろうと思っていたのに、いつの間にかたくましくなっていた、と。

原田仁志は両親の心配をかわし、一人で登校した。学校の近くで数人の記者が寄ってくると、「さあ、僕は二年生なんで」とかわしきった。損得勘定に長けた彼は、自分には不要なものをかわすことにも長けていた。

竹田陪審員長と相方の小山田修には、どういうわけか誰も近寄ってこなかった。ちょうど正門前の記者会見が白熱している頃合だったのも幸いしたのだろうが、エアポケットに入ったことがちょっと不満だった小山田修は、通用門のそばで写真を撮っていた記者に自分から近寄り、アイドルタレントのAと若手俳優のBが事務所公認の〈ラブラブ〉な間柄で、もう同棲しているという噂は本当かとしつっこく訊いて、陪審員長に引きずられるようにして学校内に入った。

「バカもん」

「だって、スキャンダルの真相を知るチャンスだぞ」

「あの記者の腕章、見なかったのかよ？　新聞社だよ。女性週刊誌じゃねえよ」

「じゃ、女性週刊誌の腕章をめっけて、もういっぺんやってみっか」

「いい加減にしろっての」

勝木恵子には、夏休み中の彼女の言動や行動を気にして、ついてきてくれるような父親はいなかった。水商売の母親は毎日昼頃まで寝ている。恵子は朝食さえとらず、水だけ飲んで、いつものようにアパートの玄関を出た。外階段の下に、廷吏のヤマシンの姿を見つけて仰天した。

「あんた、そこで何やってンの？」

「おはようございます」

ぺこりと一礼し、学校まで一緒に行きましょうと、ヤマシンは言った。誰かに命じられて迎えに来たとか、説明がましいことは言わなかった。

「一緒になんか行くかよ」

来たきゃ勝手について来りゃいい。恵子はしゃにむに足を速めて歩き、ヤマシンはその後ろを淡々とついて行った。恵子には、この件で彼女の情報を漏らすような友達がいない。パッと見て、裁判に関わりそうな普通の生徒にさえも見えない。寄ってくる記者もレポーターもいなかった。途中で、恵子の腹が空腹を訴えて大きく鳴った。ヤマシンはそれにも反応しなかった。

陪審員控え室には、養護の尾崎教諭が用意したサンドイッチの詰め合わせがあった。

「今朝はみんな慌ただしいだろうからって、尾崎先生が差し入れてくださいました」

ヤマシンは恵子にそう言い置いて消えた。他の陪審員たちはまだ来ていなかった。

恵子はサンドイッチをひとつ手に取った。タマゴサンドだ。彼女の好物だった。ゆっくりと嚙んで味わった。そしてヤマシンは朝ご飯を食べただろうかと思った。

検事側メンバーは、本日の証人である増井望も一緒に、佐々木吾郎の父親の車で登校した。森内教諭が重傷を負ったあの夜、皆で乗ったあのヴァンだ。数人の記者やレポーターたちを横目に、通用門から通用口まで直に乗り付けて、さっさと学校内に入った。

涼子の父の藤野剛も同乗していた。今朝は言葉少ない一同だったが、車中で涼子が、思い出したように父親に尋ねた。

「今日、弁護側が予定してる証人に、〝今野努〟っていうヒトがいるの。お父さんの部下の、あたしが知ってるコンノさんじゃないよね？」

「違うに決まってる」

「じゃあ誰なの？」

「お父さんが知るもんか。神原君に訊け」

あっさり切り返す父親の横顔を、なぜか不安げに涼子は見つめた。彼女の眼差し（まなざし）に、二人の検察事務官も不安を覚えた。増井望は緊張しているようで、顔が青白い。ハンドルを握りながら吾郎の父親が励まし、何とか笑わせようとしたけれど、成功しなかった。

弁護側も乗用車登校で、野田健一の父・健夫（たけお）が運転した。事前に電話で段取りを決めていたのだけれど、今朝は、野田健一にとっては画期的な出来事があった。神原家の前で、和彦（かずひこ）に並んで彼の母親が立っていたのだ。

「お世話をおかけいたします。和彦の母でございます」

健一の父親と丁寧に挨拶（あいさつ）を交わし、和彦の母親は健一にも微笑（ほほえ）みかけてきた。

「健一君ですね。和彦から聞いています。いろいろありがとう」

何が〈いろいろ〉なのかわからないまま、健一はしどろもどろにお辞儀だけした。古びた一戸建ての門扉（もんぴ）の前で頭を下げる和彦の母親の姿が車窓から消えると、こそっと彼の顔を振り返った。

弁護人は目顔で（いいからいいから）というサインを送ってきて、すぐ知らんぷりに戻った。何かわかんないけど、この場ではこれだけにしとけってことだ。

わかりました。わかりましたとも、僕は忠実な助手だから。そしてふと横を見ると、運転席の野田健夫の目が、ルームミラーに映った健一に微笑みかけていた。父さんには何もわかるはずないのに。

――わかるのかな。

僕ら、父子だから。

父子なんだと、健一は思った。それは悪い気分ではなかった。その気分のまま大出家へ俊次を迎えに行ったので、顔を合わすなり、

「野田、なにニヤニヤしてンだよ?」

嚙みつかれてしまった。それでも今日の被告人本人尋問を前に、俊次がナーバスになってるよりは、ムカっときているぐらいがちょうどいい。それが彼の自然体なのだから。

今朝の騒動をもっとも愉快に乗り切ったのは、井上康夫の家族だろう。押っ取り刀で取材にかかったメディアの人びとのもとにも、彼の堂に入った判事ぶりに驚嘆したり、批判的な周囲の声がたくさん集まっていた。

それを受けて立ったのは康夫の父親である。鳴りっぱなしの電話やインタフォンに業を煮やした彼は、「俺が玄関前で記者会見してやる」と宣言して、妻と娘と当の息

子に止められた。

「親父がやるくらいなら、俺が記者会見するのが筋だ」

と言い張った康夫は、寝不足の姉にぴしゃりと頭を叩かれた。

結局その姉の提案で、一家は呼び寄せたタクシーに乗り込み、揃って登校した。事情がわからず驚きつつも、ベテランらしい運転手は、追いすがってくる記者やレポーターを上手に振り切ってくれた。

「首相になった気分だな」康夫の父は満足げに言った。「ああいうのをぶら下がり取材というんだぞ」

「違うわ」と、康夫の母は言った。「でも永年の謎が解けた気分よ。あたしのお腹からどうして康夫みたいな子供が生まれたのかって、ずうっと不思議に思ってたんだけどね。康夫、あんたにはあたしの遺伝子は伝わってないのよ。全部お父さんの遺伝子よ」

「つまり優秀だってこと?」

姉の質問に、母は笑って答えた。「極めつきの変人だってことよ」

「心外だ」と、父と子は同時に言った。

変人であるかどうかはともかく、その日法廷を埋め尽くした傍聴人たちに、井上判事が開廷直後に述べた挨拶——本人の弁では〈説論〉——は的確なものだった。

定刻より三十分遅れの開廷になったが、門外に閉め出されたメディアの関係者たちはまだ騒いでいた。あらゆる種類の興奮が、さらに体育館内の室温を上げていた。

井上判事は聴衆に向かい、昨日の垣内美奈絵（垣内さん、と呼んだ）との会見について簡単に説明し、その会見が学校内裁判にとって有意義なものであったこと、どのような意味合いでも誰も危険を感じなかったこと、垣内さんが出頭したことを、裁判関係者一同が同じように喜び、安堵していることをてきぱきと語った。締めくくりには、「森内先生が一日も早く全快されることを心から願うものです」と言って、そのときだけは判事ではなく、中学三年生の顔をした。傍聴人たちの一部からは熱心な拍手が起こった。それに気圧されたのか、裁判の進行を阻もうとする発言者は現れなかった。

判事の指示を受けて、藤野涼子は立ち上がり、傍聴席の最前列の端で待機している増井望を証人席に呼んだ。

待ち時間のあいだに、増井望の顔色はますます青白くなった。緊張を通り越して恐怖の色も見える。氏名を名乗り、宣誓する声は震えてかぼそく、井上判事が「もう少し大きな声で話してください」と言うと、縮みあがってしまった。

今朝、増井望を待ち合わせ場所の公園まで迎えにいったとき、涼子はもう一度確認した。本当に証言していいと思っているか。嫌ならば断ってもらってまったくかまわない。こちらとしては増井君の証言は重要だと考えているけれど、証言台に立つことで、今後の増井君の暮らしや学校生活に影響が出る可能性を否定しきることはできない。彼が保護者には内緒のままここまで協力してくれたことに深く感謝している。供述調書という書証だけでも、その感謝の念が変わることはない——

だが、増井望の決意は固かった。血の気の薄い口元をしっかりと引き締めて、証言しますと答えた。

「いっぺん、僕がどんな目に遭ったのか、ちゃんと話したい。何も知らない人に、ちゃんと聞いてもらいたいんです」

そのとき、涼子は決心した。

昨日の弁護側の策略で、増井望が被害にあった強盗傷害の事実は、涼子が望んでいたような効力を失ってしまった。増井望がどれほどひどい目に遭ったのか、大出俊次たちがどれほどひどいことをやったのか、詳しく証言してもらえばもらうほどに、昨日の橋田証言の効果が上がってしまう。

だがそれでも、増井君には気が済むまで証言してもらおう。そしてそれを、陪審員たちだけでなく傍聴人たちに聞いてもらうのだ。大出・井口・橋田の三人組がどれほど悪質なことをやったのか、それを誰も制止したり咎めたりすることができず——少なくとも効果的な形では為しえず——無力のまま無為に放置してきたのか、聞いてもらおう。この証人尋問は、柏木卓也のためのものでなくていい。増井望のためにやるべきだ。

子供だろうが未成年者だろうが、一方的な暴力にさらされた者には、自分が被害にあったことを訴える権利がある。どういう事情で何が起こったのか、本人がまわりに知ってほしいと望むならば、それを阻むことは、誰にも許されてはならない。

涼子は自分が高木教諭に平手打ちを食ったときのことも思った。もしもあの出来事が起こったとき、母の邦子が弱気になって抗議しなかったなら、カッとなった高木先生も悪いが先生に逆らったあなたも悪いのだから我慢しろと言ったなら、内申書に響くかも知れないから事を荒立てない方がいいと言ったなら、あたしはどう感じたろう。

不当だと思ったろう。増井望だって同じだ。彼はずっと不当な我慢を強いられてきた。保護者が彼のためを思ったのであっても、本人が不当だと思う以上は、その思いやりは間違っているのだ。示談に応じたのだからすべて水に流せというのは、被害に遭っていない者の言い分だ。

「この裁判に参加してくれてありがとうございます」

いつものようにそう切り出し、涼子は増井証人に微笑みかけた。四中の男子の制服は、三中のそれと違って白シャツに明るいブルーのズボンで、夏服は特に薄っぺらく見える。増井望の身体は、その夏服のなかでも泳いでしまうほど華奢だった。

涼子は増井証人の供述調書を片手に、事実関係を確認する質問から始めた。応答するうちに、増井証人の声の震えが消えていった。返答に迷うことはなく、事実関係の記憶も正確だった。

証人は涼子に視線をあてて、ほんの一瞬でも被告人を見ようとはしない。判事のことさえ見ていなかった。

「それではここで、証人がどのような怪我を負ったのか、陪審員の皆さんに目で見てもらうために、証人からお借りした写真を何枚か掲示したいと思います。よろしいですか」

「はい」

佐々木吾郎と萩尾一美が黒板を引っ張り出して、手際よくスナップ写真を貼り付けていった。増井証人が入院中に、彼の両親が撮った写真だ。

写真が見える傍聴席の前列がさざめき立った。陪審員たちは落ち着いている。倉田まり子だけはショックで目を瞠っていた。

神原弁護人と野田助手は、目をそらさずに増井証人を見つめていた。大出被告は不満そうに口を尖らせて下を向いている。涼子は、もしも彼が増井証人に威嚇的な態度をとるようなら、即座に判事に申請して退廷させてもらうつもりだったが、今のところ表情が剣呑なだけで、大きな動きはない。

「こういう状態で入院しているとき、証人はどんな気持ちでしたか」

増井望は少し考えた。傍聴席でちらちらとしている扇子やハンカチの動きが止まった。

「――怖かったです」

「怖かった？」

「はい。怪我が治っても、何か後遺症とか障害が残るんじゃないかと思って」

「ご家族は証人に何とおっしゃいましたか」

「必ずよくなるって励ましてくれました」

「この写真は、ご両親が撮ったものですね」

「そうです。父が撮りました」

「何のために撮ったのでしょう」

「あとあとのために、きっと写真があった方がいいからって」

「いつ撮ったものですか」

「僕が入院した翌日です」

「その時点で、警察は捜査していましたか」

「刑事さんにいろいろ聞かれたりしました。でも、僕の言い分と向こうの言い分が食い違ってるって」

「どう食い違っていたのですか」

「僕はカツアゲに遭ったと言いましたけど、大出君たちは喧嘩（けんか）だと言ってると」

「でも、あなたはお金を盗（と）られましたよね」

「それは喧嘩のついでで、お金を盗るために僕を殴ったんじゃないという言い分でした」

「証人は大出俊次君、井口充（みつる）君、橋田祐太郎君と知り合いでしたか」

このときだけ、涼子はわざと「君」付けにした。

「前にもあの公園の近くで見かけたことはあります。でも知り合いじゃありません」

「証人は、事件になるまで三人のことを知らなかったんですか」

「はい。でも噂は聞いていました」

「どんな噂ですか」

「三中のワルの三人組だって。四中の生徒もカツアゲとかに遭ってるって」

弁護人が片手を上げた。「異議を申し立てます。それは単なる噂で、裏付けのある事実ではありません」

「では質問を変えます」涼子は淡々と続けた。「証人としては、大出・井口・橋田の三人と、あの日相川水上公園で喧嘩をしたと思ってはいなかったのですね？」

「はい」

「今もそうですか」

「はい」

「でも、結果的にこの事件はカツアゲとして扱われずに、証人は先方と示談しましたね。なぜですか」

「その方がいいって、僕の両親が決めました」

「なぜ示談にした方がいいと、ご両親は考えたのでしょう」

「この件で大出君たちが少年院とかに送られても、きっとすぐ出てきてしまう。そしたら仕返しされるからと心配していました」

「理由はそれだけですか」

このとき、初めて増井証人が大出俊次を見た。盗み見るのではなく、ひたと見つめた。

「大出君のお父さんから、僕の医療費と見舞金を払うというお話がありました」

「だからこの件で三人を咎めないでくれと、大出君のお父さんが代表として交渉にこられたんですね」

「そうだと思います」

「証人のご両親は、すぐ納得されましたか」

増井証人はまだ大出被告を見ている。やっと被告人が目を上げて、視線が合った。たちまち、被告人の目つきが険しくなった。

証人はひるまなかった。むしろそのリアクションに満足したみたいに、ゆっくりとまばたきして涼子に目を戻した。

「僕の両親が言ったとおりに言っていいですか」

「はい、もちろんです」

「大出君のお父さんは堅気（かたぎ）の人には見えない。ああいう人と関わるとあとが怖いし、向こうの弁護士さんは話がわかる人のようだから、さっさと示談にしてしまおうと言いました」

傍聴席から笑い声が起こった。開けっぴろげな、容赦ない笑い声だ。大出俊次の顔が赤くなった。

「証人は、ご両親の決断をどう思いましたか」

「仕方ないと思いました。僕も怖かったし」

「大出君たちが怖かったのですか。それとも大出君のお父さんですか」

「どっちもです」

また、嘲るような笑い声があがった。大出俊次が身動きし、弁護人に何か言われてまた下を向いた。顔はますます赤くなり、片手を握ったり開いたりしている。涼子にとっては思うつぼだった。増井君を殴りたいわけね。止める人がいなかったなら、こんな場面でなかったら、すぐにも飛びかかってまたボコボコにするわけよね。

「今も怖いですか」と、証人に訊いた。

増井証人はうなずいた。「はい」

「でも、こうして証言してくれましたね。何か気持ちに変化があったのですか」

「ひとつは、大出君のお父さんが——この裁判とは関係ないですけど、逮捕されたからです」

「今も身柄を拘束されていますよね。だから、証人が過去に大出君のやったことを証言しても、証人の家に押しかけてきて脅すようなことはできない」

「異議を申し立てます」と、弁護人が機械的に発言した。判事も「異議を認めます」と機械的に応じた。

涼子はにっこりした。「大出君のお父さんが地域から姿を消したことで、証人の怖いという気持ちが消えたのですね？」

「完全に消えたわけじゃないですけど、気が楽になりました」

「証人の気持ちの変化には、ほかにも理由がありますか」

答える前に、増井証人は胴震いした。

「僕のほかにも暴力の被害に遭った人がいるのなら、放っておいちゃいけないと思ったからです」

「自分が被告人から暴力を受けたことを、ちゃんと公にしたいと思ったんですね。そうすることで、被告人の人となりを陪審員にわかってほしいと思ったんですね」

「そうです。それと」

証人がまた胴震いをして、判事が軽く身を乗り出した。

「自分がどんな目に遭ったのか、いっぺん、聞いてもらいたいと思いました。示談にしたんだから、もう忘れなさいと言われても忘れられなかった。なかったことにしなさいと言われても、無理でした」

無理でした——と言うとき、声がかすれた。

法廷は静かになった。

涼子は少し間を置いた。

「ここで証言したことで、被告人に恨まれ、また殴られたりするんじゃないかと不安ですか」

「少し不安です。でも、この後で僕がまた怪我とかして、それが大出君のせいだったら、僕ははっきりそう言います。今日ここにいる皆さんが証人です。僕の両親も、もう示談にして忘れてしまった方がいいなんて言わないと思います」

「ご両親は、証人がこの裁判に参加することをご存じですか」

知らない、自分の一存で参加したという答えが返ってくると思っていたのに、違った。

「ずっと隠していましたけど、今朝、父には話しました。傍聴に来てくれていると思います」

それと同時に、傍聴席の中ほどで背広姿の男性が立ち上がり、手を上げた。「私が証人の父親です」と、大きな声で言った。

驚きが顔に出てしまって、涼子はあわてて供述調書に目を落とした。

「そうですか。すると証人のお父様は、ここで証言したいという証人の気持ちを理解して、応援してくださってるんですね」

証人はまだ手を上げたままの父親を振り返り、うなずいた。父親も大きくうなずき返し、手を下げた。周囲の傍聴人たちにじろじろ眺め回されながら、静かに着席した。

父親の思い切った行動は、増井証人を勇気づけたようだ。

「はい。僕の気持ちをわかってくれました。柏木君がもし本当に殺されたのなら、放っておいたらいけないと言ったのも父です」

「柏木君の事件は、証人の事件よりも二ヵ月近く前の出来事です。証人が自分の身に起きたことを黙っていたから、柏木君の事件が起こったわけではありませんよ」

「そうだけど、でも僕は、大出君たちが人を殺すようなことをやりかねないって知ってます」

傍聴席がざわめき、大出被告は完全に頭に血がのぼったようで、勢いよく席から立ち上がりかけた。弁護人がそのシャツを引っ張って座らせた。勢い余って、被告人は座席から転がり落ちそうになった。

「被告人、静かに」と、すかさず判事の声が飛んだ。

「わざとじゃないんです、たぶん」

青ざめていた顔に血の気が戻り、証人は決然とした口調になった。

「悪ふざけなんです。こういうことをしたら相手がどうなるか、もしかしたら死んじゃうかもしれないとかって、考えていないんです。僕のときはそうでした。僕を殴ったり蹴ったりしながら、大出君たちはずっと笑っていました。柏木君のときだってそうだったんだろうと思います」

異議を申し立てます——と弁護人が言い終える前に、判事が割り込んだ。

「この発言は証人の意見であり推測です。陪審員は今の発言を忘れるように」

「失礼しました」涼子は言って、判事に一礼した。それからこっそり、証人に目配せした。

その光に、涼子は満足した。増井証人の目に明るい光が灯った。

「検事側の主尋問は以上です」

涼子は着席し、証人席の増井望を励ますために、彼を見つめた。

傍聴席がざわめいているので、弁護人は少し待った。それから口を切った。

「証人は、大出君とは知り合いではないのですよね？」

「はい」

増井証人の声がまた震えを帯びた。

「友達でもないのですよね」

「はい」

「大出君と井口君と橋田君から暴力をふるわれたのは、ただ証人が運悪く、たまたまそのときその場にいたからであって、友達関係がこじれたなどの理由があったわけではありませんよね？」

「はい、ありません」

「もしかすると、大出君も井口君も橋田君も、証人を殴ったり蹴ったりしたとき、証人の名前を知らなかったかもしれない？」

「たぶん、そうです」

「証人には、自分が被害に遭った理由に、たまたま運悪くその場にいたからという以上の思い当たることがありますか」

増井証人には問いかけの意味がわからなかったらしい。首をかしげた。

弁護人は丁寧に言った。「たとえば、証人の方から大出君たち三人を挑発したとか」

「証人から彼らに近づいたこともない？　話しかけたとか」

「していません」

「被害に遭うまでは、彼らを知らなかった。それで間違いありませんか」

「ありません」

　うなずいて、弁護人はひと息ついた。

「証人は自分で自分を、外向的な方だと思いますか、内向的な方だと思いますか」

　証人がまた訝（いぶか）しげな表情になる。

「活発な方か、おとなしい方かということです」

「——おとなしい方です」

「証人は小柄ですよね。僕もそうですけど」

　弁護人は微笑してみせる。

「性格がおとなしくて身体（からだ）が小さいと、特に男子生徒同士の付き合いでは、バカにされたり軽んじられたり、いじめやからかいの標的にされやすくなると思います。大出君たち以外の生徒たち——たとえば四中の同級生などにも、証人は、一度ぐらいはいじめられたり、からかわれたりしたことがあるんじゃないですか」

明らかに証人は気を悪くしている。

「そんなことと僕の事件とは関係ないです」

涼子は、手を上げるだけではなく起立して声を放った。「異議を申し立てます。弁護人の質問には意味がありませんし、証人を侮辱しています」

弁護人、と判事は厳しい声を出した。

「この質問で、何を立証しようというんですか？」

弁護人はすぐさま応じた。「被告人が罪を問われている柏木卓也君の死にまつわる事情——正確に言うなら検事側が立証しようとしている事情と、増井証人が被害に遭った事件とは、まったく性質を異にするものだと申し上げたいのです」

うなずいて、判事は先を促した。

「柏木君の死の原因となったのは——あくまでも検事側の筋書きではですが——柏木君と被告人の感情的な対立です。しかし増井証人が被害に遭った事件には、感情的な対立は見えません。増井証人は被告人とその仲間を知りませんでした。暴力沙汰が起こる前に、やりとりがあったわけでもない。つまり被告人は、通りがかりの増井証人が、おとなしそうで身体が小さく、カツアゲの恰好のカモだと思ったから襲ったのです。前者は、検事側の筋書きどおりなら、計画的な暴力です。後者は場当たり的な思いつきの暴力です。相手が弱そうだから、小遣い銭目当てでカツアゲをした。調子に乗って、後先考えずに殴ったり蹴ったりした。この二つはまったく性質が違う事件です。ですから陪審員の皆さんには、暴力の結果ではなく、暴力が発生した原因と経過に注目していただきたいのです」

傍聴席は静まりかえってしまった。無作為抽選で席を占めた傍聴者のなかには、昨日のニュースを見て初めて関心を持ったという野次馬も混じっているはずだ。〈神原節〉に免疫がないから、目をシロクロさせているのだろう。

「僕はいじめられたりしてません！」

証人がちょっと色をなして反論した。

「たまにからかわれることはあるけど……」

傍聴席の一部が我に返ったようになって笑ったので、涼子はぐるりと睨みつけてやった。

「いじめられてなんかない。カツアゲに遭ったのも、二月の事件が初めてです」

「わかりました。質問は以上です。ありがとうございました」

弁護人が着席し、傍聴席が落ち着きを取り戻すのを待って、涼子はゆっくり腰を上げた。

「判事、再主尋問があります」

すぐさま、証人にぴたりと視線を据える。

「増井君、今、大出君に対してどんな気持ちですか。何か、彼に言いたいことはありますか」

言いたいことを言っていいよ。忘れろと言われていたことを、ここでみんな言っていいんだよ。

「この裁判で、本当のことを言ってほしいと思っています」

「柏木君の死に関わったのなら、その事実を正直に認めてほしいということですね」

「そうです。でも、もしも関わっていないのなら、関わっていないって言って、頑張ってほしい」

「頑張ってほしい？」

「大出君がもしも、面倒くさいとかヤケになって、やってもいないことをやったと認めるんなら、それは、あったことをなかったことにしろって言われて、そうしてしまった僕と同じです。それじゃいけないと思います」

それは涼子が求めるべき——検事として求めるべき言葉ではなかった。しかし、一人の中学生としては求めるべき言葉だった。

「それと――それから」

増井望の声が、また小さくなった。脚が震えているのがわかる。

「裁判が終わったら、一度でいいから、僕に謝ってほしいです」

被告人は逃げるようにうつむいたままだ。

「ありがとうございました」

涼子は着席する。判事と陪審員たちにぺこりと頭を下げて、増井望が証人席を離れる。脇の出入口には向かわず、傍聴人たちの目を惹きつけながら、通路際を後ろへ歩いてゆく。傍聴席の父親が立ち上がり、座っている人たちを掻き分けて、脇目もふらず我が子に近づいてゆく。

父親は増井望の肩を抱いた。そのまま、二人で体育館を出ていった。

「――まったく」

佐々木吾郎がタオルで顔の汗を拭きながら、ぼそりとこぼした。

「親父さんが来るなら来るって、言っといてくれりゃいいのに」

「お父さんにしゃべっちゃったときには、お父さんが本当に傍聴に来てくれるかどうか、望君にも確かじゃなかったんだよ、きっと」

一美が言った。優しい口調だった。

藤野涼子は静かに呼吸を整えていた。検察側の証人は増井望がラストだ。カードは全て出した。あとはもう反対尋問で打ち返し、最後の論告に賭けるしかない。

「弁護側の証人を呼んでください」

判事の声に、野田健一が脇の出入口に走った。いったん姿が消えて、なかなか戻らない。証人の到着が遅れているのか。

——コンノツトムって、どこの誰だ。

あるいは控え室ではなく傍聴席にいるのではないかと、涼子は視線をめぐらした。そのとき、意外な顔を見つけた。前から三分の一ぐらいの列の端に、面を伏せるようにして座っている。

思い切って髪を短くした。男子みたいだ。Tシャツにジーンズという服装も、いつものイメージではない。ひと目で彼女だと悟られないように工夫してきたのだろうか。三宅樹理だ。右隣に母親がいて、左隣には尾崎教諭が寄り添っている。

——どうして？

なぜ急に、今ごろになって傍聴する気になったのだろう。大出俊次の本人尋問があるからだろうか。

——藤野さん、あたしのこと信じてる？

樹理は涼子の視線に気づかない。痩(や)せた身体を包む白いTシャツは、彼女にはサイズが大きすぎてぶかぶかだ。

「お待たせしました。弁護側の証人の今野努さんです」

弁護人の声と共に、すらりと背の高い背広姿の男性が入廷してきた。一年のうち、三百日は背広を着ているというタイプの人だと、涼子は思った。着慣れた感じが漂っている。涼子の父と同じだ。

「証人は証人席にどうぞ」

涼子の心臓の鼓動が速くなった。確かに、あたしが知ってる紺野(こんの)さんではない。ちらりと見えた背広の襟のバッジ、あれは確か——

「お名前を確認します。今野努さんですね」

「はい、私が今野努です。この法廷で弁護人を務めている神原和彦君の要請を受けて、証人として出廷しました」

「まず宣誓していただきます」

大人の、しかも未知の証人に、判事の口調もこころなし丁重だ。証人の声はよく通り、滑舌もよかった。歳(とし)は三十代後半か、四十そこそこだろう。運動家タイプで、肩が厚い。

この証人の供述調書を提出し、受理されたところで、弁護人は切り出した。

「まず最初にお訊ねします。今野さんは、本校の生徒の保護者ですか」

「いえ、違います。この学校にとって、私は部外者です」

「ご職業を教えてください」

さっき、涼子がちらりと見たバッジは本物だった。証人はこう答えた。

「弁護士です」

傍聴席がどよめいた。

「司法試験に合格し、弁護士資格を取得してちょうど十年になります。第二東京弁護士会に所属しております」

歯切れのいい口調で述べる今野証人の、どちらかというならいかつい顔には、傍聴席のどよめきを楽しむような色がうっすらと浮かんでいる。

弁護人が起立し、主尋問の皮切りに、こう言った。「先生の登場に、法廷じゅうが驚いています」

証人は大らかな笑顔になった。「本物が来たからかな」

弁護人も照れ笑いをした。「そうですね。この学校内裁判に参加してくださってありがとうございます」

「よろしくお願いします。ところで、尋問に先立って、陪審員の皆さんに聞いておいていただきたいことがあるんですが、判事、よろしいでしょうか」

「どのようなことですか」

「私はこれから、検事側、弁護側双方の尋問にお答えする用意がありますが、その前に、自分の立場を明確にしておきたいのです」

どうぞ、と判事は促した。

「陪審員の皆さん、ご苦労様です」

証人は九人の陪審員たちに軽く一礼した。陪審員たちも礼を返した。啞然としているらしい勝木恵子だけを除いて。

「私は証人として出廷していますが、私自身は神原弁護人から要請を受けた弁護側の証人ではありません。真の証人は私の依頼人です。私は依頼人の委任を受け、彼の代理としてここに出廷しております」

嚙んで含めるような口調だ。

「私の依頼人は、この学校内裁判ではなく、学校の外の社会の本物の刑事裁判で、ある罪に問われ、起訴されている身の上です。その刑事裁判――公判において、私の依頼人が公正な裁きを受けることができるかどうか見守り、必要な場合には然るべき手段を講じて彼の権利を守ることが、私の仕事です」

陪審員たちはまばたきもせず注目している。

「私の依頼人が関わったとされている違法行為には、ほかにも複数の関係者が存在しています。この関係者のなかには、私の依頼人と同じように既に起訴されている人もいますし、まだ取調べを受けている段階の人もいます。関係者の人数が多く、現場も複数あり、複雑な事件でして、捜査は継続中です」

いったん言葉を切り、陪審員たちの顔を見渡して、今野証人は続けた。

「そういう状況下で、私はここにいます。ですから、ここが皆さんに理解していただきたいポイントなのですが、私は依頼人の意志を尊重し、できるだけ率直に、本人の意図に添うようにこれからの証人尋問にお答えするつもりでおりますけれども、この場での質問が、私の依頼人が外の社会で問われている罪状に――〝罪状〟というのは、裁判にかけられる違法行為の内容という意味ですが――直接的に関係するものであったり、あるいは私の依頼人にとって、将来的に不利益または不公正な事態を招く可能性のあるものである場合には、私はその質問にお答えできません。仮に私の依頼人が、私が答えてもかまわないと思っていたとしても、依頼人――被告人にとって不利益になるかもしれない証言をしなくてはならないと私が判断した場合は、私は質問にお答えしません。あるいは、部分的にしかお答えしません」

陪審員たちの緊張した面持ちに、今野証人は笑いかけた。

「但し、それはけっして、私がこの学校内裁判の法廷を軽んじているからではないということを、ぜひとも理解してください。それは私の依頼人の願いでもあります。彼は現在も身柄を拘束されていて公判を待つ身の上ですが、この学校内裁判に証人として参加することを、自ら進んで希望しました。依頼人が知っている限りの真実を、陪審員の皆さんにお伝えしたいと願っています。どうぞ、私の依頼人の真摯な——真面目な気持ちを理解してあげてください」

お願いしますと、今野証人はまた一礼した。今度は陪審員たちも全員が礼を返した。

「井上判事、ありがとうございました」

今野証人は判事にも礼をした。そして弁護人を見返った。「どうぞ、始めてください」

さすがに気圧されたのか、神原弁護人はちょっと詰まった。

「落ち着いて」と、今野証人が小声で言った。傍聴席の前列で、何人かが笑った。

「ええと、今野先生」

神原和彦がどぎまぎする景色は珍しい。だが涼子には笑っている場合ではなかった。本物のプロの法律家が、本気でここに来ている。

「〝今野証人〟で結構ですよ」と、証人はにこやかに言った。「〝先生〟だと、学校のなかではまぎらわしいよね」

「はい、それでは今野証人に伺います」

助手の野田健一が、額の汗を拭いている。一方の大出俊次は、さっきこいつが長々としゃべってた〈被告人〉というのはオレのことじゃねえのかと、ちんぷんかんぷんな顔をしたままだ。

「証人に、この場での証言を依頼した人物の名前を教えていただけますか」

「それはできません」

いきなりである。

「ここで私の依頼人の氏名を明らかにすることはできません。理由は、先ほど申し上げたとおりです」

「では、これからの質疑のなかで何とお呼びすればいいでしょう。ご提案はありますか」

「〝私の依頼人〟〝あなたの依頼人〟でいかがでしょう」

「わかりました。では証人は現在、どのような事情であなたの依頼人の弁護を務めておられるのでしょうか」

「私の依頼人の起訴が決定した際に、私が国選弁護人に選任されました。提出した書証の一ページ目に、私の依頼人の〝弁護人選任届〟のコピーを添付してあります」

「こちらですね」

神原弁護人が該当のページをめくって掲げてみせた。黒く塗りつぶしてある部分が、依頼人の氏名だろう。

「そうです」

「あなたの依頼人は、どのような罪で起訴されたのですか」

「複数ありますが、主なものをひとつ挙げればよろしいですか」

「はい」

「現住建造物放火です」

涼子の心臓がどきりと打った。傍聴席の大人たちにも、それだけでピンとくるものがあったのだろう。またざわついた。陪審員たちにはわからないのか、反応はない。

「人が生活している建物に、故意に——わざと火を点けて火事を起こしたという罪です」

今野証人は陪審員たちに解説した。すると、彼らの顔にも理解と驚きの色が広がった。

涼子の隣で、佐々木吾郎が踏みつぶされたみたいな呻き声をあげた。萩尾一美も、枝毛とりのポーズのまま固まっている。

「その放火事件は、いつ、どこで起こったのでしょうか」

「本年七月一日の午前一時頃、大出勝氏の自宅において発生しました」

傍聴席のざわめきが大きくなる。判事が木槌を鳴らして「静粛に願います」と声を上げた。

「大出勝氏は、この学校内裁判の被告人、大出俊次君の父上です」と、証人は続けた。

「この放火により大出家は全焼しました。私の依頼人はこの件で、放火の実行犯――直接、大出家に火を点けた人物であると目されておりまして、放火の実行為については、自ら認めております」

「あなたの依頼人は、なぜ大出家に放火したのでしょうか」

「そのように依頼されたからです」

「誰に依頼されたのでしょうか」

証人は微笑んだ。「お答えできません」

「この事件については新聞報道などがあって、地元の人たちはひととおりの事実を知っています。それでもお答えいただけませんか」

「報道されたことが事実とは限りません」と、証人は言い切った。「誰が、いつ、どのような形で、私の依頼人に〝大出家に火を点け、家屋を全焼させてくれ〟と依頼したのか。その事実認定は、私の依頼人にとっても、この事件で同じように起訴されている大出勝氏にとっても、公判では確実に争点となります。ですから、現段階ではお答えできません」

「わかりました。あなたの依頼人は、大出勝さんと交友関係がありましたか」

「ありません」

「では、大出家に放火することで、あなたの依頼人は、見返りに何を得たのでしょうか」

「金銭です」

「つまり、お金をもらって放火を引き受けたということですね？」

「そうです。端的に申しますと、私の依頼人はそのような仕事を請け負うプロなのです」

証人は陪審員たちの顔を見まわした。

「皆さんは、〝地上げ〟とか〝地上げ屋〟という言葉を見聞きしたことがありますか」

竹田陪審員長を始め、何人かがばらばらとうなずいた。証人もうなずきを返す。

「どちらも、現在の好景気が始まり、とりわけ大都市圏の地価がうなぎ上りになって以来、新聞や週刊誌などでしばしば見かけるようになった言葉ですからね。ちょっと回り道になりますが、まずこれについて簡略に説明させてください」

ここで野田健一がそっと立ち上がると、弁護側の黒板を引っ張ってきて前に出た。白いチョークを手に、〈地上げ〉〈地上げ屋〉と書いて、着席した。緊張で字が震えているし、歩き方がぎこちない。

「字で書くとこうなります。ありがとう」

証人は野田助手に笑いかけた。

「地上げとは、ある土地に建っている住宅や共同住宅に定住している賃貸入居者や、その土地を借りて住宅や店舗を建てて住み着いたり、お店や会社を営業している人たちを、その意志に反して強引に追い出したり、その土地から追い払ったりする行為をさす言葉です。では、なぜそのような乱暴なことが行われるのか」

証人は自分も前に出て、板書したいような様子である。

「土地の所有権を持つ人——一般に地主と呼びますが、この人には、自分の所有する土地を自分の意志に従って自由に売ったり、貸したり、自分で使用したりする権利があります。但し、たとえばマンションやアパートを建てて賃借人を入れたり、借地権契約を結んでその土地を他人に貸したりした場合は、借りている人の側にも一定の権利が発生します。契約した内容のとおりに、その土地に住んだりお店を営業する権利です。それは、地主にも借りている人の権利を尊重し、契約をきちんと守る義務が発生するということです」

さて――と、証人は続けた。

「地主の側にも何らかの事情ができて、この契約を解除したり、契約を更新することをやめたくなる場合があります。その際には賃借人に事前にその旨を通告し、立ち退き料を支払うなどの一定の手続きを踏まなくてはなりません。多くの場合はその手続きが円滑に進むのですが、時には賃借人が立ち退きを拒否したり、様々な事情で地主の望む期間内に立ち退くことができないとか、立ち退き料の金額が折り合わないなどの問題が発生することがあります。どちらも人間ですし生活がかかっていますから、これは仕方ありません。この場合は、話し合いや調停によって解決するのが理想ですが、そのように事が運ばないとき、地主の側が賃借人に嫌がらせをしたり、賃借人がその土地に住みにくくなるような環境を作ったりして、強引に追い払おうとする。この行為が〝地上げ〟であり、その行為に加担するもしくは実行を請け負う個人や団体を、一般に〝地上げ屋〟と呼ぶのです」

陪審員たちがまたばらばらとうなずいた。

「今、私は〝地主の側〟という表現を使いましたが、これは、地上げを行うのは地主さんに限らないからです。地主さんにはそんな意志がなくても、たとえば介入した不動産開発業者が地上げにかかる場合もありますし、高い収益が上がる見込みのある土地に目をつけた第三者が、勝手に地上げを行って住人を追い払い、賃料が入らなくなって困る地主さんに土地を売るように迫る——などの場合もあります。実態は実に様々ですので、陪審員の皆さんも、地主というのはみんな欲深くて悪い人間なんだと誤解しないでください」

傍聴席に軽い笑いが起こった。

「不動産というものは、もともと高価なものです。しかも昨今の地価上昇で、さらに価値が上がっています。そのために、残念ながら不動産をめぐる権利や利害の衝突が増えていることは事実です。そのなかでも悲劇的なのは、家族や親族のあいだでこの衝突が起こるケースです。大出家の場合もそうでした」

証人は右手の人差し指を立てて、顔の脇（わき）に掲げてみせた。

「家族の一人が土地の所有権を持っており、そこに建つ家屋に」と、今度は左手の指を三本立てる。両手の指を真ん中に寄せてみせる。

「他の家族と同居していた。そしてこの土地を資産として活用したいという家族の一員と、土地の所有権を持つ別の一員、いわば家庭内の地主との意見が衝突し、話し合いで折り合うことができないまま、当事者の一人が短兵急な解決を求めて、私の依頼人を含む地上げ屋の介入を招きました。その結果、家が焼失した上に死者を出してしまったのです」

大変な悲劇ですと、証人は語気を強めた。

「こうした地上げの場合、放火というのは頻繁に使われる手段ですか」

「建物が失くなってしまえば誰もそこに住めませんから、確実な手段でしょう。ただ類焼する危険がありますし、死傷者が出る可能性も高いわけですから、究極の手段であって、かなり荒っぽいことをする地上げ屋でも、簡単に踏み切れることではありません」

「でもあなたの依頼人は、その道のプロなんですよね？」

あどけないような顔をして問いかける弁護人に、証人は真剣な眼差しを返した。

「そうです。熟練した仕事師でした」

判事席の井上康夫が、嫌悪に顔を歪めた。それを素早く見てとったのか、証人は井上判事に向き直った。

「プロだとか仕事師という表現は、不謹慎で不適切ですね。私もそれは充分に承知しております。私の依頼人は法律に違反しました。道義にもとる、悪いことをしました。その行為には一分の弁解の余地もありません。しかし、成長期にある皆さんに、ぜひ冷静に考えて、理解する努力をしてほしいとも思います。人間は、私の依頼人のような生き方を選ぶこともあるのです。そしてその生き方のなかで、その生き方なりの矜持――誇りと分別を持つこともあるのです」

その言葉を待ち受けていたかのように、弁護人が問いかけた。「あなたの依頼人の矜持とは、具体的にはどういうことですか」

一瞬だけ間をおいて、証人は力強く答えた。

「自分が手がける案件では、火災による直接的な死傷者を出さない――人の身体を傷つけないということです」

「人が住んでいる建物に放火するのに、そんなことが可能でしょうか」

「大出家の事件までは、可能でした。私の依頼人は、過去十件ほどの放火の実行行為を認めていますが、そのなかで死者が出たのは、大出家のケースだけです。合わせて申し上げるならば、この件で逮捕されるまで、私の依頼人には前科前歴がありませんでした」

「つまり、警察に目をつけられることがなかったと」

「目をつけられても――また不謹慎な表現になりますが、尻尾をつかまれることがなかったと言いましょうかね」

弁護人はゆっくりとうなずいた。「そういう手口、放火の手段と言えばいいんでしょうか。それはあなたの依頼人独自のものですか」

「そうです。そのために、私の依頼人には通り名がついていました。建物のなかにいる人が、火事が起きたことにすぐ気づき、素早く避難することができるように、派手に、しかし非常によくコントロールされた火の手をあげるので、それを花火に喩え、〝花火師〟と呼ばれていたのです」

野田健一がまた板書した。やっぱり字が震えている。涼子も自分の手の震えを握りしめた。やっぱりそうか。今野弁護士は〈花火師〉の弁護人なのだ。

「でも大出君の家では失敗しましたよね？」

証人は被告人である大出俊次に目をやった。「そうです。大出勝氏のご母堂、俊次君のお祖母様が亡くなりました。私の依頼人はこのことを深く悔やんでおります」

大出俊次の顔に、怒りの色はなかった。むしろ、さっきまでよりしょぼんとしている。

「〝花火師〟であるあなたの依頼人は、一人の死傷者も出さずに目的を遂げるために、いろいろと工夫するんでしょうね？」

今度は証人が、弁護人のこの問いかけを待っていたようだった。はい、と答えた。

「その詳細については、ここでお答えすることができません。ただ一点だけ、これは技術的な工夫ではなく、私の依頼人の心情的な部分に根ざすことですので、申し上げます」

「どのようなことでしょう」

「私の依頼人は、事前に必ず、目的の建物に住んでいる人たちに会うようにしていました。ほとんどは顔を見る程度でしょうが、会話をすることもあったそうです」

弁護人が目をぱちくりしてみせた。「会うって、わざわざ会いに行くんですか？」

「そうです」

「何でそんなことをするんですか？」

「その人たちに会うことによって、彼らがその建物で生活していること、生きている人間であって、彼が依頼をこなすために必要な情報――たとえば二階に三人、一階に一人寝ているなどの情報ではないことを、自身の胸に叩き込むためだと話していました」

陪審員の山埜かなめが、何かに打たれたように身じろぎ、両手で口元を押さえた。

「相手は空っぽの建物ではない。生身の人間だ。下手をすれば、その人たちの命を奪ってしまうかもしれない行為を、これから自分はやるのだ。自分自身にそう言い聞かせるために、あなたの依頼人は、わざわざ目的の物件の住人たちの顔を見に行くわけですね？」

「そうです。だからどうだということではありません。罪が軽くなるわけでもありません。心情的だというのは、そういう意味です。もちろん、住人のなかに病人や年配者や子供がいれば避難にサポートを要しますから、そうした状況を確認する目的もあったでしょう」

「相手に顔を覚えられたりしたら、まずくないですか」

「その危険は承知の上だったそうです」

証言の筋が見えてきた。涼子は膝の震えを抑えられなくなり、思わず脚を動かした。

「いつも、必ずそうするんですね」

「はい、必ず」

「一件の例外もなしに？」

「例外はありません」

「すると大出家の場合も、あなたの依頼人は事前に大出家を訪ねたんですか」

「訪ねました」

神原弁護人の顎(あご)が、挑発するように軽く上がった。「いつのことですか？」

「都合三度、私の依頼人は大出家を訪ねて下見をしていますが、最初の訪問は昨年末、十二月二十四日の夜でした」

法廷全体がどよめき、判事の木槌(きづち)が激しく打ち鳴らされる。

今野証人が水を所望し、野田健一がペットボトルを手渡した。少しのあいだ、証言は中断された。どよめきは鎮(しず)まったが、傍聴人たちも陪審員たちも、動揺と興奮を隠せない。

弁護人が質問を再開する。

「あなたの依頼人は、何時に、どのような形で大出家を訪ねたのでしょうか」

「この地上げに関わっていた仲間と三人で、大出勝氏に招かれ、麻雀(マージャン)をするという名目で訪ねました。大出家には立派な麻雀卓を置いた、専用の麻雀部屋があったそうですよ。着いたのが午後九時前で、辞去したのは午前二時過ぎだったということです」

「かなり長い時間ですね」

「麻雀ですからね」と言って、証人はちょっと笑った。「口実ではなく、実際に卓を囲んだそうです。ついでに言うと、私の依頼人は一人負けでした。彼の目的は別のところにあったので、気が散っていたのでしょう」

「当夜のあなたの依頼人の目的は、建物の下見と、大出家に住んでいる人たちに会うことだったんですね」

「そうです。大出夫人には、訪問してすぐに挨拶(あいさつ)したそうです。ご母堂にも、大出勝氏に案内されて、居室に会いに行きました」

「俊次君には会いましたか」

「大出勝氏は、夫人と同じようにすぐ俊次君にも挨拶させたかったようですが、俊次君は呼んでも顔を見せなかった。客が来ても、ちゃんと挨拶もできない倅(せがれ)なんだと、勝氏は怒っていたそうです」

「あなたの依頼人は、その訪問のあいだ、ほとんどの時間は麻雀部屋にいたんですか」

「そうです。ときどきトイレを借りたり、脚を伸ばすなどの口実を設けて——これは主に大出夫人に対する口実ですが――部屋を出て屋内を見て回ることもあったそうですが、どれも短時間でした」

「それで下見になりますか」

「彼には充分だったんでしょう。それと、当夜の訪問時に、勝氏から家の設計図をもらったそうです。築年数が三十年を超えている家でしたから、設計図も旧くて、その後の改築や改装の内容は反映されていなかったので、あくまでも概略をつかむための資料だったそうですが」

「設計図と同時に、大出勝さんから、家族の居室などの情報も得たわけでしょうか」

「そうです」

「たとえば台所がここで、風呂場がここで、俊次君の部屋はここだと」

「そうです。ただそれに加えて、実感をつかむためには、自分の目で屋内の様子を確かめることも必要だと話していました。家具や備品の置き方や、設計図上は窓があっても塞がれている場合など、人が現住している建物には、現物を見ないとわからないことがたくさんあるからでしょう」

弁護人はファイルを置き、今は手ぶらだ。目指すべき場所はわかっている。一直線にそこへ行くだけだ。そんな顔をしていた。

「それであなたの依頼人は、俊次君には会えないままだったのでしょうか」

「麻雀部屋の内線電話を使ったり、夫人に言いつけたりして、勝氏が何度も呼んだのですが、俊次君は現れなかったそうです。今日はふらふら外へ出歩くなと言いつけたんで、一人前にスネていやがるんだと、勝氏がひどく怒るので、私の依頼人や同行した仲間たちで宥めたそうです」

「俊次君に会えないと、あなたの依頼人は困りますよね？」

「今夜が無理なら、またの機会もあると思っていたそうです。計画の実行は、半年以上先の話でしたからね。ですから私の依頼人は急ぐ必要がなかったのですが」

いい、たまたま――と、証人はゆっくり言った。

「たまたま？」

「水を一杯もらおうと、自ら足を運んで大出家の台所へ行ったとき、私の依頼人は俊次君と顔を合わせました」

弁護人もゆっくりと質問した。「それは、何時ごろでしたか？」

「台所に置いてあった小さなテレビに、ＮＨＫのニュースが映っていたそうです。あの夜は雪が降っていましたよね。明け方にかけて大雪になった」

「はい。首都圏に大雪警報が出ていました」

「そのときの画面には、天気図が映っていたそうです。で、NHKの場合」

証人は空に手で四角い画面の形を作ってみせて、その左上の角を指さした。

「ブラウン管のこの部分に、時刻が表示されていますよね? ドラマなどの場合はわかりませんが、ニュースや気象情報ではよく見かけます」

「はい」

陪審員たちもうなずいている。

「その時刻の表示は、私の依頼人が最初にテレビに目をやったとき、午前零時八分になっていたそうです」

野田助手が黒板に「0:08」と書いた。

「私の依頼人は、子供のころから視覚的な記憶力が優れていたそうです。その能力が、彼の〝花火師〟としてのスキルに関わるものかどうかは私にはわかりませんが、ともかく、一度見たものは忘れない。とりわけ数字の場合は鮮明に覚えているので、間違いないと話していました」

傍聴席のざわめきが鎮まった。今ではみんなが固唾(かたず)を呑(の)んでいる。

「確認させてください」と、弁護人が言った。「昨年のクリスマス・イヴの夜、日付の変わった十二月二十五日の午前零時八分過ぎに、あなたの依頼人は、大出家——この法廷の被告人である大出俊次君の自宅の台所で、大出俊次君に会ったのですね？」

「そうです」

当の被告人は目を瞠って（みは）おり、手を上げて頭を掻いた（か）。野田健一に顔を寄せて何か囁き（ささや）かけ、助手も素早く応じた。静かに、と言ったらしい。

「あなたの依頼人が大出家の台所に行ったら、そこに俊次君がいたということですね」

「そうです」

「俊次君が何をしていたか、あなたの依頼人は覚えていますか？」

「電子レンジで何か温めていたそうです。我々もよくやりますよね。お皿やパッケージを電子レンジに入れて、タイマーを合わせて、チン！と鳴るまでそのそばで待っている」

「俊次君もそうしていた？」

「そうです」

「あなたの依頼人はどうしましたか」

「こんばんはと声をかけました。先ほども言ったように、私の依頼人はまだ俊次君に会っていませんでしたが、年格好からして彼が大出勝氏の子息であることは容易に推定できたので、まず挨拶したわけです」

「俊次君のリアクションはどうだったのでしょう」

「ムスッとして、返事はなかった。つまり無視したわけですが」証人は真顔のまま続けた。「私の依頼人は自己紹介しました。名前は名乗らず、〝ユニバーサル興産の者です〟と言いました。これは、大出家の地上げに関わっていた企業の名称です。そして、同僚と一緒に麻雀に呼ばれて、お邪魔していますと話しかけました」

「俊次君は？」

「やはりムスッとしていたそうです」

今も被告人はムスッとしている。

「すぐ電子レンジがチンと鳴ったので、俊次君は中身を取り出し、冷蔵庫からペットボトルを出して、それを手に台所を出ていきました。台所を出た先に二階に通じる階段があるんですが、その階段をあがって行く足音がしたそうです」

「そうすると、あなたの依頼人は俊次君と会話していないんですね」

「そうです」

「そのときの俊次君に、どんな印象を受けたでしょうか」

「勝氏が怒るとおり、拗ねた態度で愛想のない息子だと思ったそうです。でもまあ、あの年頃の男の子にはありがちなことだと、深く気にしませんでした」

「俊次君の服装を覚えてますか」

「薄いブルーの、ジャージの上下を着ていました。足は裸足で、スリッパも履いていなかった」

「自宅でくつろいでいるときの服装ですね」

「そうですね。私も家でゴロゴロしているときにはそんな恰好をします」

証人は陪審員たちにまた笑いかけたが、陪審員たちは緊張しきっている。

「実際、俊次君はとても眠そうで、そのせいで愛想がなかったのかもしれないと、私の依頼人は思ったそうです」

「眠そうだった？」

「はい。顔つきがね。ジャージも寝乱れていたし、髪には寝癖がついて、はねていた。ついさっきまで自室で寝ころんでいて、腹が減ったなあと起き出して台所へ降りてきた——これまた、我々もやることですよね」

「くつろぎきっている感じ？」

「そうですね」

「これから外出しようとか、外出先から帰ってきたばかりだとか、そんな感じではありませんよね？」

無駄だとわかっているが、涼子は挙手して異議を申し立てた。「判事、弁護人は証人の意見を訊いています」

異議を認めますと、判事も機械的に応じた。

弁護人は続けた。「俊次君が台所を出ていったあと、あなたの依頼人はどうしました？」

「そのままテレビの気象情報を見ていたそうです。大雪警報のことは、彼も気になったんですね」

「何時まで台所にいましたか？」

「気象情報が終わったのは零時二十分でした。私の依頼人は麻雀部屋に戻りました。そして大出勝氏に、息子さんに会ったと言いました。家族の構成メンバーと対面するという目的は、その夜のうちに果たせたわけです」

「大出勝さんが何か言ったか、あなたの依頼人は覚えていますか」

「勝氏は、倅はあんたに、ろくに挨拶もしなかったろうとまた怒ったそうです。父親として面目ないと思ったのでしょうね。今日はどこにも出かけちゃならんと言ってあるのであいつはムクれてるんだと、もう一度釈明を繰り返しました」

「大出勝さんが俊次君に、今日は出かけちゃいけないと言ったのは、あなたの依頼人が会いに来るからですね？」

「そうです。倅は外で悪さばっかりして、手を焼いてるんだというようなことも言ったそうです」

「その後、あなたの依頼人はずっと麻雀部屋にいたんでしょうか」

「二度ほどトイレに立ち、ついでに屋内の何箇所かを見たそうです」

「その際、また俊次君に会うことはありましたか」

「ありませんでした」

「そしてあなたの依頼人は、午前二時過ぎに大出家を辞したんですね」

「はい。勝氏が無線タクシーを呼んで、玄関先に来たそのタクシーに、仲間二人と乗り込みました」

「見送ったのは大出勝さんですか」

「そうです。家のなかは静かで、大部分の部屋は灯りが消えていたそうです」

弁護人は間を置き、今野証人はちょっと身体（からだ）を動かした。

「その後もあと二度、あなたの依頼人は大出家を訪ねた――下見したということですが」

「はい」

「その折には、大出夫人や俊次君に会うことはありましたか」

「ありませんでした。ただ大出家には通いの家政婦さんが二人いまして、そのうちの一人は亡くなったご母堂の世話役で、ご母堂の具合がよくないときには泊まり込むこともあるという情報を得ましたので、勝氏に頼んで、この家政婦さんには会ったそうです」

「ちゃんと顔を見た、と」

「そういうことです」

「あなたの依頼人が俊次君に会ったのは、去年の十二月二十四日ではなく、その後の二度の訪問のときだったという可能性はありませんか？　人の記憶は混乱しやすいものですよね」

「首都圏では珍しい大雪の深夜の出来事ですから、私の依頼人の記憶は確かです」

「あなたの依頼人は、昨年のクリスマス・イヴの零時八分に、大出家の台所で、ジャージ姿で裸足で、髪に寝癖がついて、ひどく眠そうな様子の大出俊次君に会った。間違いありませんね？」

「間違いありません」

「ありがとうございました」

深く息を吐いて、弁護人は着席した。肩の荷をおろしたようなその顔に、証人も大きくうなずきかける。いい尋問だったよ、とでもいうように。

「反対尋問はありますか」

判事の声がする。法廷全体の注目を浴びて、涼子は身体が重い。

決定的なアリバイ証言だ。もう、どうしようもない。

昨日の非公開の法廷で、三宅樹理は陪審員たちの面前で、こう証言した。クリスマス・イヴの夜中に、浅井松子と二人で、校舎の時計が午前零時——十二時ちょうどを指すのを見に来たと。そして柏木卓也と大出俊次たちを目撃したと。

樹理の証言は、時間的な正確さを欠いている。彼女の目撃した出来事があったのは、十二時前だったのか十二時を過ぎてからなのか、はっきりしない。これは涼子がそのようにし向けたのだ。樹理はもっと断定的な時刻を言いたがったのだが、とっさの場合の時間的な記憶がそれほど鮮明なのはかえっておかしいと、涼子が反対したのである。ボカしておいた方がいい。柏木君が死んだのが午前零時ちょうどでも、あるいは午前零時半に近かったとしても、大きな差異はないと。

そうだ、差異はない。大出俊次が午前零時八分に自宅にいて、ついさっきまで寝そべっていたような恰好で腹を減らし、夜食を温めていたのなら、どっちだって同じだ。

それでも、何かできることはないか。今野証人の証言に、ひとつでもいいから楔を打ち込むことはできないか。その楔で、このアリバイ証言にヒビを入れることはできないか。

やるしかない。涼子は立ち上がった。

「この裁判で検事役を務めている藤野です。よろしくお願いいたします」

「こちらこそ」と、今野証人が応じた。

佐々木吾郎が大汗をかいている。萩尾一美は青ざめている。陪審員たちは下を向いている。倉田まり子だけが、心配そうに涼子を見つめている。

——まりちゃんにも、今の証言が決定的だってことがわかるんだ。

そんなふうに考えるのって、まりちゃんをバカにしている。涼子の心は揺れた。

やっぱり、声に力が入らない。

「証人は——この場合は今野証人ご自身と、あなたの依頼人、お二人の証人にお伺いしたいのですが」

「はい」

「あなた方は、この学校内裁判の情報を、どこから得たのでしょうか。ここであなたの依頼人の証言が重要なものになると判断できたのは、なぜでしょうか」

今野証人は柔和な笑みを浮かべた。「その質問にはお答えできません」

「なぜですか」

「その質問にお答えすると、私が外の社会で——本物の公判の方でですね、私の依頼人のためにどのような弁護活動をしているか、あるいはこれからしようと計画しているか、明らかにしなくてはなりません。それは私の依頼人にとって不利益になる可能性があります」

それに——と、証人は微笑した。

「私にも私の依頼人にも、この証言が学校内裁判にとって重要なものになるかどうか、判断はつきませんでした。重要ではないかと、推定しただけです。判断するのは法廷です」

「そうですね。失礼しました」

ここに集まってる人たち、あたし以外はみんな死んでるんじゃないのか。生きてるなら、何でこんなに静かなのよと、涼子は思った。

こんな静かななかで、こんなこと訊きたくないのに。

「あなたの依頼人は、ここで俊次君に有利な証言をすることで、大出勝さんから何らかの見返りを得るのではありませんか？　たとえば証人の公判の方で、大出さんに、あなたの依頼人の罪を軽くするような証言をしてもらえるとか」

井上判事の顔が、また歪（ゆが）んだ。今度は嫌悪（けんお）なのか怒りなのか、わからない。

今野証人の表情が、いっそうやわらいだ。

「これも本来はお答えしかねる質問なのですが、私の依頼人の名誉のために、私の判断で申し上げましょう。私の依頼人は、どんな形でも大出勝氏と取引していません。そもそも大出勝氏は、私の依頼人がこの学校内裁判の証人になることを知りません」

「そんなことがあり得ますか？」

「事実です」

「でも先生は弁護士さんで、大出勝さんにも自由に面会できますよね？」

「この場合は、面会ではなく〝接見〟という言葉が正しいのですが」今野証人は優しく言った。「そして現在、私の依頼人にも大出勝氏にも、裁判所から接見禁止命令が出されています。これは、本人の弁護人以外は被告人に会うことができないという措置です。最初に申し上げましたが、私の依頼人と大出勝氏が起訴されている事件は、関係者の人数が多くて事実関係が錯綜（さくそう）しています。まだ捜査も続いています。こういう場合、関係者が証言の口裏を合わせたり、証拠隠滅を計ることが想定されるので、裁判所はこうした措置をとるのです」

涼子はこの場から消えたくなってきた。

「私は大出勝氏の弁護人ではありませんから、大出勝氏に接見することはできません」と、証人は言った。

吾郎が、涼子のスカートの端を引っ張っている。もうやめようよ、という合図だ。

涼子は顔を上げた。「あなたの依頼人は、外の社会の本物の裁判で、複数の罪状に問われているそうですが」

「はい」

「そのなかには殺人罪もあるはずですよね？　火事で、大出君のお祖母さんが亡くなっているんですから」

「そのとおりです」

「なぜ、先ほどはそれをおっしゃらなかったんですか」

証人はすぐに答えた。「これはお詫びするべきですね。私の依頼人の印象が悪くなるのではないかと心配だったので、はっきり言いませんでした」

「事実なのに」

「そうですね。ただ」

証人はちょっと考えた。

「いい機会ですし、もしかしたら皆さんのこの裁判にとっても参考になるかもしれないので、お話ししておきたいことがあります。判事、よろしいでしょうか」

どうぞと、判事は認めた。証人は涼子ではなく、陪審員たちに目を向けた。

「この国の司法制度は、罪刑法定主義を基本としています。国家は国民に対し、あらかじめ明文化された法律で規定されていない罪を問うことはできない。そして刑法上の〝殺人罪〟は、ある行為によって人の命を断った人間に、そのとき殺意があったか、なかったかということで、その成立を問われます」

陪審員たちは聞き入っている。

「ただこの〝殺意〟には、二種類ある。法律上の認定の基準が異なるんです」

まずひとつ目は——と、今野証人はまた右手の指を立てた。

「人を殺して罪を問われている犯人——被疑者といっても容疑者といってもいいですが、この犯人に、相手を殺そうという明確な意志があったと認められる場合です。それは本人の自供に拠ってもいいですし、事前に犯行計画を立てていたとか、凶器を準備していたとか、殺害の以前から周囲にその旨を公言していた、被害者をぶっ殺してやると脅していたとかね、それらの言動や状況証拠や、物証から判断される場合もあります」

ところが、と二本目の指を立てる。

「二つ目は、これほど明快ではないケースです。それは犯人が、ある一定の行為をなすと、それによってその行為を受ける相手や、あるいはその行為に影響される不特定の誰かが死ぬかもしれないけれど、それでもいいやと考えてその行為をなしたら、結果として人が死んでしまった——という場合です。この〝もしかしたら○するかもしれないけど、それでもいいや〟という意志のありようを〝未必の故意〟と呼び、それによって人を死なせてしまうと、〝未必の故意による殺意があった〟と認定されるわけです」

野田健一が置きっぱなしになっていた黒板に近づいて、板書した。ありがとうと、証人は言った。

「ややこしい概念ですが、これを機会に覚えてください。意図的に一定の行為をなし、それによって人を死なせてしまったのだけれど、その行為を実行する際には、積極的に人を殺そうという意図がなかった。ただ、自分の行為によって人が死ぬかもしれないとわかっていながら、それでもかまわないとか、仕方がないと考えていた。これが未必の故意による殺意の認定基準なのです」

ずっと眉根を寄せたまま聞き入っていた陪審員の蒲田教子が、ここで挙手をした。

「すみません、ちょっと難しくて」

「はい、どこが難しいですか」

「殺意がなくても、事故とかで人を死なせてしまうこともありますよね？」

「残念なことですが、ありますね」

「それは殺人罪にはならないんですよね？」

「なりません。事故で人を死なせた場合に問われるのは、過失致死罪です。殺人罪はすべて故意犯に――わざと人を殺した場合に問われる罪ですからね」

「それなら、未必の故意の殺人も、わざとじゃなくてたまたまそうなってしまったんだから、過失と同じじゃないんですか」

今野証人は嬉しそうな顔をした。「良い質問ですね。しかし、過失によって人を死なせた場合と、未必の故意による殺人は違います。前者には行為者の意図がありませんが、後者にはある。人が死ぬという結果はたまたま発生したものであっても、その前段階、人が死ぬという重大な結果につながる可能性のある行為は意図的に行っている。単にうっかりしていたのではない。そこには意志の働きがあります。故意に、わざとその行為をなしたのです」

ああそうか、と教子は呟いた。「そこが違うんだ。何となくわかりました」

久しぶりに、傍聴席から笑い声が起きた。

今野証人も苦笑する。「せっかくわかってもらえたのに申し訳ないですが、実は、犯人の意図という意味では、犯人が事前に、どの程度まで深刻に〝自分の行為によって人が死ぬかもしれない〟と考えていたか――そのように認識し予測することができたか、ということの方が難しい問題なんです。罪を問う側も、弁護する側も、それをきちんと裏付けることができなくてはなりませんしね」

蒲田教子だけでなく、隣の溝口弥生もうなずいた。

「これは法律家にとっても難しい。過去の判例を、私も勉強しているところなんですよ。というのはね、私の依頼人も、この基準によって〝殺意があった〟と認定され、殺人罪で起訴されているからです」

言って、今野証人は涼子に向き直った。

「私の依頼人は、大出家に放火すれば誰か死ぬかもしれないと予測できた、それなのに計画を変えず、報酬のために放火を行ったと、担当検事は考えています。私の考えは違いますし、担当検事は事実認定を誤っていると思います。大出勝氏のご母堂が逃げ遅れてしまったのは、私の依頼人には予測することも関知することもできなかったアクシデントが原因です。ですから争うつもりです」

「先生の依頼人は、人を死なせない〝花火師〟だからですか？」と、涼子は訊いた。

「そうです」

涼子の目を見て、証人はにっこりした。

「この学校内裁判では、外の社会の本物の裁判のような窮屈なルールを、時には無視することがあると聞いています」

「時にはというより、無視しっぱなしの感があります」判事が言った。「だから、陪審員が僕に断りもせずに、いきなり証人に質問したりするんです」

教子が首を縮め、今野証人は笑い出した。

「そうですか。では私は判事に断った上で、ひとつお願いしましょう。検事の藤野さんに質問してよろしいですか？」

「はい」と、涼子は判事より先に答えた。

証人は涼子の目を見て、訊いた。「なぜ、私の依頼人が殺人罪で起訴されていることにこだわるのですか？」

穏やかな、だがこちらの心の一点を見抜くような眼差しだった。

その眼差しから逃げずに、涼子は答えた。

「人殺しをするような人間の証言は、信用できないと思うからです」

本心じゃない。でも言いたかった。ここでは言いたかった。

今野証人はうなずいた。「そうですか。率直に答えてくれてありがとう」

涼子は目を伏せた。「反対尋問はこれだけです」

「再主尋問は？」

「ありません」と、弁護人が応じる。

「では、今野証人は退廷してください。ありがとうございました」

今野弁護士は最後に陪審員たちの顔を見回し、会釈してから証人席を離れた。弁護側の席に近づくと、立ち上がった神原弁護人に彼の方から手を差し伸べて、握手を交わした。頬を紅潮させている野田健一の肩を親しげにぽんと叩くと、大出俊次に短く声をかけて、振り返らず、来たときと同じようにしっかりとした足取りで、後ろの扉から出ていった。

「午後一時まで休廷します」

にわかに蘇る法廷の喧噪のなかで、涼子は一人、時が停まったように座り込んでいた。

昼休みのあいだに、被告人・大出俊次はシャツを着替えたらしい。糊のきいた制服のワイシャツのボタンをきっちり留め、ズボンもだらしなく下げずに、ウエストでベルトを締めている。髪型も調えたようだ。それでも姿勢の悪さはにわかに直しようがない。落ち着きのなさも変わらない。人定質問と宣誓のあいだでさえ、真っ直ぐ立っていられない。しゃべり方もぼそぼそしている。

しゃんとしなさいよ——と、涼子は心のなかで叱咤した。自分の名前ぐらい、大きな声で言いなさいよ。

「被告人、証人席に座って」

判事の言を、弁護人が無造作に遮った。

「被告人は起立して本人尋問に答えます。では、始めます」

傍聴席のところどころでハンカチや扇子が揺れている。弁護人は机を回って前に出てきた。手ぶらだ。何も持っていない。

「午前中の今野努証人の証言を、被告人も聞いていましたね」

被告人は顎を突き出すようにしてうなずく。

「声に出して答えてください」

「聞いてたよ」

「被告人自身は、昨年のクリスマス・イヴのあの出来事を覚えていましたか？」

ふん、と鼻から息を吐いて、

「そう言われりゃそうだったかなって」

被告人は呟き、耳の後ろを掻いた。

「君自身には、はっきりした記憶がなかったんですか？」

「覚えてたら、もっと早くにそう言ったよ」

「でも、君自身のアリバイの成立に関わる大事な出来事ですよ。努力して思い出してみようとしなかったんですか」

被告人は口を尖らせ、足をもじもじさせた。

「今は、今野証人の証言を聞いて、思い出しましたか」

「——何となく」

「あの夜、レンジで温めていた夜食は何だったか、思い出しましたか」

被告人は小さく「けっ」と声を出した。

「台所で会った来客の人相風体を思い出せますか。些細なことでもいいんですが」

覚えてないと、被告人はふてくされたように吐き捨てた。「ンなつまんねえこと、いちいち覚えてられるかよ」

「君にとっては大切なことです。つまんねえことではありません」

「うちには親父のとこにいっぱい客が来るし、俺は夜遅くなってから飯食うこともいっぱいあるし」

焦れて声が高くなる。子供っぽくなる。大出俊次のガキの部分が表面に出てくる。

「いちいち覚えてなんかいられ――」

「わかりました」

弁護人は腕組みすると、被告人を見据えた。

「被告人は、昨年のクリスマス・イヴの深夜に自分がやったことを覚えていないんですね。よくわかりました。では、被告人がやらなかったことを確認しましょう。いいですか？」

「被告人はあの夜、この学校に来ましたか」

大出俊次はまた耳の後ろを掻きむしった。

「来てねえよ」

「屋上に上がりましたか」

「上がってねえ」

「橋田祐太郎君と井口充君に会いましたか」

弁護人は淡々と続ける。「しかし、被告人は柏木卓也君を殺害したという罪に問われ、ここにいます。なぜこんな羽目になったと思いますか？」

「だからぁ、それはデタラメな告発状が」

「現実には起こらなかった出来事を、嘘八百を書き並べた告発状のせいですね？」

「そうだよ」

「つまり被告人は、嘘っぱちの告発状によって濡れ衣を着せられた。陥れられた。ハメられた。そうですね？」

決まってるだろと、被告人は言い返した。

「最初っから言ってるだろ。俺はハメられたんだって」

「なぜハメられたんだと思います？」

急に、鋭く打ち返してきた弁護人の問いに、大出俊次がひるんだのがわかった。

「なぜって」

「これはつまり、あのデタラメな告発状を書いた人物の動機を、被告人はどう考えているかという質問です。被告人を告発した人物は、なぜこんな手間のかかる嘘をついたのか」

立ったまま器用に貧乏揺すりするように足を動かし、目を泳がせて、被告人は弁護人の視線から逃げた。

「知るか。そんなの、告発状を書いたヤツをとっつかまえて聞けよ」

「僕は被告人の意見を訊いているんです。被告人は、自分がなぜハメられたのか、その理由に心当たりがありますか？」

法廷じゅうの視線が被告人に集まる。被告人はそわそわと逃げ場を探している。

涼子は自然とくちびるを嚙んでいた。これ、リハーサル通りなのかしら。これが神原君のお膳立てであって、大出君も承知の上で——

弁護人の傍らの野田健一は、なぜか涼子と同じようにくちびるを嚙んでいる。下くちびるが見えなくなるほど、強く嚙みしめている。

「もう一度訊きます。被告人は、自分がなぜ濡れ衣を着せられたのかわかっていますか」

大出俊次は答えない。背中が強張り、肩が上がったり下がったりしている。

「陪審員の皆さん、被告人はこの質問に答えなかったと覚えておいてください」

そう言い放つと、神原弁護人はきびきびと机の後ろに戻った。

「次の質問に移ります」

助手の野田健一の目つきが、険しいというより悲壮なものになった。涼子は困惑した。野田君、何をあんなに身構えてるんだ？

「これまでの被告人の生活ぶり――本校における行状について確認したいと思います。質問がたくさんありますので、被告人は〝はい〟か〝いいえ〟で答えてください。僕が訊ねるような事実があった場合には〝はい〟、そんな事実がない場合には〝いいえ〟。このふた言だけでいいです」

きびきびを通り越して、冷たいような言い様だ。これも事前の打ち合わせどおりなのだろうか。こんなやり方を、よく大出俊次が承知したものだ。

机の上のファイルを左手で取り上げると、ページをめくって、弁護人はそこに目を落とし、切り出した。「一昨年、被告人が本校の一年生になったばかりの四月末の出来事です。被告人は体育館の裏で喫煙をしましたか」

一瞬、傍聴席が〈引いた〉。それからばらばらと笑い声が起こった。

「タバコを吸いましたかと訊いています」

ファイルから目を上げ、弁護人は質問を言い換えた。「答えてください」

大出俊次が低い声で「はい」と言った。

「同じく四月中に、当時の一年B組の男子生徒の下駄箱から上履きを何足か盗み出し、玄関ホールのゴミ箱に捨てましたか」

傍聴席がまた笑う。

「何だよ、それ」

笑われるのが気にくわないのか、被告人の目元が紅潮してきた。

「何の質問だよ。そんなの、この裁判と関係ねえだろ」

「質問に答えてください。〝はい〟か〝いいえ〟でお願いします」

傍聴席を振り返ると、被告人はいかにも大出俊次らしいことをした。笑っている人たちに向かってガンを飛ばしたのだ。

それで少し、笑いが鎮まった。だが傍聴人たちの注目は、被告人のガンにも揺るがない。

「はいですか、いいえですか」

「いいえ」

唾を吐くような口つきだ。

「同年五月の大型連休明けの出来事ですが」と、弁護人は続ける。「下校時に、当時の一年生のある女子の鞄を後ろから蹴り上げ、女子が転ぶと背中を土足で踏みつけましたか」

また傍聴席が引いた。笑いが消えた。

「おまえ、何言ってんだ？」

大出俊次の声が裏返り、顔が完全に真っ赤になった。弁護人の方に近寄ろうとして、

「被告人、静粛に」

すかさず判事が制止し、被告人の左後方で控えている廷吏のヤマシンが一歩前に出た。

弁護人はファイルの文字列に目をあてたまま、淡々と訊いた。「そのような事実がありましたか、ありませんでしたか」

「どこの誰が――」

「〝誰が〟は問題になりません。事実を訊いています。答えてください」

「誰がそんなことチクってんだよ！」

「チクると表現する以上、この事実を認めるわけですね？　陪審員の皆さんはそのように理解してください」

井上判事が、ずり落ちていた眼鏡の縁を、思い出したように持ち上げた。

「続けます。同年六月、これも下校時です。持参していた傘を使って、同級生の男子二人を殴りましたか？　その際、目障りだからオレの前を歩くんじゃねえと脅しましたか？」

大出俊次は突っ立っている。弁護人は顔を上げない。

「――そんなの知るか」

「答えは〝いいえ〟だということですか」

「そうだよ。いいえ」

「では次。これは同年の夏休み中ということですが、被告人は、部活動を終えて帰宅する同級生の女子一名を待ち伏せし、その鞄を取り上げ、返してほしかったらジャージを脱いで裸になって踊れと強要しましたか？」

涼ちゃん、と小さな声がした。萩尾一美だ。目がまん丸になっている。

「これ、何事？」

「あたしにもわからない」

佐々木吾郎が呟く。「し、静かに」

「質問を繰り返しましょうか、被告人」

いいえ――と、大出俊次の声が聞こえた。低く、まるで蜂が唸るようだ。

「今、いいえと言ったんですね？」

「そうです」

「陪審員にはっきり聞こえるように、もう少し大きな声で答えてください」

被告人が陪審員たちを見やった。ビクついている。大出俊次がビクついている。その視線に応えたのは勝木恵子だけだ。みんなうつむいているか、メモをとっている。のっぽの陪審員長とデコボコンビの相方は、真剣な目つきで神原弁護人を見つめている。

「いちいち時期を特定すると、かえって記憶が混乱しますか？ でしたら、この先は出来事の内容だけを質問しますので、〝はい〟か〝いいえ〟で答えてください」

事務的どころではない。弁護人の口調はほとんど冷酷だ。

涼子の背筋が冷えた。大出俊次は本気で困惑している。この本人尋問はぶっつけ本番なのだ。この場でこんなことを訊かれるなんて、夢にも思っていなかったのだ。

これ何事？ これ何なんだよ？

弁護人の狙いは何だ。

「同級生の男子を、掃除用のモップの柄で殴ったことがありますか」

「オレがいつそんなことを」

「その事実がありますか、ありませんか」

「ありません」

「新古書店で売るために、図書室の本を持ち出したことがありますか。その際、被告人を制止した図書委員を、〟てめえの本じゃねえんだから、ガタガタ騒ぐな〟と怒鳴りつけましたか」

被告人は耳まで赤くなって、答えない。

「同級生の鞄から教科書とノートを盗み出し、捨てたことがありますか」

「――いいえ」

「音楽室にあるCDを窓から投げたことがありますか」

いいえと、蚊の啼（な）くような声。弁護人は被告人を見た。「フリスビーだと、笑いながら投げたのではありませんか？」

「そんなことやってねえよ！」

「校内で窓ガラスを割ったことがありますか」

「いいえ」

その答えに傍聴席がざわつくと、大出俊次はさらに顔を赤くして、「――はい」と言い直した。

「給食時間中に、同級生の食事の仕方が気に入らないと、頭から牛乳をぶっかけたことがありますか」

傍聴席のどこかで誰かがけたたましく笑って、すぐ静かになった。

「同級生の机や鞄から金品を盗んだことがありますか」

この質問には勝木恵子が反応した。恥じるように素早く顔を伏せた。

「学校近辺の商店で、万引きしたことがありますか」

「いいえ」

「では万引きをしろと、同級生の誰かに強要したことはありますか」

被告人は答えず、下を向く。身体がふらりと揺れた。

「学校内でカツアゲ行為をしたことがありますか」

「――いいえ」

「では学校の外でカツアゲ行為をしたことがありますか」

「それは、ちょっとだけ」

今度は別の場所から神経質な笑いが起きた。

「同級生の男子をトイレに連れていき、便器のなかの水で溺れさせようとしたことがありますか」

いつの間にか、大出俊次の耳の赤味が消えていた。だんだん血の気が引いている。

「では同級生の女子をトイレに連れていき、床に顔を押しつけて、きれいに舐めて掃除しろと強要したことがありますか」

陪審員の女子たちが、目を閉じたり手で顔を押さえたりする。

「同級生や下級生たちに、〝死ね〟と言ったことは?」

返事なし。

「では〝死にたくなかったら、もう学校に来るな〟と言ったことは?」

返事なし。

「〝おまえの汚ねぇツラを見ると吐き気がするから、学校に来るな〟と言ったことはありますか」

被告人は答えない。固まっている。

「下級生の女子を空き教室に連れ込み、カッターナイフで脅して下着を脱がせようとしたことはありますか」

被告人は答えない。

弁護人は淡々と、口調を変えない。「そういう事実がありますか、ありませんか。答えてください」

もうやめて――と、陪審員の誰かが言った。溝口弥生の声のようだ。泣き顔になっている。

「これは回数を答えてください。概算で、大まかでかまいません。これまで学校内で、ましいほど小さな声で、大出俊次はこう答えた。

「――ちょっとふざけただけだよ」

被告人の口から出たこのひとまとまりの言葉が、糸の切れた凧のように頼りなく漂い、傍聴席の向こうへと流されてゆくのが、涼子の目には見えるようだった。

いいいい

ふざけただけだよ。

「それは〝はい〟という意味ですね？」

被告人は「はい」と言った。

「自分のしてきたことを認めるんですね」

「はい」

ひとつ息をつくと、弁護人は陪審員たちを見回した。「今、僕がこの場で被告人に質問したのは、これまで被告人が本校のなかでしでかしてきた悪事――被告人の言葉を借りるなら〝ちょっとふざけた〟ことの、ほんの一部に過ぎません。実際にはもっと多くの事実がありますが、すべて確認すると時間を無駄にしてしまいますので、割愛しました。陪審員の皆さんにはあとで書証として提出しますので、検討してください」

そう言うと、手にしていたファイルをぽんと机の上に戻した。

書証の提出を認めます、と判事が言った。

被告人——と、弁護人は呼びかけた。下を向いて、身を固くして、やっとじっと立っていることを覚えた大出俊次に。

「そういうふうに被告人が〝ちょっとふざけ〟ているとき、相手がどんな態度をとったか覚えていますか。相手の表情を覚えていますか。あるいは、相手が何か言ったことを覚えていますか」

被告人は答えない。

「被告人と一緒になって、相手もおふざけを楽しんでいると感じましたか」

質問だけが法廷に響く。

「被告人と一緒になって、相手も笑っていたでしょうか」

いいい、おふざけなんだから。

「被告人に殴られた相手が、痛いと叫んだことはありませんか。やめてくれと被告人に頼んだことはありませんか。被告人に裸になれと強要された女子が、泣いて嫌がったという事実はありませんか」

被告人は見て、聞いていたはずだ——と、弁護人は続けた。「相手の反応がなければ、おふざけはちっとも面白くならないからです。違いますか」

「被告人はハメられました。被告人をハメるチャンスは、誰にでもありました。被告人によって傷つけられ、被告人を恨む人間なら、誰でも告発状を書くことができました。それはつまり、告発状を書いたのは誰かという疑問は、表面的な問題に過ぎないということです。差出人を特定する必要などない。誰であってもおかしくないんですから。そうは思いませんか」

被告人は答えない。黙ったままだ。それを確かめるために充分な間を置くと、弁護人は再び陪審員たちに言った。「被告人はこの質問に答えませんでした。陪審員の皆さんはそのように記憶してください」

「主尋問を終えます、反対尋問をどうぞ——」と、神原弁護人が着席した。

そのとき、傍聴席がどよめいた。居並んでいた人びとの波が崩れる。さっと見返って、涼子は我に返ったようになり、思わず立ち上がった。

三宅樹理だ。気を失ったのか、椅子からくずおれて床に倒れたのだ。尾崎教諭が抱き起こし、三宅さん、と呼びかける。樹理の母親は娘の名を呼んで泣き叫んでいる。

「廷吏！」

判事が声を放つより早く、ヤマシンは動いていた。バスケット部のお助けメンバーたちも走り、救急車、救急車の声が飛ぶ。

皆が浮き足立つなかで、判事だけは頑固に落ち着いていた。木槌を打ち鳴らし、言い放った。

「静粛に！　十分間休廷します！」

三宅樹理が運び出され、尾崎教諭が消え、法廷の動揺が収まって審理が再開されるまで、実際には小一時間かかった。学校の敷地内には入れずとも、その周囲を固めて、審理の終了を今か今かと待ち受けていた取材陣のあいだを縫って救急車が乗り入れ、気絶した女子生徒を運び出したのだ。これで場が乱れないわけがない。何が起こったんだ、〈法廷〉で何をやってるんだという追及の嵐に、岡野校長代理はまた正門前で緊急コメントを出すことになった。

さらに、井上判事だけが北尾先生に呼び出され、なかなか戻ってこない。ようやく戻ってきたときには、拳固で腹を殴られたような顔をして、むっつりと判事席で固まっている。

弁護側の席はお通夜のような景色だ。神原和彦はひと言も口をきかず、視線を足元に投げて座っている。野田健一は青白い顔をして、ひたすら何か書いている。大出俊次は石になってしまった。彼の顔に怒りの色はない。ただ石になってしまった。

「裁判、続けられるのかな……」

一美がぽつりと呟いたとき、樹理を運び出す際に付き添っていったきり法廷から姿を消していたヤマシンが、小走りに戻ってきた。シャツの背中が汗に濡れている。

ヤマシンは判事席に駆け寄ると、井上判事に耳打ちした。判事の銀縁眼鏡の縁が光る。

「わかった」

うなずいて、判事は身を起こした。ヤマシンは定位置についた。

木槌をひとつ鳴らすと、判事は法廷に呼びかけた。「被告人の本人尋問を再開します。被告人は証人席に」

涼子は席から立った。「すみません、判事。その必要はありません。こちらの反対尋問はありませんので」

眼鏡の奥で、判事は目を細めて涼子を見た。

「それでいいのか？」

「はい」

「あとでやり直しはきかないぞ」

「わかっています。検事側から被告人に質問はありません」

この法廷のために、そして真実のために、もう訊ねることはない。

「では、これで本日の審理を終了する」

また木槌を打って、判事は法廷を見渡した。

「この学校内裁判は、明日十九日、終日休廷とします。審理の再開は明後日の午前九時からです」

さっさと言って、黒いビニールのローブを翻し、判事席から降りてしまう。涼子はその後を追いかけた。和彦も判事に追いすがる。

「井上君！」

「判事と呼べ」

判事は弁護側の黒板の後ろに回った。涼子と和彦も続いた。

「ちょうどいいから、ここで話そう」

首筋にべっとりと汗をかき、ローブの紐を弛めながら、井上判事は小声で言った。

「どうして休廷するんですか？」

「明日休んじゃったら、もう開廷できないかもしれない」

判事は剝き出しにムッとした。「開廷しないわけがない。藤野、舐めるんじゃねえぞ。俺の学年ナンバーワンとしてのプライドにかけて、この裁判を結審まで持っていく。陪審員に評決を出させるんだ」

「だって」

「ちょっと間を置かないと、収拾がつかないんだとさ」と、判事はため息をついた。「三宅があんなことになって、外は大騒ぎなんだよ。このまま明日開廷したら、記者やレポーターを防ぎきれないぞ」

「じゃ、岡野先生が？」

「そういうこと。校長に頼まれたんだ。こっちだってちょっとは譲歩しないと」

一日だけ休んで、クールダウンできるものだろうか。

「そこは校長と北尾先生に任せるしかないよ。北尾先生は口が上手いから、何とかしてくれるだろ。三宅のことだって、体育館が暑いから気分の悪くなった女子がいるだけだって、吹いて回ってる」

判事は、学年ナンバーワンの優等生としてはどうかと思うような軽薄な笑い方をして、

「気絶したのが藤野じゃなくてよかった」

「何であたしが気絶するのよ」

「勝ち目がなくなったってこと、わかってるんだろ」

涼子は判事ではなく、弁護人を見た。ずっと表情らしい表情を欠いていた神原和彦が気まずそうな顔をしたので、ホッとした。そんな気持ちになる自分が、癪に障った。

「まだわからないわよ。勝負がついたわけじゃないもん」

「――よかった」と、和彦は呟く。

今度は判事と検事で弁護人を見た。

「何がよかったんだよ」

「だからその、続けられるなら」

「神原、しっかりしろよ。おまえ、さっきから腑抜けみたいになってるぞ」

思い出したように手の甲で汗を拭うと、和彦は笑った。「本人尋問のあいだに、大出君が飛びかかってくるんじゃないかと思うと、生きた心地がしなかったもんで」

「おまえの代わりに、今ごろ野田がボコられてるかも」

「まずいですね。僕、控え室に行きます」

和彦は走り去った。

体育館の出入口は、傍聴人たちでごったがえしている。これから学校の外で取材を受ける人たちもいるかもしれない。今日の法廷でのやりとりが外部に漏れることは、ある程度覚悟しておかねばならない。

「北尾先生は、二十日の法廷をまた非公開にするといって言ってるけど、その手は通用しねえだろうな」

判事の呟きを、涼子は聞き流した。

「井上君」

「何だよ」

「さっきの本人尋問、大出君は事前に知らされてたと思う？」

井上康夫は返事をしない。

「神原君が例に挙げた出来事、ホントにあったことだと思う？　大出君たちがやったこと、神原君たち、あんなふうに具体例を集められたのかしら。そんな時間があった？」

「あれだけのファンがついてたんだ。やろうと思えばできたろうさ。俺たちだって、あの程度のことなら噂で聞いてたろ」

「噂は噂よ。裏付けはない」

「噂でも、ああやって言い並べて大出が真っ青になったなら、効果は同じだよ」

「じゃ、嘘だっていうの？」

「嘘じゃない。噂だ」

俺も暑いからもう行くよと、判事はぐったりしてみせた。

「藤野たちも、しばらく控え室で時間をつぶしてから帰れよ。慎重にな」

「わかってる」

体育館から出ると、校庭を囲むフェンスの向こうに、テレビ局の中継車が何台か見える。人、人、人の波のなかに車が浮かび、騒音が湿気た夏の風に乗って聞こえてくる。涼子もぐったりした。

検事側の控え室では吾郎が弁当を食べ、一美が書証を読みふけっていた。

「涼ちゃん、昼飯ほとんど食わなかったろ。今のうちに腹に何か入れといた方がいいよ」

これ旨（うま）いよ——と、きれいな彩（いろど）りの幕の内弁当をさす。豆ダヌキの元校長が差し入れてくれる昼食。毎日、ちゃんとメニューが違う。

旨いといいながら、吾郎はちっとも美味（おい）しそうに食べていない。

外の喧噪（けんそう）が鎮（しず）まるまで、三人はただ待った。涼子は何も考えられず、机につっぷしてうたた寝した。一美は書証を読んではメモを取り、そのメモを消したり破ったり、そのうち枝毛取りに戻った。

どのくらい経（た）ったろうか。ドアにノックの音がして、北尾先生の顔が覗（のぞ）いた。

「藤野、ちょっといいか」

ノーネクタイで、汗臭くてしわくちゃなワイシャツを着た北尾先生の後ろに、誰か立っている。

「出てきてくれ。話がある」

あれ？　と、一美が声を上げた。北尾先生ではなく、北尾先生の後ろにいる人を見ている。その視線を追って、吾郎も目を瞠った。

「電器屋のおじさん！」

驚いて、涼子はその人物を見た。北尾先生が涼子の肘をつかんで廊下に引っ張り出すと、ぴしゃりとドアを閉め切った。

「こちらの小林さんが、おまえに話したいことがあるそうなんだ」

電器屋のおじさん。小林電器店のおじさん――か。あの電話ボックスの前の店。事件の日に、一定の間隔で柏木卓也にかけられていた電話のうちの、ひとつの発信源だ。

「俺は話を聞かない。でも、用が済んだら小林さんを外までお送りするから、この先で待ってるからな」

早口に言って、北尾先生は行ってしまった。

「あんたが検事さんだよね」

小林電器店のおじさんも、白いワイシャツに灰色のズボン。足元は裸足(はだし)で、雪駄(せった)をつっかけていた。

歳(とし)は六十歳ぐらいだろうか。ごま塩頭で、こめかみに汗の筋。ちょっとしゃがれた声。目をしばしばとまたたいて、まるで壊れ物を扱うように、ちょっと大きな声を出したら涼子が壊れてしまうと案じているかのように、そっと、そっと話しかけてきた。

「はい、そうです」

「最初は、あっちに行ったんだよ。先生にお願いしてね。そしたらあの子が、あんたと話してくれって言うもんだから」

どういう意味だ。〈あの子〉って誰だ。

「あんたら、あんな難しいことをやって、立派だね」

もしも自分が触っても涼子が壊れないのなら、頭を撫(な)でてやりたいのだがというように、でもそれは不躾(ぶしつけ)だから我慢しているんだというように、電器屋のおじさんは自分の手で手を押さえている。

「あたしにも、どういうことだかよくわからないんだけども」

だけどあの子だったんだ——と、小林電器店のおじさんは言った。

「今朝ニュースで、この学校に、あんたらの先生を殴った女が乗り込んできたとか騒いでたろう。うちの娘も三中の卒業生だし、孫もここへ通うんだからね。心配でさ、見学に来たんだよ。そしたら、あの子がいたからビックリしてね」

涼子の胸が不吉に騒いだ。〈あの子〉って誰なんだ。

「さっきの子、教室のなかにいた男の子な、うちに来たろ？　写真を持って。十日ばかり前だったかな」

涼子はただうなずいた。

「去年のクリスマス・イヴに、夕方にね、うちの前の電話ボックスから電話してた男の子の顔を覚えてないかって、写真を持ってきた」

そうだ。吾郎が確認しに行った。柏木卓也と、大出たち三人組の顔写真を持って。

「それよりも前に、野田君って子も写真を持ってきたんだ。あの、体育館じゃあんたらの反対側に座ってた子」

「ええ、はい、弁護側の野田君ですね」

「どっちのときも、あの子の写真はなかったんだ。だからわからなかったんだけど」

しゃべりながら、電器屋のおじさんは、せわしなく指を組み合わせる。困っている。悩んでいる。

「けど今日、体育館で顔を見たら思い出したんだよ。しゃべるのも聞いたから、すぐわかった。だけど」

こんなことをあんたに言っていいのかね、中学生の女の子のあんたに。

涼子は、耳の奥で自分の鼓動を聞く。

いいいいいいいい
あの子って誰ですか。

「おじさん――小林さん」

「おじさんでいいよ、うん。あたしは、ここで主事をしてた岩崎さんと親しかったんだ。岩崎さん、覚えてるだろ？」

いいいいいいいい
あの子って誰ですか。

「おじさん、イヴに電話ボックスから電話してた男の子を、今日、ここで見かけたんですね？」

電器屋のおじさんはうなずいた。

「その子、誰ですか」

「だからあっちの、もう一人のあの子だよ」

口の達者な子なんだね――と言い添えて、電器屋のおじさんは小さく笑った。

「電話ボックスで会ったときは、おどおどしてたけどねえ」

わななく手をあげて、涼子は口元を覆った。

そんなことがあるはずない。ない、ない、ない。

だけど——

あるんだ。それで全てがぴたりと嚙み合う。これまでのいくつもの出来事、出来過ぎのように思えたことが、不可解だったことが、何から何まですっきりする。そう、すっきりと筋が通る。これまで、こんな具体的な形ではなかったけれど、冷たい隙間風のように涼子の心を脅かすことがあった、ある不安。それがこみ上げてくるたびに、そんなバカなことがあるはずないと、ほとんど反射的に押し返してきた疑念が、これで晴れる。

——彼は真相を知っているんじゃないのか。

彼こそが、事件の真の当事者ではないのか。

こういうとき、人はよく〈目の前が明るくなった〉という。そんなの嘘だ。少なくとも万人にあてはまる表現ではない。

今の涼子の目の前は、明るくなどなかった。大きな壁に直面したように、視界は閉ざされ、闇に満たされている。

その闇のなかを、記憶がよぎった。記憶の断片。とりどりの場面と音声。これまでの涼子の経験と感情。

そのなかでもひときわくっきりと、残酷なまでに明瞭(めいりょう)なのは、日比谷公園の噴水の前で交わした会話の断片だ。

小林電器店前の電話ボックスから電話していた少年を、どこの誰だと考えているのか。涼子の詰問(きつもん)に、神原和彦はこう答えた。

——あれはね、本人。

涼子の目を見て、その言葉を繰り返した。

——本人だよ。

あのとき、涼子には意味がわからなかった。彼はいつも小癪なくらい弁が立ち、論旨が通っていて、言葉の選び方も適切だった。なのにあのときだけは、〈本人〉なんて曖昧(あいまい)な言い方をしたから。

そして、かすかに落胆したような顔をした。

だから涼子は問い返したのだ。それは柏木君のことかと。そうだと、和彦も認めた。

——本人。

あの言葉の真の意味は、こうだったのだ。本人だよ。今、藤野さんの目の前にいるこの僕だよ。

でも、涼子は柏木卓也のことだと思った。それ以外は考えられなかったから。

藤野さん、気づかないんだね。

だから彼は落胆したのだ。がっかりしたのだ。藤野さん、気づいてくれないんだね。

――どうして？

どうして、どうして、どうして？

涼子の耳から、外界の音声が消えた。聞こえるのはただ、自分の疑念の声だけ。どうして、どうして、どうして、どうして。

6

八月十九日　学校内裁判・五日目（終日休廷）

涼子の様子がおかしい。

もちろん、ある程度のことは藤野剛も覚悟していた。弁護士の今野努を弁護側に仲介したのは藤野だったし、それは涼子にもすぐ察しがついただろう。不公平だ、卑怯(ひきょう)だと文句を言われても仕方がない。実際、藤野はそれを承知で弁護側の肩を持ったのだ。

だが、彼の娘は文句を言わなかった。責めるどころか、話をしようともしない。昨日の審理が終わってからこっち、明らかに様子が変わってしまった。目つきも表情も、これまでとは違う。単に緊張しているとか、感情が高ぶっているのではない。

「おまえ、何か聞いてないか」

早朝、まだ娘たちが起き出さないうちに、藤野は妻の邦子に聞いてみた。

「裁判のこと?」

「当たり前だ」

「知りたいことがあるなら、涼子に聞いてくださいよ」

「涼子、昨夜は徹夜してなかったか?」

「この裁判に取りかかってからは、毎晩のように夜更かししてますよ。いちいち叱らなくちゃいけないの?」

おかしいんだと、藤野は呟いた。

「昨日の審理は早く終わったのに、帰りは遅かったし」

陽がとっぷり暮れてから、涼子は疲れ果てたようになって帰ってきた。実は藤野は、娘と一緒に帰ろうと思って(それはもちろん父親として気が揉めたからだが)、しばらく校庭の隅で待っていたのだが、いつまで経っても涼子が校舎から出てこないので、ひと足先に帰宅したのだった。

「あれから、ほとんど口をきいてないだろ」

夕食のときも上の空だった。それっきり自室に引っ込み、何の用なのか、頻繁に電話をかけていた。親機のランプが点滅するのを、藤野は不安な想いで見守っていたのだ。

邦子はちょっと言葉を探す顔をして、

「〝最終論告〟?」

「それがどうした」

「その準備をしなくちゃならないって言ってたわよ。頭がいっぱいなんでしょう」

それだけだとは、藤野には思えない。

「今のあいつのあの顔は、犯人が完落ちするときの顔だ」

邦子の目が尖った。「嫌な喩え方をしないでくださいよ」

連日の傍聴のために、仕事では同僚や部下たちに迷惑をかけている。終日休廷となった今日は早く職場に出るべきなのだが、藤野はぐずぐずしていた。ともかく涼子の顔を見て、ひと言でも話をしないと気が済まない。

午前八時になって、涼子はようやく自室から降りてきた。ばたばたと風呂場に駆け込み、シャワーを浴びたのか、バスタオルで髪をふいている。

「あ、おはよう」

睡眠不足で瞼が腫れている。何だその顔はと藤野が声をかける前に、翔子と瞳子も起きてきて、一気に賑やかになった。

朝食を済ませると、涼子はまた自室に上がり、制服に着替えてきた。肩から鞄を提げている。

「出かけるの？」と邦子が訊いた。

「うん。お昼までには帰ります」

「学校？」

「――うん」

「一人で大丈夫？」

「俺が一緒に行く」と、藤野は腰を上げた。涼子は逆らわなかった。母親に、「行ってきます」とだけ言って玄関に向かった。

娘は玄関で靴を履いている。

「父さんが送っていってやる。まだマスコミがいるかもしれないからな」

「――学校に行くんじゃないから平気よ」

「だろうと思った」

二度目の「うん」は嘘だと、藤野は見抜いていた。こっちはプロだ。甘く見るなよ。

「どこへ行くんだ」

涼子は必要以上に丁寧にスニーカーの紐を結んでいる。

「今日は休廷だろ。ちょっとぐらい休め」

「やらなきゃならないことがあるの」

「どこへ行くんだ」

涼子は立ち上がり、父親に背を向けたまま言った。「野田君の家」

藤野は半分驚き、半分納得した。

「この期に及んで弁護側と協議か」

涼子はドアノブに手をかけた。

「起訴を取り下げるつもりか？」

ノブを握り、涼子は背筋を強張らせた。

「そんなことするわけないじゃない」

「じゃ、何を協議するんだ」

いくつになっても、どれほど優秀でも、藤野剛にとっては幼い娘が、彼を振り返った。思わずたじろぐような鋭い目をして。

「明日、法廷で明らかにします」

藤野も靴を履き始めた。「送っていくから待ってろ」

「野田君はマスコミにマークされてないから、平気だってば」

父娘（おやこ）が外に出ると、家の近くの電柱の陰から男女が姿を現した。記者とカメラマンだろう。藤野は娘の肩を抱き、追いすがって声をかけてくる男女を置き去りに、通りかかったタクシーに乗り込んだ。

「近所なのに」

「こういう時は遠回りするもんだ」

直行すればワンメーターもかからないところを、ぐるぐる回って行った。

「何で野田君はマークされてないんだ」

「知らない。地味だからじゃないの」

涼子の視線は硬いままだ。

「なあ、何を協議するんだ？」

返事はない。藤野も、娘の反応を見たいから問うただけだった。

「——父さんに手伝えることはあるか」

ありませんと即答してから、涼子は言い足した。「ありがとう」

野田家の一区画前で、藤野はタクシーを止めた。用心のためだと言うと、涼子も黙って降りてきた。

周囲を気にしながら、二人で歩いた。似たような建売住宅が並ぶ道筋で、「あそこ」と涼子が一軒の二階家を指さしたとき、道の反対側から一台の乗用車がゆっくりと近づいてきた。スピードを落とすと、野田家の前で停車し、助手席のドアが開いた。

神原和彦が降りてきた。すぐ涼子と藤野に気がついて、表情が動いた。

この子も疲れている。涼子とは違い、瞼が腫れているわけでも、怠そうなわけでもない。ただ疲れている。力が抜けている。そう、まるでほっとしているかのように。安心して疲労をあらわにしている。

藤野はそう感じ、いっそう不可解に思った。何故だ？　検事側がギブアップして裁判を終わらせるというのではないのなら、なぜ彼が安堵する？

「おはようございます」

神原和彦が藤野に一礼した。野田家の玄関のドアが開いて、健一が顔をのぞかせた。彼の方は藤野たちではなく、神原和彦を乗せてきた乗用車の運転手に挨拶をした。驚いた様子だ。

「お父さん、もういいから」

涼子は早足で弁護側の二人に近づいていく。「早く仕事に行ってよ。ずっと傍聴に来てて、紺野さんたちに迷惑かけてるんでしょう」

そしておっかぶせるように、

「今野先生じゃなくて、あたしが知ってる紺野さんにね」

藤野は無表情を装ったし、涼子は小声だったから聞こえたはずはないのに、野田家の玄関先で、和彦が身を縮めたように見えた。健一がその肘を引っ張り、涼子も二人に追いついて、乗用車の運転手に声をかけた。

「おはようございます、河野さん」

どうぞ――と健一も彼に声をかけ、今度は藤野に挨拶した。「おはようございます。すみません」

何がどうすまないのだ？

河野と呼ばれた男は車を降りてきた。

「三十分ぐらいなら、そこに停めてても平気ですから、どうぞ」

野田健一が言って、逃げるように家のなかに入ってしまった。頭上で二階の窓のカーテンが開き、人影がさしたと思うとすぐに閉じた。健一の家族だろう。

三人の中学生は消えて、路上には藤野と河野という男の二人になった。

「え〜と、あの」

ワイシャツにノーネクタイだが、それなりに値の張りそうなズボンと革靴だ。歳は四十代後半か。

「涼子ちゃん――じゃなくて藤野検事のお父さんですか」

「涼子の父です」

「え〜と、私はですね」

男はワイシャツとズボンのポケットをぱたぱた叩き、あわてて車のそばに戻ると、運転席のドアを開けて腕を突っ込み、上着をつかんで引っ張り出した。

「名刺、名刺と」

何をあわてているのか、汗ばんでいる。

「私はこういう者です」

差し出された名刺を受け取り、藤野は思わず眉根を寄せた。

「調査探偵事務所？」

「はい。藤野さんの同業者だと言い張るほど図々しくはありませんが」

「じゃ、私の仕事はご存じなんですね」

「涼子ちゃんから聞いてます」

名刺、河野の顔、そして野田家の玄関のドアへと目を移し、藤野は訊いた。「あなたが涼子たちの協議に加わるんですか」

「いや、まあ、その」

河野は頭を掻いて、汗もかいている。すると出し抜けに玄関のドアが開いて、涼子が現れた。

「河野さん、早く」

私立探偵をせっつき、それから藤野に噛みついた。「邪魔しないで、お父さん」

「邪魔だと——」

涼子は藤野に指を突きつけた。「弁護側だって、お父さんという大人を使ったんだからね。こっちも一度は同じことをしたっていいでしょ？」

藤野が啞然と突っ立っているうちに、どうもすみませんとへらへら頭を掻きながら、河野という私立探偵は野田家に入っていった。

いったい、何をやろうというんだ？

城東警察署の少年課では、早朝会議を終え、佐々木礼子が、溜まってしまった書類仕事の山の前で、生あくびを噛み殺していた。

「朝からそんな顔をしてると、験が悪い」

庄田にからかわれて、礼子は笑った。「夏バテかしら」

「そりゃ、バテもするでしょうなあ。毎日あの体育館に通ってちゃ」

礼子の前には、学校内裁判の傍聴中に書き留めたメモと、そこから書き起こした傍聴記のノートが広げてある。本業をおろそかにしてはいけないのだが、昨夜もこれを綴り、これまでの分を読み返しているうちに、あやうく徹夜するところだった。

「そろそろ結審なんでしょう?」

冷茶の入ったグラスを礼子に渡して、庄田が隣の椅子に座った。

「そうね……。今日の休廷はアクシデントだけど、山はもう越えたから」

昨日の被告人本人尋問で、証人尋問は終わりだろう。重要な証言は出尽くしたし、帰趨も既に決した感がある。

神原和彦は大出俊次のために、可能な限りの弁護を尽くしてくれた。礼子は、あの小柄な、女の子みたいな顔をした少年に、今や畏敬の念さえ覚え始めていた。

和彦は俊次のアリバイ成立の可能性を示唆し、裁判の行方を決した。弁護人としてはそれだけでも充分な働きだったのに、彼はそこでやめなかった。大出俊次を、ただ濡（ぬ）れ衣（ぎぬ）を着せられただけの可哀相（かわいそう）な犠牲者にはしなかった。彼がハメられた可能性を立証するために、彼がそんなことをされても仕方のないワルだったことを、彼自身に認めさせるという荒技をやってのけたのだ。それは厳しい糾弾であるからこそ、一分の隙（すき）もない弁護になっていた。

昨日も傍聴席にいた礼子は、救急病院に運ばれた樹理の後を追った。津崎も一緒だった。本人には会えなかったが、尾崎教諭と話すことはできた。

「三宅さんは大丈夫です。今日のことをちゃんと理解しています。ただ、ちょっと驚いたんでしょう」

神原弁護人の言葉を聞きながら、傍聴席の樹理の心には、どんな想（おも）いが浮かんだろう。樹理には、神原弁護人が何故、誰のために被告人を糾弾したのか、理解できたろうか。

——神原君は、あなたのために、あなたに聞かせるために、あの尋問をやったんだよ。

樹理には、それがわかったろうか。

「佐々木さん？」

呼ばれて、礼子は我に返った。あわてて手で目をこすった。

「明日は最後の論告と最終弁論でしょう。今日一日で、学校側がうまいことマスコミを押さえてくれるといいんだけど」

「ひとつ、いい手がありますけどね」

庄田の言葉に、礼子は目を瞠(みは)った。「どうするの?」

「陽動作戦」

庄田は口の端だけでにやっと笑った。「佐々木さんも共犯になってくれるなら、岡野校長に提案してみてもいいかな、と」

礼子は身を乗り出した。「いいわよ、聞かせて」

「そうこなくちゃな」と言って、庄田はつと真顔に戻った。「佐々木さん、その前にひとつ確認していいですか」

「何を?」

「あの弁護人の神原君、佐々木さんは、この裁判の以前に知ってましたか。どこかで会ったことがありましたっけ」

「まさか」礼子は笑って首を振った。「地元の子だそうだけど、うちのお世話になるような子じゃないもの」

「ですよね」

ふん、と庄田は一人でうなずく。

「じゃ、僕の記憶違いじゃないよな」

「どうしたの？」

庄田はためらった。それから顔を近づけて声を落としたので、礼子も同じようにした。

「八年ぐらい前、僕が赤坂北署にいたころ、不幸な事件があったんですよ」

アルコール依存症の夫が妻を撲殺して逮捕され、自身も怪我をしていたので運ばれた先の病院のトイレで、首を吊って自殺したのだという。

「掃除用の雑巾をいくつか裂いて、それを結んでロープにしたんですよ」

何が何でも死ぬのだ、自分はもう生きていてはいけないのだという悲壮な意思が感じられる死だったと、庄田は言った。

「その夫婦に、当時七歳くらいの男の子が一人いたんです。事件のあと、母親の幼なじみだっていう人に引き取られたんですが」

礼子は庄田の顔を見た。

「その男の子の顔が、神原君に似てるっていうの？」

「でも、子供の顔は変わりますからね。成長期だとなおさらね」

「名前、覚えてる？」

庄田は気が進まなそうにうなずいた。

「僕は当時パトロール巡査だったから、直接関わったわけじゃないですけど、事件のあった社宅は僕の担当区域で」

「名前、覚えてるの覚えてないの？」

「――カズちゃんって呼ばれてたんですよ」

カズヒコ君、と庄田は言った。

「養父母に引き取られたとき、姓だけじゃなく名前も変えた可能性がありますが」

礼子はまばたきし、自分の綴ったノートに目を落とした。「世間は狭いってこと？」

「まだ、そうと決まったわけじゃ」

「そうね」礼子はわざと語気を強めた。「この裁判とは関係ないことだし」

そうだ、無関係だ。神原和彦がどんな少年であるかということと、あの弁護ぶりとは関係ない。あの子は確かに風変わりな子ではあるけれど――

二人とも口が重くなった。その重さを振り落とすために、礼子は笑った。笑いの対象が、チビた煙草（たばこ）をくわえて、ちょうど廊下を通りかかってくれたからだ。

「何が可笑（おか）しいんです？」

礼子の視線を追って、庄田が廊下を振り返った。チビた煙草の主は通り過ぎてしまっていた。

増井望君の事件よ、と礼子は言った。「関係ないと言えば、あれも関係ない事件でしょ。もちろん大出君たちがやらかしたことだけど、別件よ」

「ええ。でも、それが？」

「検事側がつかんで、持ち出そうとしたの。陪審員に被告人の暴力性を理解してもらうために必要だって。結局そのようにはならなかったんだけど、藤野さんたちが増井事件の詳細をつかんでいたことは間違いない」

庄田の目も小鼻も、驚きで広がった。「どうやったんだろう」

「不思議でしょう」

「あの子たちは裁判ごっこだけじゃなく、刑事の真似事も上手いのかな。噂をたどって、増井君にたどり着いたか」

「それにしちゃ早すぎるじゃない」

「まさか佐々木さんが？」

「冗談言わないで」

「ですよね。増井君の方から協力を申し出た――わけはないか」

今度は礼子がにやりとした。「うちの署内の誰かがリークしたのよ。可愛い藤野検事に、いい材料をあげるよって、誰かが増井事件を渡してやったのよ」

庄田の小鼻が開きっぱなしになった。

「名古屋のおっさんか」

礼子はくちびるの前に指を立てた。「しっかり貸しにしとくんだから、内緒よ」

いつか利子を付けて取り立てるんだから。

「あのおっさんもおっさんなりに、増井君の事件が揉み消されちゃったことが業腹だったのかもしれませんね」

「だったら金利は低くしといてあげるわ」

「了解しました」と、庄田もにんまりした。「じゃ、陽動作戦の方ですけど」

何かが起きている。藤野剛はそう思う。何かが動いている。それはたぶん、涼子にとっても予想外の動きなのだ。だからあいつめ、あんな顔をしているんだ。

だが、藤野に何ができるだろう。父さんに手伝えることはないと、きっぱり言い渡されたばかりではないか。

――それでも、俺は親なんだからな。

涼子も少しは親の気持ちをおもんぱかってもいいじゃないか。余計な口出しをしようというんじゃない。心配しているだけなんだ。

一人で苛々しているうちに、思いついた。神原和彦の親に会ってみようか。

この学校内裁判に直接携わっている子供たちの保護者同士は、これまで特に協議することもなく、それぞれ距離を置いて我が子を見守ってきた。中学三年生の夏休みという大事な時期に、この奇抜な課外活動に参加することの是非は、子供たち各自が自分の親と話し合って決めてきたのだ。もちろん、ほとんどの保護者たちが熱心に傍聴に来ているようだし、藤野もその一人のわけだが、神原和彦の親はどうしているのだろう。

近所なのだ。住所は電話帳でわかるだろう。藤野は踵を返して自宅へ戻った。玄関を開けてリビングに入ると、両手に洗濯物を抱えた邦子が出てきて、怪訝そうな顔をした。

「忘れ物ですか」

藤野は返事もせずに、電話台の下から電話帳を取り出した。

「何ですよ」

「おまえ、神原君の住所を知らないか。涼子から聞いてないか」

「――カイシャ、行かないんですか」

藤野は電話帳をめくった。

ため息をつくと、邦子はテーブルの上に洗濯物を置いて、そこにもたれかかった。

「おやめなさいよ」

「何が」

「ここまできてジタバタ騒ぐなんて、あなたらしくないわよ」

藤野は手を止め、妻の顔を仰いだ。

「おまえには親心ってもんがないのか」

涼子の様子がおかしいのがわからないのかと、つい語気が強くなった。

「おかしかろうがおかしくなかろうが、もう黙って見守るしかないでしょう」

皆さんそうしてるのよと、邦子は言う。

「あいつ、学校になんて行ってないぞ。野田君の家に集まって、弁護側と協議してる」

藤野は先ほどの娘たちとのやりとりを話した。「うさんくさい私立探偵なんかまで引っ張り込んで」

「その必要があるんでしょう。必要があるから、やってるんでしょうよ。誰が一緒だって、野田さんの家にいるなら心配ないわよ」

「おまえ、気にならないのか」

「その言い方はやめてくれない？　今日はあたし、忙しいんですよ。あなたと夫婦喧嘩してる暇はないの」

腹立ちまぎれに、藤野は音をたてて電話帳を閉じた。

「――気になりますよ」

邦子は両手をエプロンのポケットに突っ込むと、口をへの字に結んだ。

「でも、あたしは口出ししないって決めたの。涼子を信じてるから」

「俺だって信じてるさ」

邦子が黙り、藤野も黙ると、洗濯機が回る音が響いた。

「神原君の様子もおかしかったんだ」

何で俺はこんな弁解がましい口調になるんだと、藤野は自分に苛立った。

「俺はあの子のことも心配なんだよ。あの子がなぜこの裁判に関わったのか、何であんなに打ち込むのか、理由がわからないから」

いや、違う。曖昧模糊とした霧の向こうに、その〈理由〉がぼんやりと見えるからこそ心配なのだ。そこが涼子とは違う。

「あの子と話したとき、はっきり訊いてみたことがあるんだ。どうして大出君の弁護人になったんだって。そしたら彼は」

――責任があるからです。

「そんな言い方ってあるか？　ただ柏木君の友達だったってだけで、大出君とは一面識もないのに、あの子にどんな責任があるっていうんだよ」

言えば言うほど気になってくる。藤野剛は、もっと早く、もっと深く踏み込んでおくべきだったのではないか。あんな形で弁護側の肩を持つなんて、間違っていたのではないか。

「あなたって、意外と後からくよくよ悩むタイプなのよね」

痛いところを突かれて、藤野は素直にむっとした。その顔を見て、邦子は微笑する。

「そんな笑い方をするな。俺も喧嘩はしたくない」

「あなた、神原君に会ったんだ」

「悪いか？」

「その必要があると思ったから会ったんでしょう。あたしがとやかく言うことじゃありませんよ」

どうも藤野は分が悪い。

「彼の親御さんだって、心配してるんじゃないのかな」

邦子はテーブルから離れると、冷蔵庫に近づいた。麦茶を出して二つのグラスに注ぐと、テーブルまで持ってきた。そして言った。

「涼子には内緒にしといてね」

「何だよ」

「あたし、神原君のお母さんに挨拶（あいさつ）されたことがあるの」

一昨日（おととい）のことよ——と続けた。「傍聴人が入れなかった日。十時ごろだったかな」

「おまえは一度も傍聴してないのに」

「あなたが通ってるから、あたしはやめとこうと思ったの。役割分担よ」

そんなことはどうでもいい。

「自分でもおかしいんだけどね。今日は傍聴できないってわかったら、逆に涼子がどうしてるか気になっちゃって、学校に行ってみたの。正門のところでうろうろしただけで、すぐ帰ってきたけど」

同じような保護者が何人かいたという。

「顔見知りの人は誰もいなかった。まりちゃんのお母さんや井上君のご両親なら、あたしも面識があるから、すぐわかるんだけど」

そこで、一人の婦人に声をかけられた。

「失礼ですが、藤野涼子さんのお母様ですかって」

「何でおまえだってわかったんだろう」

「イヤねえ。あたしと涼子はよく似てるんですよ」

藤野は、自慢の長女は自分に似ているとばかり思っていた。

「そうですって答えたら」

――神原です。弁護人を務めている和彦の母でございます。

「お世話になっておりますって、丁寧に頭を下げられたわ」

「それだけか？」

「うん。こちらこそってお辞儀しただけよ。ほかにどうしようもないでしょう」

「どんなおふくろさんだった？」

「品のいい奥さんだったわよ。小柄でね」

風呂敷包みを持っていた、という。

「今時珍しいでしょう。あれ、和服じゃなかったかなあ。畳紙に包んだ和服」

「仕立て屋なのかな」

「お茶やお花の先生かもしれないわよ。感じのいいお母さんだった。優しそうで」

仲良しになれそうな気がしたと、邦子は言って、自分で笑った。

「もう仲良しって歳じゃないけどね、あたしたち」

藤野邦子は、仲良しなんて言葉に象徴されるベタな人付き合いが苦手である。社交好きでもない。彼女がこんなことを言うのは珍しい。なるほど確かにその婦人は神原和彦の母親だったのだろうと、藤野は納得した。あの子を育てた母親なら、邦子が好印象を持ったとしてもおかしくない。

神原和彦の母親も、子供のことが心配で、連日傍聴に来ていたのだろう。その〈心配〉は、ひょっとしたら藤野や邦子の心配よりも、さらに重いものなのではないか。

どうしても悪い想像をしてしまう。

——責任があるからです。

「そのこと、何で涼子に黙ってなきゃならないんだ」

「何となく」

ママの勘だと言って、また笑った。小さな笑みだった。

「母親って悲しいわ」

父親だって悲しい。いや、辛い。

「とにかく、今さら周章狼狽しないでくださいよ、お父さん」

仕事に行ってくださいと、にわかに目元を厳しくした。

「サボってばっかりいると、税金泥棒って野次られるわよ、公務員」

「おまえが言うな」

言い返して、やっと藤野も苦笑した。

学校内裁判に関わる者たちは、ぽっかりと空いた休日を、思い思いに過ごしていた。

陪審員長の竹田和利（かずとし）は、家の近所の公園にたったひとつだけある古びたバスケットゴールを相手に、朝から汗を流していた。ちょっと傾いたバスケットゴールに次々とシュートを決める彼の姿に、遊びに来ていた子供たちが寄ってきて、そのうち二チームに分かれてゲームを始めた。

デコボココンビの彼の相方、小山田修は、同居している祖父の将棋の相手をしていた。何度やっても修が勝ってしまい、祖父は「もう一局」と粘るのでキリがない。

山埜（やまの）かなめは、さんざん迷った末に倉田まり子を誘い、浅井家を訪ねることにした。まり子の行くところには向坂行夫もついて行く。浅井敏江（としえ）は三人を歓迎した。

「裁判の話はしちゃいけないのよねえ」

「まっちゃんと、まっちゃんのお母さんに話す分にはいけなくないと思います」

浅井松子の遺影は今日も笑顔だ。

蒲田教子と溝口弥生は、それぞれの母親も一緒に、四人連れだって都心のデパートへ買い物に行った。サマーセールはもう終盤だ。デパートからデパートへと歩き回るうちに、三宅樹理と浅井松子が告発状を投函しに行った中央郵便局のそばを通った。二人は、母親たちには何も言わずに、あの日の樹理と松子はそうしなかっただろうと思いつつ、身を寄せ合い腕を組んでそこを通り過ぎた。

原田仁志は、一年生の時から通っている進学塾で、主任講師と話し込んでいた。〈陪審員の守秘義務〉という言葉は、ここでは無効だ。原田仁志は（ちょっとした脚色も加えて）洗いざらい報告し、主任講師は熱心に耳を傾け、意見を述べる。やがて二人の議論は陪審制の是非にまで及び、原田仁志は大人との意見交換を楽しみながら、自分の志望校のことを考えていた。

勝木恵子には、朝から何もすることがなかった。ただ暑く汗臭いのがイヤで、仕事時間までごろ寝を決め込んでいる母親を残し、ふらりとアパートを出た。散歩なんてどうやったらいいかわからないから、ただ歩いた。やっぱり暑くて汗臭いからアホらしいだけだと思ったら、今や更地となった大出家の跡地に来ている自分に気がついた。

並びの大出集成材は営業していた。社長が逮捕されても仕事は続く。社員たちは働いている。いったい何をやることがあるんだろう。給料だって出るかどうかわかんないのに。それでも働くんだ。

恵子はさらにふらふらと歩いた。途中の公園で、ガキたちとわいわい騒ぎながらバスケットをやっているのっぽの姿を見つけて、つい足を止めてしまった。汗だくの陪審員長も気がついて、大声で呼びかけてきた。

「お、勝木。おまえもバスケやんねえか？」

暇なんだろなんて言うもんだから、ガキたちが笑った。

恵子は逃げるように立ち去った。何で声なんかかけるんだと腹が立つのに、途中から笑ってしまって、自分が笑うのも腹立たしくて、わざと怒った顔をした。

井口充(みつる)は父親に付き添われ、病院で日課のリハビリをしている。見守る父親の方が痛そうな顔だ。

橋田祐太郎は母親の店を手伝っている。カウンターの隅で、妹が夏休みの絵日記を描いている。仕込みをする母親と兄の様子を描いている。

山崎晋吾(やまざきしんご)は道場で師範にしごかれていた。稽古(けいこ)が済んだら、今日は座禅だ。おまえの一挙手一投足から静電気のように雑念の火花が散っている、と叱(しか)られてしまった。

山崎家では、くたくたになって帰るであろう弟のために、ヤマシンの姉が西瓜(すいか)を冷やしている。

　夏の終わりの入道雲が、ぽっかりと空いた休日の青空に浮かんでいる。

　生徒の家を訪ねて、教師が開口一番に言うべき台詞だろうかと、井上康夫は思った。

「気が強そうな姉さんだな」

「グラマーだし」

「聞こえたら殺されますよ」

　今日も記録作りに追われている康夫はTシャツに短パン、北尾教諭はTシャツにジャージだった。

「先生、その格好でマスコミの相手をしてるんですか」

　しかも、妙に浮かれていないか？

「俺はお役ご免になった」

　実はその件でいいニュースがあるから報せにきたんだと、井上家の玄関先に立ったまま、北尾教諭は首のタオルで顔の汗を拭った。

　気が強そうでグラマーな姉さんが戻ってきた。

「先生、どうぞお上がりください」

「いいんだ、すぐ帰るから」

「じゃ、麦茶でも」

「そりゃ有り難い」

姉さんは麦茶のグラスをひとつ持ってくると、盆ごと北尾教諭に渡してすぐ引っ込んだ。その際、康夫をしっかり睨(にら)みつけていった。

聞こえてたんだ。カンベンしてくれと康夫は思った。

「先生、セクハラって言葉を」

「今日は静かだったろう」

康夫は口を閉じて教諭の顔を見た。

「記者が押しかけてきたり、電話がリンリン鳴ったりしなかったろ？」

朝方ちょっと騒がしかったが、それ以降は確かに静かだった。

「森内先生のお母さんが学校に来て、岡野先生と記者会見をしてくれたんだよ」

意外な展開だった。康夫の驚き顔に、北尾教諭は得意そうに胸を張った。

「明日は森内先生が病室で記者会見をする。病院が許可してくれたんでな」

「大丈夫なんですか？」

「主治医が付き添ってくれるよ」

方々から取材希望が殺到しているので、何回かに分けて会見を行う予定だという。

「明日、おまえらが裁判やってるあいだじゅう、森内先生がマスコミの連中を引きつけておいてくれるってわけだ」

大胆な計画だ。しかし名案だ。北尾先生、それで浮かれて口が滑ってるわけかよ。

「それ、誰の発案ですか」

「おまえも余計なことに頭が回るな」

「学年トップですからね」

「どっかから、岡野先生に進言があったらしいぞ。森内先生に無理はさせられないが、もし協力してもらえる状態なら、これがいちばんの陽動作戦になるって」

どっかって、どこだ。

「津崎先生も同席してくれるってさ。主役が登場すれば、取材合戦もこれで収まるだろう。明日からは元通りだ。安心して頑張れ」

はい、と学年トップの秀才は答えた。

「それだけか？　もうちょっと感謝しろよ」

「森内先生には感謝します」

正直、そんな気骨のある先生だと思っていなかったから、康夫はけっこう感動しているのだ。森内先生を見直した。

「あと、先生のお母さんにも」

よろしい――と言って麦茶を飲み干し、空のグラスを康夫の手に押しつけて、帰るのかと思ったら、北尾教諭は表情を変えた。生徒指導のときの表情だ。

「なあ、井上。昨日の帰り、藤野の様子がちょっとおかしかなかったか？」

おかしかった。何でも見落とすことがなく、よく頭の回る井上康夫は気づいていた。

藤野涼子は、まるで幽霊を見たような顔をしていた。それだけじゃない。弁護人助手の野田健一も変だった。あっちはあっちで、幽霊になったみたいな顔だった。

さらにおかしいのは、そんな野田健一のそばに、神原和彦がいなかったことだ。裁判に取りかかって以来、双子みたいにいつも一緒のあの二人が、昨日に限ってバラバラに帰っていった。

何ひとつ見落とすことのない井上康夫、井上判事の胸は騒いでいた。

「おまえ、連絡をとってみたか？」

そうしようと思って何度か受話器を上げ、結局は思いとどまった康夫だった。

「いえ。何があったにしろ、明日になればはっきりするでしょう」

「――おまえはいつもマイペースだな」

「僕がペースメーカーにならないと、この裁判は維持できません」

「――おまえはいつも正しいな」

「先生、大出君の様子を知ってますか」

「生きてるよ」と、北尾教諭は笑った。「何だ、あいつのことが心配か？」

「自分の弁護人にボコボコにされてましたからね」

「だからって、今さら逃げたりしねえよ。あいつにはあいつのメンツがある」

「それならよかった」

会話が尽きた。

「森内先生の記者会見の件、みんなに報せますか」

「おまえが承知してりゃいいことだ」

「わかりました」

ありがとうございますと、康夫は頭を下げた。

「姉さん、美人だな」

「――身内にはわかりません」

「俺はセクハラしたんじゃねえぞ。事実を口にしたまでだ」

姉さんは俺の生徒じゃねえしなと、言い訳するところは情けない。

「じゃ、明日な」

北尾教諭が消えると、美人で気が強くて（事実として）グラマーな姉さんが、凶悪な半眼になって近づいてきた。

井上康夫は天を仰いだ。


何もすることがなく、誰に会う気にもならない大出俊次は、長い一日を過ごしていた。

何もすることがなく、誰に会う気にもならない三宅樹理も、長い一日を過ごしていた。

夕方になって、樹理のもとには藤野涼子が訪ねてきた。玄関先で、樹理の母親が尖った声を出し、涼子を追い返そうとしている。

樹理は自室を出て階段を降りていった。母親と涼子が同時に気づいて振り仰いだ。

「ママ、いいから」

「樹理ちゃん、あなたはまだ」

「ただの貧血だったのよ。平気よ」

藤野さん——と、樹理は涼子を手招きした。誰にも会う気にならないけれど、誰かに会うとしたら涼子しかいないのだ。

短時間で済ませますと、樹理の母親に断って、涼子は急ぎ足で階段をのぼってきた。

部屋で二人になると、樹理は妙なことに気がついた。藤野涼子のほっぺたに筋がついている。汗ではなさそうだ。

泣いたんだろうか。

「具合はどう？　ごめんなさいね。尾崎先生に、今朝退院したって聞いたから」

「貧血よ。もう何でもない」

やっぱり、涼子のほっぺたに筋がある。

「明日はラストの論告なんだけど」

立ったまま、まるで怖いものから逃げるように、涼子は早口で言った。

「もし三宅さんが嫌じゃなくて、お母さんも許してくださるようなら、また傍聴に来てほしいと思って」

樹理は黙っていた。

「勝手なこと言ってごめんね。でも、昨日は来てくれて嬉しかったから」

法廷で失神したことで、傍聴人たちからどのように思われているか、樹理は敢えて考えないようにしていた。

あの騒ぎで、樹理が告発状の差出人だと察知した人もいるだろう。以前からそう疑っていて、あるいは噂を聞いていて、確信した人もいるだろう。

もうどうでもいいや、そんなこと。

そうだよ、もうどうでもいいんだ。誰が告発状の差出人だってよかったんだから。そんなの問題じゃないんだから。

だったらなぜ、あたしだったんだろう。どうしてあたしは松子まで巻き込んだんだろう。

神原和彦は、何であたしをこんな目に遭わせるんだろう。何の権利があって、あんな尋問をやったんだろう。あいつには何の関係もないのに。何で出しゃばってきたんだろう。

どうして放っておいてくれなかったんだ。

あたしのやったことがわかるなんて、あたしの気持ちがわかるなんて、なんで今さらそんなことを主張するんだよ。

もう手遅れなのに。

「気が向いたら、行く」

そう——と、涼子は小さく言った。

「用事はそれだけ？」

「うん」

違うでしょ。あたしの顔を見たかったんでしょ。あたしがどんな顔をしてるか、確かめたかったんでしょ。

憎まれ口のように考えながら、樹理は思う。あたし、藤野さんに会いたかった。会いたかったのよ。話したいことがあった。聞いてもらいたいことがあった。だけど、ほっぺたに涙の跡を付けている藤野さんには、こんなこと聞かせられないじゃないか。

「あたしは大丈夫よ。裁判の方が大丈夫かどうかは知らないけど」

大丈夫よと、藤野涼子は言った。

「じゃ、また明日」

帰らないで。喉元まで言葉が出かかった。藤野さん、聞いてよ。

涼子は帰ってしまった。肩が落ちていた。足取りが疲れていた。

藤野さんだって、あたしと同じ女の子なんだもの。

──あたしね、藤野さん。

自室の壁に向かい、樹理は呟く。

──昨日ね、病室で気づいたの。

意識を取り戻し、動けるようになって、病室のトイレでふと鏡を覗いたとき、気がついたのだ。

──一昨日、ニュースでね、逮捕された垣内美奈絵って人の顔写真を見たとき。こんな顔を知っている。どこかで見たことがあると思った。

──それ、誰の顔かわかったのよ。

あたしの顔だ。樹理は思った。垣内美奈絵の顔は、あたしにそっくりなんだ。あれは嘘つきの顔だ。嘘をついて他人を傷つけ、自分も傷つく人間の顔だ。そして何もかも取り返しがつかないと、絶望している人間の顔だ。

──それがあたしの判決だよ、藤野さん。

休廷日の陽が落ちて、誰にとっても長い、長い夜が始まった。

7

八月二十日　学校内裁判・最終日

今日も一日が始まる。

この裁判に参加してからというもの、野田健一にとって、新しい朝を迎えることは、その一日分だけ成長することを意味していた。成長が大げさなら、発見といってもいい。一日を過ごせば、一日分の発見がある。そういう日々が続いていた。

今日もそうなるのだろう。健一が嫌だといってもそうなるのだろう。裁判は大詰めだ。もう後はない。真実が明らかになる。

そして健一は、ようやくここまでたどりついて、それを恐れていた。

ずっと胸の内に閉じ込めてきた疑問の答えを得て、ずっと背負ってきた荷物をおろすことができるのに。

怖い。怖くてたまらない。

昨夜はひと晩じゅう考えていた。こんなことになるんだったら、知らん顔をして裁判には関わらず、おとなしくしていればよかった。受験勉強していればよかった。その方が野田健一らしかった。

一生懸命そう思って、自分の胸に言い聞かせてみるのに、でも一向に心に沁みてこない。自分の考えが、本当らしくも聞こえない。それが不審で訝しくて、眠れずにまた考えた。いったい、野田健一らしいって、どんな〈らしい〉なのだろう。

僕はもう、裁判が始まる前の僕じゃない。じたばたしたって無駄だ。新しい一日をひとつずつ積み重ねて、ここまでやってきた。もう後がないのではない。もう後戻りはできないのだ。

登校する支度をしていると、いつものようにヤマシンが、朝の巡回にやってきた。

「昨夜は蒸し暑かったですからね」と言った。ヤマシンの丁寧な口ぶりは変わらない。見るからに寝不足の顔をしている健一に、

「山崎君もお疲れ様です」

そうだ、僕は弁護人助手なんだ。

僕が弁護人助手だから。

挨拶を交わし、去ろうとするヤマシンを呼び止めた。

「今日はね、かなり長引くよ」

自転車に乗りかけていたヤマシンは、足をおろしてわざわざ姿勢を正した。

「シャツとか、着替えを用意しておいた方がいいかもしれない。陪審員のみんなにもそう伝えてください」

気をつけをして、ヤマシンは「はい」と応じた。一瞬ためらってからこう言った。

「藤野検事からも同じ言葉がありました。今日は時間がかかるから、と」

「そう」

「ですから、弁当や飲料水に余裕を持たせておいてほしいという指示でした」

健一は、そちらまでは頭が回らなかった。

「北尾先生と津崎先生にご相談して、きちんと手配します。ほかにはありませんか」

「ないと思います」

自転車に足をかけて、またヤマシンは途中でやめた。健一に向き直る。

「藤野さんは、一人の脱落者も出さず、全員で評決を迎えたいと言っていました」

健一はうなずいた。藤野さん、それは僕に言ってるのかな。脱落するなと。逃げるなと。

それとも――

「野田君、頑張りましょう」

ヤマシンはちょっとあわてて、指で自分の顔を指した。「今のは藤野検事の言葉じゃなくて、俺が言いました」

毎朝みんなを巡回してきたヤマシンは、この最終日の朝に、察するものがあるのだろう。

「うん。わかってます」

倉田さんは、ヤマシンはいかつい顔をしているという。けど、こうして見るといかつくなんかない。凛々しいんだ。

「遅れないように行きます。じゃ、学校で」

「学校で」

玄関のドアを閉め、健一は自室に上がると、ふくらんだ鞄を持ってきた。リビングに入ると、父の健夫が朝刊から目を上げた。

「おはよう。もう行くんだね？」

「はい」

「昨夜はだいぶ遅くまで起きてたようだけど、大丈夫かい」

黙ってうなずいてから、健一は言った。「父さん、今日は傍聴に来る？」

野田健夫は、一人息子の顔に目をあててまばたきをした。

「そのつもりだよ。母さんも具合がよさそうだったら、一緒に連れて行こうかと思ってるんだけど。大詰めだろう？」

健一はこっくりした。急に胸苦しくなって、言葉が出なかった。

健夫の眼差しが、労るように和らいだ。「父さんたち、行かない方がいいのかな」

「そうじゃないんだ。ただ」

ただ――

「心配しないでください。どういう結果になっても、僕はちっとも、ちっとも」

何て言いたいんだろう。頭ではわからない。すると、心から言葉が湧いて出てきた。

「後悔してないから」

ああ、そう言いたかったんだ。

「そうかい」と、健夫もうなずいた。「わかったよ。安心して行きなさい」

はい、という声が、また出なくなった。健一は玄関に向かった。

靴を履いていると、きっとその姿勢のせいだろう、下を向いたからだろう、急に顔が熱くなり、泣けてきそうになった。そんなんじゃ駄目だと自分を叱咤して感情を飲み込み、靴紐を結び終えるまでには立ち直っていた。

僕は弁護人助手だ。その役目を全うする。

野田健一の、学校内裁判最終日が始まろうとしている。

学校の周辺から、記者やレポーターたちの姿が消えていた。森内先生と先生のお母さんのおかげだ。岡野校長代理も、先生の記者会見を材料に、マスコミとうまく取引してくれたのだろう。岡野さんはそういうことをやらせると上手いんだと、北尾先生が言ってたっけ。だから出世するんだと。

一方、傍聴席の入りはのんびりしていた。八時四十分の段階で、五割に満たない感じだ。今までいちばん出足が悪い。昨日の終日休廷が影響したんだろうか。たった一日の空白で、みんな集中力も興味も減ってしまったんだろうか。その程度のことだと思ってるんだろうか。

——満員になれ。

一人でも多くの人に聞いてもらうために、僕らは頑張ってきたんだ。

弁護側の控え室には、朝寝坊の大出俊次の姿はなく、神原和彦が一人、窓際で校庭を眺めていた。

「おはよう」

健一が声をかけると振り返った。寝不足でも夏バテでもない、いつもと変わらない顔をしている。

「おはよう」

あとが続かなくて、二人とも黙った。これまでの五日間はどうしていたっけと、健一は考えた。

「今朝は入りが悪いね」

和彦は言って、強い日差しに目を細めた。この教室の窓は東向きだ。

「着替え、持ってきた？」と、健一は聞いた。

「うん」

健一も窓際に歩み寄った。正門を抜け、校庭を横切って体育館へと向かう傍聴人たちを眺める。大人だけの二人連れ。親子連れ。誰かの母親らしい人。誰かの父親らしい人。

「茂木さんだ」と、和彦が言った。連日の暑さのなかで、一分の隙(すき)もないファッションで傍聴に来る。目立つからすぐわかる。

「今日は一人だね。ＰＴＡの会長と一緒じゃないや」

また二人で黙った。肩を並べて校庭を見下ろしていると、だんだんと校庭を横切る人びとの数が増えてきた。体育館の入口で、助っ人たちが忙しそうだ。

よし、これでいい。

「準備はできていますか、弁護人」

健一の呼びかけに、和彦がこちらを見た。

「できています」と答えた。

健一は校庭を見下ろしていた。視線を動かすことができなかった。自分の身体の一部でも動かすと、心が漏れてしまいそうだ。

「僕も準備はできています」

健一の言葉に、和彦が何か応じようとした。くちびるが動いて、形をつくりかけた。たぶん、（ごめん）という形に。

その前に、教室の扉ががたがたと開いた。二人で振り返ると、大出俊次が上履きの踵を踏んづけ、さもかったるそうに入ってきて、

「てめえら何だよ」と、いきなり悪態をついた。「何を呑気に見物してんだよ」

あの被告人尋問以来、俊次はまともに弁護人の目を見ようとしない。ぶすっとして、本人としては怒っているつもりなのだろう。いくら弁護のためだって、作戦だからって、あんな言い方はねえだろう。だけど上手く怒れないので、困惑してもいるのだろう。

――どうして上手く怒れないのか、わからないんだね。

今までみたいにキレることができないのは、君が怒っているんじゃなくて、傷ついているからだよ。そして、どうして傷ついたのか考えているからだよ。きっとね。

きっと――そうであってほしい。

「行きましょう」

野田健一は、弁護人と被告人に呼びかけた。

「五分前です」

藤野涼子も寝不足のようだった。

事務官の佐々木吾郎は、何となく元気がない。萩尾一美はいつもどおりに見えるけれど、藤野検事は今日の段取りを、どの程度まで二人に打ち明けているんだろう。

井上判事が入廷してきた。全員起立する。傍聴席の入りは七割ほどになっていた。

「皆さん、おはようございます」

判事が挨拶し、みんなざわざわと着席した。洗濯したのか、しわくちゃになった黒いローブの襟元を整え、井上判事は顔を上げる。

「陪審員の皆さん」

丸一日の休廷を挟んで、陪審員たちはちょっと元気を取り戻している。

「当初の予定では、本日は検事側の最後の論告と弁護側の最終弁論を行い、結審して、皆さんに評議に入ってもらうことになっていました。しかし」

判事が横目になると、眼鏡の縁が光る。

「昨日の午後になって、検事側から新たな証人申請がありました。藤野検事、陪審員にその理由を説明してください」

藤野涼子は立ち上がり、陪審員たちに軽く頭を下げてから言った。「本件について、新しい事実が判明したからです」

「新しい証人は三人ということですが」

「はい」

「この申請書では」と、判事は手元に目を落とす。「三人目の証人の氏名が書かれていません。どういうことですか」

「現段階ではこの証人の身元を明らかにすることができないのです」

「そんな状態で、その証人を本法廷に呼ぶことができるのですか」

「できます」

「時間の無駄になりませんか」

「なりません。大丈夫です」

「弁護側は異論ありませんか」

健一の隣に着席したまま、神原弁護人は答えた。「ありません」

被告人は不満そうである。「何だよ、まだ何かあるってのかよ」

「被告人、何か言いましたか」

いつものようにそつがなく、弁護人は被告人の非礼を詫(わ)びる。「失礼しました。新証人の申請に、当方も同意しています」

健一は筆記用の鉛筆を強く握りしめた。大出君、いいから黙っててよ。

「では、新証人の申請を認めます」

「ありがとうございます」

涼子の言葉を受けて、佐々木吾郎が立ち上がった。検事側の後ろの出入口へ走る。扉を開けると、証人を招き入れた。背広姿の男性だ。藤野検事も前に出て、この証人を迎えた。

「証人席へどうぞ」

健一は目を上げ、証人席へと進む人を見た。小柄で痩(や)せぎすで、白髪が多い。若白髪だろう。歳(とし)は四十半ばだと聞いている。

うつむきがちに証人席に着くと、その人は神原和彦を見た。和彦も証人を見る。目礼した。証人はうなずいた。

判事が切り出す。「お名前を教えてください」

「滝沢卓(たきざわすぐる)です」

「宣誓をお願いします」

宣誓する証人は、声も滑舌もよかった。人前で話し慣れている。

ふと思った。三十年後の神原君は、きっとこんな感じの中年オヤジになるんだろうな。

藤野検事の尋問が始まる。

「滝沢さん、出廷してくださってありがとうございます」

証人は検事に一礼を返した。

「ご職業を教えてください」

「小中学生を対象にした学習塾を経営しています。私自身が講師です」

「場所はどちらでしょうか」

「現在は浦和市内です」

「それ以前は？」

「一昨年の十二月末までは、都内におりました。中央区明石(あかし)町です」

「塾の名称を教えてください」

「当時も現在も〝滝沢塾〟です」

「一般的な進学塾ですか?」

「受験勉強だけが目的ではありません。補習的な授業も行なっています」

「補習というのは、つまり、学校の授業についていかれなくなった生徒をサポートするということですか」

「そうです。学力面だけではなく、情緒的な問題を抱えている生徒に、学校以外の学びの場を提供することも、私の塾の目標です」

体育館後方の出入口から、遅れてきた傍聴人たちが入ってくる。空いていた席が少しずつ埋まってゆく。

「証人は柏木卓也君をご存じですか」

証人の返答まで一瞬の間が空いた。

「はい。中央区にいた当時、私の塾の生徒でした」

「正確にいつごろのことですか」

「柏木君は、小学校五年生の二学期から私の塾に入りました。彼が大宮市内からこちらに転校してきてからです」

「いつまでいましたか」

「私が塾を閉めるまで生徒でした」

「すると証人は、ほぼ二年半、柏木君のことをご存じだったんですね」

「はい。熱心な生徒でした」

「受験勉強が目的のタイプでしたか。それとも、先ほど証人がおっしゃったような、サポートが必要なタイプでしたか」

「学力の点では、柏木君は補習を必要としていませんでした。潜在的な学力は高かったですから」

「表面に現れる成績はともかく、学習能力には不安のない生徒だったということですか」

「そうです。ただ、彼はあまり学校と合わなかった。学校というシステムと合わなかったと申し上げていいと思います」


陪審員席で、蒲田教子と溝口弥生がうなずいている。集団生活を厭い、個性を殺して十把一絡げにされることを嫌う、小さな仙人。この法廷で、充分に描き出されてきた柏木卓也像だ。

井上判事は渋い顔だ。柏木卓也の人となりなら、もう充分に聞いている。この証人のどこが新しいのか。どんな新事実があるというのか。

「証人の塾ではいかがでしたか」

「私の塾の空気には、早いうちから馴染(なじ)んでくれました。学校のひとクラスよりも少人数なので、柏木君も気楽だったのではないかと思います」

「証人とは親しく付き合っていましたか」

滝沢証人は少し考えた。「少なくとも私の側は、柏木君からある程度の信頼を得ていると感じておりました」

「なぜそう感じました？」

切り口上の問い返しだ。証人は粛々と応じる。「柏木君はおしゃべりな気質(たち)ではありませんでしたが、私にはよく話をしてくれました。学校のことや、家庭のことです」

「不満や悪口を言うことはありましたか」

「多少はありました」

「柏木君は、証人にはそうした話を安心して打ち明けていたということでしょうか」

「私はそう感じていました」

「塾のなかに、柏木君と親しい友達はいましたか」

滝沢証人が、つと神原和彦を見た。ほんの刹那（せつな）、憚（はばか）るような視線だった。神原弁護人の方は両手を机の上にきちんと揃（そろ）えて、目を伏せている。

「いたと思います。彼は誰とでも和気藹々（わきあいあい）というタイプではなかったので、相手を選んでいましたが」

「柏木君は、学校では友達がいなかったそうです」

「本人もそう言っていました」

「でも、塾では違った？」

「幾分、違っていたと思います」

「何故（なぜ）でしょう」

「やはり、うちが気楽だったからでしょう。私はもともと、必要以上に厳しい規則を作りません。一応のカリキュラムはありますが、塾生たちの都合に合わせて、気ままな出入りも許していました」

「学校とはシステムが違うのですね」

「はい」

「一昨年の十二月末に塾を閉めたのは、どういう事情があったからですか」

証人はちょっと下を見た。「私と、塾生の一部の保護者たちのあいだでトラブルが発生しました。解決の見通しが立たずに、私は塾の継続を断念しました」

「柏木君は、その事態をどのように受け止めていましたか」

「非常に残念がってくれました」

「柏木君と彼のご両親は、証人とのあいだにトラブルを生じた保護者たちと違う意見を持っていたということでしょうか」

「彼のご両親の意向は、私にはよくわかりません。あるいはご不満もあったやもしれません。ただ、柏木君本人は、私を信用してくれていたと思います。やめないでほしいと言ってくれましたので」

「では、証人が塾を閉めたことで、柏木君はがっかりしたでしょうね」

「私はそのように感じました」

「そんな気持ちでいる柏木君を、いわば置き去りにすることを、証人は当時どう思っていましたか」

「彼に申し訳ないと思いましたし、心配しておりました」

「学校というシステムに合わない柏木君を、見捨てる形になったわけですものね」

証人は下を見たままうなずいた。「――そうですね。まったくそのとおりです」

野田健一は自分の手元を見て、気がついた。メモをとっていない。いつの間にか手が止まってしまっていた。

神原弁護人は、蠟人形みたいに動かない。被告人は退屈そうだ。何だよこのだらだらした話はよと、顔つきがムクれている。

「昨年の暮れ、柏木君が亡くなったことを、証人はご存じでしたか」

「新聞で知りました」

「葬儀には来られましたか」

「いえ、遠慮しました」

「柏木君のご両親に連絡は」

「しておりません」

「何故ですか」

検事の遠慮のない質問ぶりに、井上判事もちょっと驚いている。えらくズバズバ切り込むな、藤野。

「彼があのようなことになって、私も一抹の責任を感じておりました」

「証人が柏木君から遠ざかったことがよくなかったという意味でしょうか」

「そうです」

即答してから、証人はかぶりを振った。

「いえ、それ以上に、私が塾を閉めた当時の事情もあります。柏木君はトラブルに負けた私に落胆するだけでなく、怒っていました。彼の——何といいますか、彼にとっては学校に代表される、この社会システムに対する不信感や絶望感でしょうか、そうした感情を和らげるどころか、むしろ増大させる形で、私は彼から離れてしまいましたから」

藤野検事は沈黙を保つことで、証人に先を促した。

「私はかつて中学校の教師でした」と、証人は続けた。声が少し低くなった。「規則だらけの学校の有り様に疑問を感じて飛び出して、学習塾を始めました。私のそういう経歴を知って、柏木君は、ある種の親近感を覚えてくれたのだと思います」

「学校嫌い同士の親近感ですね」

「学校という既存のシステムに疑問を抱いている者同士と申しますか」

証人がやっと目を上げて、弱々しく検事に微笑みかけた。

「その私が、保護者グループとのトラブルという生臭いものに負けて、退却したのです。学校というシステムからは飛び出せても、社会というシステムからは逃げられません。私にとっても大きな挫折でしたが、柏木君は、そんな私に、期待するものが大きかった分だけ裏切られたような気分になったのでしょう。当時、かなり感情的になっていました。彼がそういう気持ちでいることを重々承知した上で、私は彼を置き去りにしました。非常に無責任なやり方でした」

検事はにこりともせず、手を緩めない。

「証人をそのように追い込んだ原因である保護者グループとのトラブルの内容を、具体的に教えてください」

証人がためらった。尖った喉仏が上下する。

「いくつかの点で、私は糾弾されました」

「何を糾弾されたのですか」

「私が自分の伝手を使って塾生を有名中学に裏口入学させ、保護者から不正に金品を得ているのではないかとか」

「裏口入学疑惑ですね。ほかには？」

証人は、今度は無理に苦笑した。

「ある塾生の保護者と、個人的にけしからん関係になっていると。ああつまり、異性の保護者ということです」

傍聴席がざわざわした。

「事実なら、かなり不名誉なことですね」

「はい。しかし事実ではありません」

「証人にとっては濡（ぬ）れ衣（ぎぬ）だったのですね」

「はい」

「でも証人は、そうした糾弾に負けてしまったのですね？」

「そうです」

負けた。逃げた。その挫折感は今も消えていないのだ。証人のたたずまいが、丸まった背中がそう告白している。

「疲れてしまいました。どう釈明しても理解を得ることができず、音を上げたと申しましょうか」

「糾弾されるような事実はなかったにもかかわらず、それを認めるような形で引き下がったということですか」

「……そういうことです」

「柏木君は、親近感を抱いていた証人がそんなふうに挫折するのを目（ま）の当たりにして、強く落胆した。そうですね？」

「そうだと思います」

私はだらしなく逃げてしまいました――

「証人や証人を追い詰めたこの社会というシステム、大嫌いな学校というシステムへの不満と不信感を抱いたまま、柏木君は証人という理解者を失った。この学校での日々の生活のなかで、彼の不満や不信感は解消されなかった。むしろ募っていった。そして早すぎる死を迎えることになってしまったのではないかと、証人は考えた。そうですね？」

「そうです」

「つまり証人は、柏木君は自殺したと考えておられる。そうですね？」

「そうです。彼の死を知った時点では、そのように考えました」

ほかには考えられなかった、と言った。

「だから彼の死の責任の一端は、私にもある。そう思いました。だからこそご両親にも連絡をとることができませんでした」

私は臆（おく）していました、と言った。

「でも、その後の騒動についてもご存じだったでしょう？〈ニュースアドベンチャー〉はご覧になりましたか？」

「一連の報道はフォローしておりました」

「では、柏木君の死は自殺ではないという説もご存じだったんですよね?」

「はい」

「どう思われました?」

「何とも申し上げられません」

「現在はどう思われていますか」

証人は答えない。

「真相を知りたいというお気持ちはありますか」

「――あります」

答えて、証人は井上判事を見た。それから弁護側の席に目を寄越した。健一の指の間で鉛筆が滑ってしまった。

神原和彦は目を伏せたままだ。身動きもしない。

藤野検事は足を踏み換えると、あらためて姿勢を正した。「証人が去ったことで落胆しても、柏木君には友達がいましたよね? 学校にはいませんでしたが、塾にはいました」

証人は大きくうなずいた。

「その友達が、柏木君の支えになるとは考えられませんでしたか?」

「なってくれるだろうと、私も期待しておりました」

息苦しくなったみたいに、証人が喉元に手をやった。ノーネクタイだが、シャツの襟はぱりっとしている。

「ただ、その友達——私から見れば塾生の一人ですが、彼もまた、柏木君とはまったく別の意味である種のサポートを必要としていたというか、いや、実際には、本人はそんなサポートなど要らなかったかもしれませんが、周囲の大人はそう思ってしまう事情のある子供でしたので」

「どんな事情でしょうか」

証人はすぐには答えない。空席はほとんどなくなった。くちびるを噛みしめている。傍聴席ではハンカチや扇子が動いている。

「——非常に不幸な形で両親を亡くしていました」

「孤児だということでしょうか」

「はい。幸い養父母に引き取られ、関係も良好でした。事情を知らない者の目には、そんな過去のある子供には見えなかったでしょう。明るい性格で、成績も優秀でした」

いい子でしたと呟いた。

健一は目を閉じた。そして目を開けた。目の前の景色は何も変わらなかった。「柏木君にはいい友達がいたんですね」と、検事が言った。健一の気のせいではなかろう。声に動揺があった。〈いい友達〉という言葉が変に裏返りかけた。

「いい友達がいて、その友達は、証人が柏木君を置き去りにした後も、彼のそばにいた。そうですね？」

「はい。付き合いは続いていたでしょう。二人は仲がよかったですから。ただ」

検事は咳払い（せきばらい）をした。自分でも、声が揺れたことに気づいたのだろう。

「ただ？」

「それはそれで、私は心配でした」

「柏木君と、その仲のいい友達とのあいだに、証人が心配する要素があったんですか？」

「私の思い過ごしかもしれませんが」

うなだれるのではなく、証人は意志の力で下を向いている。そうでないと証言を続けられないからだろう。

「繊細な子供にありがちなことですが、柏木君には、やや抽象的な物事を深く考え過ぎるところがありました」

検事はうなずいた。「柏木君のお父さんもこの法廷で、そのように証言されています」

「そうですか……。私ともよく議論をしました。こんな理不尽な、でたらめなことばかりが多い世の中を、なぜ生きていかねばならないのか。人が生きる意味はどこにあるのか。どうしたらそれを見つけることができるのか」

健一が置いてしまった鉛筆を、和彦が拾い上げた。指でもてあそんでいる。

「そんなことを考える柏木君には、不幸な形で両親を失い、一人残されても日々を元気に生きている——明るく、傍目には何事もなかったかのように元気に生きているその友達が、とても興味深く思えたのでしょう。ですから——そこにこだわっていたというか」

ちょっと言いよどんでから、証人は言い切った。「柏木君のその興味の持ちようが、私には少し気がかりでした。ある種の思索にふけるのは悪いことではありませんが、そちらに夢中になって、相手の気持ちを考えていないように思える言動もありましたし」

「柏木君が、不幸な成り行きで孤児になった友達、その塾生の気持ちや立場を考えていないように思えた、証人がそう感じることがあったということですね？」

「そうです。ええ、そうです」

「友達と親しむには、確かに頭でっかちな動機ですね。でもそれ以前に、その友達のそういう過去を、なぜ柏木君は知っていたんでしょう。本人から聞いたんでしょうか」

「本人は、進んでそんなことを打ち明ける性格ではありません」

証人はまた喉元に手をやり、ありもしないネクタイを緩めるような仕草をした。額がうっすらと汗で光っている。

「あれは私のミスでした」

ちょっと舌がもつれた。

「そういう事情のある塾生ですから、健康面も含めて私も注意をはらっていましたので、他の塾生の場合よりは頻繁に、保護者と連絡をとっていました。彼の養母と塾で面談することもありました。そういう折に、たまたま柏木君が塾に来て、我々の面談の内容を漏れ聞いてしまったんです。さっきも言いましたが、私は塾生たちに気ままな出入りを許していましたし、柏木君は特に、他の塾生がいないとき、私と話をしにふらりと遊びに来ることがありましたから」

失礼、と言って、証人は上着の内ポケットからハンカチを出し、顔を拭(ぬぐ)った。

「少なくとも、本人はそういう経緯で事情を知ったと、私に言っていました」

「それはいつごろのことですか」

「三年前の六月ごろでした。私が塾を閉める一年半前になりますか」

「それで柏木君は、以来、その塾生に特別な関心を抱くようになったわけですね」

「はい。ただ彼らは、そんなこと抜きでも、以前からうまが合う友達でした。柏木君が相手の事情を知ったことで、確かに彼らの友達関係には多少の変化があったでしょう。でも、友達であることに変わりはありませんでした。それは申し上げておきたい」

ハンカチをしまわず、手に握ったまま、証人はひとつため息をついた。

「塾を閉めるときは、塾生みんなに、私は深く謝罪しました。もちろんその塾生にも謝りましたし、彼のことは彼のことで、事情が事情でしたから心配でした。しかし彼は、私のことを心配してくれました。それ以上に、柏木君のことも心配していました。先生がこんなつまらないことで追い詰められて、柏木君は怒っている。この先、ますます理屈っぽくなって」

ここで、苦しそうに声を絞った。

「人嫌いになって、ノイローゼになっちゃうんじゃないかと。そういうことを心配する子供でした。だからこそ私は、私が去った後も、彼は柏木君のそばにいてくれたろうと思うんです」

和彦が、もてあそんでいた鉛筆を、ひょいと健一の手の前に突き出した。健一はそれを受け取って、思わず弁護人の顔を見た。

神原和彦は、その眼差（まなざ）しから逃げた。

「柏木君にはそういう友達がいたんですね」

藤野涼子の口調は淡々としている。これもまた意志の力だ。

「証人は、その後、その塾生と会ったことがありますか」

「年賀状をやりとりするぐらいで、会ってはおりませんでした」

今日、この場までは——という証人の言葉が、詰まった。

「今日、この場ですか」

検事の問いに、証人はハンカチを握ってうなずいた。そして弁護側の席を見返った。

「その塾生が、被告人の弁護人を務めています。久しぶりだね、神原君」

傍聴席ばかりか、陪審員たちもざわついた。みんな、神原和彦が柏木卓也と同じ塾に通っていた友達であることは知っている。だからこそ彼はここにいるのだ。が、彼が両親を亡（な）くしていることは知らない。そんな背景は知らない。藤野涼子だって知らなかった。つい昨日まで、知っているのは健一と大出俊次だけだったのだ。

その大出俊次は、とうとう声に出して、ただし小声で、「今さら何だよ、こんな話」と文句を垂れた。

座ったまま、神原弁護人は証人の挨拶（あいさつ）に応じて頭を下げた。

「主尋問は以上です。反対尋問をどうぞ」

藤野涼子が着席する。萩尾一美が、佐々木吾郎を押しのけて彼女に顔を寄せた。吾郎はおとなしく押しのけられたままだ。

神原弁護人は立ち上がった。

「滝沢先生、お久しぶりです。驚かせてすみません」

また、深く頭を下げる。証人は立ちすくんでいる。

「謝るのは私の方だ。もっと早く君に連絡をとるべきだった」

「この裁判のことはご存じでしたか」

「こんな本格的なものだとは知らなかったよ」

「昨日、検事から連絡が行ったんですね」

「藤野さんに依頼されたという方が来てくれてね、話を伺った」

酔狂な、いや親切な私立探偵が、涼子の意を受けて滝沢先生を探し、会いに行ったのだ。

「今さら私に何ができるんだと思ったよ」

証人は動揺している。堪えてきたものが溢れそうなのだ。法廷なんかどうでもいい。謝ったり、問い詰めたり、尋問なんかよりもっと大事なことをしたいのだ。

「でも、できることがあるのなら……」

「わざわざ出廷してくださって、ありがとうございます」

もう一度一礼し、判事に向き直る弁護人に、証人はすがるように呼びかけた。

「本当にいいのかい？　これでいいのか？　勝手にこんな証言をして」

哀訴のような証人の声音に、陪審員たちにも動揺が広がった。健一は見ていられない。でも、目を閉じても目をそらしても、ここは僕らの法廷だ。

「裁判ですから」と、神原和彦は言った。「本物とはずいぶんルールが違いますけど、僕らにとっては立派な裁判なんです。だから、あの」

弁護人の顔から照れ笑いが消えた。

「先生にも、昔の嫌なことを証言させてしまいました。すみません」

証人はゆっくりとかぶりを振った。

「そんなことはいいんだ。私のことなんてどうでもいいんだよ」

だって私は——証人は肩を落とした。

「こんなことになったのは、私の責任だ」

弁護人は素早く反論した。「先生、それは思い違いです」

「しかし」

「判事、反対尋問はこれだけです」

井上康夫は意固地なほどに動揺を見せない。

「では証人は退席してください。ありがとうございました」

証人は動かない。動けないのだ。

「井上判事、私にはまだ話したいことがあるんですが」

「申し訳ありませんが、それはできません。あなたの尋問は終わりました。傍聴されるのでしたら、ご自由にどうぞ」

それが法廷だ。健一はほっとした。井上がこういう奴でよかった。

滝沢証人は証人席を離れた。傍聴人たちの視線を浴びながら後方に進んでいく。空席が見当たらない。助っ人のバスケット部員が折りたたみ椅子を抱えて駆け寄る。

健一は、柏木卓也が慕っていた塾の講師が、重荷に押し潰されるように腰をおろし、堪えかねたように頭を抱えるのを見つめていた。

傍聴席の端で河野探偵が立ち上がると、さも足音を忍ばせていますという歩き方で、滝沢先生に近寄っていく。

藤野涼子もそれを見ていた。河野探偵に話しかけられ、滝沢先生がようやく頭を持ち上げると、ふっきるように目を切った。

「では、次の証人を呼びます」

小林電器店のおじさん。

こんな形で学校を訪れるなんて、夢にも思わなかっただろう。健一たちだって、町の電器屋さんのおじさんをこの法廷に呼び出すことになるなんて、想像だにしなかった。

白い開襟（かいきん）シャツに、折り目のきっちりついた灰色のズボン姿だ。健一が店を訪ねて話を聞いたときより、ちょっと老（ふ）けてみえる。ここが町中（まちなか）ではなく、学校だからだろうか。

「ご協力ありがとうございます」

珍しく、判事が先にそう言った。

「まずお名前を教えてくださいますか」

おじさんはへどもどして、藤野涼子の方を見た。涼子はうなずき、表情で促した。

「いいのかね、ここであの話をして」

「はい、どうぞお願いします」

おじさんを励まして、判事に謝った。

「すみません。小林さんはわたしたちのことを心配してくださってるんです」

「そりゃ心配だよ。心配するに決まってるだろう。あんたらの親御さんたちだって」

「証人、お名前を」

「私はずっとこの町で店をやってきたんだ。この学校のことだって、あんたらよりよく知ってるんだよ」

「証人、お名前を教えてください」判事がむっつりと繰り返す。

「小林修造だよ」

名乗って、いたずら小僧を睨みつけるような顔で、判事に向き直った。

「宣誓していただきます」

「わかってるよ。一昨日、見学しとったんだから」

傍聴席から笑い声が起こると、証人は今度はそちらに怒り顔を向けた。

「誰だ、笑ってるのは。不真面目だぞ」

怒れる証人の宣誓は厳粛だった。傍聴席の笑い声は小さくなった。

「おかけになってください」

「立ったままでいいよ」

証人は気をつけをした。陪審員たちは呆気（あっけ）にとられた感じで、竹田・小山田コンビは口が半開きになっている。何だ、このおじさん。

「小林さんは電器店を経営しておられるんですよね」と、藤野検事は始めた。

「そうだよ。バス通りのところの店だよ。地元じゃいちばん古いんだ。うちの娘もこの学校の卒業生だよ」

この学校の岩崎主事と知り合いだったこと、楠山先生がここの生徒だった当時を知っているということ。楠山先生だけじゃない、地元のことなら誰より詳しい、今は区議会議員になっている誰それは昔はどうで、この学校の二代前の校長先生はこんな人で——という調子で、問われないことまでしゃべってしまう。そういえばよくしゃべるおじさんだったと、健一は思う。

藤野検事が証人のコントロールに苦心する様を、みんな初めて目（ま）の当たりにしている。傍聴席からはときどき無遠慮な笑いが漏れるが、さすがに陪審員たちは笑わない。だんだんと真顔になってきた。〈小林電器店〉に聞き覚えがあると思い出しているのだ。ただ一人、藤野は何でこんな変なオヤジを呼んできたんだという顔をしていた勝木恵子も、質問が小林電器店前の電話ボックスのことにさしかかると、やっと理解したらしい。目が大きくなった。

「お店の前に、公衆電話のボックスがあるんですね？」と、涼子は質問する。

「そうだよ。店番しながらでもよく見えるんだ。だから私はね、気をつけてるんだよ」

この二、三年ばかり前から、子供の夜遊びが目につくようになった。深夜、電話ボックスにたかって長電話したり、そこから友達を呼び出したりする子供たちを見かけると、気になって放っておかれない。口うるさいと言われようが何だろうが、私は注意するんだ。またひとくさり、演説だ。

健一は目を上げていられなかった。だから神原弁護人の表情がわからない。机の下からだらしなくはみ出した、大出俊次の大きな足が見える。退屈なのか、貧乏ゆすりを始めた。

「では小林さん、去年の十二月二十四日、午後七時半ごろのことを思い出していただきます」

涼子の発言を待っていたように、佐々木吾郎が立ち上がった。黒板を引っ張り出し、そこに模造紙を貼り始める。萩尾一美は固まったように座ったままで、手伝わない。あの一覧表だ。十二月二十四日に、都合五回、二時間半ほどの間隔で、柏木卓也にかかってきた電話の発信元。

太字のマジックで書いてある。

〈⑤小林電器店前〉

時刻は午後七時三十六分だった。メモを見るまでもない。健一は覚えている。

「去年のクリスマス・イヴ、午後七時半ごろ、お店の前の電話ボックスで、誰かが電話をかけているのを見ましたか？」

「うん、見たよ」

山埜かなめが大きく息を吸い込み、隣の倉田まり子の手を握った。

「どんな人物でしたか」

「あんたらぐらいの歳の男の子だった」

笑いを含み、何となくお気楽ムードだった傍聴席が静まった。

「よく覚えておられますね」

「様子がおかしかったから覚えてるんだ」

「どんなふうに様子がおかしかったんでしょうか」

「何だか心細そうで、疲れててね。寒そうだったし、困ってるみたいにも見えたんだよ」

「電話をしながら、困っているように見えたんですか」

「うん」

そして小林電器店のおじさんは語った。その少年に声をかけたこと。少年のふるまいはちゃんとしていて、深夜によくその電話ボックスを使っている不良少年たちとは違って見えたこと。早く家に帰りなさいと言うと、はいそうしますと素直に応じたこと。

「それでその子、行っちまったんだけど」

小林修造は語った。彼の後ろ姿を見送って、あとでひどく後悔したと。

「私はね、戦時中のことを思い出したんだ」

空襲の前日に、母親と幼い妹と別れたことを。母の背中を見送り、唐突にしかし強烈に、悪い予感にとらわれたことを、小林修造は熱心に語った。遠い悲劇が、今もつい昨日のことのように彼の心には焼き付いている。雄弁だがしゃがれた声が、それを物語る。

いいことは記憶に残らない。健一は思った。どうして悪い記憶ばっかりが鮮明なんだろう。どうしてこのおじさんは、去年のクリスマス・イヴのことなんか覚えているんだろう。

「あの子、どこの誰だったろうって、気になってね」

証言は続き、法廷じゅうが聞き入っている。

「だから、すぐ翌日さ。この学校の生徒が屋上から飛び降りて自殺したってニュースを聞いて、あっと思ったんだ」

自殺した生徒とは、昨日、電話ボックスにいたあの少年ではないのかと。

「やっぱりそうだよ、あの子、今にも死にそうなくらいに思い詰めてたじゃないかって思ってさ。何であン時、止めてやらなかったんだろう。店に入れて、家がどこだか聞いて、親御さんに知らせてやればよかったって」

証人は頬を紅潮させている。健一は大出俊次の汚い上履きを見ている。

藤野涼子は冷静だ。「そのことを、どなたかに話しましたか」

「うちの者に話したよ。ああ、あと岩崎さんにも言った」

「当時の、この学校の主事ですね」

「そうだよ。そしたら岩崎さん、そうと決まったわけじゃないって、私を慰めてくれたけどね」

藤野検事はうなずいた。「それで、事実は確認なさいましたか？」

「カクニンって？」

「自殺した生徒の写真を見るとか、たとえば岩崎さんに見せてもらうとかして、本当に彼が電話ボックスの少年であるかどうか確かめましたか？」

「や、あの時はね、そこまではしなかったけども」

けども——と、大急ぎで唾を飲み込み、

「今月に入ってから、あんたら、うちに来たろ。写真を持って」

「はい、伺いました」

「何枚か持ってきたよね。このなかに、私が会った男の子がいるかどうか見てくれって。私がちゃんと覚えてるかどうか、確かめにきただろ」

「失礼がありましたら、お詫びします」

「そんなのはいいんだ」証人は激しくかぶりを振った。「いいんだよ、私は気を悪くしてるわけじゃないんだから」

「その写真のなかに、小林さんが出会った少年はいましたか？」

「いなかった。いなかったよ。私がそう言ったら、あんたらえらくがっかりしてたよな」

喉が嗄れたのか、証人は咳き込んだ。

「その写真のなかには、電話ボックスの少年はいなかったんですね」

「いなかった」

強く言ってから、小林修造は黙った。健一は思いきって証人席を見た。

小林電器店のおじさんは、目を見開いてこちらを見ていた。弁護側の席を。

藤野検事が問いかける。「では現在も、その少年がどこの誰だか、まったく心当たりがないままですか」

小林電器店のおじさんは、まばたきもしない。目が怒っている。案じている。

「今は知ってるよ。一昨日、ここで見かけたから」

まるで地震を感じたかのように、法廷が床の方から動揺した。

「ここで見かけたんですか」

この法廷で？　と、検事は訊く。

「うん」

「その少年は、今もこの場にいますか」

「──いるよ。うん」

健一の呼吸が止まった。

「指さして教えていただけますか」

震えず、裏返ることもない藤野涼子の声。

「いいのかい、あんた」

小林修造の問いかける〈あんた〉は、藤野検事ではない。

「ホントにいいのかい、え？」

「小林さん、指さして教えてください」

藤野さんは強い。健一は息をする。僕も強くならなくちゃいけない。僕は弁護人助手だ。自分の役割を全うする。

「あの子だよ」

小林修造はこちらを指さした。健一の隣の神原和彦を。

指さされて、彼は顔を上げた。ためらわず、証人に真っ直ぐな視線を返して。

「間違いありませんか」

「間違いないよ」

ずっと地元の子供たちを見守ってきた、口うるさくてお節介焼きで、ちょっと滑稽な小林電器店のおじさんの顔が歪む。指が震えて、持ち上げた手が力なく落ちた。

「ありがとうございました。主尋問は以上です」

途中から、涼子の声が聞き取れなくなった。驚きのざわめきが、体育館の天井に反響する。

「静かにしてください! 静粛に!」

判事が木槌を打ち鳴らすなかで、神原弁護人はゆっくりと起立した。

「反対尋問はありません」

判事に告げ、そして小林証人に向き直ると、丁寧に一礼した。

「あのときは、ご親切にありがとうございました」

健一の耳には何も聞こえなくなった。

判事——と、藤野検事が呼びかけた。

その凜とした声が、健一を現実に引き戻した。動揺と興奮でざわめく法廷で、藤野涼子の声は、健一の耳に届いただけでなく、目に見えた。無数の思念が飛び交う迷路のなか、たったひとつの正しい方向を指し示す、一本の赤い矢印だ。

「本日新たに申請した三人目の証人を、ここで喚びたいと思います。よろしいですか」

井上判事は木槌を握り、固まっている。

「東都大学付属中学校三年生、神原和彦君です。よろしいですか」

口をへの字に、判事は一度だけ強く木槌を打ち鳴らした。

「静粛に！」

今までいちばん高圧的なこのひと言に、法廷は静まるというより、引いた。学校生活のどんな局面でも、周囲にどん引きされた経験のない井上康夫にとって、これは名折れだ。ゆっくり木槌を置くと、黒いローブの襟元を指で直して、

「検事と弁護人、こちらへ」

判事席を離れて下りながら、言い足した。

「弁護人助手も一緒に来るように」

法廷の喧噪（けんそう）を背後に、四人で弁護側の扉から外へ出た。最後尾についた健一は、扉を閉めるときちょっと目をやって、廷吏のヤマシンが、事態の変化についていけずに不穏な顔つきをしている被告人のすぐそばに付くのを見た。頼りになる。

体育館脇（わき）の日陰に入ると、井上判事は怒ったような早足の勢いをそのままに振り返る。

「どういうことだ、これは」

藤野涼子は澄ましている。神原和彦は真顔だ。澄まし顔と真顔の違いは透明度の差

だ。ヒマなことを考えるな僕も――と健一は思う。

「どういうことだと訊いてるんだよ。おまえら、何を企んでる？」

満員の法廷では冷風機はただの気休めで、いつも暑かった。それでも、井上判事の額を汗が流れるのを初めて見た。

「何も企んでなんかいません」藤野検事は澄まし顔のまま答えた。「真実を追っているだけです」

井上判事が気圧されるのも、健一は初めて見た。

「いいのかよ」

判事は神原和彦に問いかけた。喧嘩腰だけれど、ちょっぴり怯えている。それを隠そうと、わざと声を荒らげている。

「おまえはそれでいいのか？」

はい――と、和彦はうなずいた。

「おまえら、何やってんだ」

さっき気圧された分だけ、判事は怒っている。検事と弁護人は同時に目を伏せた。

「俺の法廷で何をやらかすつもりなんだ、え？」

体育館の外も暑い。風があるだけ少しはましか。

「判事」

和彦の声につられて彼を見て、健一は自分も目を伏せていたことに気がついた。

「機会をください」

判事と弁護人の目が合った。神原弁護人は頭を下げた。

「お願いします」

井上判事は腹立たしそうにまたローブの襟元に指を突っ込むと、ぐりぐり緩めた。間近で見ると、首のまわりにぐるりと汗疹(あせも)ができていた。

「反対尋問はどうするんだ？」

検事よりも弁護人よりも先に、健一は答えた。「僕がやります」

答えた途端に、膝(ひざ)が震えた。

井上判事の顔が赤らんだ。「野田もグルなんだな。俺だけ蚊帳(かや)の外か」

「すみません」

健一だけの声ではなかった。和彦の声もかぶっていた。

「法廷を侮辱するなよ」

言い捨てて、並んでいる三人をわざと押しのけ、判事はずんずん体育館の扉へ戻ってゆく。ぺらぺらの黒いローブが、風をはらんで大きくふくらんだ。

「行こう」と、藤野検事が言った。

「証人は宣誓してください」

証人席に立つ神原和彦を注視する法廷は、ただ静まりかえっているのではない。待ち受けている。健一はそう感じた。

「この法廷で、真実のみを話すことを誓います」

手を上げて宣誓する自分の弁護人に、大出俊次は目を剝いている。彼一人、事の成り行きを理解できていない。

「何なんだよ」

どういうことだよと、健一に問いかけるのはこれで四度目だ。

「静かにして聞いててください」

健一が諭すのも四度目だ。俊次の貧乏ゆすりが激しくなり、座りの悪い机の脚がカタカタと音をたてる。

陪審員たちは九人九様だった。いちばん落ち着いているのは、もともと個人的な目的があって参加した原田仁志で、落ち着いていられるからこそ、その目は好奇心で輝いていた。倉田まり子は、きっとそうなるだろうと予想されたとおりにおろおろしており、その彼女を慰めようがないので向坂行夫もおろおろしている。蒲田教子は怒ったように口を引き結び、意外なことに溝口弥生はそんな教子の手にすがらずに、膝の上で両手を硬く握りしめている。

神原証人に注ぐ山埜かなめの眼差しには、驚きとともに不安の色があった。労るような色もあった。健一はそれを意外に思わない。小山田修の目には、驚きと同じくらい強く、安堵の光が宿っている。それも意外ではなかった。

——ああ、やっぱそうだったのか。

腑に落ちてスッとしたという顔だ。小山田修は、だてに将棋部の主将を張ってない。この学校内裁判が追いかけている真実には、一貫して薄気味悪いほど鋭く、揺らぐことなく弁護を務めてきた神原和彦が関わっているのではないかと、どの段階からかわからないが、うすうす察していたのだろう。あり得ねえけど、でもそうじゃなかったら不自然じゃねえの？　という洞察力が、あの丸っこい身体の内には秘められている。

竹田陪審員長は、小林修造証人の証言には目が飛び出しそうになっていたけれど、今はだいぶ落ち着いている。彼を宥めたのも、きっとデコボコンビの相方だろう。

そして勝木恵子は——彼女一人だけが怒り、傷ついていた。神原証人をねめつける瞳は底光りしている。大出俊次とは違い、彼女は事態を理解しており、だからこその怒りだ。

――これ、何なのよ？

静かに聞いててください、勝木さん。すぐに、どういうことだかわかるから。怒るのはそれからで間に合うから。

「神原証人への主尋問を始めます」

藤野検事が口を切る。さっき「行こう」と言ったときと同じ、ただ決然としていて、それ以外の感情は見せない表情だ。

「まず確認します。先ほど小林修造さんが、昨年十二月二十四日の午後七時半ごろ、証人が小林電器店前の公衆電話にいるのを目撃した、と証言しました。証人はこの事実を認めますか」

神原和彦は、ただ淡々としているという以外の感情は抑えた表情だ。

「はい、事実そのとおりでした」

「証人はそのとき何をしていたのですか」

「電話をかけていました」

「誰に電話をかけていたのですか」

「柏木卓也君です」

法廷の空気がそよぐ。

「このリストを見てください」藤野検事は黒板の方に掌を向けた。「証人が小林電器店前から柏木卓也君にかけたのは、⑤の電話、午後七時三十六分着信の電話ですか」

「そうです」

即答し、一度口を結んでから、神原証人は続けた。「でも、⑤だけではありません。ほかの電話も僕がかけました」

思わずどよめいた傍聴席に、判事が木槌をつかんだ。打ち鳴らす必要はなかった。みんな、この証言を聞きたいのだ。

「①から⑤まで、すべての電話を証人がかけた？　すべて柏木卓也君にかけたのですか」

「そうです」

藤野検事は半眼になる。「なぜ、そんなことをしました？」

「柏木君と約束したからです」

「約束？」

「一種の――ゲームというか」

昨日、去年のクリスマス・イヴの出来事を、健一と藤野涼子に語るときも、和彦はその表現を使った。言い方はちょっと違った。ゲームみたいなものだったと言ったのだ。

――柏木君にとってはゲームみたいなものだったんだと思う。

「それはすべて公衆電話からかけた電話ですけど、僕はその電話のある場所を回って、そのたびに柏木君に電話をかけたんです」

「それがゲームだと」

「そうです」

「時間も決めていたんですか？」

「はい」

「だから柏木君は電話のそばで待ち構えていて、在宅しているご両親よりも先に、ご両親に悟られずに電話に出ることができた。そういうことですか」

「そうです」

検事は黒板のリストを見やる。「ご両親が気づいてないところから推して、いずれの電話も短時間のものですよね。込み入った話はできませんよね」

「柏木君に電話をかけることに意味があったので、その場であれこれ話をする必要はなかったんです」

「それもこのゲームのルールですか？」

「はい」

「証人がこの五箇所を回って、そこから柏木君に連絡することが？」

「僕が確かにこの五箇所へ足を運んだと確認できればよかったんです。五箇所のチェックポイントを」

「チェックポイントですか」

にこりともせずに、検事は確認する。

「まるでオリエンテーリングみたいですが」

「ちょっと似ているかもしれません」

藤野検事は顎を引くと、質問の向きを変えた。「証人と柏木卓也君は友達でしたか」

「はい。滝沢塾で知り合いました」

「親しい間柄でしたか」

少し間があった。「はい」

「この変わったゲームは、親しいあなた方二人の間では意味のあるゲームだった？」

「そうです。僕と柏木君の間では意味のあるゲームでした」

「五箇所のチェックポイントの意味も、あなた方二人は理解していたのですね」

「はい、理解していました」

「柏木君が亡くなった今、これらの意味を知っているのは証人だけということになりますよね」

「はい」

検事は小さく息を吐く。「では、陪審員の皆さんに説明してくれませんか」

何度かまばたきすると、神原和彦は陪審員たちの方に目をやった。九対の目が見つめ返してくる。

「①の、午前十時二十二分の電話をかけた聖マリア城東病院は——地元の病院だから、みんな知ってると思いますが」

弁護人のあの弁舌ではない。証人・神原和彦は、成績はいいがこれといって目立つところのない、ごく普通の中学生に見えた。そういうヤツが、教室の黒板の前に立ち、社会科か何かの発表をしているかのように見えた。

「僕の生まれた病院なんです。だからここがゲームの出発点になりました」

山埜かなめと原田仁志が、ほかの陪審員たちとはちょっと違った反応をした。もしかしたら、この二人も聖マリア病院で生まれたのかもしれない。

「②の秋葉原駅の近くには、僕の父が、僕が小さかったころ、よく連れて行ってくれたプラモデルの専門店がありました。僕には父との思い出がある場所で、だからここが二番目のチェックポイントになりました」

蒲田教子が手元のメモに走り書きを始めた。

「③の赤坂郵便局のそばは、ぼくが昔、両親と住んでいたところです。父の勤めていた会社の社宅があったので」

今はもうありませんけど——と言い足した。「場所は覚えていますので、三番目のチェックポイントになりました」

藤野検事はうなずく。「では④は」

「新宿駅西口には、僕の母が働いていた店がありました。父と結婚してやめたんですが、その後もお店の経営者の方と付き合いがあって、ときどき僕を連れていってくれました」

「どんなお店です？」

「レストランです。小さい店ですけど、美味しかった」

言って、証人はちょっと照れたように微笑した。その笑みに、陪審員席の倉田まり子が、ようやくほっとしたようだ。

「⑤の小林電器店前の電話ボックスには、①から④までのチェックポイントのような意味はありません。①から④までの場所を回って、僕が地元に――今の自宅の近所に帰ってきたと報せるための場所でした」

「そうしますと、①から④までのチェックポイントは、すべて証人と証人のご両親の思い出に関わる場所ということになりますね」

「はい、そうです」

「証人にとっては思い出でしょうが、柏木君にとっては、個人的には関係のない場所ですよね。柏木君は、なぜそんなところに証人を行かせて、いちいち電話をかけさせたんでしょうか」

「僕がちゃんと行くかどうか確かめるために、電話が必要でした」

「いえ、それ以前の話です。なぜ柏木君は、証人の個人的な思い出の場所に、そんなに関心があったんですか」

神原和彦は口を閉じ、少し考え込んだ。傍聴席では扇子やハンカチがひらひらしている。和彦の額にも汗が浮いている。

証言しにくいのではない。健一にはわかっていた。ただ、どう証言してもきっとみんなを驚かせる――それが心配なんだ。昨日も、そればっかり気にしてた。

いいよ、言いたいようにしゃべっちゃえ。そんな気をつかうことなんかないよ。下を向いて鉛筆を握りしめていると、誰かの視線を感じた。目を上げると、溝口弥生がこっちを見ていた。野田君、大丈夫？　そんな気遣いが伝わってきた。

弥生は蒲田教子にべったりで、依存しているといってもいい。あれは女子特有のものだよなあと健一は思ってきたけれど、そうじゃなかったかもしれない。この裁判が始まって以来の和彦と健一の関係に似ているところがある。健一も和彦にべったりだった。

だから弥生は心配してくれているのだ。野田君、一人でいられるかと。

「僕は現在、この町で養父母と暮らしています」

また陪審員たちを見回して、和彦は言った。「どうしてかというと、実の両親が死んでしまったからです」

事件がありました——と続けた。

「僕の実の父は、けっして悪い人間ではなかったと、僕は思っていますけど」

言葉を選んで、ゆっくりと。

「アルコール依存症でした。父にとっても母にとっても不幸なことでした」

それで、と息をついて、

「酔っ払うとよく家族に暴力をふるいました。理性を失って暴れるんです。それである時」

　また息をして、

「父は母を死なせてしまいました。そのあとを追うように、自分も自殺したんです。僕が七歳のときでした」

　証人の口調が淡々としているので、みんなすぐには反応しなかった。女子の陪審員たちは、気を揃(そろ)えたみたいに目を瞠(みは)っている。男子の陪審員たちは口を半開きにした。

　そして真っ先に、山埜かなめが目を閉じて、逃げるように下を向いた。さっきの健一と同じだ。目を閉じても下を向いても、目の前の現実は変わらないのに。

「柏木君が強く関心を寄せていた、僕の両親が亡くなった〝不幸な事情〟というのは、そういうことなんです」

　足元からひたひたと水が寄せてくるように、法廷内にざわめきが満ちてきた。判事が木槌(きづち)を打つほどではない。だが「静粛に」という言葉では押さえられそうにないざわめき。

　それでも判事は警告した。「静粛にしてください」

　その目が怒っている。何で腹が立つのかわからねえという顔で怒っている。

　藤野検事が口を開いた。「柏木君は、ちょっとした偶然から証人のそういう過去を知ったと、滝沢先生は証言しておられましたが」

「はい。僕も柏木君からそう聞きました」

「証人のご両親の不幸について知っていると、柏木君本人が証人に言ったのですか」

「そうです。びっくりしました」

「それでも証人は、柏木君と友達付き合いを続けていたんですよね？」

「はい」

「嫌ではなかったんですか」

「嫌——というより」

証人はちょっと首をかしげる。

「いずれどこかで誰かに知られるかもしれないと思ってはいましたから、当時は、その誰かが柏木君でよかったと思いました」

「なぜです？」

「柏木君は、そういうことで騒ぎ立てるタイプではなかったからです。現に、僕にははっきり知ってると言いましたけど、ほかの塾生にはしゃべりませんでした」

「ほかの誰にも知られなかった。滝沢先生以外には」

「そうです」

突然、大出俊次が大声を出した。「オレは知ってたぞ」

野田健一は飛び上がりそうになった。あわてて被告人の腕を押さえた。

「静かにして」

「だっておまえが言ったから」

被告人は、神原証人に向かって口を尖らせる。「オレの弁護人になるとき、おまえ言ったよな？　おまえの親父がおふくろを殺しちゃったって。親父は酒乱で、おふくろだけじゃなくっておまえもしょっちゅう殴られてたってさ」

「被告人、静粛に」

判事の制止も目に入らない。大出俊次の声はさらに高くなり、椅子から腰を浮かした。

「おまえそう言ったよな？　言ったろ？」

「被告人！　黙らないと退廷させますよ」

俊次はすとんと椅子に戻った。前を向いたまま、大声で独り言を続けた。「オレ、ウソだと思ってた」

デタラメだって思ってた。

「オレはおまえ、ウソ言ってんだと思ってた。オレの弁護人になるために、調子のいい作り話をしてンだって」

声は尻すぼみに小さくなり、俊次の目がうつろになった。健一は下を向いた。

証人席の和彦は動かない。

「陪審員の皆さん」

何事もなかったかのように、藤野検事は語りかける。

「証人のご両親の不幸な事件は、証人と柏木君の二人だけの秘密だった。そして柏木君は、証人に強い関心を抱くようになった」

二人だけと言うとき、指を立ててみせた。

「その点について、滝沢先生はこう証言しておられます。〈柏木君のその興味の持ちようが気がかりだった〉〈ある種の思索にふけるために、相手の気持ちを考えていないように思える言動があった〉」

小山田修がうなずいている。

「それが証人と柏木君の友達関係だったのですか？」

神原証人はかぶりを振り、笑みを浮かべた。「最初からそんなんだったんじゃありません。僕ら、小学生でしたから」

今度は竹田陪審員長もうなずく。

「僕の家のことでは、柏木君はただびっくりしたんだと思いますよ」

「でも滝沢先生は心配しておられましたね」

「先生は、学校でも塾でも、生徒のことというと心配するもんじゃないですか」

傍聴席の前の方で、低い笑い声が起きた。誰かと思えば楠山教諭だ。

「滝沢塾で一緒にいたころは、僕の両親のことを知る前も知ってからも、柏木君の態度が変わったとは思いません。ただ、養父母のもとで暮らすのはどんな感じなのかと訊かれましたけど」

「どんな感じというのは？」

「いじめられたりしないかとか」

証人はまた軽く笑って首を振る。

「マンガとかドラマみたいなことを考えていたみたいですよ。小学生ですから」

「こういう可能性はありませんか。柏木君は証人には、証人の過去について露骨な関心を示すことはなかった。ただ滝沢先生には正直に、証人のご両親が不幸な亡くなり方をしたことに関心があると打ち明けていた」

「それは、僕にはわかりません」

「では、陪審員の皆さんに考えてもらいましょう」

検事、と判事の声が飛んだ。「この質問の目的がはっきりわかりません。十二月二十四日に行われたゲームと、証人と柏木君の昔話はどう関連があるのですか」

検事に尋ねておいて、健一にキッと視線を向けてきた。これは本来、おまえが異議を唱えるべきことだぞ。しっかりしろ。

「失礼しました」

検事は判事と陪審員たちに一礼した。

「前置きが長くなっています。ただ、この前段階を理解していただかないと、件のゲームの意味もわからないのです。質問を続けてよろしいですか」

判事は厳めしくうなずいた。

「そうしますと、証人と柏木君のあいだには、滝沢先生が懸念するようなことは何もなかったのでしょうか」

答えるまでに間があった。神原証人は足元に目を落として、考えている。

「滝沢塾が失くなってしまってから、少し様子が変わってきました」

「どのように変わったのですか」

「滝沢先生がおかしなスキャンダルで追い込まれたことに、柏木君はとても怒っていました。そのせいで、やっぱり」

「やっぱり？」

「気むずかしくなったというか」

「滝沢先生のような立派な人が貶められ、根拠のない噂を振りまいて先生を困らせた人間はのうのうとしている。世の中は理不尽だ。柏木君はそういう怒りを覚えていたということでしょうか」

「――そうだと思います」

「証人はそんな柏木君をどう思っていましたか」

「心配でした」

「このことについて、滝沢先生が証言された内容を覚えていますか」

「はい、覚えています」

「滝沢先生の証言にあったようなやりとりを、先生と交わしたことも覚えていますか」

「はい」

「〈柏木君はますます人間嫌いになってしまうんじゃないか〉。当時、証人はそう案じていたのですね」

「そうです」

「だから友達付き合いを続けていた」

「そうです」

「証人が柏木君と友達であることを、証人の家族、現在の養父母のご両親は知っていましたか」

「知っています。柏木君はよくうちに遊びにきましたから」

「では柏木君のご両親も、証人が卓也君の友達であることを知っていたんですね？」

「それは、あんまり」

「あんまり？」

「柏木君のご両親は、僕のことはよくご存じなかったと思います」

「証人が柏木君の家に出入りすることはなかったんですか」

「ありません。僕に限らず、柏木君は家に友達を呼ぶということがほとんどなかったようです。僕が知っている限りではそうです」

「不思議ですね。その理由を訊いてみたことがありますか」

「強いて訊いたことはありません」

「理由らしきことを、柏木君が口にすることはありましたか」

「柏木君のお母さんはきれい好きで、男の子がガヤガヤ遊びに来るのを嫌がるんだと話していたことはありますか」

「ほかにはありませんか」

「聞いていません」

検事はひとつうなずいて、続けた。「これは証人の意見を聞きたいのですが、柏木君がよく証人の家に遊びにいったのは、証人の家のなかをのぞいてみたい、具体的に言うなら、証人と養父母の関係がどのようなものなのか知りたいという好奇心があったからだとは思いませんか」

神原証人は、ちょっと傍聴席を気にした。「——わかりません」

藤野検事も、ほんの一、二秒、傍聴席に目をやった。

「中学校では、柏木君は当校に、証人は東都大付属へ進みました。二人の友達付き合いに変化はありましたか」

「小学生のころのようには付き合わなくなりました」

「柏木君が証人の家に来ることもなくなった？」

「はい。でも、ときどき顔を合わせていました。駅の近くの本屋とか、公園とか」

「誘い合って？」

「そんな感じです」

「柏木君から電話がかかってくることはありましたか」

「ありました」

「証人がかけることは？」

「ありました」

「そうすると、柏木君の当校での生活ぶりを、証人はある程度知ることができたわけですよね？」

「はい。ある程度は」

「証人には、柏木君の当校での生活はどのように思えましたか」

「どのようにと言いますと」

検事は肩をすくめた。「楽しそうだったか、つまらなそうだったか。生き生きしていたか、うじうじしていたか。そういうことです」

一度口を結び、それから思い切ったように、証人は答えた。「僕が柏木君の気持ちを理解しきれていたとは思えませんが、いっぺん、自分も私立を受けるんだったと言ったことはあります」

「公立中学の当校ではなく、私立へ行くべきだったと？」

「そうです」

「証人と同じ学校へ行きたかったと言ったのではありませんか」

「そう言ったのではありません」

「証人が東都大付属に進んだのは、証人の意思ですか」

「養父母に勧められて、僕もそうできたらその方がいいと思って受験しました」

「養父母のご両親は、なぜ公立ではなく私立を勧めたのでしょうね。証人は理由を知っていますか」

「それはやっぱり、僕の家庭環境が普通とはちょっと違うので、少人数制の私立の方が心強いと、特に母が——養母が希望したので」

「そのことについて、柏木君が何か意見を言ったことはありますか。証人が中学受験をするときにです」

「特に何も」

「まったく？」

「はい」

「そのときは、自分も私立へ行きたいとか、受験は面倒くさいとか、証人も自分と一緒に三中へ行けばいいじゃないかとか、そのようなことは何も言わなかったんですね？」

「はい」

「あとになって、当校の生徒になってから、自分も私立へ行けばよかったと言った？」

「行けばよかったというほど強い言葉ではありませんでした」

「でも、そう解釈できるようなことは言ったのですね」

「——はい」

「それは暗に、柏木君の三中での生活がつまらない、うまくいっていないという意味が込められた発言ではありませんか」

証人は目を伏せた。「そうだったんだろうと思います」

「うまくいってないと」

「はい」

「証人はそう感じたのですね？」

「はい」

「それも心配でしたか」

声に出して答えず、証人は二度うなずいた。

「具体的にどんな心配をしました？」

「このままだと、柏木君は学校へ行かなくなるんじゃないかと思ったことがあります」

「いつごろですか」

「一年生の春休みの終わりごろです。新学期が始まるのがかったるいというので」

でも、と急いで続けた。「実際はそうなりませんでした。そのときは、柏木君は不登校にはならなかったし、だから僕の思い過ごしだと」

「柏木君がこの学校に対して抱いている不満や、まわりとあまりうまくいってないことについて、誰かに相談していた様子はありますか」

「僕は知りません」

「相談相手に心当たりはありますか」

「――ありません」

「滝沢先生のような存在は、柏木君にはもういなかった？」

「いなかったと思います」

「そうすると、滝沢塾を失い滝沢先生を失ったことは、その後の柏木君にとっては大きな痛手だったと考えられませんか」

藤野涼子の目が訴えている。証人に迫っている。話しなさい。すべて法廷で明らかにすると決めたんだから、話しなさい。どれほど言いにくくても、証言しなさい。今さら、あたしは手を緩めないわよ。

「痛手だったろうと思います」

検事に力負けしたように、証人の声が小さくなった。

「だから、柏木君はずっと怒っていました」

「誰を怒っていたんです？　滝沢先生を貶めた人たちですか」

「具体的にはそうでしょうが、何ていうか、もっといろいろなことを」

「世の中を？　滝沢塾に起こったような理不尽なことが起きて、それが何ひとつ正されないまま過ぎてしまう世の中のあり方を怒っていたんですか？」

また声を出さず、神原証人は何度もうなずいた。そうです、そうです、そうです。

そして、諦めたようにひとつ息をつくと、言った。「誰も信用できないし、いいことなんか何もない。まわりはバカばっかりだと言っていたことがあります」

陪審員たちが証人から目をそらした。勝木恵子だけは、これまで理解不能だった方程式が初めて解けたという顔をしている。あたしにも理解できる式だった、と。

「何でこんなところにいなくちゃならないのかわからないと」

証人は言いよどむ。目がまばたきを繰り返す。

言いなさいと、藤野涼子の目が訴える。

「そういう憤懣があったからでしょうけど、僕にも、おまえはよく平気だなと怒ることがありました」

「おまえはよく平気だな」

強調して、検事は復唱した。

「平気というのはどういう意味でしょうね」

「だからその、僕はとりあえず普通に学校に行ってましたし」

「毎日の暮らしのなかで、柏木君ほど大きな不満や憤懣を抱えることがなかった？」

「そうです、ええ」

「柏木君は、それが疑問だったんですね。だから証人に訊いた。よく平気だな、と」

「そうです」

「それは、証人が滝沢先生の無念を忘れて、とりあえず平穏な中学生活を送っているのがおかしいという意味でしょうか」

「もちろん、その意味もあったと思います」

「それ以外の意味もあるのですか？」

腕を上げて、神原証人はシャツの袖で顔を拭った。

「それ以外の意味もあったのではありませんか？」

ほとんど居丈高なくらいに顎を持ち上げ、藤野涼子は声を強めた。

「柏木君には不可解だった。不幸な形でご両親を亡くし、養父母のもとで養育され、柏木君に比べたらいろいろな意味ではるかに普通ではない、辛い人生を強いられているはずの証人が、なぜ普通に生きていられるのか。なぜ平気で日々を過ごせるのか。なぜ不幸に打ちのめされてしまわないのか。なぜ世の中の理不尽に堪えていられるのか。柏木君の〝おまえはよく平気だな〟という詰問には、そういう意味が込められていたのではありませんか？」

健一は挙手しようと思ったのに、勢いで起立してしまった。机ががたんと動いた。

「判事、異議を申し立てます」

陪審員たちが驚いている。

「け、検事は証人に意見を求め、証人を誘導しています」

発言した途端に、どっと汗が噴き出した。

「異議を認めます。陪審員は、今の検事の発言を忘れるように」

藤野涼子の目に宿っていた戦闘的な光が消えた。その目がぴたりと健一の目と合った。

――いいタイミングだった。

感謝されたのだと、健一は悟った。体育の授業で球技をしていて、いいところでエースにパスを出したみたいに。そんなの、健一には希有なことだ。でもわかった。それと同じだとわかった。

廷吏のヤマシンが、判事に目顔で許可を求めてから証人席に近づいた。手にタオルを持っていて、証人に差し出した。

「ありがとう」

神原証人は言って、タオルで顔を拭いた。用の済んだタオルを回収して、無言のヤマシンは足音もたてずに定位置に戻った。

「柏木君がどんな意味を込めて〝平気〟という言葉を使ったのか、僕にはわかりません」

証人は陪審員たちに向けて語っている。

「ただ、一年生の終わりごろから、柏木君は僕の両親の事件について、いろいろ訊いてくるようになりました」

「どんなことを訊きました？」

「当時のことを僕がどれくらい覚えているかとか、そのときどう思ったかとか、今どう思っているかとか」

呼吸を整えて、

「僕自身の将来に不安を感じることはないか、とか」

「証人の将来とはどういうことでしょう」

「それはつまり、あの、僕が大人になって、父と同じような依存症になるんじゃないかってことだろうと思います」

ずっと息を潜めていた傍聴席が、少しさざめいた。

「いずれも、証人にとって心地よい質問ではありませんよね？」

「――はい」

「そんなことを訊かないでくれ、やめてくれと言ったことはありませんか」

「ありましたけど」

昨日もそうだった。このくだりになると和彦の声が自信を失う。彼の迷いが表れる。

「僕自身、柏木君に訊かれなくても、そういうことを考えるときがあったので」

逃げちゃいけないと思った、と言った。

「それに、柏木君は真剣でした。けっしてふざけ半分で訊いているんじゃなかった」

「でも、柏木君には関係ないことですよね。自分にかまうな、放っておいてくれと思わなかったんですか」

神原証人の肩が、少し落ちた。「最初のうちは、そうは思いませんでした」

柏木君は真剣だったからと、もう一度言った。「自分はこんなとこでこんなふうに生きていても、ちっとも面白くない。生きてる意味がわからないということを、よく言っていました。このまま生きてて、何かいいことがあるのかと」

「証人は何と答えましたか」

「わからないと答えました」

「それで柏木君は満足しましたか」

「満足できなかったんだと思います」

「じゃ、似たような問いかけが続いたんですね？」

「柏木君は答えを求めていましたから」

「その答えを、証人が見つけてあげる必要があったでしょうか」

「――わかりません」

答えて、神原和彦は首を振った。一度、二度とかぶりを振って、陪審員たちを見た。

「でもその場では、答えを見つけないといけないような気がしました。ああ、えっと、ですからそれは」

手で頭を押さえて、顔をしかめる。

「柏木君はこういう言い方をしたんです。僕には乗り越えるべきものがあるから、生きる意味が見つかりやすいはずだ、と」

「乗り越えるべきもの？」

「両親があんなことになってもメゲない、ということです」

「それが証人の生きる意味だと、柏木君は言ったんですか」

「僕自身、言葉にしてはいなかったけど、そう考えていたんじゃないかと思います。僕一人だけ生きているのはなぜか、と」

砂漠を彷徨(さまよ)う幽霊だ。健一は思い出す。どうして僕だけ生きているんだろう。両親と一緒に死んじゃった方がよかったんじゃないか。死ぬべきだったんじゃないか。自問自答を繰り返しながら漂っている。

藤野検事は、肩が動くほど深いため息をついた。並んでいる二人の事務官も、同じようにため息をついた。

そして健一は気づいた。萩尾一美の目が赤い。

まるで健一に悟られたのを恥じるように、一美は手の甲でぐいと顔を拭った。

「柏木君と証人は、いつもそんなやりとりをしていたんですか」

少しくたびれた顔で、証人は笑った。「いつもじゃありません」

「では、柏木君の気の向いたとき？」

「悩んでいました。真剣だったんです」

「でも傍迷惑（はためいわく）な悩みですよね？」

口元の笑みを消して、証人は下を向く。

「付き合いきれないと思ったことはありませんか」

先にうなずいてから、証人は答えた。「だんだん、そういう気持ちになりました」

顔を上げて、陪審員たちに言った。「ウザくなったんです。正直言うと」

山埜かなめが、溝口弥生が、その顔を見ている。蒲田教子はメモをとっている。

「僕自身のなかでは、柏木君に問われる疑問の答えが、何となく見つかったような気がしてきていましたし」

その分、柏木卓也がウザくなった。

「こういうことを柏木君と話すようになる前、まだ小学生のときですけど、僕は一度だけ、養父母に訊いたことがあるんです。何で僕はお父さんお母さんのところにいないのかって。何で僕だけここにいるのって」

堪（たま）りかねたように、小山田修が顔を伏せた。

「そしたら養母が、こう言いました。わからない。わからないけど、おまえがここにいてくれてよかった」

萩尾一美がしゃにむに顔をこすっている。わかったよ。わかったから、萩尾さんの方を見ませんから、そんなに隠さなくていいよ。

「そのときはまだ小学生ですから、ピンときませんでした。でも──結局、その言葉が充分な答えなんじゃないかって」

「わたしもそう思います」

言って、藤野検事は素早く判事に謝った。「失礼しました。今の発言は記録から消してください。個人的な感想です」

倉田まり子の目も赤い。

「そう思うようになったのは、いつごろからですか」

「はっきり覚えていませんが、去年の夏ぐらいでしょうか。部活が忙しくなったり、いろいろあって、柏木君と話す機会も減っていました」

「二年生の夏ということですね。そういう気持ちの変化があって──というか、むしろ証人の気持ちが固まって、いっそ柏木君との面倒な付き合いはやめようと思いませんでしたか？」

「思いました」

でも、うまくいかなかった——と言った。

「もともと、中学に入ってからは、べったり付き合っていたわけじゃありません。それだけに、かえって距離の取りようがないんです。それに僕も本音では、柏木君との付き合いを断ってしまうのが怖かった」

「なぜ怖かったんです？」

「目を離したら、柏木君がとんでもないことをやらかすんじゃないかと思って」

「とんでもないこととは、何か事件を起こすとか？」

「僕がいちばん不安だったのは、柏木君が自殺することです」

「そんな気配があったんですか」

「生きていても意味が感じられないから死んでもいいや——ということは、よく口にしていました」

「そういうことを言う人は、意外と本気じゃないんじゃありませんか」

「柏木君は本気だったと思います。たとえ本気じゃなくても、こっちが真面目（まじめ）に受け取らなかったら、本気になってしまうかもしれない感じがあったし」

「証人はずいぶん弱気だったんですね」

藤野涼子は本当に手を緩めない。

「弱気ですよ」と、神原和彦はうなずいた。「僕はずっと弱気でした。どんな形であれ、僕のまわりでまた人が死ぬのは――」

嫌だったから、と言った。

傍聴席の一角で、誰かが泣き声のような声をあげた。健一はどきりとした。もしかして、柏木君のお母さんだったら。

「証人が一人で抱え込まなくても、柏木君にはご家族がいますよね」

「はい」

検事の視線は強い。「これは柏木君とご家族の問題だと考えて、割り切ることはできませんでしたか」

「でも柏木君は、ご両親やお兄さんのことを、あんまり」

言葉を詰まらせ、下を向き、身を固くして、証人が傍聴席にいるはずの柏木家の人たちを気にしていることは明らかだ。

「うちの家族はバラバラで、みんな冷たいと言っていたことがあります。それが本当かどうか僕にはわからなかったけど、わからないから不安でした」

そのままの姿勢で、証人は小さく「すみません」と言った。検事はそれを聞かなかったふりをした。健一は、怖くて傍聴席に目をやることができなかった。

「去年の夏ごろから、証人は柏木君と距離をとろうとし始めた。柏木君の方は、証人の心境に変化が起きていることを察しているようでしたか」

「気づいていたと思います」

友達ですから、と言った。

「そのことで議論になるとか、喧嘩（けんか）になるとか、やりとりはありましたか」

「特にありませんでした」

「それでも、証人は結果的に柏木君とうまく離れることができなかったんですか」

「僕の方にためらいがあったからだと思います。いろいろ気になって」

また汗をかいている。

「これは僕が感じたことで、柏木君からそういうアピールがあったわけじゃありません。それを先に申し上げておきます」

陪審員たちがばらばらとうなずく。

「二年生になって、柏木君を囲むこの学校での状況が、ますます悪くなっているような気がしました。孤立しているというか」

現に孤立していた。柏木卓也のクラスメイトたちには、それが普通だった。

「夏休みになるとその感じが少し薄れて——学校へ行かずに済みますから——でも二学期に入ると、また悪化したというか、たまに電話で声を聞くだけでも、柏木君が塞いでいるのがわかりました。そうこうしているうちに、十一月十四日の理科準備室での衝突が起こったんです」

「証人は当時、あの出来事をいつ知りましたか」

「ほとんど直後です。柏木君から電話がありました」

「出来事の詳細を聞きましたか？」

「当時は、大出君たちの名前を聞いても僕には意味がありませんでしたが、柏木君が喧嘩した相手がどんなタイプの生徒なのかということは、よくわかりました」

「柏木君は、なぜそんなことを証人に報告したんでしょうね」

「とうとう学校に見切りをつけたと言っていました。もう登校しない、すっきりしたと。それを言いたかったんだと思います」

「証人はどう思いました？」

「それならそれで仕方ないと思いました。柏木君の気持ちが落ち着くなら、一時的に学校から離れるのもいいかもしれないとも思いましたし」

でも——と、また声が細る。

「口ではすっきりしたなんて言っていても、実は柏木君は、大出君たちと派手に衝突したことを、けっこう気にしていたと思います。大出君たちに仕返しされるとか、そういう心配ではなくて、自分らしくないことをやった、子供じみたことをやってしまったというふうに。僕も最初に話を聞いたときには、柏木君らしくないねと言ったくらいですし」

「もう一度確認させてください」

机に手をつき、検事は身を乗り出した。

「理科準備室での衝突を、柏木君は気にしていた。後悔していた。そのように証人は感じた。そうですね？」

「そうです。でも仕返しを恐れていたわけじゃありません」

「柏木君がそう言ったんですか」

「言葉で言ったわけじゃないですけど」

「理科準備室の事件があり、その後折々に、証人がそのように感じたということですか」

「はい」

「そう感じた根拠はありますか」

神原証人は、息苦しくなったかのように、シャツの襟元を引っ張った。

「不登校になって以来、それ以前よりもっと元気がなくなったようでしたし、頻繁に、もう何もかも面倒になった、嫌になったと言うようになりました」

「何もかも面倒になった、嫌になった」

「そうです。大出君たちの仕返しを恐れているなら、そんな言い方はしないでしょう」

「証人に対して、強がっていたのかもしれませんよ」

神原和彦が、弁護人から証人になって初めて、被告人・大出俊次を顧みた。

「柏木君は、大出君たちを軽んじていました。はっきり言ってバカにしていました」

当の被告人は、健一の横で貧乏ゆすりをしている。

「怖がっていたとは思えません。柏木君が気にしていたのは、自分がとった行動が自分らしくなかったことだけです」

「そういうことは、電話で話したんですか、顔を合わせたんですか」

「電話です」

「柏木君がかけてきたんですか」

「はい。そのころはもう、僕の方からはかけないようにしていましたから」

「そんなグチというか、胸につっかえていることを話したくなると、柏木君は証人に電話をかけてきた？」

「そうです」

「証人はどう応じました？」

「いつも、たいしたことは言えませんでした。僕は三中の様子を知りません。あたりさわりのないことしか……。たとえば、思い切って転校したらいいとか、ああ、あと」

言ってしまってから、神原和彦はくちびるを嚙んだ。

「あと、何ですか」

「滝沢先生に相談してみたらどうか、と」

「柏木君は何と答えましたか」

「――よく覚えていません」

そうかな。本当にそうだったのかな。覚えているけど、ここでは言えないのではないかと、健一は思う。

大出俊次の貧乏ゆすりで机がカタカタする。

「結局、僕には柏木君が抱えている問題をどうすることもできないと、正直に言うしかありませんでしたけど」

「柏木君は何と言いました？」

「怒ったようでした。それが十一月の末のことで、それからしばらくは、電話がかかってくることもなかったんですけど」

十二月半ばになって、また連絡があった。

「うちの近所の児童公園で、柏木君に会いました。日曜日の午前中でした」

その児童公園なら知っている。健一も和彦と落ち合ったり、待ち合わせしたりした。

「二学期が始まったころに一度会ったきりでしたから、三ヵ月ぶりぐらいでした。柏木君がずいぶん瘦せて、顔色が悪かったので驚きました」

家の自室に籠もりきり、昼夜逆転した生活の影響だ。

「柏木君は、どんな用件で証人を呼び出したのですか」

神原証人の顎の先から、汗が一粒滴った。

「僕に渡したいものがあると言いました」

「どんなものですか」

「ノートです。授業に使うようなノート」

遺書でした、と言った。

「死ぬことにしたから、遺書を書いた。僕に預けると言いました」

法廷のざわめきやどよめきを、判事はほったらかしにした。陪審員たちもさざめいている。

やがて、それは自然に静まった。

「死ぬというのは、自殺するという意味でしょうか」

「はい」

「柏木君は、自殺すると決めた。だから遺書を書いて証人に預けた。そうですね？」

「そうです」

「受け取ったんですか」

「そのときは、雰囲気に呑まれた感じで受け取ってしまいました」

「自殺する理由を訊きましたか」

「生きているのが面倒だし、生きている意味がわからないと言っていました」

「それからどうしました？」

手の甲で顎の汗を拭き、神原証人は検事に向き直った。

「ノートを預かって帰りましたけど、どうしたらいいかわからなくて、二、三日はそのままにしてしまいました。でも、やっぱりこれはいけないと思ったから、柏木君に電話して、学校から帰って——だからけっこう遅い時間だったと思いますけど、同じ児童公園で会って話して、ノートを返しました」

「遺書は受け取れない、と」

「はい」

それで、それでと、言葉はつっかえるのに声だけが走る。

「死んではいけないとか、考えがまとまらないのに、いろいろしゃべりました。生きている意味なんてなくてもいいだろうとか、大人になればわかるんじゃないかとか」

「柏木君の反応はどうでしたか」

証人の肩がわななくように上下した。「冷淡、という感じでした」

「冷淡？」

「鼻先で聞いているというか。それで、本気にしてないだろうと言いました」

「証人が、柏木君が本気で自殺すると思っていないだろうという意味ですか」

「そうです。本気にしてないから、そんな通りいっぺんのことしか言わないんだと」

健一は鉛筆を机の上に置いた。このまま握りしめていたら、折ってしまいそうだ。

「確かに、僕はそのとき、柏木君が本気で自殺するつもりなのか、わかりませんでした。半信半疑でした。ただ、僕が通りいっぺんのことしか言わないと怒る柏木君は、本気でした。だから怖くなってしまって」

　自分の言動が、柏木卓也を本気に追いやってしまったのではないか。

「僕が遺書を返そうとしたことがよくなかったんじゃないかって、話せば話すほどそう思えてきました。だけど、じゃあ返すのはやめるって言っても、もう取り返しはつかない」

「その遺書はどうなりました？」

「柏木君が持って帰りました。彼が亡くなった後、部屋から出てくるかと思ったんですが、見つからなかったから、きっと処分したんでしょう」

　もう意味のない遺書だったから。

「どうしても柏木君に思いとどまってほしかったけど、どうすればいいかわかりませんでした。とにかく死んではいけない、僕は柏木君に死んでほしくないと言いました」

「柏木君は何と答えましたか」

「信じられないと言いました」

「証人の、柏木君に死んでほしくないという気持ちが信じられないと」

「はい」

「それじゃあ、証人はますますどうすることもできませんよね」

「だから、どうすれば信じてくれるかと訊きました」

落とし穴に落ちたようなものだ。健一は思う。罠にはまったようなものだ。

柏木卓也は、にっちもさっちもいかなくなっていた。自分で騒動を起こして、そこから抜け出すために差し出された手を拒否して、どんどん狭いところに入り込んで抜けられなくなった。そしてその狭い場所から、広いところで普通に暮らしている神原和彦を見やると、腹立たしかったのだ。自分から離れていこうと——自分を見捨てようとしている神原和彦が憎かったのだ。

また、かまってほしかったのだ。

藤野検事が、穏やかに質問する。「柏木君は、証人の問いかけにどう答えましたか」

またタオルが要りそうなほど、和彦は汗だくだった。シャツの背中も濡れている。

「僕が、生きている意味なんかなくてもいいとか、そのうち見つかるとか言えるのは」

陪審員たちの九対の眼差し。

「無責任だと言いました。心からそう思ってるわけじゃない。口先だけだ。だから」

「だから？」

「口先だけじゃないと証明すれば、信じてもいいと」

「どうやって証明するんです？」

傍聴席の無数の眼差し。

「両親が死んだとき、僕は七歳でした」と、神原和彦は言った。「事件のことを、まったく覚えていないわけじゃありません。断片的な記憶は残っています。父が酔っ払うと暴力をふるって怖かったことも、母が泣いていたことも覚えています。ただ」

あえぐように肩で息をついた。

「当時のことは、できるだけ思い出さないようにして過ごしてきました。養父母と暮らしていると、その必要もなかった。でも柏木君は、それが間違いだというんです」

何が間違いだというんだ。

「僕の身に起こった、自分ではどうすることもできない理不尽なことに、僕はちゃんと目を向けていない。対決していない。だから呑気にしていられる。生きてる意味なんてそのうちわかるとか、両親があんなことになったのに、なぜ僕だけが生きているのかわからなくてもいいとか、それは逃げてるからだと、柏木君は言いました」

逃げようが隠れようが、おまえの知ったことか。健一は机の下に拳を隠す。柏木卓也、なぜ死んだ。なんで生きてててくれなかった。

殴ってやったのに。僕が殴ってやった。甘ったれるのもいい加減にしろって。

「だから僕が逃げるのをやめて——」

神原和彦は、今や証言しているのではない。吐いていた。

「自分の過去に、両親との思い出に向き合って、ひとつひとつ思い出して、それでもまだ生きててよかったと思えるなら、僕のような経験をした人間にもそう思えるなら、それは口先だけの言葉じゃない。本心だ。僕が本心からそう思うなら、確かに生きることには意味があるのかもしれない」

藤野検事は揺らがない。真っ直ぐな言葉が法廷に響く。

「証人がそれだけのことをやってみせたなら、死んではいけない、死んでほしくないという言葉を信じる。信じて、自殺を思いとどまる。柏木君はそう言ったんですね？」

証人はうなずいた。また汗が滴った。

「それが、十二月二十四日のあのゲームの目的でした」

「ゲームですね」と、藤野検事は繰り返した。「柏木君の命がかかったゲームだった。そういうことですね」

見れば、汗びっしょりだ。事務官の一美がそっとハンカチを差し出した。「すみません」と判事に声をかけてから、涼子はそれで顔を拭った。

陪審員たちも、おのおののやり方でひと息ついた。溝口弥生が蒼白になっている。蒲田教子が彼女の顔を覗き込み、背中を撫でている。竹田陪審員長も心配そうに、のっぽの身をよじって二人の女子を見やった。

「やってらんねぇよ」

すぐ傍らの大出俊次のつぶやきに、健一は目を上げた。

「オレ、すげえバカらしいんですけど」

バカらしいんですけど。俊次が発見した新しい表現である。皮肉をきかせている。俊次は汗をかいている。目は健一を見ていない。貧乏ゆすりがとまらない。

「退廷しますか」と、健一は訊いた。

口に出して、自分でも驚いた。本気で言ったのだ。大出俊次が神原和彦の証言に――彼の意図についていかれず、理解しようともしないのなら、この場にいなくてもいい。いや、いてくれなくていい。

目を剝いて、俊次が健一を見た。くってかかるような口つきをして、それから急に肩を落とした。貧乏ゆすりがやんだ。

「ふかしこいてんじゃねえよ。おまえなんかに指図されるか」

ふてくされたように足を投げ出し、口のなかだけで「けっ」と言った。

藤野検事がハンカチを置き、姿勢を正した。

「失礼しました。証人尋問を再開します」

涼子の言葉に、俊次がまた猛然と貧乏ゆすりを始めた。

「この①から④の場所は」

言って、口をつぐむ。

「はい」

証人が応じる。この先へ進む、さらに深く踏み込む前にためらって、怖じ気づいて、足踏みしている検事を、彼の方が励ましているかのようだ。

「——証人が選んだんですか」

「いいえ。柏木君が決めました」

「証人と亡くなったご両親の個人的な思い出の場所なのに、柏木君が指定することができたんですか」

「それまでのあいだに、僕はときどき両親の話をしていましたから、柏木君は覚えていたんだと思います」

「ご両親の話を、証人が進んでしたんですか。それとも、柏木君にせがまれたんですか」

「どっちとも言えません。確かに柏木君に訊かれたこともありますけど、何かの拍子に、僕の方からしゃべったこともありました。それはつまり、あの」

神原証人はちょっと考えた。「さっき、両親のことをどうせ誰かに知られるなら、柏木君でよかったと言いました。なぜかと言ったら、柏木君は口が固かった。現に秘密は守ってくれました。記憶力もすごくよくて、同じことを何度もしつこく訊くようなこともありませんでした」

だから、その。弁護人らしくなく、平凡な中学三年生のようにしどろもどろになる神原和彦は、小さく見えた。

「矛盾した気持ちかもしれませんが、僕もときどきは、両親のことを誰かに話したくなることがあったんです。養父母とは話せません。お互いに気詰まりですから。だけどそういうとき、柏木君はとても、何ていうか」

「あてにできた？　話し相手として信頼できたのですか」

「そうです、そうです」

救われたように大きくうなずき、証人は頰を緩めた。

「僕も気楽に話ができました。今、自分で思い出せる以上に、柏木君にはいろいろ打ち明けていたんじゃないかと思います」

「柏木君と証人は、証人のご両親にまつわる不幸な過去について、ある意味、記憶を共有するような関係になっていた。そう理解していいですか」

「そうだと思います。たぶん、そうです」

もしもそれが自分だったらどうだろうと、健一は思う。もしも僕が神原和彦の友達で、彼の両親の不幸な死を知るたった一人の人間だったなら。

僕なら、事実を知った瞬間に逃げちゃったかもしれない。あの神原和彦にそんな過去があるのかと、腰が引けちゃったかもしれない。どう接したらいいかわからなくなって、遠ざかったかもしれない。

ときどきは、亡き両親のことを思い出し、誰かに話したくなる。和彦のその気持ちは、ちっとも矛盾なんかしていない。養父母がどんなに優しくても、優しいからこそ気を遣ってしまって話せないというのも、和彦らしくてまっとうだ。

それを受け止める相手が、柏木卓也しかいなかった。僕はそのとき、その場にいなかった。藤野さんもいなかった。そうだ、僕じゃ駄目だけど、藤野さんがいたらよかったのに。

その藤野涼子は今、検事として神原和彦に向き合っている。

「柏木君からこのゲームを提案されたとき、断ろうとは思わなかったのですか」

「そうは思いませんでした」

「断れば、その時点で柏木君が機嫌を損ねて、すぐ自殺へと突っ走ってしまうだろうと思ったからですか」

和彦はまた少し考えた。当時の気持ちを思い出しているというより、そのころの自分を心のなかで呼び出して、〈ホントのところどうだったの？〉と尋ねているような顔だ。

「もちろん、その心配がなかったわけじゃありませんけど、むしろ自分の気持ちが優先でした」

「証人の気持ち？」

和彦は涼子にうなずいた。「柏木君にこのゲームのことを提案されたとき、驚いたんです。何で自分で思いつかなかったんだろうって」

「どういう意味でしょうか」

「ですから、自分で実行するならゲームではありませんけど、僕自身の意志で、両親との思い出のある場所を訪ねてみたってよかったというふうに考えたんです」

まだ労るように溝口弥生の背中に手をあてたまま、蒲田教子がうなずいている。

「さっきも言いましたけど、僕は両親とのことが——もちろん完全にではありませんけど、ある程度は整理がついたような気がしていました。だったら、そういうことをやってみたってよかった」

「このゲームを提案される以前は、証人が自分の意志で、①から④の場所を訪ねてみることはなかったんですか」

「ありませんでした。やっぱり避けていました。でも、もうそんな必要はないんじゃないかと、むしろ訪ねてみることが必要な段階になってるんじゃないかと、柏木君と話していて思ったんです」

「その気持ちについて、柏木君に説明しましたか」

「しました。だからゲームには乗るし、自分はきっと大丈夫だと思うから、柏木君にも納得してもらえるはずだと言いました」

「柏木君は何と答えましたか」

「そのときは何も言いませんでした」

二人はゲームの段取りを整え、約束を交わした。そして当日、実行した。

「証人は順番に①から④までの場所を訪ねて、そこから柏木君に電話をかけたんですね」

「そうです。確かに指定の場所に来ているということを報せました」

「それぞれの電話の通話時間はごく短いものです」

藤野検事は黒板のリストを手で示し、陪審員たちの顔を見回した。

「つまり証人は、①の場所に来た、②の場所に着いたと、柏木君にただ報せただけなんですね？　訪ねてみてどんな気持ちかとか、詳しく話すことはなかったんですか」

「それはあとで話すことになっていました。柏木君としては、とにかく僕が指定された場所をちゃんと回れるかどうかが気になるようでした」

「証人がルールを守り、約束を果たすかどうか？」

「そうです」

「でも、電話だけじゃ本当の確認はできませんよね。新宿にいると言っても、実は別の場所にいるのかもしれない。言葉だけでは、柏木君には、証人が約束を守っているかどうかはわからないでしょう？」

「僕もそう思いました。それはゲームの計画を立てたときから気になっていましたから」

今度は考えるのではなく、言いよどんだ。

「柏木君も一緒に行こうと、その方がいいんじゃないかと提案したこともあるんです」

「柏木君は何と言いましたか」

「僕が一人で行くことに意味がある、僕が一人で過去に向き合わなくては、このゲームは成立しないんだと、こだわっていました」

「それで結局、ポイントごとに短時間の電話をするだけになったんですね」

「そうです」

「電話は、だいたい二時間半おきになっています。この時間の幅は、証人が決めたんですか」

「いいえ、それも事前に計画していました」

「何時にここ、何時にここと」

「はい」

「すると証人は、実際にこれらの場所を回って、けっこう時間を持て余すことになったんじゃありませんか。移動には、それほどの手間はかからないでしょう」

「ですから、それぞれの場所でいろいろ考えました」

藤野検事は目を細める。「どんなことを考えました？」

「いろいろ、思い出して」

「辛い気持ちになりましたか」

証人はうなずいた。

「途中でやめようとは思いませんでしたか」

「思ったり、また思い直したりしました。でも、漠然と予想していたよりは、辛くはありませんでした」

楽しいことも思い出しましたから——と言った。

「僕の両親は不幸な人生の終わり方をしましたけど、いつも不幸だったわけじゃありません。父も素面のときは真面目で優しい人で、母とも仲がよかった。弱い人だったけど、悪い人ではなかったと思うんです」

自分に言い聞かせるように、証人は目を伏せている。

「このゲームをするまで、僕は、できるだけ両親のことを思い出さないようにしていて、それが必要だった時期もありますけど、ただ、そうすることで両親とのいい思い出もみんな封じ込めていました。すべて一緒くたにして封印していたというか」

柏木卓也が提案したゲームは、その封印を解いた。

「七歳のときにはわからなかったけど、今ならわかるような気がすることも、いろいろ思い出しました。検事がおっしゃるとおり、僕には時間がありましたから、ホントにたくさん考えましたした」

「たくさん考えてみても、事前に予想していたほど、覚悟していたほど辛くはなかったのですか」

「はい。それはきっと、僕も成長したんでしょうし、やっぱり養父母のおかげだとも思いました。だから両親のこともたくさん考えましたけど、同じくらいたくさん、養父母のことも思いました」

そこで急に証人が小さく笑ったので、検事も陪審員たちも驚いた。

「すみません」

明るい目をして、証人は一同に謝った。

「今のは思い出し笑いです。実はその、僕、③の赤坂郵便局へ行ったとき、あの日は休日でしたけどクリスマス・イヴなので、お店がけっこう開いていたんです。それであの、やっぱり都心に出ると珍しいものがあるから、お土産を買って帰ろうかと思っちゃって」

「養父母のお父さんとお母さんへのお土産ですね？」

国語の成績もトップクラスの藤野涼子らしくない表現だが、今はそれがぴったりだった。養父母のお父さんとお母さん。

「そうです」

検事も微笑した。「何を買おうと思ったんですか」

こんな話は昨日は出てこなかった。健一も、知りたいと思った。

「小さいクリスマスツリーです。このくらいの」

和彦は手で二十センチくらいの高さを示してみせた。

「赤坂の洋菓子店で売ってたんです。赤とか黄色とか、いろんな色の銀紙で包まれたチョコレートが飾ってあって――うちの母は、そういう小さい飾りものみたいなものが大好きなんですよ」

中学三年生の男子には、母親の話はいつだって照れくさいものだ。証人も照れていた。陪審員たちの表情も緩んでいる。

山埜かなめが泣いていた。両目に涙が溢（あふ）れている。ハンカチで拭（ぬぐ）っても拭ってもとまらない。倉田まり子が寄り添うと、かなめは身を折って頭を下げてしまった。

健一は傍聴席に目をやった。大人たちの耳には、和彦の言葉はどう届いているだろう。彼の姿はどんなふうに映っているだろう。

「買って帰りましたか」と、検事が訊（き）いた。

「いえ、やめました。なんかその、不謹慎だなって思って」

「不謹慎？」

「このゲームには、柏木君の命がかかってるんだって思い出したんです」

手で鼻の下の汗を拭うと、証人はまた目を伏せた。「つまりその、そんなふうに思い出さなくちゃならないくらい、いざゲームを始めてみると、僕は自分のことで頭がいっぱいでした」

「自分自身と、ご両親と、養父母のお父さんお母さんのことで」

「そうです。滝沢先生のことも思い出しました。塾に通ってたころ、先生が僕にいろいろ話してくれたことで、そのときは理解できなかったことが、今ならわかるって思うこともありました。学校の友達のことも思い出したし、とにかくホントに、何か頭がいっぱいでした」

「実行してみたら、このゲームは柏木君のためではなく、証人自身のゲームになっていたと言っていいでしょうか」

「はい、そうだと思います」

「そのことを、電話で柏木君に話しましたか」

「はっきりとは言いませんでした」

「柏木君は証人にどんなことを言い、どんなことを訊きましたか？　いくら短時間でも、ただ指定のポイントに着いたという以上の話はできたでしょう」

「町の様子とか、僕が電話をかけている場所は正確にどこかとか」

「電話のなかで柏木君が言ったことで、証人が覚えていることはありますか」

山埜かなめが身を起こした。目が真っ赤だが、涙はとまったようだ。

「ひとつのポイントをクリアすると、次のポイントにも時間どおりに行くように、すごく気にしていました」

「もう一度訊きますが、証人の気持ちを尋ねることはなかったんですか」

「すべてのポイントを回り終えるまでは、僕の気持ちを聞きたくないと言っていました。ゲームを終えて、僕の顔を見るまでは」

「柏木君自身の目で、証人の様子を確かめるまではということでしょうか」

「そうだと思います」

証人の表情に影がさした。健一から見えるのは彼の横顔だが、それでもはっきりわかるほど、暗くなった。

「その時点では、柏木君は僕を信用してなかったんじゃないかと思います」

「どういう意味でしょうか」

「本当は辛いのに、そういう気持ちを隠して、柏木君に嘘をついている、芝居をしていると思っていたみたいです」

「なぜ証人が芝居するんです？」

「だからそれは、僕が落ち込んでしまって、やっぱり自分なんかには生きる意味も目的もないんだとか言い出すと、それは柏木君にとってもよくないわけですから」

「だから証人が無理をしていると」

「そうです」

「柏木君ははっきりそう言いましたか？」

「そういう言葉ではありませんでしたが、僕がおかしい、ヘンだとは言ってました」

「ゲームを実行してみたら、証人自身が予測していたほどには辛くなく、うちひしがれることもなく、むしろ楽しいことも思い出し、養父母への感謝も感じて、証人が前向きになっている。その様子を指して〝変だ〟と言ったのですね？」

「そうだと思います」

「柏木君は不機嫌でしたか」

和彦は驚いたようにまばたきした。「不機嫌といいますと」

「文字通りの意味です」

「でも柏木君も、ゲームの最中には証人の声を聴いているだけでしたよね。それでも証人が思ったより気丈であることを察して、変だと言ったんでしょう？」

証人は少しためらった。「柏木君は自殺を考えてたんですから、機嫌がよかったはずはありません」

「ゲームを始めた時点と、いくつかのポイントを通過して連絡した時点では、柏木君の機嫌に変化はありましたか」

証人は黙っている。

「不機嫌の度合いが変わったということはありませんでしたか」

「——わかりません」

「証人が予想以上にしっかりと前向きになった様子を、柏木君は〝芝居している〟と疑っていた。自分を自殺させないために、無理をしていると」

「はい。それはさっき証言したとおりです」

「本当はそれだけじゃなかったんじゃありませんか？　柏木君は、証人が気丈にこのゲームをこなして、ゲームを通してご両親の事件を乗り越えていこうとする兆しがあることに、苛立っていたんじゃありませんか？　柏木君が期待していたのは、証人が前向きにゲームを全うすることではなく、ゲームの途中で取り乱したり、泣き出したり、落ち込んだりすることだったんじゃありませんか？」

証人は答えない。表情が消えた。

藤野検事は手元のファイルを置き換えて、ちょっと間をとった。

「すべてのポイントを、予定通りにまわることはできましたか？」

「できました」

「そして地元に帰ってきて、小林電器店前の電話ボックスから柏木君に電話をかけたんですね」

「そうです」

「何を話しました？」

「ですから、ちゃんと行って帰ってきたと」

証人の喉がごくりとした。

「明日、いろいろ話をするからと言いました。それは本当に、自分でも自分の気持ちに発見があったし、柏木君にそれを伝えたかったから、話したかったんです。でももう七時半でしたし、養父母はもちろんこんなゲームのことなんか知らなくて、僕は友達の家で勉強するとか何とか言って出てきてましたから、早く帰りたかった」

「柏木君は何と言いましたか」

「今日のうちに会いたいと言いました」

「つまり、その日の夜にですね」

「そうです」

「普通の中学生には、ちょっと考えにくいスケジュールですよね。ましてクリスマス・イヴの夜です。雪も降っていました」

そうですよね……と、証人は小声になった。

「柏木君は、何時にどこで会おうと言いましたか」

陪審員たちが一様に身を乗り出した。勝木恵子でさえ。

「――午後十一時半に、この学校の屋上に来るように頼まれました」

検事と証人のやりとりに聴き入り、静まりかえっていた傍聴席がどよめいた。静粛に、と判事が硬い声を出した。

「この城東第三中学校の屋上に？」

「そうです」

「なぜそんな場所を選ぶのか、柏木君は理由を言いましたか」

「訊いても教えてくれませんでした。とにかく来てくれって」

「そんな時間じゃ、僕は養父母に内緒で家を抜け出していかなくちゃならないし、やっぱり一日出歩いていて疲れていたし、頭も心もいっぱいいっぱいな感じだったし、夜中になんて無理だし」

完全に声が詰まって、呼気だけが苦しそうに聞こえた。

「でも、どうしても今夜そこで会わなければ、明日には会えないって言うから」

「明日には会えない？　なぜですか」

「自分は死ぬからだと、柏木君は言いました」

まだざわめいている傍聴席に、判事が木槌を鳴らした。「静かにしてください！」

そんな怒った声を出すほど、騒がしいわけではない。井上康夫は判事の役目にまぎらせて、自分の怒りのガス抜きをしたのだろう。そうでないと、しかつめらしい顔をして判事席に座っていられないのではないか。

あなたが自分の言うことを聞いてくれないのなら、言うとおりにしてくれないのなら、私は死ぬ。これ以上、卑怯な脅迫はない。

「今夜のうちに会えなければ、自分は死ぬ」

検事は復唱した。

「そのとき、柏木君の声の調子はどんな感じでしたか？」

「どんなって」

「うち沈んでいたか、証人にすがるようだったか、あるいはふざけ半分だったか」

証人はためらった。「全然、ふざけ半分には思えませんでした」

「では、どのように証人は感じましたか」

「とても――」

「とても？」

「意固地で冷酷なように、僕は感じました」

小林電器店前で目撃されたとき、神原和彦が疲れて寒そうで、困っているようで、お節介な店主が思わず声をかけずにいられなかったのは、和彦が事実、疲れて寒くて困って、途方に暮れていたからだったのだ。

言うとおりにしたのに。ゲームは上手くいったのに。自分にとっては成果があったし、それはきっと柏木卓也にとってもいい結果であるはずなのに、何故まだ終わらないんだ。

「証人にとっては、知らない学校に、それも真夜中に入り込むなんて、普通に考えても難しいことですよね」

「段取りはしてあると、柏木君は言いました。自分はトイレの窓から入って、通用門のすぐ内側のドアの鍵を開けておく、と。屋上に通じるドアも開けておくからと」

「そうしますと」

検事は小さく息をつき、陪審員たちの顔を見回した。

「深夜にこの学校の屋上で会おうという提案は、証人にとっては出し抜けのものだったけれど、柏木君は最初からそのように計画していたんですね」

「そうだと思います」

「ゲームの結果の如何を問わず、深夜に証人を当校の屋上に呼び出そうと」

証人は黙ってうなずいた。

「そしてどうしました？」

「ですから――柏木君の計画に、僕は従いました」

「去年の十二月二十四日の夜十一時半に、あなたはこの学校の屋上に来たんですね？」

「はい、来ました」

「屋上には誰がいましたか」

「柏木君がいました」

「ほかには誰かいましたか」

証人はかぶりを振った。「誰もいません。柏木君一人だけでした」

「彼はどこにいました？ あ、ちょっと待ってください。図版を取り替えます」

佐々木吾郎と萩尾一美が慌ただしく動いて、初日に登場した屋上の見取り図を貼り出した。

「柏木君はその、フェンス際に立っていました」

証人は指さした。落下地点のほぼ真上だ。

「屋上にある塔屋に常夜灯がひとつ点いていて、その明かりで見えました」

「証人はどこに？」

「彼に近づいて――でもすごく寒くって、じっとしてられないんです。足踏みしたり、近くをうろうろ歩き回ったりしてました」

「柏木君はどうでした？」

「フェンスのそばから動きませんでした」

そして見つめていたのだろう。神原和彦を。

「二人でどんなやりとりをしましたか」

「僕は――とにかく早く帰りたくて。くたびれちゃってフラフラでした。あのゲームはやってみてよかったけど、一日のうちにいろんなことを思い出したり考えたりして」

「心がもういっぱいいっぱいだったと」

「そうです。ホントに限界でした。養父母にも後ろめたかったし」

ゲームのことも、真夜中にこっそり家を抜け出してきたことも。

「こんなところで何を話したって、いい方に転がるわけはないとも思いましたから」

「柏木君はどうでしたか」

証人はうなだれた。肩が落ちて、足がそわそわと動いている。

気にするな、と健一は心のなかで声をかけた。柏木卓也の両親を気にするな。兄さんを気にするな。あの人たちにも知ってもらわなくちゃならない。あの人たちにこそ、知ってもらわなくちゃいけない。

「最初から怒っていました」

「何を怒っていたんでしょうか」

「ですから、僕がおかしいと」

「どうおかしいのでしょう」

「本当はヘコんでるのに、嘘をついてるんじゃないかって」

「過去を訪ねて、証人は打ちのめされた。自分の生きている意味がわからなくなった。将来の希望もなくなった。本当はそういう気持ちでいっぱいなのに、強がっている。ご両親との思い出の場所を訪ねて、いろいろなことを思い出してみてよかったなどと嘯（うそぶ）いている。そういう意味ですね？」

「そうです」

「つまり、証人は柏木君に非難されたんですね？」

「――そうです」

「その非難は正当なものでしたか？　証人は柏木君に嘘をついて、カラ元気を出していたんですか？」

「違います」

「でも、柏木君は信じてくれなかったんですか」

「だんだん、僕が本当に――ゲームをやってみてよかったって思ってるとわかってきたみたいでした」

「それなら、もう証人を非難する必要はありませんよね？」

「――もっと悪いと言ってました」

聞き取れない。神原和彦らしくもない。

「もう少し大きな声で答えてください」

一瞬、和彦は歯を食いしばった。それから大声で言った。

「柏木君は、僕が本心からあのゲームをやってみてよかったなんて思っているのなら、その方がもっとおかしい、もっと悪質だと言いました」

検事も声を張り上げる。「柏木君は証人が、もっとへコんでいるべきだと思っていた。もっと怯え、もっと悲しんでいるべきだと思っていた。前向きな気持ちになどなってはいけないと思っていた。でも現実はそうではなかった。だから証人を非難したんですね」

一転、証人は押し黙る。

「証人は、黙って非難されていたんですか」

黙ったまま、神原和彦は首を振った。

「何か言い返しましたか」

「柏木君の言っていることの方がおかしいと言いました」

「そうですよね。ゲームを始めるときは、辛い過去につながる場所を訪ねても、証人がそれを乗り越えられるなら、自分も救われる。証人のような、自分ではどうすることもできない悲劇を背負わされた人でも前向きに生きていける、生きていくことには意味があるんだと感じられるなら、自分もそう思える。だから自殺をやめる。柏木君はそう言っていたはずです。なのに、蓋を開けてみたら、証人がゲームをクリアしたことに憤り、おかしいだの悪質だのと言う」

昨日、藤野涼子は言っていた。明日の法廷では、神原君の体験をできるだけ事実に忠実に再現するつもりだ。だからすっかり証言してもらう。だけどいくつか、どうしても法廷では引き出したくない言葉がある。その言葉だけは封印しておこうと思う。神原君もそれでいい？　と。

和彦は承知した。だから健一も承知した。

でも、今はそれを後悔している。

この場で立ち上がり、法廷じゅうに届く大声でぶちまけてやりたい。和彦を非難するとき、柏木卓也はこう言ったんだ。

――よくそんな、呑気な顔をさらしていられるな。

――アル中の人殺しの子供の人生に、前向きに生きていく価値なんかあるもんか。

――恥ずかしいと思ったらどうだ。

「柏木君の態度に、証人は驚いたでしょうね」

顔を上げると、和彦は井上判事を仰いだ。銀縁眼鏡の奥で、井上康夫の眼差しは揺るがない。全部吐け、そう言っている。全部言っちまえ。俺が聞いてやる。

「何がなんだかわけがわからなかったけど」

「なぜ柏木君がそんなことを言うのか、理解できなかった？」

証人は首を振る。

「理解しようと努めましたか？」

「努めたつもりです」

でも──と、和彦はふと遠い目になった。

「柏木君を宥めようと思って、いろいろしゃべってるうちに、何か目からうろこが落ちたみたいにわかったんです」

山埜かなめがまた涙ぐみ、溝口弥生は今にも吐きそうだ。蒲田教子の手にしがみついている。

だが、陪審員たちは互いに助け合うように身を寄せて集中している。

「柏木君は、僕を苦しめようとしている。友達なんかじゃなかった。僕を見下している。共感とか理解なんてもんじゃない。柏木君は、僕をまともな人間だと思ってない。人殺しの子供で、だからまともになんかなりっこないと思ってる」

まともになんか、なられて堪るかと思っていたのだ。

まともで、優秀で、感性に優れていて、両親の愛に包まれ、庇護されて育ってきた自分が、今こんなに苦しんでいるのだ。学校と相容れない。友達もできない。ちょっと動けば誰かと衝突し、孤独に追いやられる。

この自分がそうなのに、神原和彦ごときが、人殺しの子供が、何で前向きに、充実して、まともな人生なんかおくれるのか。幸せそうな顔をしていられるのか。

間違っている。だから自分がそれを正すのだ。神原和彦を、彼にふさわしい境遇に落としてやるのだ。彼にふさわしい苦悩と孤独を与えてやるのだ。そして彼の人生が、どんどん道を踏み外してゆくのを見物しよう。

いいじゃないか、こいつは人殺しの子供なんだ。

「おい」と、声がした。大出俊次だ。目が飛び出しそうになっている。

「血が出てる」

健一は、自分の指の爪が掌に食い込んで血を流すほど、強く握りしめていたのだ。

「さっき藤野検事が言ったとおりです」

幸い、和彦は気づかない。涼子を見ている。健一はタオルで血を拭った。

「あのゲームの目的だって、本当は違ってた。僕があのゲームをクリアして元気に帰ってくることなんか、柏木君は望んでいなかった。僕が途中で壊れて、逃げ出すことを望んでいた。そうなると思ってた。だけどそうならなかったから」

「証人に怒りを向けたんですね」

ゆっくりと、検事は言った。神原証人はうなずいた。

「そう気づいた瞬間、何から何まで嫌になりました。柏木君に振り回されて、夜中にこんなところに入り込んで」

オレ、いったい何やってんだと思った――

そのひと言は検事と証人のやりとりではなかった。中学生の男子が気の置けない女子に、あるいは自分のガールフレンドに愚痴ってでもいるみたいな、親近感を帯びていた。

「もう付き合いきれないと、柏木君に言いました。もう知らない、勝手にしろって。うちに帰ろうと思いました」

「柏木君はどうしましたか」

「すごく怒って、大きな声をあげました。僕は無視して階段の方へ歩いていきました。そしたら柏木君が」

声が動揺した。

「屋上のフェンスを登り始めたんです。飛び降りるって」

倉田まり子が目をつぶり、向坂行夫は手で顔を押さえた。

「すごいスピードで、みるみる登って、フェンスの反対側へ降りていきました。あんまりスムーズに登るから――だってあんなに寒くて、手だってかじかんでるのに――。僕は呆気にとられてしまって、動けなかった。それで思ったんです。柏木君、こんなことをするのは初めてじゃないなって。前にも、こうやってフェンスを登ったことがあるんだろうって」

「自殺しようと？」

「たぶん、そうです」

屋上の周りの出っ張りに足を踏ん張り、指でフェンスにしがみつく柏木卓也。フェンス越しに、白い顔で、神原和彦を睨んでいる。

夜空からは小雪が舞い、足下は濡れ、凍っているところもある。

「僕が帰るなら、今すぐ飛び降りると言いました」

「本気だと思いましたか？」

「思いました」

「はったりだとは思わなかったんですか」

「はったりで、あんな危険なことはできないと思いました」

検事は間を置いた。

「柏木君は本気で飛び降りるつもりだと思った。それで、証人はどうしましたか」

和彦は陪審員たちを見た。陪審員たちも彼を見つめる。

「好きにしろ、と言いました」

傍聴席のなかで、誰かが押し殺したような悲鳴をあげた。その声に、和彦の顔が歪(ゆが)んだ。

「そんなに死にたきゃ勝手に死ねって言って、走って階段をおりました。そのまま学校の外まで駆けていきました。走って家に帰ったんです」

「振り返りましたか」

「振り返りませんでした」

「走って学校の外へ出るまでのあいだに、物音は聞きましたか」

「何も聞きませんでした。気がつかなかっただけかもしれないけど」

走って、走って、耳のなかは風の音でいっぱいだった――昨日はそう話していた。今も、走って走って走って逃げるように、検事の問いかけから逃げるように、質問が終わらないそばから答えている。

「屋上には、どれぐらいの時間いたのですか」

「正確にはわかりません。長かったような気がしたけど、顔を合わせたときから柏木君は怒っていて、すぐ喧嘩みたいになっちゃったし、僕も気が急いていたし、あんまり長い時間ではなかったんだろうと思います」

身震いすると、証人は法廷の時計を見た。

「家に帰り着いたら零時十分過ぎでした。それははっきり覚えています」

「三中から証人の家までは、証人の足で走ってどれぐらいですか」

「十分以内だと思います。あの夜は雪でしたけど、まだ道路には積もっていなかったし、僕も夢中で走ったので、たぶんそれぐらいだと思います」

「すると、屋上にいたのは二十分から三十分ぐらいと考えていいでしょうか」

「そうなります――かね」

「証人が、柏木君が屋上から墜落して死んだことを知ったのは、いつですか」

「翌日、ニュースで知りました」

「どう思いましたか」

証人は手で口元を覆った。しばらくそのまま黙っていた。

「恐ろしかったですか」

「――はい」

「自分のせいだと思いましたか」

「思いました」

「このことを、誰かに話しましたか。たとえば養父母に」

「話しませんでした。誰にも言えないと思いました」

僕の罪です――

「以上が、昨年十二月二十四日の夜、午後十一時半から午前零時過ぎまでのあいだに、証人が体験したことの全てですか」

「はい、そうです」

「屋上には、証人と柏木君の二人しかいなかったんですね」

「そうです」

「ほかには誰もいなかった」

「いませんでした」

「柏木君は、自分でフェンスを登り、飛び降りると言ったんですね」

「そうです」

「証人が突き落としたのではない？」

「――突き落としていません」

「柏木君が屋上から落ちるところを目撃してもいないのですね」

「はい」

「証人は、あの夜、屋上で、柏木卓也君以外の誰にも会わなかったのですね」

「はい、そうです」

「被告人に会っていませんね」

「はい」

「井口充君にも会っていませんね」

「はい」

「橋田祐太郎君にも会っていませんね」

「はい」

「彼らはそこにいなかった。そうですね？」

「そうです」

「被告人は柏木卓也君を殺していない。証人はそれを知っていたんですね？」

「はい、知っていました」

突然、健一の耳元でけだもののような唸り声がしたかと思うと、大出俊次が机をひっくり返すような勢いで立ち上がった。

「ざけンじゃねえぞ、てめえ！」

顔が真っ赤だ。身体が震えている。全身で貧乏ゆすりをしているかのようだ。そしてそのまま机を押しやると、証人席の神原和彦に突進した。

「おまえ、全部知ってたんだな！　オレが何にもやってないって知ってたんだ！　知ってて黙ってやがったんだな！」

傍聴席が騒然とした。人びとが立ち上がる。陪審員たちも立ち上がり、女子をかばうように男子のメンバーが前に出た。

「やめなさい！」

判事の怒声が飛び、被告人が証人の胸ぐらを摑んだところへ、廷吏が飛んできた。無言で大出俊次の肘を押さえると、まさに赤子の手をひねるようにひとひねりした。

「痛え！」

俊次は和彦を離し、喚きながらよろめいた。ヤマシンは相手を押さえ込むと、両手を後ろにまわして締め上げた。

「何すんだ、離せよ！」

俊次がぎゃっと叫んだ。

和彦は締め上げられた襟元に手をやり、立ちすくんでいる。息が荒い。顔は真っ青だ。いつかもこんなことがあった。赤い痣が残るくらい、俊次に首を絞められたことがあった。

「被告人に退廷を命じます！　廷吏、連れ出しなさい！」

「舐めやがってバカ野郎！　この大嘘つき！　何が弁護人だよ。騙しやがって！　殺してやる！　おまえなんか殺してやる！」

毒づき、喚き、唾を飛ばす大出俊次を、ヤマシンはこともなげに引っ立ててゆく。その顔は険しく、汗に濡れている。

「待って」

勝木恵子だ。俊次の後を追って証人席の方にまで出てきた。

「待ってよ！　俊次を連れてかないで」

「陪審員、席に戻りなさい」

「俊次だって本気じゃないんだよ！　わかってるんだよ！　わかってるけど」

「勝木陪審員、着席しなさい！　さもないと君も退廷させます！」

勝木恵子は両手で顔を覆い、その場にしゃがみこんだ。倉田まり子と山埜かなめが前に出て、二人がかりで恵子の肩を抱くようにして、陪審員席に連れ戻した。

「勝木さん、しっかりしなくちゃ」

かなめの囁き声が聞こえた。

「大出君のためにも、ちゃんと裁判をやりとげなくちゃ」

判事が木槌を打ち鳴らしても、法廷の動揺はなかなか収まらなかった。健一は深呼吸を繰り返し、目をつぶった。思い出したように掌の傷が痛んだ。

「証人、証言を続けられますか」

判事の声に、証人席の背につかまっていた和彦が、身体を起こした。

「はい、大丈夫です」

「検事」と、判事は促した。藤野涼子もその場に立ったまま、気持ちを静めようとするように目を閉じている。

その目を開いて、証人を見た。

「屋上での出来事は、証人の胸の内だけに収められた秘密だったのですね？」

「そうです」

「誰にも打ち明けなかった」

「はい」

「柏木君の葬儀には行きましたか」

「通夜には行きました」

「どんな気持ちでした」

「せめて」証人の声が詰まった。「謝りたいと思いました」

「証人は、柏木君の死に責任を感じていたのですか」

「僕の責任ですから」

この言葉に、山埜かなめが首を横に振った。顔は蒼白だが、目には強い光がある。

藤野検事は大きくひとつ息をつくと、口調を一段と穏やかにした。

「証人は、この学校内裁判に進んで関わりました。そうですね？」

「はい」

「志願して被告人の弁護人になりました。その事実に間違いはありませんか」

「はい、ありません。僕は自分の意志で大出君の弁護人になりました」

何故ですか？　と検事は訊いた。

「あなたは真相を知っていた。知っていて隠していた。柏木君はもういません。あなたが沈黙を守れば、誰にも本当のことはわからなかったはずです。何故、進んでこんな面倒なことに——学校内裁判になんか参加したんですか」

「濡れ衣を着せられた大出君に申し訳ないと思ったからです」

証人の声に迷いはない。

「だから真相を明らかにしようと思ったのですか」

「はい」

「それなら、ほかに手段があったのではありませんか。たとえば柏木君のご両親に打ち明けるとか、警察に行くとか」

「その方法では、真相が学校やこの町の皆さんの耳に入るかどうかわかりません」

訴えかけるように、陪審員たちの顔を見回す。

「大出君の濡れ衣は、もともと根拠のない噂や心証が発端でした。僕が真相を打ち明けても、それが限られた人のあいだで伏せられてしまうのなら、大出君の疑いは晴れないだろうと思いました。極端な話、僕が真相を打ち明けても、今さらそんなことは黙っていろと言われてしまう可能性だってありました」

言って、証人は思わずというように手を上げた。「いや、それだとちょっと順番が違うかな。説明させてください」

こんなところは神原弁護人のままだった。

「最初は、僕もどうしたらいいかわからなかったんです。黙っていれば露見ないだろうし、自分が疑われることもないとは思いました。だけど、それがどんどん苦しくなって」

涼子と健一には、こう言っていた。首に見えない輪っかをはめられたみたいだった。

毎朝目を覚ます度に、柏木君のことを思い出す度に、その輪っかが絞まってゆく。一度にたくさん絞まるわけじゃない。一ミリとか、三ミリとか、五ミリとか。でも確実に絞まってゆくんだ、と。

――それでも日にちは経つだろ。そうするとね、ときどき、何でもないような日がくるんだよ。朝起きたらすべてきれいに消えてて、何にも怖くない。柏木君が死ぬ前の自分に戻ってるんだ。

だがそれは錯覚だ。長くは保たない。ほんのいっとき、すべてがきれいに消えたような、重荷が失せたような錯覚を覚えた分だけ、見えない輪っかが強く絞まってゆく。

「この件は、柏木君の死だけで終わりませんでした。むしろそれが始まりだった。告発状の騒動があって、浅井松子さんが亡くなって、井口充君も大怪我をしました。〈ニューズ・アドベンチャー〉の報道があって、三中全体が事件に取り憑かれたみたいになってしまった」

それもこれも、全て僕のせいです――

「苦しかったし、怖かった。ほかに言葉が見つかりません」

和彦が首筋に手をやった。目に見えない輪っかがあったところだ。今、まだその存在を感じるだろうか。

「だから何度も思ったんですよ。明日、柏木君のご両親に会いに行こう、会って告白しよう。警察に行こう。だけどその勇気が出せなかった」

そうこうしているうちに、学校内裁判の話を聞きつけた。

「この学校には滝沢塾時代の友達がいますし、僕も情報が欲しかったから、何かっていうと様子を聞いていました。そしたら、三年生が自分たちでこの事件を裁判にかけようとしているっていう。それを聞いて、救われたような気がしたんです」

「自分が大出君の弁護をしよう、と？」

「いいえ、当時はそこまで考えていませんでした。僕自身は黙っていても、学校内裁判で、みんなの見ている前で、大出君が無実であることが明らかにされるだろうと思ったんです。もともと根拠なんかない容疑です。ただの濡れ衣なんだから、誰かがちゃんと晴らしてくれるに違いないと思いました」

自分は沈黙を守り、大出俊次は青天白日の身になり、三中の騒動も終わる。和彦はそう期待していたのだ。

「だけど、どうも裁判は難しそうだって。人が集まらないとか、大出君の家族が裁判に反対してるとか」

「確かに難航していました」

「僕は気が気じゃなかった。どんな具合になってるのか知りたくて、友達に頼んで、裁判の準備のための会合っていうんですか、そういうのを見に来ました。そしたら本当にゴタゴタしてるし、大出君は荒れてるし、それで――」

　実はその場の勢いだったと、和彦は恥ずかしそうに呟いた。

「弁護人になりたいって、名乗りを上げてしまいました。最初からそのつもりだったわけじゃありません。そのときは、自分は本当のことを言わなくてもいいだろうって、まだ思ってもいたんです。真実は伏せたままでも、上手くやれるだろうって」

　だが、関わってすぐに、その考えは変わったのだ。

「裁判の準備に取りかかって、いわば事件の内側に入ってみたら、外から見ていたとき以上に、この件が重大で、三中のみんなの上に暗い影を落としているのがわかりました。浅井松子さんは、早い時期に柏木君の死の真相が公になっていたら、死ななくて済んだ。告発状だって存在しなかったでしょう。井口君も怪我をしないで済んだろうし、橋田君だって、今も普通に登校していたでしょう」

　みんなみんな、自分のせいだ。自分が臆病風に吹かれ、口をつぐんでしまったせいだ。

「こうなったら、法廷で真実を暴いてもらおうと思うようになりました」

藤野検事は真顔で訊いた。「わたしたちに、そんなことができると思いましたか」

「現にやってますよね」と、和彦は言った。そして検事を励ますように笑いかけた。

「本当は、ちょっと焦り始めてもいたんです。結審が近づいてるのに、藤野さんたちが僕のしっぽをつかんでくれないから。一昨日、小林電器店の小林さんから接触がなかったら、僕が自分から藤野さんに話さなくちゃいけないかなと思っていたくらいです」

「それはどうも」

藤野涼子は笑わなかった。

「ご期待に添えませんで」

傍聴席の一部が痙攣するみたいにさざめき、すぐ静かになった。小山田修が鼻の下をこすっている。俺は気づいてたぞ。俺の鼻には、この弁護人はワケありだって臭ってたぞ。

「被告人の大出俊次君は」

このやりとりをわざと軽いものに見せようとしているみたいに、藤野検事は鼻先でため息をついてみせた。

「手に負えないワルで、地元での評判も最悪で、こんな濡れ衣を着せられたってどうってことない、放っておいたっていいような不良ですよ」

「でも、無実なんです」

あのバカ、なんでおとなしく法廷にいないんだ。なんでこの言葉を、ちゃんと自分の耳で聴かないんだよ。

「柏木君を殺してはいない。濡れ衣に苦しんでいました。どうってことないなんて、そんなんじゃありませんでした」

証人の声は凛として響いた。

「だけど、それだけじゃありません。裁判の準備をするうちに、審理が始まって進んでいくうちにも、僕の気持ちはどんどん変わってきました。自分のやったことを、はっきり自覚するようになりました。いや、自覚していたことを、自分で客観視できるようになったっていうか」

和彦は、証人席の椅子の背を両手でつかんでいる。押し流されないよう、証言するべきことを言い終えるまで、しっかり立っていられるように。

「うまく言葉にできなくて、ずっと自分でももやもやしてました。柏木君の死に、僕はどんな責任があるのか。心ではわかっていても、どう表現していいかわからなかった。それを助けてくれたのが、弁護士の今野先生の証言です」

いつも察しのいい山埜かなめが、あっという顔で口元に手をあてた。和彦はめざとくそれに気づいて、彼女にうなずきかけた。

「未必の故意の殺意について、今野先生は説明してくれましたよね」

陪審員たちの目が大きくなる。表情が強張る。

「僕が柏木君にやったことも、そうでした」

あのとき、屋上で——

「柏木君はフェンスの向こう側に降りて、両手でしがみついていました。雪が降る真夜中です。興奮して、顔色は真っ白でした。ここから飛び降りると、何度も叫んでた」

そんな柏木卓也に、神原和彦は背を向けた。背中を向けて、彼を置き去りにした。

「柏木君が、たとえ自分の意志で飛び降りなくても、指がかじかんでフェンスにしがみついていられなくなるかもしれない。足が滑ってしまうかもしれない。危険な可能性はたくさんありました。それなのに僕は、彼をほったらかしにして逃げた」

走って学校から逃げ、まっしぐらに家に帰った。

「何から何まで面倒くさかった。柏木君が嫌になっていた。彼に振り回されるのが嫌になっていた。だから思ったんです。現に、口に出して彼にも言いました」

そんなに死にたきゃ、勝手に死ね。

「助けが必要な状態にある柏木君を、放っておいたら死んでしまうかもしれないとわかっていたのに、僕は見捨てて逃げました」

死んでしまうなら、それでもいいや。

「僕には殺意があった」

陪審員たちは身じろぎもしない。

「僕が柏木君を殺したんです。法廷で、それを明らかにしなくてはいけない。明らかにしてほしいと思いました」

藤野検事は、しばらくのあいだ無言だった。身を守ろうとでもするかのように、固く腕を組んでいる。

やがて、この尋問を始めたときと同じように平静な口調で、証人に呼びかけた。

「神原証人」

「はい」

「あなたは宣誓しています」

「はい」

「嘘をついていませんね？」

「はい、嘘をついてはいません」

「あなたの証言は、被告人を弁護するための途方もない作り話ではありませんか」

神原和彦は微笑んだ。弁護人のときと同じ笑みだった。

「作り話ではありません。僕は、実際に起こったことを話しています」

「何故です？」

端的というより、素直すぎる問いだった。

「証人には何の得もないのに」

「得ならありますよ」と、神原和彦は答えた。「嘘から解放されます。謝るべき人に、謝って許してもらえるかどうかわからないけど、謝る機会が生まれます」

僕の父は——と、和彦は声を落とした。

「依存症で自分を見失って、結果として母を手にかけてしまいました。自分のやったことに気づいたときには、どんなにか恐ろしかったろうと思います」

だから、自ら死を選んだ。

「それは間違った選択であって、本当はちゃんと処罰を受けるべきだったんでしょう。だけど父は弱くて、それに耐えられなかった。自分のやったことに耐えられなかった。でも、自分の責任を第三者になすりつけるようなことはしませんでした。弱かったけど、そこまで卑怯じゃなかった。父は父なりに、自分のできる精一杯のやり方で、自分の罪を清算しようとしたんだと思います」

僕もそうしなくちゃいけないと思った――と、和彦は言った。「間違ってはいても、まだ間に合うのなら、間に合ううちに」

藤野涼子はうなずいた。組んでいた腕をほどくと、背中を伸ばした。

「判事、書証として、神原証人の両親の事件を扱った新聞記事と、証人の家族写真を提出します」

「受理します」

「主尋問を終わります」

検事は健一を見た。「野田君の番よ」

健一は法廷の注目を浴びた。

この期に及んで、どんな反対尋問があるだろう。だいたい、神原証人が検事側の証人であることからして倒錯しているのだ。こんなこと、現実の裁判じゃ絶対にあり得ない。

昨日、話し合ったときには、健一は弁護側の席で立ち上がり、ひと言「反対尋問はありません」と言うだけでいいということになった。質問なんかない。

だが今、健一の胸には言いたいことがあった。和彦に訊きたいこともあった。法廷に聞いてほしいこともあった。

「証人に伺いますが」

切り出すと、和彦も藤野涼子も驚いた顔をした。

「証人は、柏木卓也君に憎まれていたと思いますか」

「え？」と、和彦が声をあげた。

「二人が仲のいい友達だった時期もあるでしょう。ただ、先ほどからの証言を聞いていると、少なくとも証人に件のゲームを持ちかけた時点――あるいは、柏木君が不登校になり、順調な学生生活をおくっている証人との心の距離がさらに広がった時点ぐらいから、柏木君のなかには、証人に対する憎しみが生まれていたのではないかと思えます。憎しみという言葉が強すぎるなら、悪感情と言いましょうか」

よくわかりませんと、証人は呟いた。健一の言葉の意味がわからないのではなく、健一が何をしようとしているのかがわからないのだろう。

「自分がこんなに苦しんでいるのに、証人は楽しそうに、充実した毎日をおくっている。それがうらやましい。面白くない。だから証人を苦しめ、困らせてやりたい。そういう気持ちが、柏木君にはあったのではないでしょうか。証人は感じませんでしたか」

和彦は目を泳がせ、答えない。

「証人は屋上で柏木君とやりとりするうちに、本当は柏木君が、証人を見下げていると感じたのですよね。先ほどの証言ですよ」

はい、と和彦は小声で認めた。

「そこに、証人に対する憎しみも混じっていたとは思えませんか」

「――わかりません」

答えて、和彦は涼子を振り返った。涼子も不安気に眉をひそめている。

健一はまた掌を握りしめた。傷が疼く。

「柏木君は証人と屋上で対面する段取りを、慎重に整えていました。思いつきで証人を呼び出したのではなかった。そうですよね？」

「そうです、けど」

「それは、ここから飛び降りるというパフォーマンスを演じて、証人を驚かせ、困惑させるためだけだったのでしょうか」

「意味がわからないんですが」

声を励まし、勇気をふるって健一は続けた。

「あの夜、柏木君が消し去ろうとしていた命は、柏木君自身のものだけだったのでしょうか。あるいは、別の命を消す予定があったのではありませんか」

自分の鼓動で身体(からだ)が震える。

「雪が降ったのは偶然です。でも、十二月の真夜中、無人の学校の屋上ですよ。柏木君は事前に計画していた。証人は急に呼び出されて困惑し、かつ強いられたゲームをやりとげたばかりで疲れていた」

和彦を疲れさせ、弱らせたのも、ひと晩の休息も与えずに、夜中の学校へ引っ張り出したのも、すべて柏木卓也のもくろみだったのではないのか。

「さらに証人は、養父母に隠れて家を抜け出してきたことが後ろめたくて、怯(おび)えてもいた。心理的に極めて不安定でした」

和彦の顔に、非難の色が浮かんだ。野田君、何を言い出すんだよ？

「これまでの証言で判明したことですが、柏木君は死に興味を抱いていました。身近な人の死を見たい、体験してみたいという願望も持っていました。その体験によって、生きていることの実感をつかめるかもしれないと思っていたからです」

「ちょっと待ってください」

和彦の制止を、健一は無視した。

「陪審員の皆さんは、よく思い出してください。柏木君にはそういう願望がありました」

みんな思い出している。溝口弥生ばかりではなく、いつも冷静な蒲田教子まで青ざめている。

「証人に伺います」健一は和彦に向き直る。「あの夜、柏木君が証人を呼び出したのは、あわよくば証人を死なせようと——証人を死に誘い、死に導く意図があったからではないかと思えませんか」

「判事、異議を申し立てます！」

健一は涼子の声も無視した。負けじと声を張り上げた。

「実際には柏木君の思惑は外れ、彼の方がフェンスを登って、危険な場所に立つ展開になってしまいました。だがその時点でも、もしも証人が本気で柏木君を助けようとするなら、かなりの危険を冒すことになりました。そうでしょう？」

和彦は答えない。汗だくだ。

「つまり証人は、柏木君の思惑から外れた行動をとったことによって、自分の身を守ったのかもしれません。これ以上、危険な目に遭わされないよう、正しい判断で、自分の身をその場から遠ざけた。結果として柏木君が亡くなったのは残念な出来事でしたが、証人の行動は未必の故意の殺意によるものではなく、正当な自己防衛であったと考えることもできるのではありませんか？」

みんな唖然としている。

「反対尋問を終わります」

健一は着席した。座っても、震えは止まらなかった。膝ががくがくして、爪先が床から浮いてしまう。どっと汗が噴き出した。

「静粛に」判事が木槌を鳴らした。「神原証人は証人席から下がってください」

目も口も開けっ放しで、和彦は健一の隣に戻ってきた。ふらついて、机に手をついてから、そろりそろりと席についた。

陪審員たちは顔を見合わせている。傍聴席はざわめいている。

視線を感じた。健一が顔を上げると、佐々木吾郎と萩尾一美と目が合った。吾郎が親指を立ててみせて、一美は目を赤くしたまま笑いかけてきた。

藤野検事は、そんな二人を見て見ぬふりをしている。

「何てこと言うんだ」

和彦の口元がわなないていた。

「言うべきことを言っただけだよ」

「柏木君のご両親が——」

「事実は事実だ。可能性は可能性だ。ごまかしちゃいけない。僕はそう思ったから、そう訊いた。僕は弁護人の助手だから」

健一は笑った。笑うことができた。まだ震えている指を、しっかりと組み合わせた。

いや違う。助手の務めをまっとうするためだけじゃない。僕は知ってるから、僕にはわかるから、だから黙っていられなかった。

僕は知ってる。父さん母さんをこの世から消してしまおうとしたあの夜、殺意というものがどんなふうに僕のそばに現れ、何を求めて僕をせき立てたのか。

あれには顔がなくって、真っ黒で形がなくて、だから欲しがってた。坊ず、早くオレに顔をくれ。オレをこの世に実体化させてくれ。おまえの力で、オレはこの世に現れたい。早く、早く、早く!

あれは恐怖なんかじゃなかった。ただの飢えだった。僕はそれを知ってる。

だからちゃんと見分けがつく。去年のクリスマス・イヴの深夜、この学校の屋上で、神原和彦がフェンスにつかまった柏木卓也に対峙(たいじ)したとき、和彦がどんな状況にあったのか。

君は怖かっただけだ。寒くて怖くて腹立たしくて、そこから逃げ出したかっただけだ。顔をくれ、顔をくれと君を脅しつけ、意地汚くねだる存在は、君のそばにはいなかった。君は絶望的に独りぼっちで、柏木卓也に向き合っていた。

だから君は逃げた。自分を守るために。それだけのことだ。殺意は恐怖や怒りとは違う。それはものすごい飢えなんだ。加害者も被害者も、丸ごと喰らってしまおうとする飢えなんだ。僕にはわかる。ほかの誰にもわからなくても、僕にはわかる。

今、はっきり口に出してそう言ってしまえたら、どんなにいいだろう。僕は殺意を知ってる。知ってるからわかるんだよ。神原君、君は間違ってる。君だって間違うことはあるんだよ。

「判事」と、涼子が起立して声を上げた。「神原証人の一連の証言は、わたしたちが被告人・大出俊次を訴追し、追及してきた事実を大きく覆すものです。現実の裁判では、わたしたち検事側がこのような証人を立てることはあり得ないでしょうし、仮に検事側が神原証人が語った事実を確認した場合は、被告人を起訴するに足る根拠を失ったとして、起訴を取り下げるはずだと思います」

「何が言いたいのですか」

判事の銀縁眼鏡が光る。

「ですが、わたしたちの学校内裁判は、現実の裁判とは違います。ここで明らかにされた真実を、陪審員の評決によってしっかり固めることが、ほかのどんな形よりも望ましいと思います」

「つまり？」

「双方、証人は出尽くしました。被告人の弁護人は、あろうことか被告人の無実を裏付ける最大の証人でもあります。この状況では、もう論告も最終弁論も不要でしょう。ここで結審し、陪審員には評議を開始していただきたいと思うのですが、いかがでしょうか」

井上判事がうなずき、口を開きかけたとき、法廷の蒸し暑い空気を切り裂くような声が響いてきた。

「ちょっと待ってよ！」

皆が傍聴席を見た。声の主を見た。

三宅樹理だった。逆風に抗うように肩を怒らせ、両手を拳にして、仁王立ちしている。

「ちょっと待ちなさいよ」

興奮のあまりか、樹理の声は調子っぱずれに甲高い。顔が真っ赤だ。その顔で、真っ向から藤野涼子に嚙みついた。

「何でこんなことになるの？　藤野さん、無責任すぎるんじゃないの？」

みんな呆気にとられて声もない。

判事が最初に立ち直った。「傍聴人、静かにしてください」

樹理は判事にもくってかかる。「黙ってなんかいられないわよ！」

唾が飛んだ。それをまともに浴びてしまったかのように、井上判事は顔をしかめた。

「傍聴人は発言してはいけません」

「あたしは」樹理は片手で自分の薄べったい胸を叩いた。「ただの傍聴人じゃありません。証人です」

そうよね？　呼びかけて、陪審員たち一人一人を睨めつけるように見回した。

「告発状を書いたのはあたしです。あたしが、あの告発状を書きました」

また胸を叩く。何度も何度も。そして今度は傍聴席を振り返る。

「三宅樹理といいます。この学校の生徒です。柏木君のクラスメイトでした。大出君のこともよく知っています。十七日の、非公開の法廷で証言したのはこのあたしです」

さあ、この顔をよく見ろ。傲然と顎を上げて、体育館の淀んだ熱気のなかに身をさらす。

「あたしは柏木君が殺される場面を目撃しました。その場に、あの屋上にいたんです。この目ですべて見たんです」

「傍聴人、勝手に発言してはいけません」

「だったら証言させてよ！」樹理は叫んだ。「あたしにもう一度、証言させて！　そこへ立たせてよ」

真っ直ぐに証人席を指さした。

「神原証人の、あたしは反対証人です。黙って座っていられません。証言させて」

藤野さん――と呼びかける。

「どうしてこんなことができるの？　あんた、あたしを信じるって言ったじゃない。だから検事役を務めるんだって言ったじゃない。なのに、どうしてコロッと寝返っちゃうの？　無責任すぎるじゃない！」

立ったまま、樹理は地団駄を踏んだ。藤野涼子は顔色を失っている。

「どうしてそんなに簡単に、神原君の証言の方を採用するの？　なんでそんなにあっさり、あたしの証言より、あっちの方が真実だって認めるの？　神原君がこれだけ大勢の人たちの前で証言したから？　たくさんの人の耳に入るところでしゃべったから？　だからそっちの方が重たいの？　だったら、あたしも公開の法廷でしゃべるんだった。そんな単純なことで真実が決まるなら、あたしもみんなの前に出ればよかった！」

樹理の叫びに、まるで叱責（しっせき）された生徒のように、藤野検事はふらりと立ち上がった。そのまま、つっかえつっかえ言った。

「神原君の証言は、これまで謎（なぞ）だった柏木君あての五回の電話の内容に触れています。さらにこの電話に関する証言には、小林電器店の小林さんによる目撃証言という裏付けが」

「検事！」と、判事が声を荒らげた。「傍聴人に答弁するな！」

藤野検事は水をかけられたみたいな顔をした。判事は銀縁眼鏡の縁を押さえると、「藤野検事は、神原証言への反対証人として、三宅証人の再主尋問を求めますか？」

目を泳がせ、ふらついて机に片手をつき、そこで涼子はようやく我に返った。

「は、はい」

細い喉（のど）がごくりと動いた。額に汗が噴き出す。「三宅樹理証人の再主尋問を申請します」

「申請を認めます」判事は木槌を持ち上げ、音高く一度だけ打ち鳴らした。「三宅さん、証人席へ」

しっかりとした早足で、樹理は前に出てきた。背中に汗をかいている。

健一は樹理の横顔を見つめる。

不思議なことに、そこに当然あるべき――いかにも彼女に似つかわしいはずの、三宅樹理お得意のヒステリックな色は見当たらなかった。

和彦は何を思うのか。傍聴席で樹理が立ち上がった瞬間に、彼が身じろぎしたのがわかった。それきり、呼吸さえ止まったかのように固まっている。

「三宅樹理さん」

額から流れる汗をそのままに、藤野検事は切り出した。

「あなたがあの告発状の差出人ですね？」

樹理は身構えるように立っている。「はい、そうです」

「昨年十二月二十四日の夜、午前零時ごろ、当校の屋上で目撃した出来事を、告発状という形で公（おおやけ）にしたのはあなたですね？」

「そうです。すべてあたしがしたことです」

「その際、浅井松子さんと一緒だったのですよね？」

「いいえ」

健一は耳を疑った。傍聴人たちも一様に目をしばたたく。小山田修は、わざわざ耳に指をつっこんでかっぽじる仕草をしてから驚いている。

「そのことについては、あたしは嘘をついていました。柏木君の事件を目撃したのは、あたし一人です。松子はその場にいませんでした」

迷いのない樹理の断言に、藤野検事もたじろいでいる。樹理は涼子を見ていない。判事のことも、陪審員たちの顔も見ていない。ただ正面の空間を見据えている。

「それは、十七日の証言とは異なりますね」

「そうです。だから嘘をついていたと言ってるんです。この場で訂正させてください」

樹理の声はまだ甲高いが、上滑りな調子は消えた。

「松子には、告発状を出すときに手伝ってもらっただけです。本当にそれだけです」

「では、なぜ浅井松子さんも一緒に目撃したと嘘をついたのですか」

「あたし一人が目撃したと言っても、信じてもらえるか不安だったからです」

「単純に、一人よりも二人で目撃したという方が信憑性が高くなると思ったのですか」

「そうです」

「なぜ、それを十七日の証人尋問で言わなかったのですか」

「すみません」樹理はつっけんどんに謝った。「やっぱり不安だったんです。あたし一人じゃ、信じてもらえないと思いました」

ちょっと口を結び、そして言い足した。

「あたしは嫌われ者ですから」

静まりかえった傍聴席に、その言葉が響いていく。嫌われ者です。

「そのことでは、松子に——本当に申し訳ないと思っています。松子に謝りたいです」

樹理の身体が動揺で揺れた。

「松子があんな事故で死んでしまったのも、あたしが松子を巻き込んだからです。告発状のことがテレビにまで漏れて大げさな騒ぎになって、松子は怯えていました。こんなはずじゃなかったって。あたしも怖かった。松子はもっともっと怖かったはずです。あたしは一生懸命に宥めて、黙っていれば大丈夫だって説得したけど」

樹理は陪審員たちを見回した。

「交通事故に遭う直前、松子はあたしと一緒にいたというのは本当です。告発状のことで話し合っていました。本当のことを言いたいっていう松子を、あたしは止めました。あたしを裏切らないでって頼みました。口止めしたんです」

傍聴席に驚きのさざ波がたった。

「松子は優しいから、折れてくれたけど」

樹理はまた、何もない空間に目を戻す。そこに浅井松子がいて、彼女の目にはその姿が見えるのかもしれない。いや、見たいと願っているのか。

「でも松子は怖がっていました。怖くて怖くて、取り乱していました。だから、あんなふうに車の前に飛び出すようなことになってしまったんだと思います」

あたしが松子を死なせたんです――と、三宅樹理は言った。証人席の椅子の背もたれに両手をかけ、その手に力をこめ、すがるように握りしめている。

「今頃になって、なぜ本当のことを話す気持ちになったのですか」

藤野検事の口調が落ち着いてきた。彼女が質問しているのではない。このやりとりを引っ張っているのは三宅樹理の方だ。

樹理はきつく目を閉じた。歯を食いしばっているのがわかった。

「松子は、あたしのたった一人の友達だったんです」

嫌われ者の三宅樹理に、ずっと寄り添っていた浅井松子。

「あたしはその友達を死なせてしまいました。かけがえのない友達だったのに、あたしのせいで、松子は死んでしまいました」

寂しくてたまらない、と言った。

「どんなに後悔しても足りません。これからもずっとずっと後悔し続けて、一生忘れられないと思います」

「証人」と、判事が割り込んだ。「検事の質問に答えてください」

樹理は井上判事を見据えた。「あたしは松子を失いました。絶対に取り返せないものを失いました」

それをわかってほしいのだ、と言った。

「みんなが神原君の証言を真実だと認めるのは、彼が辛い経験をしたからですか？」

樹理は逆に、陪審員たちに問いかける。

「彼がいろんな辛いことを、進んでしゃべったからですか？　普通なら隠しておきたい両親のことまで、みんなの前で打ち明けたからですか？　だからみんなは、彼が真実を述べていると思うんですか？」

そして涼子に向き直った。「だから、あたしのことを信じるって言ってたくせに、藤野さんもあっさり裏切るの？」

涼子は答えない。陪審員たちはただもう息を詰めている。

「それなら、あたしも同じようにします。隠しておきたいことをぶちまけます。あたしは、松子のことでは嘘をついていました。松子が死んだことに、あたしは責任があります。自分で認めます。あたしが松子を死なせました。殺したのも同然です」

だから——と、また椅子の背にしがみつく。「だから、あたしの証言も信じてください。あたしは本当のことを言っています。この上、嘘をつく理由なんかありません。この目で見たことを告発状に書きました。あれは全部、本当に起こった出来事なんです」

雪のちらつく深夜の屋上で、凍りついたフェンスの向こうに浮かぶ、柏木卓也の白い顔。

「神原君は嘘をついています」

口元を歪め、肩を怒らせて、三宅証人は言い切った。

「一から十まで、神原君の話したことは全部嘘です。作り話です。ウソ八百です。あんなデタラメを並べて大出君の無実を証明できると思うなんて、頭がどうかしています」

神原和彦を罵倒しながら、しかし樹理は頑なに弁護側から顔を背けている。たとえこちらに人がおらず、壁が立っているだけだったとしても、あそこまで無視するのは不自然だ。

「柏木卓也君は殺されました。大出俊次に殺されたんです。あたしはその現場にいました。すべて見ていました。大出君がはやし立てる声を聞きました。柏木君を追い詰めて、ゲラゲラ笑っているのを見ました。あれが大出君の得意技です。弱い者いじめが大好きなんですよ！」

樹理が糾弾する被告人は、この場にはいない。大出俊次の席は空いたままだ。怖いわけはなかろうに、彼女はそちらを見ない。

「あたしは本当のことを証言しています。現実に起こったことを話しています。信じてください」

陪審員たちに訴えかけ、それから出し抜けに、まるで見えない手で横っ面を張られたみたいによろめきながら、三宅証人は弁護人と助手を見返った。そして和彦に向かって叫んだ。

「あたしは、あんたなんか目撃してない！」

和彦は動かない。まばたきもしない。この法廷で、彼が驚愕で固まってしまうのは初めてだ。

頰の紅潮はすっかり失せて、樹理は蒼白だ。目だけが赤い。涙がにじんでいる。

「あんたはあそこにはいなかった。いやしなかった。ありもしないことを言わないで！」

山埜かなめが、魅入られたように樹理を見つめたままその場で立ち上がりかけて、隣の倉田まり子があわてて止めた。

「あんたなんか、何もわかってないくせに」

樹理の頬を涙が伝った。

「何にもしてないくせに、出しゃばらないで。あたしの邪魔をしないでよ」

何か抗弁しようと、和彦が口を動かした。声は出てこなかった。

「あんたなんかに、あたしの気持ちがわかってたまるもんか」

本格的に泣き出し、泣き崩れる一歩手前で、樹理はかろうじて踏みとどまっている。証人席の椅子の背が、彼女の命綱だ。

「悪いことはしていません」

泣きながら、そう言った。

「悪いことはしてないんです」

悪いことはしていません。樹理はもう一度そう言った。どういう意味だ？　主語が抜けている。〈誰が〉悪いことをしていないと主張したいのか。

突然、健一は悟った。

主語は〈あんた〉だ。神原和彦だ。和彦は何もしていないと、三宅樹理は言っている。

彼女は嘘をついている。浅井松子を失い、この上、嘘を重ねる理由はないと言いながら、まだ嘘をついている。その嘘を信じてくれと訴えている。

和彦を助けようとしているのだ。

あんたは何もしていない。柏木卓也に何もしていない。あの夜、あんたは屋上にはいなかった。柏木君と会ってもいなかった。柏木君はあんたの知らないところで、あんたの知らない理由で死んだ。あんたは関係ない。

大出俊次による殺人事件という嘘をつき通すことで、樹理は和彦を免罪しようとしている。

なぜ？ なぜそんなことをする？

嫌われ者の三宅樹理の、彼が理解者だったからだ。三中で彼女と机を並べているほかの誰よりも、和彦は彼女を理解していた。クラスメイトは誰も本気で思いやろうとしなかった彼女の心の内を、彼だけが思いやった。

この法廷で和彦は、大出俊次が学校内でやらかしてきたいじめと暴力行為を暴いた。

三中のみんながいくばくかは知っていて知らぬふりをしていたことを、見て見ぬふりをしていたことを、言葉にして俊次に突きつけ、糾弾した。そして言った。誰があの告発状を書き、被告人を陥(おとしい)れたのかという問いには意味がないと。告発者が誰であってもおかしくなかった。被告人はそういうふるまいをしてきたのだから。

その意図は、樹理に通じた。だからあのとき、樹理は卒倒してしまったのだ。神原弁護人の意図を悟ったから。彼が何のためにあの被告人尋問をやったのか、彼女にはわかったからだ。

あなたは悪くない。大出俊次を厳しく咎(とが)める尋問で、和彦は樹理に伝えていたのだ。あなたは嘘をついた。でも、あなたは悪くない。あなたはただ、追い詰められた場所から抜け出そうとしただけだ。そのために、思いつく限りのことをしただけだ。あなたは悪くない。間違ってはいたけれど、あなたは悪いことをしていない。

ほかの誰でもない、神原和彦だけが、樹理にそう伝えた。上辺の言葉じゃない。その場限りの慰めでもない。大出俊次を糾弾することで、和彦は樹理にそう伝えたのだ。

わかってるよ、と。

三宅樹理の嘘には、切実な理由があった。彼女の魂の生死がかかった理由があった。樹理は俊次にいじめられ、化け物と貶(おとし)められてきた。学校という檻(おり)のなかでは、彼女に逃げる場所はなかった。

樹理の証言は嘘でも、言葉には真実がある。大出君がはやし立てる声を聞いたと言った。ゲラゲラ笑う声を聞いたと言った。それは確かに樹理が目で見て、耳で聞いたものだ。あの夜、闇（やみ）に閉ざされた屋上で柏木卓也に投げかけられた嘲笑（ちょうしょう）と暴力ではなく、三宅樹理がこの学校で過ごした年月のなかで、数え切れないほど、繰り返し繰り返し体験したことだったのだ。

逃げることも抵抗することもできず、誰にも助けてもらえなかった三宅樹理には、二つの選択肢しか残されていなかった。自分が消えるか、大出俊次の存在を消し去るか。

そこへ、好機が訪れた。だから樹理は、自分が生き延びるために反撃に出た。それがあの告発状だった。しかも、三宅樹理にその機会を与えたのは神原和彦だ。柏木卓也の死の直後、彼が真実を語っていたら、樹理は何もできなかった。追い詰められ、嫌われ者のまま動きがとれないことは同じでも、嘘つきにはならずに済んだ。浅井松子を嘘に巻き込み、結果的に松子を失う羽目にもならずに済んだ。

大出俊次への厳しい尋問を通して、和彦はひたすら、樹理に謝っていたのだ。ごめんね、ごめんね、ごめんね。

嫌われ者で嘘つきの三宅樹理を、神原和彦だけが、ただ彼だけが、許そうとした。樹理にも、それがわかった。和彦の意図がわかった。そうでなかったら、どうして彼女が今日、この場に来るものか。

そして、今度は樹理が彼を救おうとしているのだ。彼を許そうとしているのだ。嘘をつき続け、虚構の罪にしがみつき、なかったことをあったと言い張って、和彦を免罪しようとしている。

神原君は悪いことをしていない、と。

「神原君なんて、この事件には何の関係もありません」

涙で顔を汚し、声を濁らせて、呻くように樹理は言った。

「あたしの証言が真実です。信じてください。どうかお願いします」

そこまで言い切ると、力尽きたようにしゃがみ込み、声をあげて泣き出した。切れっ端の演技性もない、剝き出しの号泣だった。

「藤野検事」

判事の声は抑揚を欠いていた。

「まだ質問がありますか」

藤野涼子は、何かに打たれたかのように立ちすくんでいる。

樹理は泣き続けている。

「検事、再主尋問を続けますか」

「――いいえ、ここで終わります」

弁護人、と判事は和彦を見やる。

「反対尋問はありますか」

和彦は座り込んでいる。樹理の苦しげな泣き声が、息を潜めた法廷に流れてゆく。

「ありません」

着席したまま答えてしまい、自分の声で正気に戻ったというように、びくりとして立ち上がった。

「反対尋問はありません」

ヤマシンが前に出て、うずくまったまま泣き続ける三宅樹理に手をさしのべた。保護者のように優しい手つきで肩に手をかけて立ち上がらせると、深くうなだれたままの彼女を抱きかかえるようにして証人席から引き離し、そのまま法廷の外へと連れてゆく。それを追いかけて、傍聴席から立ち上がる人びとがいた。一人は養護の尾崎先生で、あとは樹理の両親だろう。

いや、まだほかにもいる。あれは浅井松子の両親じゃないか。母親の方がハンカチで顔を覆い、泣いている。樹理と同じようによろめきながら、松子の父親に支えられて法廷を去ってゆく。

それを見送って、自分を操る糸が切れたかのように、和彦は腰をおろした。そして呟いた。すぐ隣にいる健一にしか聞こえない、呼気にまぎれてしまうようなか細い声だった。

それを聞いて、健一は自分の理解が間違っていないことを知った。

和彦はこう言ったのだ。ありがとう。

ようやくざわめきが静まった法廷で、井上判事が口を切る。

「先ほど藤野検事から、この間の経過を鑑み、論告と最終弁論は不要ではないかという意見が呈されましたが」

この期に及んでも、判事としての威厳を保とうと踏ん張る井上康夫も頑固者だ。

「当職は、その意見に与しません。よって、これより検事側の論告と、弁護側の最終弁論を執り行います」

藤野検事、と厳しく促す。涼子は無言で、すっくと立った。少しそのままでいてから、机を回って陪審員たちの前に出てきた。

「陪審員の皆さん」

呼びかけて、皆の視線を受けると、やっと微笑んだ。

「アクシデントだらけの学校内裁判でしたが、ようやく大詰めになりました」

法廷は水を打ったような静けさに覆われている。今は、ハンカチや扇子を動かしている傍聴人さえ見当たらない。

「まず、わたしが至らない検事であったことを皆さんにお詫びします」

一礼して、涼子は顔を上げる。

「それでも、わたしたちで用意することができる証人はすべて召喚し、証言してもらいました。わたしたちの力で調べられることは、すべて調べて明らかにしました。この上は、皆さんに心静かに評議を行っていただくことを願うばかりです」

どうか、事実を見てください——

「心だけでなく、頭と心の両方で考えてください。皆さんなら、きっとあるべき評決を導き出すことができると、わたしは信じています」

言い残したことはないかと自分に問いかけるように、涼子は小首をかしげた。そして自分にかぶりを振った。

「論告を終わります」

判事に告げ、席に戻った。佐々木吾郎と萩尾一美が、起立して検事を迎えた。

「弁護人、最終弁論を」

これまでにないことだが、神原和彦は机に手をついて立ち上がった。検事とは違い、陪審員に近づこうとはしなかった。

かろうじて顔を上げ、陪審員たちを見つめる。

「この六日間に、藤野検事の論告にもあったとおり、驚くような出来事がたくさんありました。陪審員の皆さんが、怒ったり呆れたりしたこともあったと思います。辛抱強く審理に参加していただいて、ありがとうございました」

彼も一礼した。頭を下げるとそのまま前のめりに倒れてしまいそうなのか、また手をついて身体を支えている。

「僕の立場で、こんな発言が許されるかどうかはわかりません。でも、どうしても申し上げたいことがあります」

山埜かなめは、また目に涙を浮かべている。溝口弥生は、蒲田教子としっかり手を握り合っている。男子の陪審員たちは、気を合わせたように姿勢を正している。これまで教室で、どんな先生にどれほど厳しく指導されようと、けっしてとったことがないだろう姿勢だ。

「柏木卓也君が亡くなった事件について、僕は当事者です。しかし、この学校内裁判には、唯一の学校外の人間として携わってきました。その過程で、強く感じたことがあります」

皆さんは立派です、と言った。そこから、口調に力が戻ってきた。

「この難しい裁判を企画し、実現させました。その勇気と創意と努力に、深く敬意を表します。ほかの学校では、きっと実現できなかったろうと思う。皆さんだから、ここまで来られたんです」

陪審員たちのなかで、なぜか勝木恵子だけが下を向いた。

「残念ながら、被告人は今この場にいません」

神原弁護人は、空っぽの被告人席に目をやった。

「本来、ここにいなければならないのに、彼にはそれができませんでした。彼がここにいられるように、僕も助手の野田君も努力したつもりでしたが、かないませんでした。とても申し訳なく思います」

しかし――と、弁護人は背中を伸ばした。

「皆さんのような勇気がなく、皆さんのように他者を思いやり、他者の痛みに思いを致すだけの思慮を欠いていても、被告人はこの学校内裁判から逃げませんでした。抵抗したり、暴れたりはしましたが、最後まで逃げ出しませんでした。今、被告人がここにいないのは、彼の意思ではありません」

退廷させられたのですから、と言った。

「今頃、どうして主役の俺が追い出されるんだと怒っていることでしょう。なぜなら、被告人にも、この学校内裁判に賭(と)するものがあったからです。それをうまく言葉で表現できないばかりに、ずいぶんと投げやりな態度に見えましたが、それは表面的なものです」

被告人はこの裁判に自分を賭(か)けていました、と言った。

「皆さんに賭けていました」

神原和彦は、この瞬間、完全に神原弁護人に戻った。

「それがなければ、誰がどんな努力をしても、この法廷をここに出現させ、維持することはできなかったでしょう。その意味では被告人もまた賞賛に値すると、僕は思います」

陪審員たちが一様に、空っぽの被告人席を見つめている。傍聴人たちも見つめている。

「被告人はこの学校を悩ます不良で、先生方の手に余るワルでした。すぐカッとなって暴力をふるい、弱い者いじめをし、力を誇示し、自分のふるまいが間違っているという自覚を持つこともありませんでした。被告人は、まさしくこの学校の持て余し者でした」

だが、それでも。声を励まし、神原弁護人は訴える。

「被告人は、柏木卓也君を殺害していません。彼の死に関わってはいません。被告人が殺人者であるという動かぬ証拠は、どんな小さな断片さえ見当たりません。そんなものは存在していないのです。それどころか、被告人にはアリバイがあります。今一度、昨年十二月二十四日深夜の運命の時に、被告人がどこで何をしていたのか、脳裏に、心に蘇らせて、評議にあたっていただくようお願いします」

竹田陪審員長が、ゆっくりと深く、ひとつだけうなずいた。

「僕はこの学校の部外者です。裁判が終われば、三中とは縁が切れます。この学校の過去とも、未来とも、僕は無縁の存在です。ですから、皆さんが被告人から被った数々の迷惑を、僕は体感として知りません」

その言葉が陪審員たちの心に染みこむのを見守るように、神原弁護人は間を置いた。

「それを承知の上で、敢えてお願いします。外部の人間の気楽な意見だと、あるいは皆さんの怒りを買うかもしれません。それでもお願いします。どうか、事実に則って正しい評決を下してください」

いつしか、健一はその弁論に聴き入っていた。胸苦しさも、悲しみも消えた。和彦の言葉に、洗い流されてゆく。

「もちろんこの学校内裁判には、法的な拘束力はありません。この法廷は、夏休みの課外活動です。仮に皆さんが被告人に有罪の評決を下したとしても、被告人が罰を受けることはありません」

だが、しかし。

「有罪の評決を受けた場合、被告人はほぼ間違いなくこの学校を去るでしょう。たとえ本人がそうしたいと願っても、もう皆さんと共にここに通うことはできなくなります。つまり皆さんは、評決の力によって、被告人というお荷物を三中から厄介払いすることができるのです」

それは大きな力です――

「札付きのワルを、後腐れなく追い出すことができるのです。こんなチャンスは二度とないでしょう。被告人は傷つき悩むかもしれませんが、どうせ自業自得です。自ら蒔いた種です。これまで抜け目なく、あるいはただ運がよく、あるいは保護者という大人の力を借りて、受けるべき罰や指導を逃れてきた被告人には、むしろちょうどいいくらいかもしれません」

うつむいたまま、勝木恵子が両手で顔を覆った。

「でも、それは正しい行いでしょうか」と、神原弁護人は続けた。「累積したいじめや暴力行為の帳尻を合わせるために、被告人を殺人者と指弾するのは、正しいことでしょうか。それが正義でしょうか」

皆さんが求め続けてきた正義でしょうかと、弁護人は訴える。

「どうか、その誘惑に負けないでください。皆さんが被告人を有罪とすることは、大きな嘘を認めることです。それは、この六日間に本法廷で繰り出されたどんな嘘よりも罪深い嘘です。真実に背を向ける偽証なのです。ほかの誰でもない、陪審員の皆さん一人一人が、皆さんそれぞれの心のなかにある法廷で偽証することに等しいのです」

井上判事の口が真一文字になる。藤野涼子は石像と化したかのように微動だにしない。

「本法廷に召喚された証人は、全員がこの場で宣誓をしました。評議に入る前に、陪審員の皆さんも、心のなかで宣誓してください。真実と、ただ真実だけと向き合うと、心に誓ってください。なぜなら皆さんの評決には、大出俊次君という一人の中学三年生の心がかかっているからです。多分に拗ねて、わがままで、勝手なことばかりしてきた心ですが、それでも人の心であることに間違いありません。生きた心は、変わることがあります。変化の可能性を秘めています。その可能性を断たないでください。被告人がこの法廷に、皆さんに賭けたものを、どうか受け止めてやってください。この先、被告人がこれまでやってみたことのないやり方で自分と向き合い、彼自身を変えてゆくチャンスを与えてやってください」

言葉の終わりに目を閉じ、神原弁護人はひとつ息をついた。

「最終弁論を終わります」

予想外のことが起きた。傍聴席の一角から拍手が起きたのだ。

最初は一人の拍手だった。健一は視線を飛ばしてその主を探した。が、探し当てないうちに、一人、また一人と拍手する傍聴人が増していった。やがて数え切れないほどの人びとの拍手が、蒸し暑い体育館をいっぱいに満たしていった。

手にした木槌を打ち鳴らし、判事は朗々と宣言した。

「ここに本法廷はすべての審理を終了し、結審します。陪審員は別室に移動し、直ちに評議に入ります」

三時間で評決を出せと、井上判事は言った。

「それだけありゃ充分だろ？」

九名の陪審員たちは控え室に集まり、とりあえず昼食と休憩をとっていた。机を四個ずつ向かい合わせに据え、九個目はいわゆる〈お誕生席〉にして、陪審員長の竹田和利が座っている。あとは自然に男子と女子に分かれる格好になったが、勝木恵子は男子側の端にいる。女子の誰がはみ出すべきかといったら恵子だろうし、だからといって男子側に歓迎されているわけでもなく、よく見れば、彼女の分の机だけちょっぴり皆から離れている。本人が離したのかもしれない。

井上判事は、まだ黒いぺらぺらのローブをまとったままだ。首筋にうっすら汗疹の輪ができていることに、ヤマシンは気づいた。廷吏である彼は、評議のあいだは控え室の警備につかねばならないので、今のうちに一緒に飯を食っとけという判事の命に従い、出入口のドアの脇で弁当をかきこんでいる。

この学校内裁判のあいだ、ずっと津崎元校長が差し入れてくれた昼食の折り詰めは、毎日種類が違い、見てくれが違い、しかしみんな旨かった。些細だけれど重要なことだと、ヤマシンは思う。

元校長のその心遣いは、豆ダヌキが負った心の傷の深さを表すのと同時に、謝罪の意も表している。ひとつの弁当にも真実は宿る。ヤマシンは師範の言葉を思い出した。百の弁舌よりも、ひとつの握り飯が真理を語ることもあるのだよ。

「あたしたちはかまわないけど、そのこと、傍聴人の人たちにはどうやって報せるの？」

蒲田教子の問いかけに、判事は事もなげに言い放った。「板書して、体育館の前に置いときゃいい」

〈評決は午後六時に出ます〉

「何かカッコ悪ぃなあ」と、小山田修がボヤく。「ハリウッド映画とか観てると、陪審員の評議ってのは何日も続いて、そのあいだはホテルに缶詰で、食いたいものを何でも取り寄せてもらえて、ついでに陪審員同士でデキちゃったりとかして」

「やめてちょうだい」教子がばっさり遮った。「てきぱき進めないと、時間がないのよ。このランチタイムだって三時間のうちなんだから」

「多少の誤差は認める」

判事はローブの裾を翻しながら控え室を出ていった。ヤマシンは食事を終え、弁当がらをきちんと片付ける。

「少しでも食べた方がいいよ」

山埜かなめの優しい声は、誰に向けられたものなのか。勝木恵子だった。恵子は弁当の包み紙を開けることもせず、うなだれて座っている。

「お腹すいてフラフラになっちゃうもの」

女子たちが一様に同調した。恵子は動かず、視線を足下に落としたまま、

「――あのバカ、どうしてるんだろ」

低く呟いた。呆れたように目玉をくるりと回して天井を仰いだ原田仁志を除く全員が、互いに顔を見合わせた。

「心配なのは大出君だけじゃないよ」

珍しいことに、誰よりも先に向坂行夫が発言した。皆の視線を浴びてたじろぎながらも、恵子に言い聞かせるように続けた。

「僕らもみんな、誰かしらのこと心配してる。だけど、座って心配するためにここにいるんじゃないから」

「そのとおり！」

隣の小山田修が、行夫の丸い肩を平手で張っていい音をさせた。

「向坂君はいいことを言う」

こうして並んでみると、二人の体型はよく似ている。修は固太りで、行夫は柔らか

太りだという違いがあるだけだ。

「でも涼ちゃん、どうしてるかな……」

倉田まり子が、ぽろりと言った。

藤野涼子はどうもしていなかった。検事側の控え室で検察事務官たちと昼食をとり、昨日の経緯について二人に説明していた。

「弁護側からは野田君に立ち合ってもらったから、こっちも佐々木君と一美に来てもらうべきだったのかもしれないんだけど」

吾郎はうなずく。「確かに、昨日のうちに神原本人の口から聞いておきたいことではあった」

「ごめんね」

「あたしは逆だな」と、一美はきっぱり言う。「何も知らなくてよかった。知ってたら、今日は法廷にこられなかったもん」

神原和彦の証人尋問の最中に、一美は涙ぐんでいた。女子的戦略を抜きにして一美が泣くなんて、少なくとも涼子は初めて見た。

「それにさ、判事と陪審員以外のあたしたちみんなが真相を知ってたら、それって何かインチキくさくない？　そういうの何ていうんだっけ、ゴローちゃん」

二人であでもないこうでもないと言い合ってから、〈出来レース〉という言葉にたどり着いて気が済んだようだ。

「でも、あたしが知ってたというだけで、既に出来レースだったんじゃないかな」

涼子が笑ったとき、ドアにノックの音がした。伝令役のバスケット部員が顔を覗かせる。

「すみません、藤野検事のお父さんとお母さんがご面会にいらしてます」

涼子は席から立ち上がり、伝令に一礼した。「ご苦労様です。評決が出るまで、わたしたちは外部の人に会いません。両親にそう伝えてください」

わかりましたと、伝令は走って去った。

「会わなくていいのか？」

「いいのよ」

涼子は少し腹立ちを覚えた。今の段階で面会なんて、うちの親は甘っちょろい。

「涼ちゃん、前にさ」と、一美が大きな瞳をこちらに向けた。「神原君に変なこと言われたって、気にしてたよね」

どんな変なことだと、吾郎が気色ばむ。

「どっちにしたって勝つのは藤野さんだとか何とか」

涼子も覚えている。大きくうなずいた。

「うん、章子から聞いたんだけど、よく覚えてるよ。野田君と三人で話しててね、神原君が、勝つか負けるかということなら、勝つのは藤野さんだから大丈夫だよって言ったんだって」

「でもそれ、確かにヘンだよな」吾郎は口をへの字にした。「あいつが真相を語れば、俺ら検事側は負けるんだよ。それを承知で、何で涼ちゃんが勝つなんていうんだ？」

悟りきったように冷静に、一美が答えた。

「それって裁判の勝ち負けじゃなくて、人としての勝ち負けだよ。自分は人殺しだからっていう意味じゃないの」

涼子も吾郎も黙った。

「——神原君、どうなるんだろう。学校、退学させられちゃうかな」

「バレなきゃ平気じゃねえ？」

「何言ってるの、バレるよ！　警察だって一応は話を聞くだろうし、だいいち茂木がいるじゃない。あいつが神原君の学校にチクるに決まってるってば」

「チクるかあ……」

なにしろ東都大付属だからなあと、吾郎は急にしょげてしまった。

「公立と違うから、こういうことには厳しいかな」

涼子は明るい声を出してみせた。「もしそんな事態になったら、あたしたちで何とかしよう」

二人の検察事務官はまばたきをした。

「何とかって？」

「請願書を書くとか」

「お、そうか」吾郎は音をたてて手を打った。「今度は俺らが神原の弁護をすりゃいい」

うん、と涼子はうなずく。

「そのときは、三宅さんも手伝ってくれるかもしれないし」

途端に、一美の目がつり上がった。「あたしはイヤよ、絶対に嫌！」

「おまえさあ、ここまできたんだから、ちっとは三宅さんの気持ちもわかってやれよ」

「わかんない！　わかるけどわかんない！　許せな〜い！」

どうかしましたかと伝令役が様子を見にくるくらい、にぎやかだった。

「ええとですね、それでは皆さん」

のっぽの竹田陪審員長はアガっている。

「評議というものを始めようと思うわけですけども、ええとですね」

「ええとが多い」小山田修が突っ込む。

「まず疑問点を整理したら?」澄まし顔で、原田仁志が言った。「事実関係は法廷でずっと聞かされてきたし、証言も揃ってる」

机の上には、これまで提出されてきた書証に、井上判事が(姉さんに手伝ってもらって)作成してきた各証人尋問の記録も積み上げてある。

「まだここがピンとこないという点があるなら、そこから始めればいいんじゃないの」

ひとつうなずいて、山埜かなめが発言する。「わたし、何がわからないって、柏木君がわからない」

いつも柔和で心優しいかなめの目に、かすかだが怒りの光がある。

「身近な人が死ぬのを体験したいだなんて。そうでないと生きてる実感がないなんて、わたしにはわからない」

「わたし、わかる」

彼女らしくない輪郭のくっきりした声で、溝口弥生が即座に応じた。応じてしまってからいつもの彼女らしくおどおどして、引っ込み思案に言い換えた。「わかる気がする」

向坂行夫が丸い顔を弥生に向けた。「実は、僕も山埜さんと同じでよくわからないんだ。どうしてわかるのか教えてくれる？」

二人が直に会話したのは、この裁判だけではなく学校生活を通して、これが初めてだろう。弥生は、いつも仰いでいる夜空に、突然彗星を発見したみたいな目をした。

「――わたしも、そういうふうに思ったことあるから。それで、あの、少し危ないことしたし」

みんな、ちょっと引いた。

「アブナイこと？」と、陪審員長が問うた。

答える前に、弥生は隣の教子を振り返った。「まだ教子と仲良くなる前だから、二年生の――十月だったかな」

教子はうなずき、端的に訊いた。「弥生、何をしたの」

溝口弥生は遠い目をした。「わたし、クラスで仲間はずれにされてて」

学校が辛かった。

「ちょうどそのころ、川崎市内のどっかの中学生が飛び降り自殺をしたの。女の子よ。近所のマンションの十二階から飛び降りて死んだの。そのニュースを見て、現場に行ってみたくなって」

「行ったの？」

弥生はうなずいた。「わたし、あんまり出かけたりしないから、一人で川崎まで行くなんて、それだけでも何か必死な感じで」

それでもどうしても行きたくて、学校名と、ワイドショーの画面の端にちらりと映った住居表示を手がかりに、何とか探し当ててたどり着いた。

「その子が落ちたところは駐車場でね。もう半月くらい経ってたから、何も残ってなかったけど、でもお花はまだ供えてあった。きったない牛乳瓶に入れて、半分枯れちゃった菊の花」

弥生はその花のそばにしゃがみこみ、じっとうずくまっていた。

「ここで、わたしみたいな女の子が死んだんだなあって思った。コンクリートの地面に手で触って、何か伝わってこないかなあって」

弥生は思った。自分がこのコンクリートに命を吸い取られ、その命を得て自殺した子が生き返ってくればいいのに。

「自殺した子は、成績がよくなくて悩んでたんですって。親が厳しかったんだって。だけど成績は、頑張ればよくなるでしょ? わたしみたいに、みんなに嫌われて仲間はずれにされちゃう性格は直らないのよ。だから、わたしが死ぬ方がいいって思ったの」

大出俊次への想いで胸いっぱいで、心はあさっての方向へ漂い出ているとばかり見えた勝木恵子が、突然、語気鋭く弥生に言った。

「そんなことばっかり考えてるから、あんた嫌われるんだよ」

驚いたように軽く目を瞠ってから、弥生は恵子に笑いかけた。「そうだね」

ほかの陪審員たちはへどもどした。

「あんたがやったのは、それだけ?」

教子の問いに、弥生は首を振る。「いくら手をあてても、コンクリートは命を吸い取ってくれないし」

「当たり前だ」と、修がまた突っ込む。

「だからわたし、そのマンションの非常階段をのぼったの。死んだ子がそうしたみたいに十二階まで。外階段で、誰でものぼれるの」

そして十二階の踊り場で佇んでいるところを、通りかかった管理人に発見された。

「管理人さんに、一時間ぐらいお説教されちゃった」

正確には、管理人はまず弥生の母親の連絡先を聞き出して電話し、母親が迎えに飛んで来るまでのあいだ、こんこんと語り聞かせたのだ。

「けっこう変わったお説教だった」

命は大切だとか、命は地球より重いとか、命を粗末にするなとか、そういう言葉の羅列ではなかったのだ。

「管理人さん、顔をくしゃくしゃにしてね。自殺した子のこと、可哀相だって。私が早いとこ見つけてあげてたら死なずに済んだ、申し訳ない申し訳ないって」

それはそれは実のある言葉で、見ず知らずの中学生の死にこれほど責任を感じる大人もいるんだなあと、弥生の心は震えた。

だが、しばらくすると話の風向きが変わってきた。

「だんだん、怒り始めたの」

管理人が悪いと上司からえらく叱られて減俸三ヵ月だとか、あの子が落ちた場所に契約していた車の持ち主が、気味悪いから他所へ移るとゴネてるとか、こういうことがあるとマンションの資産価値が下がるという苦情が半月で二十件もあって、こっちは平謝りだけど、何で私が謝らなきゃならんのかね。

「つまり、自殺したガキのせいで俺は大いに迷惑しているって、溝口に愚痴ったわけだ」

「うん。わたし、何か気が抜けちゃった。それで死なずに帰ってきたの」

竹田陪審員長と小山田修のデコボココンビは感心している。

九つの机を囲んで沈黙が落ちた。弥生は面目なさそうに身を縮める。

「ごめんなさい、変な話をしちゃって」

ヘンじゃないよと、陪審員長と向坂行夫が同時に言った。

「柏木もどっかで気が抜けてたらよかったんだな」陪審員長は、みんなより頭ひとつ分高いところにある頭髪を掻きむしる。「神原もいい奴だけど、やっぱ気が抜けたとこはなかった。あいつの場合は無理ないけど」

「そうだよ、神原はいっぱいいっぱいでしょうがなかったよ」

小山田修はくしゃみを押し戻すみたいに手でぎゅっと鼻をつまむと、言った。「柏木をうちにスカウトすりゃよかった。頭はよかったみたいだし、将棋を覚えりゃ悩みなんか飛んじゃう。死なずに済んだ」

蒲田教子がため息を吐き出した。「趣味でやってる分にはね。だけど、プロ棋士になろうと思うとそっちはそっちで大変なんでしょ？　奨励会に入れなくて自殺したヒトがいるって、あたし何かで読んだ覚えがある」

「それはまた次元が別だって」

「次元は別でも、この世の話よ」

「つまり、自殺防止の特効薬なんて存在しないのね」

目に灯（とも）った怒りの光を消し、山埜かなめが呟（つぶや）いた。「音楽家の世界にも、悲劇はたくさんあるもの。芸術はある人を救うけど、別のある人を追い詰める」

　みんな意気消沈した。

「それじゃ、柏木君は自殺したってことで、いいのね？」

　倉田まり子ののんびりした口調に、一斉に我に返ったようになる。その反応ぶりに、まり子の方が驚いている。

「だってそういう話、してるでしょ」

「そうだよ、倉田の言うとおりだ」

　胸の前で偉そうに腕を組み、冷たい目で一同を見回して、原田仁志が続ける。「この評議は、煎（せん）じ詰めれば神原と三宅のどっちの言ってることを信じるかってことなんだけど、みんな三宅のことはもう頭から消えちゃってるみたいだろ？　神原の証言が真実で、柏木は自殺した。だから評決は」

「大出君は無罪だ」向坂行夫が言う。

「ってことでいいなら、もう終了だろ？」

「でも原田君、そんなこと言ってるくせに、納得してない顔だね」

教子に直撃されて、原田仁志は物憂げにまばたきをした。「納得してるよ」

「ウソよ。何か引っかかってるでしょ」

「僕はみんなと同じ意見でいいんだよ」

小山田修が小鼻をひくつかせた。「そういう事なかれ主義はよくない」

「あ、じゃあわたしは意見を変えます」山埜かなめがサッと挙手した。「神原君の証言を全面的に受け入れることには賛成できません。だから原田君も意見を言ってください」

さも面倒くさそうに、仁志は横目でかなめを見た。文科系の女子はこれだからイヤなんだ。

「——大出には、アリバイがあるだろ」

「うん、ある」陪審員長がうなずき、一同を見回した。「誰か、弁護士の今野先生の証言に疑問があるってヤツ、いる？」

誰も応じない。

「じゃ、大出のアリバイは成立するというのを、俺らの統一見解とする。お次は？」

「神原と柏木の関係には塾の先生の証言があるし、あいつらがクリスマス・イヴに何やってたのかとか、あの辺のこともまあ、そのまま受け入れていいと思う。細かいことには神原の解釈が入ってるだろうけど、あっちも目撃者がいるし」

「電器屋さんね」弥生がうなずく。「あのおじさん、わたしを叱った管理人さんと、ちょっと似てた」

またみんなが黙ったので、弥生はまた謝った。「つまんないこと言ってごめんなさい」

「けどね、僕としては」

ずっと腕組みをしたまま、今は太い鼻息を吐いて、原田仁志は天井に目を投げた。

「柏木はさ、いっぺん、自殺することに決めたからって、神原に遺書を渡したんだよね？」

教子がうなずく。「神原君は突っ返した」

「で、その遺書は柏木が死んだ後も発見されていない」

「本人が処分したんでしょう」

仁志は正面から教子の顔を見た。「そうかな。蒲田さんが柏木の立場だったら、そんなに簡単に遺書を処分できる？」

虚を衝かれて、教子はまばたきした。

「ただの作文じゃないんだよ。遺書だ。僕だったら、右から左に捨てられないな」

「遺書だからこそ、神原君に受け取ってもらえなかった時点で、手元に残しとく意味がなくなっちゃったんじゃないかな」

異例というより驚異だ。返事に詰まっている教子に代わり、弥生が反論した。

「意味がないという以上に、柏木君はもうそんなもの目にしたくもなかったんじゃないかな。だって恥ずかしいし悔しいもの」

神原君に拒否されたんだから、という。

「そうね……。あたしも弥生の意見に賛成」

二人の女子のタッグを前に、原田仁志はさらに強く腕組みをした。「とにかく僕は、その現物を見たかったな。読んでみたかった。柏木の心境をいちばんよく表してる文章だったろうから」

「まあまあ、ないものは仕方がない」

将棋部主将の取りなしを、陪審員長が台無しにした。「ホントにその遺書、残ってねえのかなあ？」

「おいおい」

「まだ、家のどっかにあるんじゃないの」

「だったら、とっくに見つかってるよ」

「そもそも、そんな遺書は存在してたのかな。あれが神原の作り話じゃないって保証は、どこにもないじゃないか」

原田ようーーと、小山田修が嘆いた。「おまえ、どこまで話を蒸し返すの」

「遺書に見えなかったのかもしれない」

山埜かなめの発言に、みんなが彼女を見た。

「いわゆる遺書のような書き方をされてなくて、だからご両親も気づかなかったのかもしれない。そういうこと、ないかな？」

「そういえばそうね」教子の目つきが鋭くなった。「柏木君に渡されたのはノートだって、神原君は言ってた。封書じゃなかったのよ」

「あたし、メモ書いたよ」倉田まり子が手元のメモ帳を繰る。「そして、覗き込んでくる向坂行夫に指さした。「ホラここ！　書いてある。ノートを預かって、二、三日して返したって。児童公園で会って」

「だけど、中身を読んだら遺書だってわかるだろ」

「神原君は読んでないのよ！」教子も自分のメモを確認している。「〈どうしていいかわからなくてそのままにしてしまった〉。読んでないのよ」

「このノート、探してもらえないのかな」

「こういうの、いいのか？」

小山田修がのっぽの陪審員長を仰いだ。

「結審しちゃってるのに、陪審員がこれこれを調べてくれとか、許されるのかな」

「証言で出てきてることの補足なんだから、いいんじゃねえの？」

陪審員長は自ら立ち上がり、廊下で頑張っているヤマシンに声をかけに行った。

柏木家の三人のために、北尾教諭が図書室を提供してくれた。評決が出るまでここで休んでください。

意識してそうしたわけではないが、気がつけば三人は、窓からいちばん遠く離れた席についていた。閲覧用の机に向かって両親が並び、宏之（ひろゆき）はその向かいに座っている。

図書室にはカーテンがない。校庭には傍聴人たちがたむろしていて、開け放った窓から人声が立ちのぼってくる。

「窓、閉めようか」

宏之は小声で言った。父は、肩を落としている母に寄り添い、その背中を撫でている。

「話し声が気になるだろ」

返事を待たず、宏之は窓を閉めに立った。図書室は二階だ。窓辺に立てば校庭を見渡せる。校庭からも見えるということだ。

実際、飛んでくる視線を感じた。宏之は手早く窓を閉め、逃げるように席に戻った。

形勢は逆転した。この裁判は、大出俊次を裁くための場ではなくなった。裁かれたのは柏木卓也の方だ。

卓也は、何という十四歳だったろう。何という十四歳であったように、傍聴人たちの目には映っているだろう。

もう誰も、卓也を感じやすく考え深い小さな仙人だなどとは思うまい。ほとんど唯一の友人だった神原和彦を追い詰め、彼の人生を収奪しようとした、意固地で冷酷なエゴイストだ。

そう、それは真実だ。兄の自分はよく知っている。嫌というほど知っている。宏之もまた、危うく卓也に己の人生を収奪されるところだった。あのまま両親の元に留まり、卓也のそばで暮らしていたら、神原和彦が引き受けた役回りは、宏之のものだったろう。

宏之にはある確信があった。去年の十一月、卓也が大出俊次たち三人組と衝突した際、人を殺したことはあるかと問いかけ、自分は身近な人が死ぬのを体験したいのだと言ったとき、卓也の頭にその〈死ぬべき身近な人間〉としてイメージされていたのは、自分に違いないと。兄・宏之が死ぬことを、卓也は望んでいたのだと。

あいつは悪魔だ。僕は知ってる。ずっと知ってた。世の中にはそういう人間がいる。他人と共存できないんだ。いつも自分が特別な存在でいなければ気が収まらないんだ。

だけど——

十四歳はそんなもんじゃないのか。みんな自意識過剰で、まわりとゴリゴリぶつかって、不安定な心は優越感とコンプレックスのカクテルで、傷ついたり傷つけたり、何年かそういう時期を過ごして、満身創痍（まんしんそうい）になって抜け出していくんだ。

僕もそうだった。卓也もそうだった。だけど何故（なぜ）、卓也はそれだけじゃ足りなかったんだろう。

僕がいたからか。兄貴がいて、両親の関心を奪い合わなくちゃならなかったから？　それなら、兄弟姉妹がいる十代は全員悪魔だってことになる。そんなのおかしい。

たまたま神原和彦というレアケースに出会ったからか？　不幸な生い立ちの、影のある優等生。卓也に劣らず優秀で考え深く、だが卓也よりも人好きがする。

どんな悲劇でも、平凡よりはいい。劇的な人生が欲しい。自分は断じて〈そこらの誰か〉ではないと自負しながら〈そこらの誰か〉でいることに甘んじるより、悲劇が欲しい。

たいていの十代が、一度は考えそうなことだ。だが不運にも、卓也の前にはそういうお手本がいた。現物がいた。ただの想像の産物ではなく、生きてそばにいて、一緒に笑ったり勉強したりしていた。

卓也は彼になりたかったのだ。

「宏之」

呼ばれて、顔を上げた。父が慰めるように彼を見ていた。

「ハンカチを貸そうか」

言われて初めて、宏之は自分が泣いていることに気がついた。頬が濡れている。

父と子は無言のまま互いを見つめた。父の傍らでうなだれる母のうつろな眼差しは、どこにも焦点を結んでいない。

「おまえにも、いろいろ辛い思いをさせた」

父・柏木則之(のりゆき)が口を開いた。宏之はかぶりを振る。「辛いのは俺だけじゃないよ」

「父さんは、この裁判のことを言ってるんじゃない」

機械的に、だが充分に優しい手つきで柏木功子(こうこ)の背中をさすりながら、父は言った。

「もっと以前からのことだよ。おまえが卓也をどう思っていたのか——おまえが私たちから離れていくとき、どんな想(おも)いだったか」

出し抜けに、柏木則之の目から涙が溢(あふ)れた。「すまなかった」

父の泣き顔に、宏之は声もない。

「けっして卓也のことばかり考えてたわけじゃない」

おまえも私と母さんの子供だ——

「だけど卓也は身体(からだ)が弱くて……いろいろ手がかかって」

「わかってるよ」と、宏之は応じた。「父さん母さんの気持ちは僕にもわかる。怒ってなんかないし、恨んでもいないよ」

「あの子は素晴らしかった」

鼻筋を伝う涙を拭(ぬぐ)いもせず、真っ赤な目をしばたたいて、柏木則之は続けた。

「信じられないほど聡明(そうめい)で、可愛(かわい)らしくて、まだほんのよちよち歩きのころから輝いていた。あの子には何かがあった。何か輝かしいものがあったんだ」

父親の顔を正視できなくなって、宏之は目を伏せた。背中を丸めて座り込んでいる母の白い顔が、閲覧室の机の天板に映って、幽霊のように見えた。それでも、本体の柏木功子そのものより実在感があるように見えた。母の姿は、むしろ透けて向こう側の書架が見えないのが不思議に思えてくるほど、薄っぺらで儚い。

「――卓也は特別な子だった」

涙をこぼしながら、小声で祈るように父は呟き続ける。

「だから、きっと特別な人間になると思った。そこらをうろうろしている、消費者としてしか社会に存在する意味がないような、つまらん人間とは違うんだと思った」

宏之は思った。俺もその〈つまらん人間〉の一人だ。

「だから――あの子が、何をしようと」

私は認めてやりたかった、という。

「何も深いことを考えずに、毎日愉快に群れているだけの同級生たちと、卓也が学校で上手く折り合っていけなくたって、そんなのは当然だと思っていた。下手に妥協して周囲に溶け込んだところで、あの子の個性にはかえってマイナスになるだけだと思っていた」

父さんは懺悔（ざんげ）しているんだ——と、宏之は気づいた。俺にじゃない。卓也に。

「若いうちは、誰だって尖（とが）っているものだ。変に世慣れたお調子者になるより、父さんは卓也に、骨のある人間になってほしかった。孤立を恐れず、自分の道をしっかり歩むことのできる若者になってほしかった」

どこで間違ったのかわからない。やり直せるものなら、その場所に戻りたい。卓也は孤独だったのか。愛情を求めていたのか。友達がほしかったのか。自信を失い、自己嫌悪（けんお）に苦しんでいたのか。助けを求めていたのか。

吐き出すような述懐を、宏之はつと手を上げて遮った。「父さん」

真っ赤に充血し、涙に濡れた目で、柏木則之は彼を見た。

「もういいよ」

身体のどこか奥深いところで、栓が抜けたような気がした。そこに湛（たた）えられていた水のように冷たいものが、泡立ち、逆巻き、宏之の内側を洗い流しながら、今、外へ流れ出てゆく。

もういいよ。それは父さんに向ける言葉じゃなかった。俺自身のための言葉だ。

割り切ったつもりでも、俺はずっと傷ついていた。両親の心を占めているのは卓也のことばっかりで、彼らの愛は卓也にばかり向けられていて、これじゃ自分は何のために生まれてきたのかもわからないとまで思うこともあった。だけどその愛は、こんな懺悔にしか行き着くところがなかった。だったらいい。俺はむしろ救われたのだ。特別な子供じゃなくて、輝かしいものなど持っていなくてよかった。

俺が生まれてきたことの意味を見つけるのは、俺自身だ。〈つまらん人間〉の一人として、俺は自分で自分を見つけていこう。

図書室のドアに、控えめなノックの音がした。失礼します、と声もした。

判事を務めた井上康夫という少年だ。黒いローブを脱ぎ、制服姿に戻っている。北尾教諭も一緒だった。

「突然押しかけて、すみません」

柏木夫妻の様子に、北尾教諭は恐縮している。ローブなしの井上判事は、一瞬だけ宏之と目を合わせたが、見てはいけないものを見たかのように、すぐ視線をそらした。

「実は陪審員たちから要請がありましてね」

ホラおまえ説明しろと教諭に突かれ、井上判事がてきぱきと語る。

なるほど。陪審員たちの考えの鋭いことに、宏之は驚いた。

「卓也がノートに書いたっていう遺書の話は、僕らも今日初めて知ったから」

これまで、手紙や日記の類は探したが、ただのノートの中身までチェックしたことはなかった。

「父さんにも母さんにも、心当たりない？」

則之はようやくハンカチで顔を拭っている。功子は誰の視線にも言葉にも反応することなく、ぼんやりと目を見開き、かすかに身体を前後に揺すっている。

「功子」と、則之がその顔を覗き込んだ。

柏木功子は呟いた。「——遺書だと思わなかったのよ」

残りの四人は息を呑んだ。功子は身体を揺すりながら、机の天板に向かって囁く。

「小説だと思ったの。あの子が小説を書いていたんだって。机の引き出しの奥に隠してあったの」

宏之はテーブルに両手をつき、母親の方へ半身を乗り出した。声を抑え、できるだけ優しく、穏やかに問いかける。「母さん、そのノートを見たことがあるんだね」

身体を揺すりながら、功子はうなずいた。

「〝僕は〟って、書き方をしてないのよ。主人公がいるのよ。卓也じゃないの。だから小説なのよ。勝手に他人に見せたら、あの子が嫌がるだろうと思ったから」

「母さん、そのノートはどこにあるの？」

「小説なのよ」と、功子は繰り返した。「本当のことじゃないの。卓也は作り話を書いてたの。もしかしたら戯曲なのかもしれない。たくさん台詞があって、いい言葉があった」

「そのノートはどこにあるんだい」

柏木則之は妻の肩を抱き、身体を揺するのを止めた。

「母さん、卓也のノートをどこにしまったの？」

ようやく目を上げ、初めてそこに宏之がいることに気づいたというように少し驚いて、

「ああ、宏之」

「そうだよ母さん。僕が何を訊いてるかわかる？　作り話が書いてあるっていう卓也のノートは、今どこにあるの？」

がくりと顎を落として、柏木功子は答えた。「家計簿をしまってある棚の奥よ」

宏之は立ち上がり、北尾教諭に言った。「その場所なら、僕もわかります。取りに行きましょう」

佐々木礼子は、津崎と二人で校庭の隅のベンチに腰掛けていた。

体育館のなかには、まだ三分の一ほどの傍聴人たちが残っている。あとの三分の二は、校庭に散らばったりたむろしたり、いったん帰宅した人びともいるようだ。評決が出る時刻には、また戻ってくるのだろう。

ベンチの津崎に、気づく人びとは多い。元校長の豆ダヌキは、保護者たちにはよく顔を知られている。会釈（えしゃく）する者もいれば、遠くから険しい視線を送ってくる者もいる。

津崎は落ち着いていた。会釈には会釈を返し、強い視線や、明らかに彼のことを話題にしているらしいひそひそ話には知らん顔をしている。

「三宅さんはどうしてるんでしょう」

礼子の問いに、津崎は穏やかな眼差しを返してきた。「ご両親と帰宅したそうです。尾崎先生が同行しました」

「浅井さんのご両親もご一緒ですか」

「さっきまでは一緒にいたようですよ」

津崎は手でつるりと顔を拭った。

「浅井さんのご両親は、評決を聞きに戻るとおっしゃっていましたが、三宅さんはどうかな。もう、静かに家で休んでいてほしいと、私は思います」

わたしも――と、礼子はうなずいた。

「結局、わたしたち大人は誰も、三宅さんの心を動かせませんでした」

津崎は黙っている。

「でも、法廷が彼女を動かしてくれた。三宅さんにとっては、これがいちばん正しい道筋だったんじゃないかと思います」

津崎は小さく息を吐いた。「神原君のおかげです」

「――そうですね」

「失礼します」

声がして、二人は顔を上げた。目の前に茂木悦男が立っていた。

「あら」礼子は口をすぼめた。「まあお一人で。石川会長はどちらですか」

茂木記者は今日も小洒落た服装をしている。わたしたちはみんな汗かいているのに、この人のシャツはどうしてこんなにピンとしてるのかしら。

礼子にはちらりと皮肉な笑みを返しただけで、茂木は津崎に向き直る。「津崎さん、ひとつお願いがあるんですが」

津崎は無言で記者の顔を仰いだ。

「私はこの学校内裁判のルポを書くつもりなんです。石川会長にもその旨の了解を得た上で取材を続けてきました。それで、評決が出て裁判が終了したら、津崎さんにインタビューしたいんですよ。日を改めて、場所はご指定のところに参上します」

「茂木さん、まだこの事件で食うつもり？」

何がルポだ。礼子はカッとなった。

「そもそもあなたの勇み足が、この混乱を招いたんですよ！　浅井松子さんの事故死だって、あなたが思い込みと勝手な推測だけでつくった番組のせいじゃないですか。三宅さんの証言を聞いたでしょう？　浅井さんが怯えていたのは、あなた方テレビが騒ぎ出したからなんですよ」

またちくりと皮肉な笑みを浮かべ、茂木は礼子を見下ろした。

「いろいろと不幸な偶然が重なりました」

「偶然ってね、あんた」

思わず腰をあげ、茂木の胸ぐらをつかんでやろうと思ったら、津崎の腕に制された。

「お断りいたします」

穏やかな口調で、津崎は言った。茂木は片方の眉毛を吊り上げた。

「断る？　つまり逃げるんですね。また責任回避するわけだ」

津崎元校長はひるまなかった。豆ダヌキという綽名にふさわしい、人なつっこい笑みを浮かべる。

「茂木さん、私からもあなたにお願いがあります。私もあなたにインタビューしたい」

茂木だけでなく、礼子も目を瞠った。

「この一連の出来事を、私もまとまったものに書きたいと思いますのでね」

津崎は微笑する。

「自分の弁明のためではなく、生徒たちの頑張りを何らかの形で記録に留めておきたいから、書こうと思うのです」

ベンチから立ち上がり、身を折って、津崎は丁寧に一礼した。

「よろしくお願いいたします。詳しいことはまた後日のお話にして、今は評決を待ちましょう」

小柄で地味な元校長と、小柄だが人目を惹く出で立ちのテレビ記者が、夏の終わりの土埃が舞う校庭の一角で向き合っている。

「あなたは立派な報道人です」

津崎の言葉に、礼子はとっさに異議を唱えようとした。が、口元には温和な笑みを、瞳には厳しい光を湛えた津崎の前に、声を呑む。

「過去の、〈ニュースアドベンチャー〉を舞台にしたあなたの活動――ジャーナリストとしてどこまでも真実を求める勇気と情熱に、私は敬意を表します。あなたのおかげで日の目を見た事実がある。放っておけば隠蔽されてしまった悲劇が露わにされたこともある。あなたは教育現場の構造的な不備を摘発し、いじめや教師の体罰を受けても泣き寝入りするしかなかった子供たちや保護者を救ってきた。あなたは優れた働きをしてきた」

過去のことなら、礼子も認めざるを得ない。確かに茂木はいい仕事をしてきた。

「今回、柏木君の死をめぐって、私は何度か重大な局面でミスをしました。保身を考え、判断をずるずると先延ばしにして、結局は事を収拾するどころか大きくしてしまった。私のせいで、生徒たちはより深く、余計な心の傷を負うことになってしまった。それは私の責任です」

私が人間として弱かったからだ、と言った。

「私とは違って、あなたは強い人だ。己の信じるところへ突き進んで躊躇うことがない。だが、そんなあなたも人間です」

茂木が津崎から目を逸らした。

「今回、あなたは間違った」と、津崎は続けた。「柏木君の死には、あなたが求めていたような真相は隠されていなかった」

「評決がどうなるか、まだわかりませんよ」

低く言い返した茂木に、津崎はうなずく。

「ですから、待ちましょう」

口を結び、両足を踏ん張って、茂木悦男は津崎の前に立ちはだかる。そして目を上げると、言い放った。

「学校という制度は、この社会の必要悪です。僕はその悪と戦っている」

「よくわかります。だが、悪といえども〝必要〟ならば、私はそのなかで最善を尽くしたいと願い、努めてきました」

津崎の声には力があった。

「あなたを証人として呼んだのは、藤野さんのお手柄でした。あの子の勇気と知恵に、私は感動しました。あなたはいかがでしたか」

茂木の表情がかすかに揺れた。苦笑したようにも見えた。

「結果として、上手いこと利用された感がありますよ」

「それが藤野さんの戦い方だったんです。受けて立った弁護側も見事だった。我々大人どもは、あの子たちに完敗です」

小さく肩をすくめてから、茂木は津崎の目を見てうなずいた。「それは認めざるを得ませんね」

踵を返し、立ち去り際に言い残した。「遠からずご連絡します。私から逃げようとしたら、また過ちをおかすことになりますよ」

礼子は津崎と並んで、茂木悦男の後ろ姿を見送った。

「津崎先生、本当にこの裁判のことを書くんですか？」

津崎は礼子を見返ると、とぼけたような顔をしてみせた。

「日記をつけてはいけませんか？」

津崎が先に微笑み、礼子もそうした。校庭に淀む熱気のなかで、こめかみをひと筋の汗が伝う。

我々大人どもは完敗だ。そして今はもう、待つことしかできない。

箸を休めて、野田健一は神原弁護人に呼びかけた。

「めちゃめちゃおかしなことを言おうと思うんだけど」

弁護側の控え室には、彼ら二人しかいない。結審後、法廷から戻ってきたときには大出俊次の姿はなく、彼がどこにいてどんな様子なのか、情報をくれる人もいなかった。

で、ずっと二人でぽつねんとしている。

最初のうちは疲れ切ったというか、エネルギーを出し切ってしまった感じで、食事する気力もなかった。それは健一ばかりではない。今まで一度もそんな、いわばだらしないことをした例のなかった神原弁護人が、無言で椅子を三脚並べると、その上でごろりと横になったのを見て、健一は何も言えなかった。

和彦はこちらに背中を向けている。拒否ではなく、完全に逃避の姿勢で、誰とも――とりわけ僕と話したくないんだな、と思った。

健一は机に突っ伏して、切れ切れにうとうとした。机からずり落ちそうになって目が覚め、どれぐらい経ったかと思えば、三十分くらいだった。

お腹がぐるぐる鳴ったので、差し入れの弁当を食べることにした。包みを開き、割り箸を割り、ひと口頬張ったら口のなかに唾がわいてくるほど美味しかった。疲労のせいではなく、空腹でふらふらしていたのだ。

どんなときでもお腹は空く。お腹がふくれると、少しずつでも力が出てくる。だから思い切って弁護人に声をかけたのだ。

「めちゃめちゃおかしなことだけど、言ってもいい？」

弁護人は動かず、寝たふりを決め込んでいる。ふりであることはわかっていた。背中の緊張が緩んでいない。

「何か僕ら、離婚話してる夫婦みたいだよね。お互いに気詰まりでしんどいのに、とりあえずはほかに行くところがないから一緒にいなくちゃならなくてさ」

椅子をごとごと動かし、弁護人は無精ったらしく寝返りを打って健一の方に向き直ると、肘枕（ひじまくら）をついて顔を上げた。

「その弁当、旨（うま）い？」

「旨いよ」

「どんな弁当？」

「豚の唐揚げと五目ご飯」

神原弁護人はのっそり起き上がった。

「食べる？」

健一が弁当の包みを差し出すと、眠そうな顔をして受け取った。

「津崎先生の差し入れ、毎日違ってたよね」

「うん」

「毎日メニューを変えるのって、けっこう大変だったろうな」

横になっていたせいで、弁護人の髪に寝癖がついている。

「野田君もホント、おかしな発想をするよね」

話があっちこっちする。健一は五目ご飯をゆっくりと嚙んで味わう。

「離婚話をしてる夫婦だって」呟いて、和彦は噴き出した。「まったく、どんなんだよ」

健一も笑った。その笑みで口がほぐれた。これまで健一を縛ってきた——健一自身が自分を律してきた戒めが解けた。

「今まで黙ってたんだけど」

ここで話すなら話せそうだ。話してしまいたい。打ち明けてしまおう。僕の秘密をぶちまけることで、あいこにまではならなくても、少しは和彦に近づける。

「僕、親が——特に母さんがうざったくってしょうがなくて、腹が立って」

殺そうと思ったことがあるんだ、とは言えなかった。殺すという単語が嫌だった。〈消去する〉と表現しようかと迷った一瞬の間に、和彦が言った。

「今まで黙ってたことなら、今も言わなくていいよ」

箸を手に、健一は目をしばたたいた。

「そういう種類の話は、黙ったまんまにしておいた方がいいんだ。しゃべっちゃおうと思うのは気の迷いなんだ」

そうなの——かな。

これは和彦の実感なんだろうか。黙ったまんまにしておけばよかったことを、しゃべってしまった。気の迷いで。

その相手は柏木卓也だった。その打ち明け話が、二人の友人関係に影を落とした。

「そうだね」

健一はうなずき、弁当を食べた。急に胸が詰まってしまって、それを押し隠すためにせっせと食べた。

「野田君のご両親、傍聴に来てるの？」

これを和彦に訊かれるのは初めてだ。僕が打ち明けようとしたことが、親とのゴタゴタだって、察してるのかな。

「来てると思う」

そうか、と和彦は言った。結局、弁当には手をつけずに脇（わき）に置いてしまった。

「うちも、今日は二人とも来てる」

聞き流してしまいそうな、さりげない言い方だった。

「うちって——」

「父さんと母さん」

「神原君の」

「そうだよ。養父母って言い直さないといけない？」

ちょっと苛立ったような問い返しだ。

「そうじゃないよ。ただびっくりしたから。この学校内裁判に関わってること、ご両親には内緒だって言ってたろ？」

汗ばんだ顔を手で拭って、和彦はため息をついた。「最初は隠してたよ。でも、隠しきれるもんじゃなかった」

「――いつごろ打ち明けたの？」

「森内先生が殴られた事件のとき」

それなら健一にも納得がいく。むしろあの夜、森内先生の病院にみんなで駆けつける際、和彦は両親にどう言い訳して出てきたのだろうと不思議だったくらいだから。

「ご両親、驚いたろうね」

和彦はそっぽを向いている。顔が見えないから、健一は率直に訊けた。

「そんなことに関わるなって、止められなかったの？」

和彦は肩越しに健一を振り返る。「ズケズケ訊くんだね」

「すみません」

止められなかったよ——と、笑って言った。

「おまえにとって必要なことなら、気が済むまでやりなさいと言われた」

そこで笑いが消えた。「仮に、あとで後悔する羽目になっても、今は必要だと思えるなら、その気持ちに従いなさいって」

健一はひとつ、大きくうなずいた。本当は、立派なご両親だと言いたかった。凄(すご)いと言いたかった。でも、そういう表現で口に出してしまうと、何か大事なものが逃げてしまうような気がした。

弁当はからになった。蓋(ふた)を閉め、包み紙できれいに包み直し、輪ゴムでとめて、使い終えた割り箸を挟む。一連の仕草を、健一はわざとゆっくりこなした。

それから言った。「神原君のお父さんとお母さんのこと、僕は尊敬する」

和彦は黙っていた。ややあって、唐突に言った。「いろいろごめん」

謝罪なら、昨日のうちに全部聞いた。だから昨日は言えなかったことを、健一は言った。

「もしも裁判の途中で本当のことを打ち明けられたとしても、弁護人の意志が変わらないなら、僕は助手を務めました」

「でも僕は、野田君をいいように利用したわけで」

「違うよ。僕には僕の意志があった」

これも昨日は、そんな余裕がなくて言えなかったことだ。

「うちの弁護人は何故か小林電器店に行きたくなさそうだなあって、ちょっと感じてた」

あのとき、たまたま和彦が具合が悪くなってしまったのも、目くらましになっていた。

「あの五回の電話のこと、どうしてもっと重要視しないのかなあって疑問に思ったこともあった。口に出して言わなかったのは、弁護人が何を考えてて、どうしようと思ってるのか、このまま最後まで見届けようって決めたからだ」

言いながら、思った。和彦は、たまたま具合が悪くなったんじゃない。丹野先生の話も、古野章子とのやりとりも、和彦がいちばん隠しておきたくて、でも法廷で暴いてほしかった真実に触れるものだったから、動揺してしまったんだ。

記憶を振り払うために、健一はひとつかぶりを振った。

「藤野さんが泣くのを見ちゃったよ」

今日は見事に立ち直っていたけど、昨日はよく泣いていた。

「神原君が泣かせたんだよ。それ、ちゃんとわかっていますか」

和彦はまた何も答えない。

「あんな辛（つら）いこと、神原君が藤野さんにやらせたんだよ」

寝ぼけたような声が聞こえた。弁護人が何か言ったのだ。

「何？」

「最初から、藤野さんならやってくれると思ってた」

信じてた、と言った。

事実、藤野涼子はやり遂げた。よそ者の神原和彦の、三中の女子を見る目に間違いはなかった。

「感謝してる」と、和彦は言った。「藤野さんのことも野田君のことも、僕は尊敬する」

健一は下を向いて口をつぐんだ。

ドアがノックされた。健一が「はい」と応じると、意外な顔が遠慮がちに覗（のぞ）いた。美術の丹野先生だ。白いワイシャツに黒いズボンで、まるで制服を着ているみたいだ。

「二人とも、少しは休めてるかい」

おずおずと、引っ込み思案の女子みたいに、控え室に入ってきた。陪審員の一人の溝口弥生が、よくこんな態度をとってる。

「最後まで、立派な弁論でした」

姿勢を正し、丹野先生が言う。和彦の方は座ったまま、寝癖の髪だ。

「大出君のこと、聞いてるかい？」

はにかんだみたいに首をすくめて、先生は二人の顔を見回した。

「何も知らないんです。うちに帰っちゃったんでしょうか」

「いやいや、ちゃんといるよ。お母さんがいらしてね、付き添ってる」

ずっと職員室にいるのだそうだ。

「それで……北尾先生が」

丹野先生はそわそわと爪先を動かす。

「大出君も落ち着いてきたようだから、この控え室で評決を待つのが筋だっておっしゃってね。もうすぐこっちに来るんだけど」

丹野先生と気を合わせたように、健一は寝ぼけ眼の弁護人を見やった。

「余計なお世話だけど、神原君、もしよかったら美術室に来ないかい？　ひと休みしたらここへ戻ればいい」

「そうした方がいいよ」と、健一も言った。「先生、よろしくお願いします」

「はい、引き受けました」

拍子抜けするほどあっさりと、和彦は椅子から立ち上がった。ふらついている。無血開城。完全に電池切れだ。空っぽだ。

評決までに、充電が必要だ。健一も立ち上がり、ほとんど追い立てるようにして、和彦を丹野先生に託した。

こうして健一は一人になり、被告人を待った。評決が出れば、彼はただの〈大出俊次〉に戻る。もう弁護人はいなくなる。大出俊次の学校生活と、家族との生活が戻ってくる。そのこと、わかっているだろうか。顔を見たら、何か違いが見えるだろうか。

誰も来ない。戻ってもこないし、訪ねてもこない。

健一は一人で留守番だ。大出君はどうしたんだろう。まだゴネているのだろうか。北尾先生の考えが変わったのか。

ここで、弁護側は空中分解か。

役割を果たし終えた以上、いいんだよな。もう、評決は出たも同然だ。

机に両肘をつき、かなり長いことそのままでいてから、健一は唐突に手で顔を覆って、発作のように慟哭した。長くは泣いてない。十秒も泣かなかった。八秒だ。六秒かもしれない。

それで充分、気が済んだ。制服のシャツの袖で顔を拭うと、がらんとした控え室で、ただ待った。

柏木卓也が残したノートに、タイトルはついていなかった。

大学生が使うような、罫の細いノートだ。そう言ったのは溝口弥生だ。

ノートに書き留められたひとまとまりの文章には、『無題』というタイトルがついていた。原稿用紙にしたら五枚くらいだろう。字数と行数を数えて、ざっとそう計算したのは小山田修だ。

「これ、活字みたいにきれいに書いてあるから、そんなに誤差はないと思うぜ」

回し読みするには時間がない。誰かが朗読しようということになり、山埜かなめが手を上げた。「ホントは陪審員長の役目なんでしょうけど、竹田君、カンベンしてくれって顔してるから」

「そうなの。俺、音読はちょー苦手」

「漢字、読めないしな」

ノートを前に、かなめはまず手を合わせた。

「ごめんね柏木君。きちんと読み上げるから許してください」

そして、きれいな声で朗読した。

書き出しの一行はこうだ。

——私は標的を失った殺し屋だ。

この短い小説の主人公は〈私〉と自称し、自分は腕利きの殺し屋だという。しかし、とても大事な依頼人から次に殺すべき標的を教えられたのに、見失ってしまった。忘れたのではない。標的が視界から——彼の心の視界から消えてしまったのだ。何故なのか、理由はわからない。〈私〉は標的と、それが失われてしまった理由を求めて、灰色の街を彷徨する。

「私は孤独で、だが多くのものを背負っていた。自分ではおろすことのできない荷物で、誰がおろしてくれるのかもわからない」

だが少しも重くはなく、もしかしたら背中の重荷が私自身なのかもしれないとさえ思う——と続く。

聴き入るうちに、陪審員たちの表情は様々に変わった。リアクションも違った。勝木恵子は、この気取った文章を理解することを、早々に放棄した。彼女が足を組んで貧乏ゆすりをする様は、大出俊次にそっくりだった。

倉田まり子は、「自分のこと〝私〟っていう中学生はおかしいよね？」と向坂行夫に同意を求め、彼に「しいっ」と注意された。蒲田教子は固いものでも噛んでいるみたいに顔をしかめ、溝口弥生は目を瞠って放心している。原田仁志は苦笑いして、小山田修は照れている。竹田陪審員長は、朗読するかなめを一心に見つめていた。

物語のラスト、深夜の遊園地のミラーハウスに迷い込んだ〈私〉は、そこに映る無数の自分の鏡像を見て、依頼人が自分自身の分身の一人であったことを悟る。その瞬間、鏡像のひとつが〈私〉に銃を向け、発砲する。ミラーハウスは砕け散り、あたりは闇に包まれて、〈私〉は〈私〉を見失う。

「私が私を失うと、背中の重荷も消えていた」

その一文で、小説は終わる。

かなめがさらにページをめくり、「このあとは全部真っ白。何も書かれてません」

そう言ってノートを閉じ、そっと机の上に戻した。

「俺さあ」と、小山田修が口を切った。「ハードボイルドって、いつも照れちゃうんだよね」

向坂行夫がほっとしたように笑った。「うん、僕もそうだ」

「あ、やっぱそうか?」修は嬉しそうに笑み崩れる。「俺がこんなデブじゃなくって、イケてるヤツだったら違うのかもしれないんだけどさ」

「うん、僕もそう」

「デブはハードボイルドじゃないの？」と、教子が割り込んだ。まだ難しい顔をしたままだ。「体型は関係ないと思うけど」

「死にたがってるね」

まわりのやりとりをよそに、ぽかんと目を瞠ったまま、弥生が歌うように呟いた。

「遺書ですって言われなくても、これ読んだらわかる。柏木君、死にたがってた」

「あんた、何ニヤニヤしてんのよ」

勝木恵子に嚙みつかれたのは、原田仁志だ。確かに彼はずっと薄笑いしていて、自分でもそれはまずいと思っているらしく、懸命に抑えようとしている。

「面白くて笑ってるわけじゃないんだよ」

「じゃあ何なのよ」

「こそばゆい」

その言葉に、のっぽの陪審員長も同意した。「お、それぴったり。俺もそう言いたかったけど、言葉がわからなかった」

「死にたがっている……」

弥生の言葉を確認するように、かなめがゆっくりと呟く。仁志はさらにクックと笑う。

「カッコつけてるけどな」

「作り話にしようって、一生懸命だからよ」

自分の話にしたくなくって必死なのだと、弥生は言う。

「溝口さんの言うとおりだと思うけど、でもわたし、ちょっとニュアンスの違うものも感じるの」山埜かなめは一同を見回した。「死にたがってるんじゃなくて、死なせたがってるし、死なされたがってる」

「死なされたがってる？」と、修が問う。「それ国語的におかしいぞ。〝殺したがってる〟〝殺されたがってる〟だろう」

殺されたがってる——と、蒲田教子が復唱した。けっこう大きな声だったので、みんな驚いた。

「教子、どうしたの？」

弥生の声に、教子は目元を引き締め、口を真一文字にした。何か考えている。

「原田君はどうですか」かなめが問いかける。「こうして遺書は見つかりました。納得いった？」

ひとつ息をついて、仁志はうなずいた。「納得できました。ていうか、僕はそんなにこだわらなかったのに、山埜さんがこだわったんだよ」

「そんなのはどっちでもいいよ」

「はいはい、陪審員長さま」仁志は笑い、机の上のノートに顎をしゃくってみせた。

「でも、僕から見ると、これって完全なノイローゼだよ」

「そんなからかうような言い方しないで」

弥生が涙目になったので、さすがに仁志もそれ以上は言わなかった。

「柏木は自殺したんだ」と、陪審員長は言った。「いろいろお膳立てに手間かけて、神原を巻き込んでさ、自殺したんだ」

それが評決だ。大出俊次は完全に無罪だ。

「神原君はどうなるのかな」

誰に向かってというわけではなく、むしろ誰に向かって訊いたらいいかわからないからこそ不安だ——という顔で、倉田まり子が問いかけた。誰か、答えを知ってる人はいるかしら。

残りの一同は互いに顔を見合わせた。勝木恵子でさえ、のっぽの陪審員長を見た。あんた、何か言いなよ。

「どうなるっていっても……」

「無罪の評決で、あいつなりに気持ちの整理がつけられるんじゃないの」

「柏木君の自殺を止められなかったっていう罪悪感は残るでしょう？」

「それどころじゃないよ。殺したって言ったんだもの」弥生は目を潤ませたままだ。

「自分が殺したんだ、殺意があったって」

未必の故意による殺意だ。

「でも僕たち陪審員は、そっちまで踏み込めないでしょ。神原の方は別の事件だ」

原田仁志は疲れたように足を投げ出した。そのこぎれいな上履きを見やり、また眉を寄せ視線を険しくして、教子が言い出した。

「あたしもね、山埜さんじゃないけど、神原君の証言を全面的に信用できるわけじゃないと思ってるの」

「頼むから、もう蒸し返さないでくれよう」小山田修が教子を拝んでみせた。

「拝んだって無駄よ」教子は冷たく言い放った。「だって、考えてもみてよ。彼と柏木君の関係についての証言は、すごく一方的だよ。神原君の言い分だけだもの。まさに〝死人に口なし〟じゃないの」

「だから柏木君は死んじゃいけなかったのよ」と、かなめが言った。「生きていて、自分の言い分を言うべきだった」

「そりゃまあ……心情としてはわかる意見ですが」仁志が肩をすくめる。「そんなの不可能っていうか、柏木が死ななかったら、そもそも僕らはここにいなかった」

蒲田教子は、二人のやりとりを完全に黙殺して続けた。「あたしは、証言だけを取り出してみたならば、神原君の言ってることは信用しきれないって言ってるの。柏木君がああしました、柏木君がこうしました、彼は自分のことをこれこれこういうふうに思っていました——」

「でも塾の先生の証言もあるよ」

向坂行夫の反論を、教子は一蹴した。

「神原君ほどはっきりと、柏木君に悪意があったって証言したわけじゃない。事件当夜のことは、あの先生も知らないんだし」

こうなると、誰も教子の勢いにはかなわないとわかってきた。

「神原君の言い分は一方的よ。ただ証言だけを見るならね。言いたい放題よ。でも現実には、証言だけがぽかんと単体で存在してるわけじゃないでしょ」

「どういうことだよ」

のっぽの陪審員長の真顔に、教子も真顔を向ける。「神原君は、あれだけ粉骨砕身して大出君の弁護をしてきた。自分には何の得にもならないのにね。あの頑張りと、彼の証言はセットになってる。両方があることで、彼の言葉は身勝手な言い訳だけじゃないって信じられる」

だったらそれでいいじゃん——と、修が隣の行夫にひそひそボヤいてみせる。

「神原君が一方的に柏木君を責めたことと、側杖を食って濡れ衣を着せられただけのあのバカっちょな大出君を助けようとしたことと、足して二で割ってちょうど割り切れる感じ。つまり、あたしが何を言いたいかっていうと、あたしはけっして神原君の肩を持ちたいわけじゃないし、彼にフレンドリーでもないってこと」

みんな教子の顔を見ている。

「それでも、きれいに割り切れましたが、神原君の〝僕が柏木君を殺しました〟っていう罪悪感は残っております。そちらには別の計算式が必要ですから。それ、何か気分が悪くない？」

竹田陪審員長が、そろりそろりと笑顔をつくった。ここ、笑うとこだよな。俺が笑っても、蒲田は怒らないだろ？

そのとおり、蒲田教子は怒らなかった。やっと愁眉を開き、こう言った。

「あたし、提案があるんだけど」

誰が来たのかと思ったら、ヤマシンだった。

「陪審員室の警備についてなくていいの？」

驚く健一の肩越しに室内を覗き込み、

「野田君、一人なんですね？」

「うん。留守番役」

「それはよかった」

顔をほころばせるなり、失礼しますと声をかけて、ヤマシンは健一の腕をつかみ、彼らしくもない慌てた様子で連れ出そうとする。

「静かに素早く、誰にも見られないように移動します」

「へ？」

「陪審員の皆さんが野田君に会いたがってるんだけど、判事にばれたら大変だから」

二人は忍び足で廊下を走り、階段を一階分下りた。二分と経たないうちに、健一は九人の陪審員たちの前に立ち、全員の視線を浴びていた。

「ど、どうしたの？」

「野田君の意見を聞かせてほしいの」

蒲田教子が口を切り、陪審員長を促した。竹田陪審員長は尻込みして、

「蒲田、しゃべってくれよ」

「本番では竹田君の役目になるんだよ」

「だから、今はおまえが説明してくれよ。俺、覚えといて、法廷でそのとおりに言うから」

しょうがないわねぇと嘆いてから、教子は起立した。

「あたしたち全員の合意の上で、こういう評決を出そうと思うの」

簡潔かつ力強い教子の弁を、健一は聞いた。

「弁護人の助手として、どう思う？」と、教子は問いかけてきた。質問ではなく、査問という感じだった。「この評決に、神原君は耐えられると思う？　彼、これを受け入れられると思う？」

無意識のうちに喉をごくりとさせてから、健一は大きくうなずいた。

「できると思う」

陪審員たちが互いに目を見交わし、微笑んだ。健一にはいつも冷やかしているように見えた原田仁志も、最初から最後までこの裁判の意味を解していなかったように思える勝木恵子まで。

「じゃ、早く消えて。井上君に見つかるとまずいから」

蒲田教子は健一を追い払う仕草をした。あの眉間の皺といったら、女子中学生の皺じゃない。不機嫌なときの高木先生だって、あんな皺はないぞ。

またヤマシンにガードされ、陪審員室を出るとき、健一は扉につかまって振り返った。そうせずにいられないことをするために。

「皆さん」

呼びかけに、九人が健一を見た。健一は素早く一礼した。

「ありがとう」

今度は竹田陪審員長が、早く行けと手振りをした。俺はもう冷や汗だくだくだぜ、という顔で。

午後六時十分前に、バスケット部と将棋部の助っ人たちが、手持ちの拡声器で傍聴人たちに呼びかけ始めた。間もなく評決が出ます。傍聴を希望される方は、速やかに席についてください。間もなく評決が出ます――

藤野涼子と吾郎と一美は、真っ先に入廷して検察側の席に着いた。ひと呼吸遅れて、弁護人と助手が入ってきた。被告人はいない。

判事が入廷した。全員起立し、また着席する。空っぽの陪審員席を見回し、被告人席が空いているのを見て顔をしかめる。

弁護側の後ろの扉が開き、大出俊次が入ってきた。北尾教諭が付き添っている。教諭は扉のすぐ内側で被告人の背中を押すと、行け、と言った。声は聞こえないが、口の動きでわかった。

被告人の顔は真っ赤に紅潮していた。音をたてて椅子を引き、誰とも目を合わすまいという決意を露わに着席した。座るなり、胸の前で両腕を組んだ。右手で左腕を、左手で右腕をつかまえている。まるで、そうしていないとすぐにも隣の弁護人に殴りかかってしまいそうなのを抑えているかのようだった。

涼子はまばたきし、目を凝らした。神原弁護人が、これまでになく小さく、弱々しく見えたからだ。

助手の野田健一は、真っ白な顔をしていた。

傍聴席の最前列、弁護側にいちばん近い端に、大出俊次の母親が座っている。俊次を見守っている。検事側の最前列には、保護者らしい大人たちが並んでいる。

三宅樹理も見当たらない。浅井松子の両親は——傍聴席を見やる涼子の視線をとらえようと、今、小さく手を上げた。松子のお母さんだ。

「これから陪審員が入廷します。静粛にしてください」

井上判事は告げ、ヤマシンが検事側の後ろの扉を開けた。竹田陪審員長を先頭に、九人の陪審員たちが入廷してきた。

いったん、着席する。法廷内が静かになった。冷風機の稼働音だけが聞こえる。

「竹田陪審員長」

呼びかけに、のっぽの陪審員長が起立する。

「はい」

「陪審員は評決に達しましたか」

「達しました」

「では、評決をここへ」

陪審員長は、シャツの胸ポケットから大事な評決を取り出した。折りたたんだ小さな白いメモだ。判事はそれを受け取り、開いた。

目を落とす。銀縁眼鏡が光った。

法廷はまだ静かなままだ。

「この評決を読み上げてください」

判事はメモを陪審員長に返し、陪審員長は震える手でそれを受け取った。のっぽの身体も軽く前後に揺れている。

「被告人は無罪です」

ゆるやかに波打つように、傍聴席を埋め尽くす人びとが揺れ動いた。大勢がいっせいにため息をついたようだった。

藤野涼子は敢えてまわりを見なかった。素早く起立した。

「判事、陪審員一人一人に評決を確認してください」

井上判事は陪審員たちに目を向けた。「では順番に訊きます。着席したままでよろしい。小山田陪審員、あなたの評決は」

「無罪です」

「向坂陪審員」

「無罪です」

「原田陪審員」

「無罪」

「倉田陪審員」

「む、むざい、です」

「蒲田陪審員」

「無罪」

「溝口陪審員」

「無罪です」

「山埜陪審員」

「無罪です」

「勝木陪審員」

勝木恵子は、大出俊次の真っ赤になった顔を見ている。

「勝木陪審員？」

「無罪、です」

「ありがとうございました」

涼子は着席した。

「は、判事」と、陪審員長が上ずった声で呼びかけた。「この評決に至る過程について、少し説明したいのですが」

どうぞと、井上判事はうなずいた。のっぽの身体を揺らし、ぎこちなく足を踏み換えて、陪審員長は法廷内のすべての人たちを見渡すように顔を上げた。

「俺たち——僕たちは、大出被告人はあらゆる意味で無罪だと判断しました。つまり、ええとですね、わざと柏木卓也君を殺害したわけではないし、過失で殺害したわけでもありません」

目が泳いでいる。

「それでも、この事件が殺人事件であるという認識では、九人とも一致しました」

傍聴席がざわめいた。野田健一が身じろいだ。神原和彦が逃げるように下を向いた。

「つまり、柏木君を殺害した人が、別に存在するということです」

井上判事の視線は厳しい。顔色が変わった。「あなたたち陪審員が、そこまで踏み込んで事実認定する必要はありません」

「でもこれは、僕たちの評決に関連があるんですよ。つまりその、僕たちがどうして大出君は無罪だと判断したか、その、こ、えっと何だっけ、えっと」

頭をひと振りして、陪審員長は長身の姿勢を正した。

「俺たちの評決の根拠になる事実認定なんです」

そうだよな、これでいいんだよなという目をして、竹田陪審員長がちらりと蒲田教子を見やった。教子は顔の片側だけを器用に動かし、いいのよ、と合図を返す。

そのやりとりに、井上判事は不愉快そうだ。「では竹田陪審員長に尋ねます。評議の結果、陪審員団は、誰が柏木卓也君を殺害したと結論を出したのですか」

毅然と顔を上げて、竹田陪審員長は大きな声で答えた。

「柏木卓也君です」

涼子は耳を疑った。傍聴席のざわめきが大きくなり、判事が「静粛に」と呼びかける。

野田健一が震えている。神原和彦は顔を上げ、まるで見惚（みと）れるようにのっぽの陪審員長を仰いだ。

「この事件は、柏木卓也君による、柏木卓也君の殺害事件です。柏木卓也君は、未必の故意の殺意を以（もっ）て柏木卓也君を殺害したと、俺たちは判断しました」

死んでしまいたい。そう思っていた。でもこのまま死んでしまうのは寂しい。そう思っていた。死んでしまえたら楽なのに。そう思っていた。

こんなことをやると死んじゃうかもしれないけど、それならそれでもいいや、仕方がない。そう思っていた。

凍える屋上のフェンスの向こうで。

「柏木君がそのような気持ちになるまでには、いろいろな葛藤（かっとう）があったと思います」

陪審員長の声がしっかりしてきた。

「もっと早くに、柏木君の葛藤が解けるように、悩みが軽くなるように、誰かが何かできたんじゃないかという話し合いをしました。それはその、他所（よそ）の誰かじゃなくて、俺らも含めて」

大出俊次の母親が、手で口元を押さえた。俊次は依然、真っ赤な顔で、両腕を固く組んでいる。

「俺としては、バスケに誘えばよかったかなって思うんですけど」

傍聴席の一角で、春の鳥がさえずるように誰かが笑った。

「スポーツは苦手なヤツもいるので、将棋とか音楽でもよかったかもしれません」

一途に緊張していた陪審員たちが、陪審員長のこの演説に笑みを浮かべた。見てられない、というふうに手で目を覆った蒲田教子も苦笑している。

「とにかく、何かできたんじゃないかと思います」

すごく残念です――と、竹田陪審員長は言った。

「本当に残念です。柏木君のご両親には、俺らからなんか何も言えませんけど、柏木君が死んでしまったこと、俺らもすごく哀しくて、悔しいって思ってることはお伝えしたいと思います」

傍聴席のざわめきは収まった。静寂が戻ってきた。誰かがすすり泣いている。

「以上です！」

号令をかけるみたいに大声を放つと、一礼して陪審員長は着席した。

井上判事が法廷を見渡す。

「本法廷は、被告人・大出俊次君に無罪の評決をくだします」

八月二十日、午後六時十一分。

「これを以て、学校内裁判を閉廷します」

今一度、そしてこれを最後に、音高く木槌（きづち）が鳴り響いた。

藤野涼子の眼前を、人びとが流れてゆく。

泣いているのは柏木功子だ。卓也の母親だ。夫と卓也の兄、残されたもう一人の息子に支えられて、よろけながらまろびながら法廷を出て行く。

傍聴席のど真ん中で、何かに挑みかかるような顔をして、茂木悦男が屹立（きつりつ）している。

涼子の視線が彼の上に止まると、その表情が緩んだ。彼の口が動いた。

——終わったね。

そう言ったのだと読み取れた。

茂木悦男の後ろの列で、津崎元校長と佐々木礼子刑事が並んでいる。佐々木刑事の横には、確か庄田さんだっけ、少年課の同僚もいる。三人して、茂木が今にも何かしでかすのではないかと見張っているような顔をして、でも、茂木悦男がくるりと踵（きびす）を返して出口に向かうと、三人とも目元をほころばせた。

とっとと出て行く茂木悦男を、PTA会長があわてて追いかける。

大出俊次がやっと腰をあげた。力という力を失ったように座り込んでいる神原和彦に向き直ると、いきなりその襟元をつかんで立ち上がらせた。

まわりの皆が息を呑むなか、俊次は和彦を突き放すと、彼の襟元をつかんだ手をズボンにこすりつけ、何度も何度もこすりつけ、きれいにしてから、ぐいと差し出した。

握手を求めている。

神原和彦は動かなかった。表情だけが揺らいだ。大出俊次の真っ赤な顔――その頬が濡れていることに気づいたから。

二人は握手した。いまだ蒼白な顔のまま、俊次はずっと、泣くまいと堪えていたのだ。

握手を終えると、俊次は顔を背けて立ち去った。野田健一が、それを見つめる。

母親がついていく。彼女は去り際に、弁護人と弁護人助手に深々と頭を下げた。

神原・野田に近づいてゆく、あの背広姿の人は誰だろう。ああ、今野弁護士だ。和彦の肩を叩き、健一の肩も叩く。何か声をかけている。まわりがうるさくて聞こえない。

今野弁護士は笑顔だ。また和彦の肩を叩く。そして頭をくしゃくしゃと撫でた。

また一人、背広姿の男性が弁護人たちに近づいてゆく。涼子の知らない顔だ。おや、胸に弁護士バッジが光っている。恰幅のいい中年男性で、髪は半白だ。笑顔で、両手を広げて二人に近づくと、我が子を抱くように二人を抱き取った。そしてすぐに、照れたように離れて頭を掻いている。今野弁護士と挨拶し合い、名刺を交換する。

涼子は立ちすくんでいた。何度も何度もまばたきをしながら、流れてゆく光景を見つめていた。一美が腕に触れてくるのを感じた。吾郎が何か言っている。誰と話してるの？　あら、河野探偵だ。今日も来てたのか。何よ、開けっぴろげに嬉しそうな顔しちゃって。

あたしたちは負けたのに。

地味な背広と、黒いワンピース姿の小柄な男女が、神原和彦に歩み寄ってゆく。

「神原君のお父さんとお母さんだね」

涼子の耳元で、一美が言った。

陪審員たちも法廷を出ていく。蒲田教子が竹田陪審員長の長い背中を叩いている。

「みんな、ありがとう」

役目を終えて中学三年生に戻る九人に、誰かの声が呼びかけた。滝沢塾の滝沢先生だ。

照れ笑いしながら、竹田和利と小山田修のデコボココンビがぺこりと応じた。滝沢先生の声に振り返った倉田まり子は、涼子に手を振ってよこした。あとでね、と言った。

壇上から降り、黒いぺらぺらのローブからようやく解放される井上康夫に、北尾教諭が近づいてゆく。おう、ご苦労だったな。これからの方が大変です。僕は受験生ですから。

「藤野検事」

「ご苦労さまでした」

涼子のすぐそばで、あたたかな気配がした。あたしの甘っちょろい両親だ。

「涼ちゃん、お疲れさま」

古野章子も一緒だった。

弁護側が法廷を離れてゆく。裁判は終わった。神原和彦は、城東三中から去ってゆく。彼の日常のなかに戻ってゆく。多くを失い、傷を負い、そこから立ち直る作業を始めなくてはならない彼の人生に戻ってゆく。

振り向いて、彼が涼子を見た。一瞬だけ目が合った。その目は何も語っていなかった。新しいことは何も。

謝っていた。労(ねぎら)っていた。そして喜んでいた。ホラ、言ったとおりだろ？　藤野さんの勝ちだよ。

だけど、あんたも負けはしなかったと、涼子は心のなかで言った。

視界から、神原和彦の姿が消えた。

涼子は目を閉じた。深く息をして、二度と味わうことのないこの法廷の空気を、胸いっぱいに吸い込んだ。

裁判は終わったのだ。

もう、夏も終わる。

二〇一〇年、春

意外と変わってないな――と、野田健一は思った。

城東第三中学校の旧校舎が取り壊され、現在の新校舎が建ったのは二〇〇三年のことだ。昔は校庭を挟んで体育館の向かいにあった屋外プールが、体育館二階の屋内プールになり、その分だけ校庭が広くなったが、新校舎の位置と形は旧校舎と同じだし、時計も同じ位置についている。

校内に足を踏み入れると、変わっていないどころか、ほとんど既視感のようなものに包み込まれた。窓の位置も廊下の長さも、階段スペースの取り方も同じだ。限られた敷地内で同じ用途の施設を建てるのだから、変えようがないのだろう。

ただ、教室の数は減っている。玄関ロビーにずらりと並んだ下足箱の数も、健一たちのころと比べると三割方少なくなっている。少子化の時代だ。案内板を見ると、図書室は一階に移っていた。こちらは〈地域に開かれた学校〉というコンセプトのためだろうか。

長い廊下を見渡すと、一階の各部屋の扉の上についた小さな表示が見える。事務室、校長室、職員室に保健室。この並びも変わっていない。

春休みの最中で、校内は静かだ。今日は部活動もないらしい。校庭を囲む桜並木は、入学式を迎える前に満開になってしまった。花に彩られ、今はひととき、校舎も休んでいる。

「野田先生」

廊下の奥から呼びかけられて、健一は振り返った。春の陽光溢れる校庭から目を移すと、廊下は薄暗い。

その人物が近づいてきた。小柄でふっくらした体型に、淡いグレイのスーツを着ている。ショートカットの髪には白いものが混じり、チェーンをつけた老眼鏡を胸元に下げていた。

健一は一礼した。近づいてきた人物も会釈した。

「この校舎はいかがですか」

健一は微笑んだ。「構造はほとんどそのままなんですね」

「ええ、そうらしいです」

そうか、この人は旧校舎を知らないんだ。

どうぞ、と促され、健一は女性の後について廊下を進んだ。女性は校長室の扉を開ける。この人が現在の城東第三中学校の管理責任者、上野素子校長である。

二人は校長室の応接セットの椅子に座った。上野校長が手ずからお茶をいれてくれた。

「お引っ越しは済みましたか」

「はい、どうにか片付きました」

「お子さんは――」

「新入学生ですが、幼稚園の友達と同じ学校に行けないので、今はまだちょっと寂しがっています」

健一の、六歳になる長男だ。最初は転居を嫌がった。お父さんが生まれ育った町へ行くんだよと諄々と説いて、納得してもらうまで少し手間がかかった。

野田健一は、高校入学と同時にこの城東区を離れた。鉄道会社に勤めていた父が転勤になったからだ。大学はキャンパスが都下にあったので、近くにアパートを借りて一人暮らしをした。以来、ずっとその町に落ち着いていたのだが、今回の話が決まると、迷いはなかった。すぐ、城東区に戻ろうと心を決めた。新居は賃貸マンションで、健一が生まれ育った家のすぐ近くにある。昔は自動車修理工場があった場所だ。

健一は大学で教育学部へ進み、中学校の国語教諭の資格を得た。

東京都内では、小学校も中学校も教職員の希望者が多く、ポストは少ない。健一も
これまでかなり苦労した。産休や病休の教師の代理で、短期の職を務めたことも多い。

それでもいつかはこの学校に戻りたかったから、諦めようと思ったことは一度もない。

「野田先生は、教育実習をこの学校でなさったんですよね？」

健一は苦笑した。「希望したんですが、通りませんでした。実習は一中でした」

「そうですか。母校で実習というケースは多いのにね」

過去があるからかもしれません――と言いかけて、健一はやめた。それを察したの
か、上野校長は微笑んで言った。

「先生方の学校内裁判は、当校の伝説ですから」

「伝説ですか」

「歴史と言ってもいいかしら。伝説も歴史も、そうなるまでには年月がかかるものです」

ようこそ戻られましたと、上野校長は言った。

「お帰りなさい」

その言葉は、水が流れるように滑らかに自然に、健一の心に響いてきた。

ずっと聞きたいと思っていた言葉だった。同時に、それを聞くときにはきっと何かがつっかえるだろうと思っていた。心の堰に。あるいは堰の名残に。

だがそんなものはもう存在していなかった。二十年かけて、存在しなくなった。

何より、それが嬉しい。

「もう面接の必要はないんですが、わたしはまあ、何といいますか」

少し考えてから、上野校長は遠慮がちに言う。「——好奇心と言えばいいでしょうかね。野田先生方の伝説を、もう少し詳しくお聞きしたいと思いまして、わざわざ時間を作っていただいて、すみません」

校長の笑顔に誘われて、健一も笑った。

「ほかのルートから耳にされていませんか」

「当事者以外の話なら、いろいろ聞きましたよ。何しろ伝説ですから」

その〈いろいろ〉のうちのどれぐらいが、上野校長の前任者、楠山校長から出たものなのかなと、健一はちらりと考えた。

今でも、あの先生の押しの強い言動を覚えている。懐かしくさえ感じられる。

「どんな話から始めましょうか」

上野校長は、つと目をしばたたいた。

「そうですね……何からお話しいただけますか」

丸顔と、優しい眼差し。津崎先生に、ちょっと似ている。話好きそうなところも。毛糸のチョッキがトレードマークの豆ダヌキ。

「何でもお話しできます」と、健一は言った。「どんなことでも」

健一は真っ直ぐに上野校長を見つめた。かすかに、校長がまぶしそうな顔をした。

「そう伺うだけで、充分のような気もしますけれど」

健一はうなずいた。

「あの裁判が終わってから、僕ら」

いちばんふさわしい言葉を探して、健一は校長室の窓から差し込む春の日差しに目をやった。

「——友達になりました」

それぞれに歩む道は違っても、今でも友達だ。

そして、野田健一は語り始めた。あの長い夏の始めから、ここへ至るまでの道のりを。友人たちとの軌跡を。

お帰りなさい。

ただいま。

僕は、城東第三中学校へ帰ってきた。

もう、あの夏は遠い。

（完）

この作品はフィクションです。登場する人物・団体等の名称は全て架空のものであり、作中のいかなる出来事も、事実に基づくものではありません。城東第三中学校は、作者の頭のなかにのみ存在するものです。

各部冒頭のエピグラフは、左記の著作物から引用させていただきました。

「まだ人間じゃない」
ハヤカワ文庫SF　ディック傑作集④『まだ人間じゃない』所収
フィリップ・K・ディック作　友枝康子訳

『飛ぶ教室』
エーリヒ・ケストナー作　丘沢静也訳　光文社古典新訳文庫

『悪意の森』
タナ・フレンチ作　安藤由紀子訳　集英社文庫

本書の成立までには、多くの担当編集者の助力と助言が必要不可欠でした。あらためて深く謝意を表します。

二〇一二年　十月吉日

宮部みゆき

負の方程式

1

八月始めの土曜日の朝だった。限られた命の日々を数える蟬たちが、早くも勤勉に鳴き始めている。

私が事務所兼自宅にしている借家は築四十年の木造住宅なので、人間にたとえるならば〈気息奄々〉という風情ではあるが、それでも呼吸している。コンクリートパネルと断熱材と機密性の高いサッシで密封され、アンドロイドのように無呼吸な新しい住宅とはそこが違う。家の裏手の公園に面した窓を開け放ち、家と一緒に朝の深呼吸をしていると、電話が鳴った。

「おはようございます。秋吉です」

今日、午前十時に面談の約束をしてある秋吉達彦氏だった。

「朝早くからすみません。お約束を少し早めてもらえませんか」

「何時頃がよろしいですか」

「八時とか、いえ、九時でも」

私は壁の時計を見た。これも家主からの借り物で、家そのものよりもさらに古いぼんぼん時計である。現在、午前六時半を過ぎたところだ。

私の逡巡が生んだわずかな沈黙に、電話の向こうの声音が恐縮した。

「非常識なことを言って申し訳ない。翔太が心配で、落ち着いていられないんです」

翔太というのは彼の一人息子で、中学三年生だ。

「わかりました」と私は言った。「八時にしましょう。お車ですか?」

「はい」

「慌てずに安全運転でおいでください」

秋吉氏は裕福な会社役員で、家族三人で世田谷区内に住んでいる。私のこの古家は埼玉県の川口市と北区の境界線ぎりぎり、かつての上司の言を借りるなら、「北区の徳俵で踏ん張って、かろうじて都内」というところにある。

電話を一本かけようとして、メールに替えた。向こうはまだ寝ているかもしれない。

別れた妻から、娘が入院していると聞いたのは、昨日の昼過ぎのことだ。夏風邪をこじらせて肺炎になったのだという。

「点滴で熱も下がったし、落ち着いたから報せたの。快方に向かってるから、安心して。パパに会いたがってるわ」

明日、できるだけ早く見舞いに行くと約束したが、遅れることになりそうだ。何か必要なものがあれば言ってくれ、とメールしてから、そんなものはあるはずがないと思う。別れた妻は、いい母親だ。

夫婦は離婚すれば他人だが、親子は違う。だが離れて暮らしていれば、実質的には親の役目を果たせない場合が多い。

私の娘は十歳。まだ無邪気に父親を慕ってくれる。十四歳の秋吉翔太はどうだろう。自分のために、素性もよく知れぬ私のような人間にも「朝早くからすみません」と丁重にふるまう父親を、息子はどう思っているのか。

当の親にさえそれがわからないから、探偵の出番がある。無駄な想像をやめて、私は顔を洗った。

学校法人精華学院は、昭和三十五年に創立された新興の私学である。〈民主主義社会の叡智ある市民を育てる〉中高一貫教育に、就職率が高いことで知られる四年制大学。キャンパスは都下にあるが、中学と高校の学舎は山手線の大崎駅からさほど遠くない街なかにある。

五階建てのビルで、建物をぐるりと取り囲む高いフェンスと、きれいに刈り込まれた植え込みはあるが、校庭はない。夏休み中だから正面入口は閉じられており、学生と関係者用の通用門にはセキュリティ装置があった。

生徒たちは生徒手帳兼用のIDカードで出入りしている。つい今し方も、道の反対側から見守っている私の前で、大きなスポーツバッグを担いだ女子学生が二人、そのカードをかざして門扉を開け、賑やかにしゃべりながら学舎のなかに入っていった。

零細な私立探偵と同じく、ティーンエイジャーの部活動にも夏休みがないのだろう。秋吉氏から正式に依頼を受けると、私は迷わずここに来た。秋吉翔太を悩ませている問題がどんなものであれ、それが起きた現場はこの学舎だ。すぐ内部に入ることは難しくても、まずこの目で見ておきたかった。

午後一時半を過ぎ、道のこちら側は日陰になっている。ときどきスマートフォンを取り出したりして、人と待ち合わせしているかのように装いつつ、十分ばかり生徒たちの出入りを見守ってから、建物をぐるりと一周し、最初の場所に戻ってきたら、右肩の後ろから呼びかけられた。

「失礼ですが、どちらさまでしょう」

涼やかな声だ。

「精華学院に何かご用ですか？」

学舎のなかにいるであろう警備員の目は気にしていたが、背後は無警戒だったから驚いた。振り返ると、私より十センチほど小柄で、白いシャツに細身の黒いスーツ姿の女性が私を仰いでいた。左手に、分厚い書類鞄をさげている。

弁護士だ。襟元に金色のバッジが光っている。だから私はこう問い返した。

「学院の代理人の先生ですか」

相手は軽くまばたきした。黒髪をフィギュアスケートの選手のようにきりりとシニヨンにまとめ、化粧は薄い。それでも充分にひと目を引く、凛とした美人だ。歳は三十そこそこか。弁護士としては新米だろう。

だからといって軽く見たわけではないが、私は一歩踏み込んで問いかけた。

「それとも火野岳志教諭——いや、現在は元教諭ですね。彼の代理人でいらっしゃいますか」

こんな場所で、私の存在を怪しんで誰何してくる弁護士なら、どちらかの立場にいるはずだ。さほど大胆な推論ではない。

目の前の女性弁護士は、私が予想していたよりもずっと余裕のある笑みを浮かべた。

「確かにわたしは弁護士ですが」

声音は明るく、動じていない。

「今のお尋ねにお答えするのは難しいですね。少なくとも、あなたがわたしの質問に答えてくださらないうちは」

「ごもっともです。失礼しました」

私は名刺を出し、軽く頭を下げた。

「古くさい名前なので、偽名じゃないかと思われることがあるんですが、本名です」

杉村三郎。私は次男だが、兄と姉がいるので、〈三番目の子供〉の意味の三郎だ。

シニヨンの似合う女性弁護士は、対象を検分する眼差(まなざ)しになった。それを受け止めて、私は微笑した。

「私は私立探偵です。元請けのある仕事もしますが、一応、独立して事務所を構えています。といっても部下や秘書はいませんが」

ちょっと間をおいてから、女性弁護士は言った。「今時、珍しいですね」

私立探偵という呼称のことかと思ったら、違った。私の服装のことだった。

「それ、開襟シャツでしょう？」

二年前に見送った父の形見だ。葬儀のあと衣類を整理していたら、仕立屋の袋に入ったままのものが出てきたので、もらってきた。

「フランクな格好ですみません。きちんとアポをとってから先生とお話しするときには、スーツを着てネクタイを締めて伺います」

「わたしが杉村さんとアポの要る種類の話ができるかどうかは、杉村さんが誰にどんな理由で雇われているかによりますねえ」

はっきり言ってくれる。

「先生、私立探偵にも守秘義務というものがあるんです。依頼人についてぺらぺらしゃべるわけにはいきません」

「ええ、そうでしょうね」

「ただ我々の場合、弁護士の先生方よりは融通がききます。必要な妥協なら、喜んでしますよ」

「どの程度の妥協ですか」

鼻で笑うような感じではなく、真面目(まじめ)な問いだった。私も真面目に答えた。

「私の依頼人は、〈体験キャンプ事件〉の真相を知りたいと願っている人物です」

シニヨンの似合う女性弁護士は目を細めた。

「あの生徒たちの誰かの保護者ですね？」

「そこまでお話ししてしまうと、一度の妥協としては気前がよすぎますね」

「でも、無関係な生徒の親が、わざわざ人を雇って調査を頼むわけはない」

言って、女性弁護士はちょっと考えた。もしくはそのふりをした。それから言った。

「もう少し涼しいところに移動しませんか」

これが、私が弁護士・藤野涼子と出会ったきっかけである。

2

精華学院中等部三学年には、男子三十二名、女子四十名の生徒がおり、この七十二名は四クラスに分けられている。A組十四名、B組十六名、C組とD組はそれぞれ二十一名だ。

微妙にアンバランスな人数が暗に示唆するとおり、このクラス分けは、実質的には生徒のランク付けである。A組はAランク、B組はBランクということだ。評価の主たる基準はもちろん学力だが、運動能力や芸術的センス、課外活動への参加度なども重視されている。Aランクは〈オール5〉的な理想の優等生たち。Bランクはそれに準ずる存在——学力は高いが運動が苦手だとか、学力は上の下だが他の能力や個性のある生徒たち。C・Dランクは（現状、十四歳か十五歳の時点では）特に目立った特性も能力も表さない、ごく普通の生徒たちである。

この格付けは高等部に進んでも踏襲され、大学進学にも影響する。精華学院大学は私学の人気校ではあるが名門校ではないので、いわゆるエスカレーター式にここへ進む高等部生は、実は大半がBランクとCランクだ。Aランクの生徒たちは他の有名大学へ進む。Dランクの生徒たちは、ほとんど精華学院大学に入れない。短大や専門学校へ進む生徒も多いそうだ。

クラス分けは、毎年その学年の始めに一度だけ行われる。生徒たちはこれを〈入れ替え戦〉と呼んでいるという。

このシステムについて説明してくれた秋吉氏は、自身も精華学院のOBである。

「中等部でも高等部でも、B組の上の方ぐらいのポジションにいました」

現在、精華学院中等部三年生の秋吉翔太は、D組の一員である。そして彼が属するD組が、六月十五日土曜日の夜、学舎のなかで〈避難所生活体験キャンプ〉を行なっているとき、事件は起こった。

このキャンプは、東日本大震災の後、精華学院の理事会が中等部の三年生を対象にして始めた教育的行事である。それぞれの教室を、何らかの大規模な自然災害が発生した際の避難所にみたてて、生徒たちが寝袋で一泊するのだ。灯りは懐中電灯と電池式のカンテラのみ、食事は備蓄食、上水はペットボトルの災害用備蓄水と、ポリタンクに溜めた分だけの水道水を使用する。

もっとも、水洗トイレと洗面所は使用可だし、空調も効いているし、就寝時には男子と女子は別々の教室に分かれる。そこまでリアルに体験させては、別の問題が起こりかねないからだろう。携帯電話やスマートフォンの持ち込みも可で、どのように使おうが自由だ。ただし、バッテリーが切れたら手回し式の充電器を使うしかない。

体験キャンプを行うのは、一度に一クラスだけだ。そのクラスの生徒たちは、当日の午後三時に校医のメディカル・チェックを受け、少しでも体調不良の兆しがあれば帰宅させられる。そもそも強制参加の行事ではなく、参加も不参加も本人と保護者が決めていいことになっているので、過去十回実施してきたなかで、クラス全員が揃ってキャンプをした例は無いという。

六月十五日の三年D組の場合も、参加したのは二十一名中十五名だった。男子七名、女子八名である。彼らにD組担任の英語教師・火野教諭（三十八歳）と、副担任の音楽教師・新井里実教諭（三十歳）と、校医の小川満政医師（六十二歳）が付き添っていた。警備室には警備会社の制服警備員がいて、複数の防犯カメラとモニターによる遠隔監視をしているほかに、夜間は巡回警備も行う。また、このキャンプの際に限って、非常通報用のブザーが男女それぞれのキャンプリーダーに貸与される。

キャンプのスケジュールは、おおまかに午後四時から五時過ぎまでが災害時の心得や応急医療処置についての講習、七時までに夕食と片付けを済ませ、その後ホームルームをして、消灯の十時までは自由時間になる。カンテラの灯りしかないのだし、この体験キャンプの最大の目的は学校で一泊することにあるので、生徒たちがそれ以上のメニューを課されることはない。

自由時間には、家にいるときと同じように、スマホで動画を観たり、ラインやゲームをしていてもかまわないし、事実そういう生徒は多いようだが、キャンプに付き物の〈みんなで輪になって怪談話〉は、ここでも人気があるらしい。懐中電灯を手に〈夜の校内探検〉をする場合もあるという。学校から外に出て近くのコンビニなどに行くことも可能だが、午後九時には全館のセキュリティ装置が作動するので、それ以降は出入りできなくなる。

当該クラスの担任と副担任は、男性教諭は教職員用の更衣室に、女性教諭は休憩室に泊まる。校医は医務室に泊まる。この方式で、過去にトラブルが発生したことはなく、保護者から抗議がきたこともないそうだ。

秋吉翔太の三年D組の体験キャンプも平穏に進行していた。午前零時十七分、一階の通用口で警報ベルが鳴り響くまでは。

間もなく、これは外部から侵入があったのではなく、内部の誰かが勝手に外に出たので警報装置が作動したのだと判明する。D組男子のキャンプリーダーである下山洋平という生徒が宿泊場所の教室から姿を消しており、驚いた教諭たちと小川医師がうろたえているうちに、彼の母親から警備室に電話が入った。

「洋平がすぐ家に帰りたいというので、迎えに来て連れ帰りました。何があったのか、事情はまだよくわかりません。でも洋平は顔を赤くして、ひどく興奮しています」

異常事態に、深夜ではあるが、学院中等部の全教職員に召集がかかった。体験キャンプ中の生徒たちの自宅にも緊急連絡が行き、十五名全員の保護者が駆けつけてきた。

そこでようやく、それまで押し黙っていた生徒たちが口を開き、事情がわかった。

発端は、午後十一時過ぎ、D組の男子七名が宿泊している三階の教室に、火野教諭が消灯後の見回りにやってきたことだという。七名は全員起きており、スマホをいじったり音楽を聴いたり無駄話をしたりしていた。すると教諭は言った。

――おまえら、どうせこんな時間に寝られやしないんだろうから、ひとつ課題をやる。みんなで考えろ。

この体験キャンプの設定は、〈災害時の避難所〉だけれども、

――実際に災害が起きたときの避難所は、こんな呑気なもんじゃねえぞ。水も食糧も医薬品も限られていて、しかも時間が経つほど状況が厳しくなっていくんだ。

――そこで、だ。こう仮定しよう。おまえたちは完全に孤立して、救助も補給も望めず、どう頑張っても全員無事ではいられない絶望的な状況に置かれている。最低限、誰か一人に犠牲になってもらわなければならない。

さあ、誰を選ぶか。火野教諭は七人に迫った。

――ふざけたり、笑ってごまかしたりしないで真剣に考えろ。これは冗談事じゃないんだからな。苛酷な状況のなかで、生き延びる六名と、死んでもらう一名を決めるんだ。

制限時間は一時間。

――一時間経ったら、おまえたちの出した結論を聞きにくる。それまで七人でとっくり話し合え。いい加減な答えを出すなよ。本当に命がかかっていると思え。

そして教諭は、キャンプリーダーの下山洋平に指を突きつけ、

——みんなに真面目に話し合いをさせて、結論を出すのがおまえの役目だぞ。リーダーってのはそういうものなんだ。ちゃんとできなかったら、そのときは問答無用でおまえが犠牲者だからな。

教諭は去り、七名の男子は暗闇の教室に取り残された。半ば呆然としている状態で、ぽかんとしていた。

——そのうち前田さんが泣き出して、それから僕たちも青ざめちゃったっていうか。

前田さんというのは、D組の女子の一人の前田みのりである。実は、彼女はこのとき、親友の伊勢佐緒里と一緒にこっそり男子の宿泊場所へ遊びにきていて、教室の隅に片付けられた机の陰に隠れ、教諭と男子七名とのやりとりを聞いていたのだという。

——あんなのひどい。

前田みのりは泣きじゃくり、伊勢佐緒里は新井先生に言いつけようと提案した。だが、それをD組のクラス委員の三好淳也が止めた。

——火野先生だって、本気じゃないんだ。悪い冗談なんだから、新井先生には黙ってろ。

三好淳也に諭されて、みのりと佐緒里は、女子の宿泊場所である二階のD組、中等部二年D組の教室に戻った。

さて、七名の男子生徒はどうしたか。

——真面目に話し合いなんかしなかった。

——三好君が、先生がホントに答えを聞きにきたら、クラス委員の俺が犠牲になるって言うって。

——先生は来やしないよ。あんなの冗談に決まってるよ。

冗談だとしても、三好の意見はおかしいんじゃないかと言い出したのは、彼の親友の森本信吾（もりもとしんご）である。

——ただクラス委員だから三好でいいってのは、答えとして筋が通らない。俺らの代表って意味なら、今はむしろ、キャンプリーダーの方がすっきりしねえか？　もともと貧乏くじなんだし。

クラス委員がそのままキャンプリーダーを務めていないことからもわかるが、この体験キャンプのリーダーは、事前にくじ引きで決められるのだ。何かと雑用をこなさねばならないキャンプリーダーは、生徒たちからすれば貧乏くじなのである。

それでいいか、いいよね。秋吉翔太を含む他の四人の男子たちも同意した。

——下山でいいならいいじゃんって、ホッとしたんです。

決まり決まり。そこでようやく笑いが起き、下山、悪いな。さらばだ下山など、悪のりするような冗談も飛び出した。

ここで少し説明が要るのは、日頃から、下山洋平が〈いじられる〉キャラだったということだ。いじめというほど深刻なレベルではないが、何かというとからかわれたり、突っ込まれたりするタイプで、本人もそれに迎合しておちゃらけるのが常だった。

さらに、彼は成績も悪い。一年生のころからずっと低空飛行だ。それを何とかしようという姿勢を見せたこともない。

——下山はいつもふざけてるんだからいいじゃん、あいつで正解って感じになっちゃって、みんなでウケちゃったんです。

大ウケで笑う級友たちを諫(いさ)めていた三好淳也も黙り込んでしまい、最初のうちは、

——うん、オレってそうゆうタイプだもんな。尊いギセイになっちゃうぜぇ。

などと調子を合わせていた下山洋平も、皆がそれで落ち着くどころか逆に笑うばかりなので、だんだん寡黙(かもく)になってしまった。

午前零時になった。火野教諭は来ない。零時五分過ぎになっても姿を見せない。

——寝袋にもぐってた三好君が、ホラ見ろ、やっぱり先生の冗談だったんだって言ったら、いきなり下山が起き上がって、教室から出ていったんだ。

手荷物を置き去りに、スマートフォンだけ持った下山洋平は、そのまま通用口から

外に出て――いや逃げ出して、母親に電話したというわけだ。

今度は学院側の方が真っ青になった。火野教諭の言動は冗談だとしてもやり過ぎだし、真面目にやったことだとしたら、なお悪い。

ところが、である。

当の火野教諭は、七名の男子生徒と二名の女子生徒が口々に語ったこの一連の椿事について、一切を否定した。

――私は昨夜、そんなバカな真似はしていません。すべて生徒たちの作り話です。彼らが何故そんな嘘八百を言うのか、まったくわけがわからない。

教諭もまた、怒りと狼狽に顔色を変えてそう訴えたという。

教室や廊下には防犯カメラは設置されていない。問題の時間帯は、警備員の巡回する時間帯でもなかった。二階のD組にいた六名の女子生徒たちと、休憩室にいた新井教諭は、警報ベルが鳴るまで何も知らなかった。

当事者である火野教諭と、九名の中等部三年生以外の目撃者はいない。

その当事者たちの言い分は真っ二つに分かれ、どちらも引き下がらない。生徒たちは教諭が嘘をついていると主張し、教諭は生徒たちが口裏を合わせて三文オペラを歌っているだけだと、強硬に反論する。

学院側は、とりあえず火野教諭を自宅待機にし、渦中の九名の生徒たちと引き離した上で、慎重に聞き取り調査を続けた。これは賢明な措置だ。が、教諭は何度も勝手に登校してきて教室に入ろうとしたり、「きちんと顔を合わせて話したい」と、九名それぞれの自宅を訪ねたりして、そのたびに学院側とも保護者たちとも悶着を起こすことになった。

そういう状態で半月近くもごたごたして、事の中心的存在である下山夫妻は、火野教諭の（夫妻から見れば）ふてぶてしく無反省な態度にも、そんな教諭を制御できない学院側の弱腰にももう我慢が切れたと、この問題を私学の総元締めである文科省に訴えると言いだした。そうなれば、マスコミに嗅ぎつけられるのも時間の問題だ。

慌てた学院側は、中等部の職員会議で、火野教諭に、無条件で事実を認めて九名の生徒たちに謝罪し、三ヵ月間の停職処分を受け入れるよう迫った。しかし、教諭はその場でも、「すべてあの九人の猿芝居です」と主張して譲らなかった。双方、興奮して激しく口論した挙げ句に、教諭は学院理事の一人でもある斎木中等部長を殴打してしまった。

ここに至って、学院側は緊急理事会を召集した。中等部だけでなく、精華学院全体で火野教諭の処分を検討し、全会一致で決めたそうだ。懲戒解雇である。

無論、火野岳志はこれを受け入れなかった。法的措置に訴えてでも、自分は戦う。〈体験キャンプ事件〉はでっちあげだ。必ずそれを明らかにしてみせる——と。

「佐野一ですか」

コーヒーショップの静かな片隅に落ち着くと、藤野弁護士はいきなり切り出した。

「あるいは秋吉翔太か、田嶋雅也。意志薄弱で、まわりの雰囲気に流されやすい子たちですから」

私は問い返した。「何の話です？」

「ですから、杉村さんの依頼人ですよ。今、申し上げた三人の保護者ではありませんか」

「その三人は、確かに体験キャンプに参加したメンバーですね」

「彼らの誰かが今ごろになって動揺して、不安になった親が、事実を知るために——他の生徒たちの様子を探るためかもしれないけれど、ともかく慌てて杉村さんを雇った。違いますか？」

私は肩をすくめた。「どうですかね」

「じゃ、中村秀樹。群れるのを嫌うええかっこしいだから」

「へえ、初耳です」

藤野弁護士の片方の眉がぴくりとした。

「――三好淳也と森本信吾はあり得ませんよね。彼らはリーダー格で、首謀者のタイプです。下山洋平は二人の子分だし」

これで男子七名は出尽くした。

「それは先生のご判断ですか？」

藤野弁護士はふっと苦笑した。「火野さんの意見です。担任教師の観察眼ですからね。参考にしてもいいでしょう」

「じゃ、やっぱり先生は火野岳志さんの代理人なんですね」

アイスコーヒーにストローをさすと、藤野弁護士はくるくると氷を回した。

「火野さんも、中等部長に暴力をふるったことは深く反省していますし、それで解雇処分にされるのなら仕方がないと言っています。でも、体験キャンプ事件については認められない」

「あれは絵空事だ、生徒たちが結託して嘘をついているのだ、と？」

藤野弁護士は、私の目を見てうなずいた。

「そうです。学院側の聞き取り調査は不十分なものでした。わたしたちは火野さんの代理人として、第三者委員会による事件の再検証を求めて交渉しているんです」

わたしたち、か。火野岳志についている弁護士は、彼女だけではないらしい。

「先生は、個人的にはどうお考えですか」

「杉村さんのご意見は？」

「今日、引き受けたばかりの案件ですよ」

「印象ぐらいあるでしょう。個人的に」

目で私に笑いかけ、アイスコーヒーを吸い上げると、藤野弁護士はいかにも（しまった）という顔をして言った。

「コーヒーフロートにすればよかったわ」

テーブルの端に写真付きのメニューが立ててある。〈夏のお勧め　各種フロートアイスクリームは自家製です〉。

私はつい、素で笑ってしまった。真夏のアイスクリーム。娘が退院したら、どこかで一緒に食べよう。

先週木曜日の夜、秋吉翔太は、母親が主治医に出してもらっている睡眠導入剤を、あるだけ全部いっぺんに呑んだ。処方薬の睡眠導入剤では、山ほど呑んでも死ぬことはできない。だから大事には至らなかったが、本人はそれを知らなかったのか、自室の机の上に、両親宛の遺書めいた書き置きがあった。

〈ごめんなさい　もうガマンできない〉

その後も鬱々としているそうで、なぜこんなことをしたのか、何がもう我慢できないのか、口を閉ざして語らない。母親は彼が心配で家を離れられない。父親は事実関係を調査するプロを求めて、私のところに行き着いた。

秋吉氏は疑っていた。実は火野教諭の主張が真実で、翔太は級友たちと一緒になって、体験キャンプ事件をでっち上げたのではないか。そして、今になってその罪悪感に押し潰されかけているのではないか。

――何ひとつ後ろ暗いことがないならば、翔太があんなに思い詰めるわけがない。あいつは呑気なのんびり屋なんです。

誰かに強要され、無理矢理、嘘をつかされているのではないか。それがもっとも心配なのだと言っていた。

秋吉夫人の意見は違う。翔太は事件のＰＴＳＤで苦しんでいるのだと考え、セラピストを探しているという。

「杉村さん？」

藤野弁護士は眉をひそめている。アイスクリームが二種類乗っているコーヒーフロートの写真を見ながら、私は言った。

「先生は、九人の生徒の誰かに会いましたか」

「会っていません」

会えていません、と言い直した。

「どの生徒の家も、難攻不落のナバロンの要塞です。杉村さんも苦労するでしょうね。あ、学院側もガードが固いですよ。今日、わたしが何しに行ってたと思います?」

火野教諭の勤務表のコピーを受け取りに行ったのだという。

「勤務評定じゃなく、ただの勤務表ですよ。それでもファクスや郵便じゃ駄目で、直接受け取りに来て受領書を書けというんです」

「先生が煙たいんですね」

「すべてを煙に巻いてしまいたいんです」

「再検証なんてとんでもない、事の真偽を確かめるよりも、臭い物には蓋をしてしまえということですか」

「ええ、そうです」

膨らんだ書類鞄から財布を取り出し、藤野弁護士はアイスコーヒーの代金をテーブルに置いた。

私は言った。「先生、素朴な疑義を提示してもいいですか」

「どうぞ」

「中学三年生が集まって、今回のような事件をでっち上げることなんかできますかね」

「できますとも」

彼女の微笑を、何故か私は不敵に感じた。

「強い意志を持つリーダーがいて、共通の目的があれば、大人を仰天させるようなことでもやってのけるのがあの年頃です。中学三年生を甘くみちゃいけませんよ、杉村さん」

去ろうとする藤野弁護士を、私は呼び止めた。「すみません、あとひとつだけ」

彼女は七名の男子生徒の名前は挙げたが、二人の女子には触れなかった。

「私の依頼人が、前田みのりか伊勢佐緒里の保護者だとは思わないんですか？」

「思いません」

「どうして」

「あの子たちは崩れません。吐かないしチクらないし、親の前でも芝居を通しますよ」

「何故そう言い切れるんです？」

藤野弁護士はにんまりと笑った。

「杉村さん、事件の夜、あの子たちがなぜ男子の宿泊場所にいたのかわかりますか」

カレシがいたからですよ——

「前田みのりは三好淳也と、伊勢佐緒里は森本信吾と付き合ってるんです。カップルなんですよ。二人とも、カレシを裏切ったりするもんですか」

私はちょっと圧された。「これ以上カレシに嘘をつかせたくなくて悩むってことはありそうですが」

「あり得ませんね。それはあの子たちの感性とは違います」

失礼、と言い置き、軽快にヒールを鳴らして、彼女は店を出て行った。


事務所に戻る途中で、秋吉氏から私のスマートフォンにメールが来た。精華学院の公式サイトや、学生会・保護者会・ＯＢ会の交流サイトや名簿のデータベースを閲覧することができるパスワードとＩＤだ。今朝、私の事務所で会った際には、その場ではわからないというので調べてもらった。私にとっては、宝の山の入山許可証である。

その日は夕方までパソコンに向かい、関係者の顔写真を見たり、メモをとって過ごした。夏の長い陽が暮れる頃には、いくつか調査のとっかかりになるものを得ていた。

そのひとつが、体験キャンプの九名の生徒たちは、九名とも、過去にも火野教諭が担任するクラスにいたということだ。

火野教諭は、今の三年生が一年生のときにはD組、二年生のときにはC組を担任している。ずっとD組の秋吉翔太は、だから今回が二度目の担任だ。彼を含む八名までは同じケースで、一年生のときにD組にいたか、二年生のときにC組にいた。

ただ一人だけ例外がいる。三好淳也だ。彼は一年D組、二年C組、三年D組で、パーフェクトだ。

藤野弁護士はこれに気づいているだろうか。

3

火野岳志の自宅は西東京市の北部にある。最寄りの駅からは路線バスで約十分。建売住宅が立ち並ぶ、住宅展示場と見まがうような町並みの一角である。

日曜日の午前(ひるまえ)のことで、家々の前では住人たちがそれぞれに活動していた。洗車をしたり、プランターの手入れをしたり、親子でキャッチボールをしたり。ビニールプールに水を張って、幼い子供を遊ばせている家もある。歓声が賑やかだ。

火野家は二階家の玄関脇にカーポートがあるタイプの造りだった。今は車はなく、そのスペースで、Tシャツに短パン姿の少年が、古びてあちこちに錆の浮いた自転車を横倒しにして手入れしていた。少年の傍らには工具箱が開けてあり、様々な工具や油差し、スプレー缶などが入っている。

ただの手入れというより整備と言った方がよさそうで、ハンドルとサドルが外されており、少年は今チェーンも外そうとしていた。彼自身は十二、三歳に見えるが、既にその人生の半分を自転車整備に費やしてきたのではないかと思えるほど堂に入った手つきだ。

玄関のドアが開いて、白いTシャツにエスニック柄のロングスカートを合わせた女性が現れた。玄関前のステップを軽やかに降りてくると、カーポートの自転車整備技師に声をかける。

「どう？　何とかなりそう？」

外したチェーンをそっと巻き取りながら、少年は「うん」と応じた。

「アイスクリームつくってるからね。お昼のデザートに食べられるわよ」

「チョコチップ、たくさん入れないでね」

「わかった」

笑顔でうなずいた女性が、私の存在に気づいた。私は軽く一礼した。今日もノーネクタイだが、夏用のスーツを着てきた。

ドアの脇の表札にはこうある。

〈火野岳志　瑛子　育司〉。

「――どちら様でしょうか」

優しげな丸顔の火野夫人は、触ると嚙みつく小動物でも見るような目で、私が差し出した名刺を見た。

「主人は、半月ほど前から小石川の実家の方に行ってるんです。その方が何かと便利なもので」

家のなかは心地よく雑然としていた。

玄関払いされる覚悟をしていたので、火野夫人がすぐリビングに通してくれたのは意外だった。さらにもうひとつ、予想外のことがある。

体験キャンプ事件は、学院が腐心した甲斐があったのか、マスコミに嗅ぎつけられず、ネット上で騒がれることもなかった。当事者たちは固く口をつぐんでいたし、秋吉氏の見解によると、中等部の他の生徒たちも、

――私学の場合、自分の学校で不祥事が起きると、先々の進学や就職に響くかもしれないと思うから、軽率にツイッターなんかに漏らしたりしませんよ。

その結果、火野家の人びとは世間という目に見えない大軍に攻められずに済んだ。が、夫婦のあいだ、家庭内での焦燥や心配は、それとは別だろう。

なのに、私に麦茶を出してくれる火野夫人には心労の色がない。スカートのウエストが緩そうだから、少し痩(や)せたのかもしれないが、瞳(ひとみ)は明るいし、口のまわりの皺(しわ)も目立たない。

「便利というのは、学院との交渉のためにということですか」

「それもありますけど、まず職探しで」

夫人は少し気まずそうに微笑(ほほえ)んだ。「なかなか難しそうですけど、無職なんてみっともないと、主人は必死になってます」

「精華学院に復職する意向をお持ちではないんですか」

「理事の先生を殴っちゃったんですから、そっちはもう無理でしょう。主人はただ、あのキャンプ事件のことをはっきりさせたいだけなんです」

私がうなずくと、夫人は探るような目つきになった。「杉村さんは、菅野(かんの)先生の事務所の方ではないんですか」

「カンノ先生？」

「弁護士の先生です。城南共同法律事務所」

「ご主人が、学院側との交渉を依頼した法律事務所ですか」

「はい。私は伺ったことがないんですけど」

「藤野という女性の弁護士さんには、私もお会いしましたが」

「ああ、藤野先生」

火野夫人の口元がほころんだ。

「一度、お目にかかりました。あの先生は、菅野先生の補佐をしてらっしゃるんですよ」

だから、「わたしたち」で、彼女は勤務表を受け取りに行ったりしていたわけか。

「そうでしたか。でも、私は城南共同法律事務所とは関係ないんです。まったく別の筋の依頼を受けて働いています」

「そしたら……あの生徒さんたちとか」

「いえ、私の依頼人は体験キャンプ事件の当事者ではなくて、ただあの事件の真相を知りたいと願っているだけの人物です」

　この程度の嘘をつくことに、私はもう抵抗を覚えない。最初の一年は、舌先に嘘が引っかかった。次の一年は、ついた嘘が自分の鼻先で臭うような気がした。今は何も感じない。

　火野夫人は肩を落とした。「じゃあきっと、クラスのほかの生徒さんたちですね。あんな……申し訳ないことになってしまって」

「ご主人もきっと、彼らのことは心残りだったろうとお察しします」

　夫人の返事は、ひと呼吸分遅かった。

「それは、はい、主人ももちろん」

　玄関のドアが開き、声がした。火野さん、こんにちは。お母さん、カネダさんだよ。

「どうぞ」

　私が促すと、夫人は応対に出て行った。明るいやりとりが聞こえてくる。カネダさんという来客は年配の男性らしい。耳が遠いのか、声が大きい。

　私はそっと移動して、横手の壁に掛けられているいくつものフォトフレームを眺めた。キャビネ判のもの、スナップ写真を複数並べて収めたもの。やや古いものから新しめのものまで、いろいろある。

火野岳志の大学生時代らしいもの。ピッチ上のイレブンの記念写真だ。彼はゴールキーパーだったようである。精華学院の正面で撮った写真。新米教諭が先輩に挟まれて、やや緊張した面持ちで笑っている。

火野教諭と生徒たちの写真は多い。クラスの集合写真。修学旅行や文化祭のスナップ。彼は各種の部活動の顧問も務めているようだ。バスケット部、軟式野球部、ラクロス部。揃(そろ)いのコスチュームを着たブラスバンドの勢揃い。被写体はみな笑顔で、生徒が優勝旗やトロフィーや賞状を掲げているのが目立つ。

家族の写真はあるか。公園の砂場で遊ぶ、三歳くらいの男の子の写真。育司だろう。どこかの海水浴場か、育司と火野夫人が水着姿で手をつないでいるスナップもあった。

家族三人が揃っている写真は一枚だけだ。玄関ドアの前に火野岳志が立ち、ステップを一段下りたところに育司がいて、その肩に岳志が両手を置いている。火野瑛子は育司の足元に腰掛けて、膝(ひざ)の上で手を揃え、カメラに向かって遠慮がちに微笑んでいる。育司は今よりひとまわり小柄な感じだ。この家を買ったとき、記念に撮ったのかもしれない。

「それじゃ、おじゃましました。イクちゃん、よろしく頼むよ」

カネダさんが去り、玄関のドアが閉じた。火野夫人が大きな西瓜(すいか)を持って戻ってきた。

「すみません。ご近所の方なんです」

にこやかな目をしている。

「育司が自転車を修理してあげてるので、お礼にって、わざわざ」

「私もさっき見かけて感心しました。育司君は手先が器用なんですね」

「ああいう細かいことが好きなんです」

「私は不器用なので、羨ましいです。育司君は今おいくつですか」

「六年生です」

「しっかりしてるなあ」

「カネダさんはあの自転車、もう三十年以上も乗ってるそうなんですよ。駅前のサイクルショップで、買い換えた方が安いって言われて怒ってしまって。それで育司が直してみることになったんです」

どんな状況下でも、相手が誰でも、母親は子供が褒められると嬉しくて多弁になる。

「いいお子さんですね」

私は腰を上げた。「突然お邪魔して申し訳ありませんでした。小石川の、ご主人の実家のご住所か電話番号を教えていただけるでしょうか。それで失礼します」

「主人に会うんですか」

「はい。先生がお元気かどうか、現状どうしていらっしゃるのか、何かお困りのことはないか、私の依頼人はそれを心配していますので」

夫人の表情にちょっと動きがあった。

「そういうことなんですか。ありがとうございます」

さっき見た写真のなかで浮かべていたのと同じ、控えめな笑みだ。

「主人は生徒さんたちに人気がありましたけれど、こんなことになってもまだ心配してもらえるなんて、有り難いことです」

外に出ると、育司は小さなブラシを手に、自転車のチェーンがかかる歯車の部分を丁寧に掃除していた。

「おじゃましたね」

声をかけると、その手を止めて、少年は軽くぺこりとした。私はカーポートまで降り、彼の手元を覗きこんだ。夫人も、玄関のステップの上でこちらを見ている。

「その自転車、どこが調子悪いの」

「走ってるうちにサドルがガタつくし、すぐチェーンが緩んで外れちゃうんです」

「そりゃ危ないね」

「ブレーキも、怪獣の鳴き声みたいな音がしてうるさいって」

「怪獣ねえ」

近くで見ると、この小さな整備技師が使っているのは工具箱ではなく、その代用品だった。ほぼA4サイズの樹脂製で、ビニールカバーで覆われている。横文字のタイトルとスポーツカーのイラストがついているが、手擦れをしてしまっているのでよく見えない。

「育司君、ひとつ訊いてもいいかい」

夫人がかすかにびくりとした。

育司は眩しそうに私を見る。「何ですか」

「おじさんもおじさんの子供も、チョコチップアイスクリームが大好きなんだ。君は嫌いなの？」

育司は恥ずかしそうに笑った。「チョコチップが入ってると、ざらざらするから」

「なるほどね」

母子に挨拶して、私はその場を離れた。短時間でも、収穫は充分あった。

火野夫人と育司は、夫であり父親である岳志という存在を欠いても平和に暮らしている。〈かえって平和に〉と言い切るにはまだ早いが、しかし母子のゆるりとほどけた笑顔は、あの壁のスナップ写真たちが雄弁に語っていたことを裏付ける傍証としては強力だ。

家族が集い、来客が座るリビングのあの壁に、家族の写真は一枚しかなかった。夫婦が二人で写っている写真もなかった。家族旅行の写真もなかった。クリスマスや正月の写真もなかった。育司の最近の写真もなかった。火野教諭と精華学院の生徒たちが共に過ごした時間を示す写真はいくつもあったのに、育司の成長ぶりを表す写真はなかった。

そして、火野瑛子が単独で写っている写真がなかった。彼女が家族外の誰か——友人や同僚などの親しい第三者と写っているものもなかった。

あの家のなかには歪みがある。

校医の小川医師は、都内の自宅で内科医院を開いていた。電話してみると、本人が出た。さして不審そうな応対はされず、面会を承諾してくれた。

坊主頭で血色の良い、快活そうな人だった。よく日焼けしているのはゴルフのせいか。ポロシャツもゴルフウエアだ。

「ここがいちばん静かだから」

通されたのは、医院の方の待合室だ。

「先生は、毎日精華学院に詰めておられるわけではないんですね」

「学校のなかで、そんなに医者の仕事があっちゃ困りますよ」

苦笑している。

「普段は養護の先生がいれば充分だ。私は行事のときや、修学旅行に付き添ったりするだけです。全体会議には出るし、懇親会や会合にも呼ばれますがね」

「そういうとき、こちらは」

「倅がいますから」

なるほど、待合室の壁には、医師の免状がふたつ掛けてある。

「あなたで五人目ですよ」

こちらから何か言い出す前に、フランクな口調で切り出された。

「と言いますと」

「今の精華学院は大丈夫なのかって、中等部の親御さんが心配してね。私ンところに相談にくる。学院の言ってることを鵜呑みにしちゃうのは、不安なんでしょう」

精華学院は、体験キャンプ事件とその後の火野教諭の罷免を、公式には、「行事の際の生徒の健康事故と、それに関わる処分」と発表しており、中等部の部長と教務主任も、理事会から譴責と減給三ヵ月の処分を受けたことになっている。

〈健康事故〉という表現を、私は初めて聞いた。事件の詳細を知らない中等部の保護者にも、そういう向きは多かろう。確かに、何となく胡散臭い。

「はあ、実は先生のおっしゃるとおりです」

「おたくの子供さんは何年生ですか」

医師の早合点に、私は調子を合わせる。

「一年です。お受験は大変でした。やっと入った私立ですから、先々の不安材料は解消しておきたくて」

わかりますわかりますと、医師は鷹揚にうなずいた。

「私はまあ、校医を二十年――いや、もう二十一年になるか。長いんでね。下手な先生方よりも古株なんですよ」

「それに先生は、体験キャンプ事件の当事者のお一人でもありますしね」

気さくな医師は、ちょっと迷惑そうに顔を歪めた。

「その言い方はやめてくださいよ。私はあの夜、ごたごたの起きたその場にいたわけじゃないですからね。ありゃ火野先生のミステイクだ」

小川医師は、体験キャンプ事件そのものへの疑いを抱いてはいないようである。

「当日、キャンプの前に生徒たちのメディカル・チェックをなさいましたよね」

「簡単な問診ですよ」

「その段階では、誰にも問題はなかったんですか？」

「ええ、みんな健康体でした」

「緊張している様子はありませんでしたか。体験キャンプは、他校では例のない行事ですから」

「まあ、公立学校じゃ無理だよねえ」

「うちの子も今から怯(おび)えてるんですが、意外と苛酷(かこく)なんじゃありませんか」

小川医師はつと目を丸くした。「真夏や真冬に、冷暖房なしで強行するわけじゃないんだから。今までだって、怪我(けが)人や病人が出たことはないしねえ」

「しかし、親の私でも、学校に泊まって床で寝ろと言われたら、正直、躊躇(ちゅうちょ)します」

「私は子供のころ、台風で避難して近くのお寺さんに泊まったことがあるけどね。そっちは本物の災害だったから、そりゃあ怖かったですよ。だけど、こっちのは疑似体験ですからね」

「生徒たちにとっては、むしろスリリングで、わくわくするようなことでしょうか」

「んん、まあ、それは個々の生徒の受け止め方によるでしょう。どっちにしろ、体験キャンプはもうやらないことになったから、今後のことは心配しなくていいですよ」

それで万事解決という表情だ。

「先生から見て、火野先生はどんな人でしたか」

医師は一瞬、詰まった。「もう辞めた方のことですよ」

「もともと短気な人でしたか。事件のあと、職員会議で揉めて、中等部長の斎木さんを殴ってますよね。罷免の直接の原因は、むしろそちらの方だとか」

フランクな医師はみるみる苦り切った。

「何だ、それも知ってるの。だったら、今さら私に話を聞かなくっても」

私は愛想笑いをした。「すみません。でも、こういうことは正確な情報が伝わりにくいものですから」

鼻の下をちょっと撫でて、医師は口元を尖らす。「暴力沙汰になったのは事実ですよ。でもね、あれは前からいろいろあって」

「はあ、いろいろ」

他に誰がいるわけでもないのに、医師は私の方に軽く身を乗り出し、声を落とした。

「火野先生は、斎木さんと反りが合わなかったんですよ。お互いに嫌い合っててね。それがまあ、あんな事件があって爆発しちゃったんだ」

「何がいけなかったんでしょうか」

「斎木さんはよく、火野先生が生意気だって言ってたね。とにかく合わなかった」

教職員のプロフィールによると、火野岳志が精華学院中等部の教諭として採用されたのは、ちょうど十年前、二〇〇一年四月のことである。斎木中等部長は、二〇〇八年四月に、学校法人精華学院の事務局長から異動する形で中等部長になっている。

つまり事務畑の管理者で、教育者ではないのに〈校長〉になった人物なのだ。これも私学ならではの現象だろう。私はちょっとかまをかけてみることにした。

「火野先生にしてみれば、ろくに教壇に立った経験もない人物が中等部のトップになるのは面白くなかったのかな」

「そうそう、そういうこと」

医師はあっさり認めてくれた。

「あの人は熱血漢でしたからね。自分のモットーは火の玉教育だって、全身で生徒たちにぶつかるタイプでした。だから慕われてましたよ。保護者にも、熱狂的な支持者がいました」

その分だけ嫌われることがあっても不思議はない。それが上司であれ、保護者であれ、自分が担任する生徒であれ。

「部活動の顧問としても、ずいぶん華々しい成果をあげておられると聞きました」

「熱心にやっとりましたよ。あの人自身は、若いころにアキレス腱を切っちゃったとかで、激しいスポーツはできなかったんですよ。でも指導はできるからね」

「はあ。そうすると火野先生は文武両道ですね。ブラスバンド部を、何か大きな大会で優勝させたことがあるでしょう？」

医師は可笑しそうに笑った。「あなた、私より古いねえ。お子さんに聞いてごらんなさい。あれはブラスバンドじゃありません。マーチングバンドっていうんです」

「は？」

「楽器を持って演奏しながら、行進したり踊ったり、パフォーマンスっちゅうのをやるんです。ほとんど運動部と変わらないよ」

そうだったのか。

「でも、あれで賞をもらったのも、もう三、四年前ですよ。ここんとこは学習指導だけで手一杯だって、こぼしてたからなあ」

過去三年、D組、C組、D組の担任だった。これは精華学院では、学力で下位ランクの生徒たちを続けて引き受けた、ということを意味する。

「事件が起きたのも三年D組ですよね」

「会議のときに、よくあのクラスの補習について話題にしてましたよ」

「火野先生は、何かお考えがあって、そちらの方にシフトされたんでしょうか。つまりその——勉強の方にやや難のある生徒たちを面倒みよう、と」

小川医師は、「う〜ん」と言って腕組みをした。「私も、とくだんに親しかったわけじゃありませんからねえ」

そのわりには、ここまでのところ火野教諭に好意的である。

「ただ——そうだなあ。火野先生も再婚して、奥さんの連れ子を引き取ったりしてね。いろいろ思うところがあったんじゃないですか。酒の席でちらっとそんなようなことを話していた覚えがあるなあ」

私は「ああ、なるほどねえ」と言った。表情は変えなかったと思う。実際、心底驚いたわけでもなかった。

それでも、こういう小芝居はさっと切り上げた方がいい。

「わかりました。日曜日に突然おじゃまして、失礼しました」

「もうよろしいんですか」

「はい、充分です。ああ、でも先生」

脱いだスリッパを揃えながら、私はついでのように訊いた。「これまで、教師による体罰の話を耳にされたことはありませんか」

「何だね、それは」

目を剝いたかと思うと、小川医師の表情も口調も厳しくなった。

「体罰なんかあるわけがないでしょう。あんた、本当に生徒の保護者なのかね」

「そうですか。いや、本当に失礼しました」

さっさと外に出ると最寄りの駅前まで戻り、秋吉氏に電話をかけた。

「突然ですが、火野教諭が再婚で、夫人に連れ子がいることをご存じでしたか」

秋吉氏は、さっきの私よりは驚いたらしい。「私じゃわかりません。家内に訊いてみますから、ちょっと待ってください」

さしてかからず電話口に戻ってきた秋吉氏は、実務家らしく確認する。「火野先生の奥さんに連れ子がいるということは、奥さんも再婚だということですよね」

「たいていはそうですが、シングルマザーだった場合もあり得ますね」

「ああ、そうか。いや、どちらにしろ、家内は火野先生がバツいちだということは知っていました。わりと有名だそうです」

ならば、何かの機会に火野岳志が自分から生徒に話した可能性が高い。なにしろ火の玉教育の体当たり教師だ。私は一度結婚に破れたけれど、たった一度の失敗で人生を諦めてはいけない、現に私は今はこうして幸せなんだからとか云々かんぬん。

「杉村さん、そんなことが事件と何か関係あるんですか」

「わかりません。でも、この手の情報はあった方が参考になります」

「じゃあ、追加情報を。火野先生は今の奥さんと、大学時代の恩師の紹介で知り合ったんだそうですよ。これは去年の春の懇親会のときに、家内が先生から直に聞いたと言ってますから、間違いないと思います」

　礼を述べて、私は電話を切った。次はノートパソコンの出番だ。

　秋吉氏のIDとパスワードでアクセスできるデータベースの教職員名簿は年ごとに更新されるようだが、精華学院校友会の方の〈年鑑〉は、遡って二十年前からの教職員と在学生たちの名簿と住所録が、当時のまま載っている。それを見ていくと、興味深いことがわかった。

　三年前の年鑑では、火野岳志の住所は文京区小石川の、火野夫人が教えてくれた「実家」のそれになっている。そこからさらに四年遡ると、杉並区栄西町のマンションの三〇四号室になっている。

　つまりこういうことだ。十年前、精華学院に入った時点では、火野岳志は杉並区栄西町のマンションに、おそらくは前妻と所帯を持っていた。しかしその後いったん実家に住所を移した。これが前妻と離婚したせいなのか、前妻と共に自分の親と同居し、それから離婚したのかはわからない。

ともあれ、今から三年前までは小石川の実家にいて、その後、現在の西東京市に移った。これはほぼ確実に、瑛子と再婚し育司と三人で暮らすために、マイホームを購入したからだろう。

二、三年前なら育司は八歳か九歳だ。火野家のリビングに飾ってあった唯一の家族写真、マイホーム購入記念に撮ったらしい玄関前のスナップのなかの彼が、今よりひとまわり小さいこととも符合する。

夫婦が結婚を解消した際、カップルのどちらかが、それまで一緒に暮らしていた家に残ってそのまま住み続けるケースは、ないことはない。引っ越しが手間だとか、家は気に入っているとか、経済的な事情とか、学齢期の子供を転校させたくないとか、理由は様々だ。

火野岳志の前妻と、（もしもいるならば）彼が前妻とのあいだにもうけた子供が、今も杉並区栄西町のマンションに住み続けている可能性は高くはないが、賭けないのももったいない。

結果的には、私はその賭けに負けた。件のマンションの三〇四号室のインタフォンを押すと、日曜日の夕方だというのに寝起きのような若い男の声が応じたからだ。

が、彼は面白いことを言った。「先週だったかなあ。やっぱり、前にここに住んでたヒノさんだかキノさんだかを探してるって人が来ましたよ」

弁護士だって言ってた、という。

「もし何か心当たりができたら連絡してくれって、名刺を置いてったけど」

「その名刺、今も手元にありますか」

「――ちょっと待ってて」

それきりインタフォンはうんともすんとも言わなくなったが、二、三分すると、たるんだジャージを着た若者が、ビーチサンダルを引っかけてロビーに降りてきた。

「さっきの人？」

「はい、そうです」

「この名刺。何か知んないけど、面倒くさいからあげるよ」

こういうことがあるから、チャンスには賭けてみるものだ。

城南共同法律事務所、弁護士、藤野涼子。

「はい、藤野です」

バックグラウンドに賑やかな生活音がする。人の声も混じっている。

「先生、杉村です。精華学院の前で先生に捕まった私立探偵ですが、ご記憶ですか」

驚かせてしまったらしい。ちょっと沈黙があった。

「——どういうご用件でしょう」

「よかった、覚えていてくれましたか」

「日曜日ですよ、杉村さん。弁護士だって休むんです。私立探偵は休まないんですか」

「零細ですからね。先生、携帯電話の番号までわかる名刺を、あんまり播かない方がいいと思いますが」

「仕事用と私用のケータイを分けてますから、ご心配なく」

だったらあの時、私にも名刺をくれたってよかった。

「わたしの名刺、どこで手に入れたんです？　で、何の用ですか」

私はもうひと言ふた言冷やかそうかと思ったのだが、そのとき、彼女の背後の生活音のなかに、幼い子供のくすぐったそうな笑い声が聞こえたので、やめた。

「ご家族とお過ごしのところを申し訳ない」

藤野弁護士は「ふん」と言った。「ちょっと場所を変えます」

バックグラウンドの騒音が消えた。

「それで?」

「なぜ、火野岳志氏の前妻を探しておられるんですか。目的を伺っているんじゃありません。先生なら、彼に直接訊けば済むことじゃないかと思うので」

「杉村さんは、なぜ、火野さんの前の奥さんを探す必要があるんですか」

「彼の今の家庭がうまくいっているようには見えないので、前の家庭はどうだったのか、離婚の原因は何なのか知りたいからですよ」

「火野さんの私生活は、体験キャンプ事件とは関係ないでしょう」

「私はそうは思いません。教師も人間ですから、生徒という生身の人間と相対していれば、教育者としての顔の下から、素の人格が覗くこともあるでしょう。それが生徒の共感を呼んだり、反発を招いたりする。だから、生活人としての彼の有り様を知りたいんです」

藤野弁護士は黙っている。私は続けた。

「日頃から確執があったとはいえ、会議の席で逆上して上役を殴るような暴力的な男は、同じくらい取りのぼせたら、妻も殴るかもしれない。子供も殴るかもしれない。その男が教師なら、生徒も殴るかもしれません」

「体罰を疑っているのなら、見当違いです」

「今の教師は、厳しく監視されていますからね。しかし、暴力的な人間というのは、べつに血を見るのが好きなわけじゃない。相手を屈服させ、支配できればそれでいいんです。物理的な暴力は、そのための手段のひとつでしかありません」

「心理学者みたいなことを言うんですね」

「必要ならどんなことでも言いますよ」

私立探偵の看板を揚げたときから、そう腹をくくった。

「火野岳志が家庭でそういう男であるのなら、教室でもそういう教師であるかもしれない。だから三年D組の生徒たちに恨まれ、今回の事件で嵌められたのかもしれません。先生はそう思いませんか」

今度は鼻息ではなく、ため息が聞こえた。

「わたしが火野さんに内緒で別れた奥さんの消息を探していたのは、彼に訊いたら、何でそんな必要があるのかと問われて、ややこしくなるだけだからです」

「ええ、そうでしょうね」

「杉村さんのおっしゃるとおり、わたしも、火野さんの普段の言動や担任としての学級運営に強引なところがあったんじゃないかと疑っています。教師としての能力云々ではなく、気質や性格の問題――それが今回の件の根っ子にあるんじゃないかと。でもそれは、本人や火野さんの味方に訊いてもわかりませんからね」

嵌められたと訴える被害者の身の証を立てるためには、なぜ嵌められたのか、その理由を探り出さねばならない。必然的に、当の被害者にとっては嫌な事実もほじくり返すことになる。

「先生、共闘しませんか」

「はあ？」

「私は明日、D組の生徒たちに会うつもりなんです」

「難しいと言ったはずですよ」

「先生のお立場では難しいでしょう。でも私は火野先生の側じゃありませんからね。それに、私が会いたいのは体験キャンプ事件の当事者じゃない。最初から体験キャンプに参加しなかった、D組の残り六名の生徒たちの方です」

「――なぜ？」

「ああいう筋書きを、口裏を合わせてでっち上げるのは、その場の思いつきじゃできません。あの九人の生徒たちは、前々から準備していたはずです。その準備のなかには、協力してくれそうにないマジメ人間や、怖がってチクってしまいそうな弱虫を排除する作業も含まれていたはずだ。だから、参加しなかった六名が鍵になる」

藤野弁護士の今度の沈黙には、考え込んでいるような重みが感じられた。

「私は生徒たちに当たります。先生には、このまま火野氏の周辺をお願いします。得た情報を交換しましょう。どうですか」

そこまで言って息をつき、私は耳を疑った。電話の向こうから、かすかだけれど確かに、

「クソ！」

という悪態が聞こえたからだ。

藤野弁護士は、少し鼻息が荒くなっていた。

「わかりました。取引を呑みます」

「無駄な手間を省くために、先にこちらの情報をあげましょう。火野さんの前妻には連絡がつきました。彼の大学の後輩です。結婚生活はほぼ四年間で、離婚の原因は、いわゆる〈性格の不一致〉だと話してくれました」

夫婦間暴力はなかった、と言う。

「手を挙げられたことは一度もないそうです。ただ、喧嘩は絶えなかった。火野さんが彼女の仕事や人間関係に干渉して、指図ばかりしたからだと、これはあくまでも彼

女の玉教育か。

後輩でもある妻を支配して、自分の指導に従わせようとした、熱血漢の体当たり火の玉教育か。

「大学の後輩ね。なるほど」と、私は言った。「火野さんは、今の瑛子夫人とも、大学の恩師の紹介で知り合ったそうですよ」

先輩・後輩という人間関係、上下関係を大事にする男である。気に食わない校長は殴るけれど。

「そんなこと、どこで聞いたんです?」

「そんなようなことを聞き出すのが私の仕事なんですよ。じゃあ先生、明日からよろしくお願いします」

そのとき私が口にした意味での〈明日〉は到来しなかった。翌朝午前五時過ぎに、秋吉氏からの電話で叩き起こされたからである。

「翔太がいないんです!」

その声はわなないていた。

「夜のあいだに家出したらしい。今度は書き置きも見当たりません」

4

電話の向こうで、藤野弁護士の声音は落ち着いていた。

「秋吉君のご両親は、今どうなさっているんですか」

「心当たりのところへ、片っ端から電話していますよ」

——自殺未遂の後の家出ですよ！　どこか、今度は失敗しない場所で死のうとしているのかもしれません。

「捜索願は？」

「まだ出していません」

すぐ警察に連絡するというから、その前にまず彼の友達に当たれと、私がストップをかけたのだ。

「じゃ、急ぎましょう」

三好淳也の自宅へ行こう、という。

「今回の件は、彼がリーダーですから」

私も、心情的に追い詰められている秋吉翔太がすがる相手は、おそらく三好淳也だ

ろうと思ったが、

「しかし、自宅にいますかね。親の目の届かない場所に行きそうなもんですが」

「三好君の場合、自宅でも親の目が届かないんですよ」

三好淳也は父親と二人暮らしで、

「お父さんは多忙で、家には寝に帰ってくるだけの状態のようなんです。毎学年四月の家庭訪問のときも家政婦さんしかいなくて」

——あれじゃどうしようもない。

火野岳志は笑っていたという。

「心配だから、副担任の新井先生は何度か訪ねているそうですが、やっぱり会えるのは家政婦さんばっかり。幸い、いい人だそうですけどね。でも、決まった曜日に通ってくるだけですから、三好君は事実上ひとり暮らしなんです」

秋吉翔太を匿(かくま)い、一晩泊めることぐらい容易(たやす)いわけだ。

三好淳也の自宅は品川区の北品川にある。藤野弁護士と品川駅で落ち合って、タクシーに乗った。

「あの子たちの、キャンプ事件の下準備というか、共同謀議というか」

わざと大げさに言って、藤野弁護士は軽く頬を歪(ゆが)める。

「そのためにも、三好君の家は便利だったろうと思います」

確かに、担任の先生を嵌める謀略の作戦会議なのだから、放課後の教室ではできまい。

タクシーは前方に見える超高層マンションに向かっている。

「あのマンションですか」

「ええ」

「簡単に入れるとは思えませんが」

「ピンポンして入れてもらいましょうよ」

私がよほどおかしな顔をしたのだろう。藤野弁護士は笑った。

「大丈夫。新井先生や、彼を知っている他の先生方から聞く限り、三好淳也はものの道理がわからない子ではありません。むしろ、中坊にしてはしっかりしてるみたいです」

——小さいときにお母さんを亡くして、子供なりに気苦労をしたからじゃないかと思うんです。

というのが、新井教諭の評価だそうだ。

「三年D組のまとめ役は、ティーンエイジャーの苦労人というわけですか」

「杉村さん」

あらたまったような固い声で私に呼びかけ、藤野弁護士はまた苦い顔をする。

「先日お話しした際、わたしは、体験キャンプ事件の九名の生徒たちについて、あまりいい表現をしませんでした」

「と言いますと」

「意志薄弱とか、ええかっこしいとか、首謀者だとか子分だとか」

そういえばそうだった。

「あれはけっして、見下して言ったわけじゃありません。ただわたし、あの子たちに腹を立ててるもんですから」

「先生のお立場なら当然だと思いますが」

「いえ、火野さんの弁護士として怒っているんじゃないんです。どっちかっていったら、あの子たちと同じ土俵で怒ってる」

たぶん、そうです——と、自分自身に確認するように呟いた。私には、今ひとつ意味を解しかねる言葉だった。

「火野夫人は、藤野先生はこの件の助手で、担当の弁護士はカンノ先生だと言ってましたが、そういうことですか」

思いがけず、藤野弁護士は吹きだした。

「菅野弁護士はうちの所長で、確かにわたしのボスですから、うちで受ける事件はすべて菅野の事件です。でも、この事件の担当はわたしです」

「だったらなぜ――」

「最初、わたしが担当しますと挨拶したら、火野さんに断られたんですよ。女の弁護士は駄目だって」

「先生に向かってそう言ったんですか」

私が目を瞠ると、藤野弁護士は苦笑しながらうなずいた。

「経験不足の若手の弁護士じゃ困る、ではない。女性の弁護士じゃ嫌だ、でさえない。オンナの弁護士は駄目だと、面と向かってはっきり」

それだけでも、火野岳志のメンタリティの一部がよくわかる。

「でもわたしはやる気満々でしたし、ボスもそのままわたしに預けてくれたんです」

「話のわかる上司ですね」

「おかげさまで」

タクシーが朝の空にそびえ立つ超高層マンションの足元に着いた。小走りで正面ロビーに入ると、藤野弁護士は集合インタフォンのパネルに向かい、迷う様子もなく部屋番号をプッシュした。3、1、1、5。

返事がない。もう一度、ピンポン。

「まだ寝てるんですかね」

インタフォンから「はい」と声が聞こえた。

「三好淳也君ですか」

藤野弁護士は丁寧に呼びかけた。

「朝早くからごめんなさい。わたしは弁護士の藤野といいます。そちらに秋吉翔太君はおじゃましていますか？　秋吉君のご両親が、心配して探しているんです」

インタフォンは沈黙している。私は横から割り込んだ。

「おはよう。僕は杉村といいます。君が三好君ですね。もしかしたら、秋吉君から僕のことを聞いているかな」

秋吉氏がバカ正直に、「調査のために探偵を雇った」と、息子に告げるはずはなかろう。だが、ひとつ屋根の下に暮らしている家族なのだし、翔太にバレても不思議はない。だからこそ彼は、夜中にこっそり家を抜け出してまで三好淳也に相談したくなるほど動揺してしまったのではないか。

「僕も翔太君と会って話せると嬉しいんだけど、彼は来ていませんか」

ふた呼吸ほど間があって、内側のオートロックのガラス扉が開いた。

「ほら、入れてくれたでしょ」と、藤野弁護士が言った。

だだっ広いリビングだった。

作り付けの飾り棚に、壁一面の書架。畳一畳ほどのサイズの液晶テレビとオーディオセット。革張りのソファとオットマンと安楽椅子。床に雑誌が散らばり、何本かのペットボトルと、テレビゲームのコントローラーとパッケージが転がっている。

三十一階の高さから街を見おろす一枚ガラスには、シェードが半分下りていた。エアコンが効き過ぎて寒いほどだ。

アルコールや煙草の臭いはしなかった。ピザの箱がふたつと、フライドチキンの紙パックがひとつ、アイランド型のキッチンのカウンターに食い散らかしてある。

「これ、昨日の夕食？」

藤野弁護士がピザの箱を指して訊いた。

「ピザをとるときは、サラダも一緒にとった方がいいよ」

起き抜けの顔をした男子が三人、のそっと突っ立っているだけで誰も反応しない。

そう、三好淳也と秋吉翔太だけでなく、三人目もいた。顔写真を見たから誰だかわかる。下山洋平だ。

「三人ともここでごろ寝しちゃったの？」

秋吉翔太はアロハ風のシャツにジーンズだが、シャツに皺がよってくしゃくしゃだ。三好淳也はタンクトップにジャージ、下山洋平はTシャツにジャージ。寝間着と部屋着兼用の格好である。

「――ゲームしてたからさぁ」

しょっちゅうあることだ、何でもないことだというふうに、下山洋平が口を開いた。

「そう。何やってたの？」

藤野弁護士がゲームのパッケージを拾い上げる。

「『ゴッド・オブ・マーズ』。これってアクションゲーム？」

「SFホラーですけど」と、三好淳也が言った。「そんなの何でもいいでしょう」

髪に寝癖がついているし、顔も洗っていないようだから今は冴えないが、ちゃんとすればなかなかのハンサムだろう。彼が同年代の男性アイドルに交じってテレビに出ていても、私にはまず見分けがつかない。

「翔太は遊びに来てただけで、何も悪いことしてないですよ」

「そうみたいね。でも、ご両親に黙って出てきちゃったでしょ」

「電話します」

囁くような小声で言い、うつむいたままぎくしゃくと、秋吉翔太がリビングを出ていく。私も藤野弁護士も止めなかった。

「オレも遊びに来てただけ。よく来るんだ。ちゃんと親に言ってきたし、ジュンヤのとこにいるならぜんぜん叱ンないよ」

下山洋平が言った。つるつると上滑りな口調で、両目が泳いでいる。若者ふうには、〈きょどっている〉と言うのが適切か。

藤野弁護士はにっこりした。「君たち、夏休み中だもんね」

「そ。そうゆうこと」

へらへら笑い、下山洋平は横目で三好淳也の顔色を窺っている。なるほど子分だ。私は三好淳也に訊いた。「ケータイでやりとりしてるだけじゃ歯がゆくて、君が翔太君を呼んだのかな。それとも、彼の方が君を頼って押しかけてきたのかな」

「杉村さん」

にこにこ顔のまま、藤野弁護士が言った。

「余計な質問をしないでください」

「すみません。でも、いろいろ訊くのが仕事なので。ごめんよ、僕は探偵なんだ」

三好淳也は表情を変えなかった。下山洋平はけけっと笑った。

「マジだったの？　だっせぇ」

彼の言うとおりだ。探偵なんて、今の社会ではダサい商売である。少なくとも職種の名称としては大いにダサい。

「杉村さん、邪魔です」

また藤野弁護士に叱られて、私は素直に引き下がり、分厚いラグを踏んでぶらぶらと室内を見回した。

書架は満杯状態だ。ぎっしり詰まっているビジネス書と経済誌のバックナンバーは父親の蔵書だろう。コミックはきっと三好淳也のだ。人気作品が揃って(そろ)いる。

書籍以外に、映画のＤＶＤもけっこうな幅をとっていた。が、それ以上にたくさんあるのはゲームソフトだ。真新しいパッケージのものから、やや古めのもの。形状もサイズも様々なものがごたまぜにして並べてある。

そのなかのひとつの箱の絵柄に、私は新鮮な見覚えがあった。

「何度か電話が鳴ってたけど、一人のときは留守電にしてるから、ほっといたんです」

藤野弁護士の質問に、三好淳也が答えている。

「そう。だけどこういう緊急の場合もあるんだから、メッセージは聞いた方がいいよ」

「これからはそうします」

私は性懲(しょうこ)りもなく割り込んだ。「秋吉君のご両親は、警察に捜索願を出そうとしておられたんだ。君たちが家からふっといなくなって、どこにいるかわからないというのは、それぐらいの大事(おおごと)なんだよ」

三好淳也は私の顔を見ると、慌(あわ)てたようにまばたきした。目の色を読まれたくない、というふうに見えた。

「はい、すみませんでした」

「昨日、秋吉君は何時ごろ来たの？」

「――十時ごろ」

「三好君のお父さんは？」

「今は出張してます。金曜日まで」

「家政婦さんは？」

「今日は午後から来ます」

「下山君は――」

今度は三好淳也が藤野弁護士を遮って、私に問いかけてきた。「翔太のお父さんとお母さんは、このこと、火野先生にも報(しら)せたんでしょうか」

私はうなずいた。「思いつく限りのところに電話をしておられるようだったから、報せたんじゃないかな」

「翔太が火の玉センセのとこなんか行くわけねぇのに」と、下山洋平が茶化す。

「それが何か問題？」

藤野弁護士の問いに、三好淳也はちょっと答えに詰まった。まだ華奢（きゃしゃ）な喉仏（のどぼとけ）が上下した。

「――別に」

素っ気なく否定したが、表情はそれとは別の感情を語っている。

下山洋平が騒々しく割り込んできた。「オレがここ来たのは十一時ちょっと前だよ、弁護士のせんせ～」

私は彼らに背を向けて、また書架と飾り棚の検分に戻った。藤野弁護士の質問に、三好淳也の返答は言葉少なく、下山洋平はやたらとふざけている。

大画面テレビの脇（わき）に、銀縁のフォトフレームに収めたモノクロの写真が飾ってあった。歳（とし）は三十代半ばぐらいだろう。目元が三好淳也によく似た女性だ。

彼の母親だろう。写真の隣には、真っ白なバラをさした一輪挿しが置（い）いてある。バラは花が開ききって、花弁が一枚落ちていた。これを新鮮なものに活け替えるのも、これから来る家政婦の仕事なのかもしれない。

足音がしたので振り返ると、秋吉翔太が強張った顔でリビングの戸口に立っていた。

「うちに電話したら、すぐ帰って来いって」

「じゃあ帰りましょう」

藤野弁護士はあっさり切り上げた。その瞬間、ずっと突っ立ったまま彼女とやりとりしていた三好淳也が、気が抜けたみたいに軽くよろけた。床にあぐらをかいてにやけていた下山洋平も、そのニヤニヤ顔に安堵の色を浮かべた。

「弁護士さん、翔太が怒られないように、ちゃんと言ってやってよ。あ、駄目か。弁護士さんは火野先生の味方なんだもんな」

すぐ調子に乗るタイプだ。藤野弁護士を揶揄するように口を尖らせて続ける。

「そのために高い金もらってんだもんね。じゃあ探偵さんの方だ。翔太をよろしくね」

「あいにく僕は、そこまで面倒みるほど高い金はもらってないんだ」

「うへ、だっせぇ」

藤野弁護士が秋吉翔太を促し、廊下へ出てゆく。

「翔太」と、三好淳也が呼んだ。

秋吉翔太は、溺れかけているところに浮き輪が飛んできたような顔をして振り返った。

「もう、くよくよ考えンな。薬なんか飲んじゃダメだ」

そうだそうだと、下山洋平が尻馬に乗る。

「いっちばんの被害者のオレが何ともねえのに、おまえがトラウマになんなっつーの」

「――うん」

「そうだ、君こそがいちばんの被害者だよね、下山君」

大仰に胸に手をあてて、私は口を挟んだ。

「心が深く傷ついたよな。たとえ話にしろ、みんなから『おまえが死ね』って指さされたんだからさ。泣きながら、ママ早く迎えに来てって、うちに逃げ帰っちゃったのも無理もない」

このわかりやすいお調子者の少年は、たちまちムッとした。

「オレは逃げてねえし、泣いてなんかねえよ。ヘンなこと言うな、おっさん」

「へえ、そうかい。本当は逃げ帰ったんじゃなかったのかあ」

下山洋平の顔が真っ赤になった。

「杉村さん、そこまで」藤野弁護士がぴしゃりと遮った。「もう行きましょう」

私は素直に従った。去り際に三好淳也の顔をみると、まさに能面のようになっていた。

我々は粛々と帰途についた。翔太はタクシーのなかで口をきかなかった。藤野弁護士も、何を考えているのか、質問もせず説教もせずに黙っていた。

自宅の屋根が見えてきたあたりで、翔太がかぼそい声を出した。

「弁護士さん」

「なぁに」

「うちの親と話すんですか」

藤野弁護士は優しく言った。「君を無事に送り届けたら、すぐ失礼します」

翔太の眼差しは固い。「だって――」

「話なら、まず君がご両親とするべきじゃない？　杉村さんもそう思いますよね」

「はい、同感」

彼を両親に引き渡すと、私と藤野弁護士は歩いて駅へ向かった。

「学院側はガードが固いと言ってましたけど、先生、ちゃんと聞き込みをしてるじゃありませんか」

「真実を知りたいと思っている人は、ナバロンの要塞のなかにもいるってことですよ」

「それそれ、それです」

最初に話したときから気になっていたのだ。

「『ナバロンの要塞』なんて、私の親が若いころの映画ですよ。何で先生が知ってるんですか」

藤野涼子は楽しそうに笑った。「うちの母が、古い映画が好きなんです。ちょうどあの子たちぐらいの年頃から、よく付き合って観せられました。二十年も前ですから、まだレンタルビデオでしたけどね」

「二十年？」

そのころ中三なら、現在は三十四、五歳である。

「先生はもっとお若いと思っていました」

「それはどうも。何も出ませんよ」

ヒールの音がかつかつと響く。

「共闘するって約束でしょう。僕の方は、秋吉翔太がぐらついているという大ニュースをすぐ報せたんだから、貸し越しですよ」

「ぐらついただけで、あれじゃまだ白状はしませんよ」

一瞬、藤野弁護士は酷薄な口調になった。

「帰りがけにリーダーに釘を刺されて、物言わぬ貝に逆戻りでしょうよ」

――もう、くよくよ考えンな。

「じゃあ、こちらが借り越しになってもいいから教えてください。三好淳也と火野先生は、過去にはうまくいっていた時期があったんじゃないでしょうか」

かくんと足を止め、藤野弁護士は私を見た。「出し抜けに、何ですか」

「言葉どおりです。新井先生は、そのへんのことをご存じないでしょうかね」

「さあ、どうかしら」

「三好淳也は、三年間ずっと火野先生のクラスにいるんですよ。気づいてましたか」

「もちろん」

藤野弁護士は心外そうだ。

「中学三年生は、いきなり三年生になるわけじゃありませんからね。一年生のときも二年生のときもあるんですから。三好君に限らず、あの九名の今までの学校生活については、いろいろ調べています」

「でも、やっぱり肝心なのはリーダーの三好淳也でしょう。彼は、かつては火野先生に気に入られていた時期があったんじゃないですかね」

学業成績はともかく、火野岳志が嫌いそうな、とろいタイプの少年には見えなかった。

「僕は、それは彼が一年D組から二年C組に頑張って上がった頃じゃないかと思うんですが——でもその時期が過ぎて、火野先生とのあいだがまずくなって、彼は先生に対して怒りを抱くようになったんじゃないか。それが今回の事件の根っ子じゃないのかな」

最初から反りが合わず、嫌い合っている関係よりも、一度は親しい時期があってから離反した場合の方が、感情の振幅が大きい分だけ、相手を害してやろうという負のエネルギーも強くなるのではないか。

「そういう燃焼促進剤のような感情がなかったら、生徒が先生を嵌めて濡れ衣を着せるなんて、できるもんじゃないでしょう」

指先で軽く顎に触れながら、藤野弁護士は少し考えた。やがて首を横に振った。

「残念ながら、そんな形跡はありませんね。そういう話はどこからも出てきていません」

「——そうですか」

「三好君と火野先生のあいだは、よくなりようがなかったと思いますよ。それに杉村さん、D組とC組には、そんなに大きな差はないんです。D組の子がB組に上がれば頑張ったことになりますが、DとCの行ったり来たりじゃ、五十歩百歩です。少なくとも火野先生の価値観ではそうですよ」

私は諦めきれなかった。「でも、先生もご覧になったでしょう、さっきの三好君の顔。秋吉君の家出を火野先生にも報せたのかと訊いて、あなたが、それが何か問題なのかと問い返したら、うやむやにごまかしてましたけど、あのときの彼の表情です」

——別に。

ぼそっとそう言った三好淳也は、心を痛めているように、私には見えた。

「仲間がぐらついていることを火野先生に知られたらまずい、という顔じゃなかった。やばい、という顔じゃなかったですよ」

「だったらどうだというんですか」

「三好淳也のなかには、火野先生に対する好意というか、シンパシーが、少しはあるんじゃないでしょうか」

だからとっさに、また迷惑かけたら悪いなと思って——いや、感じてしまったのではないか。それが素直に顔に出た。

「確かにわたしも、あのときのやりとりには引っかかりました。でも、ねえ」

藤野弁護士は眉をひそめる。

「深読みじゃないかしら。これは学院の養護の先生の話ですが、三好君には、もともと繊細なところがあるんですって。あの子の学業不振もそれが原因だろう、と」

立ち直れてないんですよ、と言った。

「母親を失った喪失感からね」

遺影と、白いバラが一輪。

「病気ですか」

藤野弁護士はうなずいた。「癌だったそうです。三好君が七歳のときだから、七、八年前になりますね」

七歳の子が死病と闘う母親を見つめ、やがて見送り、父親と二人きりで残された。その父親は仕事に多忙で、子供は必要なケアを受けることができず、心に空いた穴を抱えたままティーンエイジャーになった――

「それでもちゃんとお受験して私学に入ったんですから、基本的には真面目ないい子なんですよ。これまでも、問題行動はなかったんだから」

「養護の先生は、母親のことを本人から聞いたんでしょうか」

「一年生の時の教務主任が、火野先生から、家庭訪問をしたら家政婦しかいなかったという報告を受けて、養護の先生に申し送りをしたんだそうです」

栄養指導が必要かもしれませんからね、と言う。

「で、養護の先生がときどき様子を聞くうちに、三好君の方からぽつぽつとお母さんのことを話してくれたって。当たり前だけど、当時はそうとう辛かったようです」

「先生」と、私は言った。「ちっとも難攻不落じゃないじゃありませんか」

藤野弁護士はけろりと言った。「おかげさまで」

それから私は、体験キャンプに参加しなかった六名のD組生徒たちに会いに出かけた。

すぐ連絡がつかない家もあれば、ついても断られる家もあり、結局、その日のうちに会えたのは三名だけだった。男子一名、女子二名である。

どの家でも、当然のことだが母親が一緒だ。女子のうちの一人は、父親が在宅仕事だそうで、両親が揃って同席した。

そしてどの家でも、最初のうちは警戒していても、口がほぐれてくると雄弁になるのは、生徒より親の方だった。

――失礼な先生ですよ。

担任・火野岳志の評判はよろしくない。

――うちの子だって、ちゃんとお受験にうかって入ってるのに、まるで落ちこぼれだみたいなことを言うんですよ。

――家庭訪問のとき、D組にいるんじゃ将来はない、これから命がけで頑張るぐらいでないといい大学には行けないって脅されて、娘は縮み上がってしまいました。

――母親は子供に甘いから困るって、頭から決めつけているんです。わたしがパートで働いてることを言ったら、お子さんもパートでしか働けない大人になったら困るでしょうから、お母さんも今後は厳しく監督してくださいって、こうですよ。

この三名の生徒が体験キャンプに参加しなかったのは、

――学校の行事としてはやりすぎだと思いますから。

――うちの子は風邪を引きやすいので。

――今時の中学生を男女一緒くたに雑魚寝させるなんて、事件を起こしてくださいと言ってるようなものじゃないですか。

理由としては（事実誤認も混ざっていて）とりどりだが、通底する感情はひとつだと、私は感じた。火野先生がいちばんの責任者として威張り、仕切るに決まっているところに、一晩だって我が子を預けたくはない。

彼が罷免（ひめん）されたから、やっと口に出せる不満もあるのだろう。事件の余波を受けて、後説的にオーバーに言っている部分もありそうだ。だが、そうしてヒートアップする自分の親の傍らに温順（おとな）しく座っている子供も、親の発言をまったく訂正しないし、火野先生を庇（かば）う様子はなかった。

――主人は生徒さんたちに人気がありました。

――熱狂的な支持者がいました。

彼が指導した部活のおさめた輝かしい成績。写真のなかの生徒たちの誇らしげな笑顔。

あの賛辞と、この非難。二つが互いを打ち消し合うことなく存在している。よくできる生徒ばかりに力を注いでしまう教育者なら、とくだん不思議な現象ではなかろう。これが一般企業のなかの話だったら、ストレート過ぎて当の本人が笑い者にされるようなレベルの依怙贔屓（えこひいき）だ。

福岡（ふくおか）みどりという女子生徒の家で、母親がちょっと席をはずしたとき、本人がそっと私に言った。

「出欠をとるとき、火野先生は、しょっちゅうわたしの名前を間違えるんです。ふくいよかさん、じゃなかったふくおかさん、て」

彼女はぽっちゃり体型だ。

「わざとじゃないんだって、いつも笑うんです。わたしがいっぺん、そういうのはやめてほしいってホームルームで言ったら」

——仲間内の冗談がわからないなんて、おまえ、だから友達がいないんだぞ。

「ひどいね」と、私は言った。

別の男子生徒は、一年生でもD組で、放課後しばしば居残り補習を受けさせられたという。当時の教室の後ろの黒板には、そういう居残りメンバーの名前と居残り回数を示すグラフが書いてあったそうだ。

居残り補習は、必要ならするべき学習指導だろう。だが、晒しものにするのはただの悪意だ。

「年賀状にまで〈今年の目標は居残りゼロだぞ！〉って書いてあって——」

お正月から悲しかった、と言う。

「頑張れって励ますなら、もっとほかに書きようがありますよね」

同席していた母親は、思い出したように怒っている。

「その年賀状、見せてもらっていいですか」

家族写真を使った年賀状だった。あの家の玄関前に火野岳志が胸を張って立ち、その足元のステップに、夫人の瑛子と育司が座っている。三人とも笑顔だが、私はこの位置関係が気になった。妻子の後ろに立ち、二人を守る男。あるいは妻子の頭上に君臨し、二人を支配する男。

「火野先生は、生徒みんなに、こういう写真付きの年賀状を出すんだそうですよ」

彼の母親は不愉快そうに言った。

「どうかと思いますけどね。先生の家庭は、生徒には関係ないんだから」

火野岳志の手書き文字は、書き殴ったような乱暴なものだった。新年を祝う年賀状にふさわしくない恫喝的な言葉が、小さなハガキのなかでがなっている。

そのせいで、そこにプリントされている火野瑛子と育司の笑顔が、慎ましやかという以上に気まずそうに、私には見えた。

事務所に帰る電車のなかで、自分の記憶を確認するためにゲームソフトを検索してみた。だが、私はこの方面にまったくアンテナがないので、どうもうまくいかない。乗り換えついでに秋葉原駅で途中下車して、ゲームソフトを扱っている店へ行ってみた。カウンターにいた若い店員は親切だった。

「お探しのソフトはこれじゃないッスかね」

モニターに表示されているスポーツカーのイラストが、確かにそうだった。

「レースゲームのヒット作ですよ。タイムを競うんじゃなくて、自車を自由にカスタマイズできるところがウリでした」

「子供向けのゲームじゃないですよね」

「いや、リアル系じゃないッスから、子供さんにも人気あったですよ」

「――えっと、どういう意味かな」

「ミッションをクリアしてパーツを集めると、車で空を飛んだり、水中も走れるようになるんですよ。大気圏を突破するのに必要な耐熱タイルをゲットすれば、衛星周回軌道にも乗れる。そこから見おろす青い地球のグラフィックが、当時のCGにしちゃきれいだったなあ」

発売は七年前の五月だが、今も根強い人気があり、中古市場でそこその値がついているという。

「同じパッケージで、サイズが大きなものもありますか。A4ぐらいで、厚みも十五センチ程度あって、樹脂製の」

「初回限定版かなあ。ちょっと待ってください」と、店員はまた検索した。

「ああ、これッスね。ジョイスティック同梱バージョン」

私には宇宙語のように聞こえる。「ジョイ——何？」

店員は笑った。「ソフトと一緒に、このゲーム専用の操作パネル仕様のコントローラーが入ってるんスよ。だからパッケージも大きいんです」

「そうするとその箱は、中身だけ取り出して、別の用途に使えますよね」

「マニアはそんなことしないッスよ」

三好淳也はテレビゲームが好きなようではあったが、あの無造作な並べ方から推して、マニアではなさそうだった。人気ゲームのきれいなイラストがついている空き箱を、誰かに——たとえば弟のような年下の男の子にあげてしまうことは、充分ありそうに思えた。

ヒットしたゲームだそうだから、淳也と育司、三歳違いの二人の少年が、たまたま同じものを持っていても不思議はない。ないけれど、私はやはり考えてしまう。

火野岳志と三好淳也には、コミュニケーションが良好な時期があったのではないか。

5

懸命に職探しをしているというのだから、火野岳志は朝も早起きだろう。むしろ朝のうちでないと連絡がつかないかもしれない。午前八時に、私は小石川の彼の実家へ電話をかけた。

呼び出し音が長いこと鳴り続けた。いったん切ろうかと思ったころ、つながった。

「もしもし」

ガラガラと荒れているが、女性の声だ。

「おはようございます。朝から申し訳ありません。私は杉村と申します。火野岳志さんはご在宅でしょうか」

「いません」

いきなりだった。

「岳志はうちにはいません」

やや年配の女性だ。火野岳志が実家で誰と一緒に住んでいるのか聞いていないが、これはおそらく彼の母親だろう。

「お出かけでいらっしゃいますか」

「はい、出かけました。うちにはいません」

性急であり、噛(か)みつくような勢いだ。

「失礼ですが、火野岳志さんのお母様でいらっしゃいますか」

「岳志は出かけてるんです。おりません」

私の問いかけが耳に入っていないかのようだ。

「一度お目にかかりたいのですが、今日は何時ごろお帰りになりますか」

「知りません。いないんですから、わかりません」

ただ急いでいるのではない。何だか逃げようとでもしているかのようだ。

「そうですか、ではまた——」

電話はぶつんと切れた。

受話器を手に、私は少し考えた。それから火野岳志の自宅にかけてみた。こちらは、飛びつくように誰かが電話に出た。

「はい、火野です。お母さん？」

育司の声だった。

「おはよう、育司君。僕は一昨日おじゃました杉村です」

育司は「あ」というような声を出した。

「朝からごめんよ、育司君。お父さんかお母さんはいらっしゃるかな」

ちょっと沈黙があって、育司が小さな声で答えた。「——いないんです」

「二人ともお出かけなの？」

「お父さんは今、おばあちゃんの家に住んでます。お母さんも、昨日あっちへ行ったんだけど」

今度は私の方が一瞬黙ってしまった。

「そのまま帰ってきてないの？」

「――はい」

「君は一晩中、一人で留守番してたの？」

「はい」

「お母さんから連絡はあった？」

育司の声がさらに細った。「ぜんぜん」

私の胸の奥に、不穏な靄が立ち上った。

「育司君、お母さんは昨日、何かご用ができてお父さんの方へ行ったのかな」

「朝、電話がかかってきて」

顔は見えないが、育司は懸命に不安を堪えているらしく、声音が揺れている。

「お父さんの生徒が家出しちゃったって。お母さん、すごく心配してました」

やはり、秋吉夫妻は火野岳志にも連絡していた。彼が今は実家に住んでいることを知らないから、住所録を見て自宅に電話をかけた。その電話に火野瑛子が応対したのだ。

「そう。でもその生徒は無事だったし、お昼過ぎにはちゃんと家に戻ったんだよ」

「はい。そういう電話もあったみたいです」

だけど――と、育司は少し言い淀む。

「お母さん、ちょっと泣いてたんです」

私の胸の奥の靄が濃くなった。

「泣いていらしたんだ」

「はい、それで」育司も泣きそうな声になってきた。「お父さんに会いに行ってくるって。それっきり帰ってこないんです」

私は三秒間だけ考えた。そして言った。

「育司君、そのまま留守番しててくれるかい？　これから僕がそっちへ行くから」

「――はい」

「心配しないで。お父さんとお母さんは、今、そちらに戻る途中なのかもしれない。帰ってきたら、すぐ報せてくれるかい？　僕のスマホの番号を言うからね、メモして」

育司はメモをとり、私が促す前に復唱した。

「朝ご飯に食べるものはある？」

「あります」

「よかった。心細いだろうけど、もうちょっと我慢してくれ。すぐ行くからね」

開けっ放しにしておいた古家の窓を閉めてまわりながら、スマホで藤野弁護士に連絡した。

「杉村さん」

彼女はムッとしていた。

「わたしはあなたの御用弁護士じゃないんですけど」

「申し訳ない。しかし緊急なんです」

私は手早く事情を説明した。

「何があったのかわかりません。何も起こっていないのかもしれない。でも先生、小学六年生の子供を一人置き去りに、母親が一晩出かけたっきり、電話の一本もかけずにいるのはおかしくありませんか」

藤野弁護士は黙った。

「先生もママなんですよね？　母親の感覚として変じゃありませんか」

「**親の感覚として**変です」

きっぱり断言した。

「昨日、秋吉翔太の家出騒動があった後、お母さんが泣いていた。育司君はそう言ったんですね？」

「はい。それからお父さんに会いに行った、と」

軽い鼻息が聞こえた。「わたしはどうすれば？」

「小石川の家を訪ねてください。あちらもあちらで様子がおかしい。電話口で門前払いの感じでした」

「火野さんのお母様は、普段からあまりフレンドリーな方ではないんですよ」

「噛みつくようなしゃべり方をする？　でも、それ以上の何かがありそうなんですよ。ビクビクしているみたいだった」

そう、あれはそう表現するべきだった。火野岳志の母親は、朝っぱらから突然かかってきた電話にビクついていたのだ。ビクつかねばならない理由が、家のなかにあるのではないか。

「わかりました」と、藤野弁護士は言った。「あちらには、杉村さんよりわたしの方が話が通りやすいですからね」

「お願いします」

走って駅の改札を抜けると、私はタクシー乗り場に向かった。日曜日に来たときは何台も客待ちの車が停まっていたのに、今日は一台もいない。

路線バスは運行間隔が長くて、すぐには来ない。このまま走った方が早い。ロータリーを出て駅前の狭い商店街へ入ったところで、反対側から見覚えのある顔が近づいてきた。

子供用の自転車をのんびりと漕(こ)いでいる。カネダさんだ。

「すみません、カネダさん！」

私は駆け寄って挨拶(あいさつ)した。老人も私を覚えていたらしい。

「おや、おたくさん」

火野先生のとこのお客さん、という。

「よく会うね。おたくさんもこの辺に住んでるの？」

私は、あまり人に警戒されない。今でもサラリーマン然としているからだろう。私立探偵としてはさらに「だっせぇ」が、便利なときもある。

「はい。自転車、まだ修理中なんですね」

「そうなんだよ。これ、孫のを借りてて」

「昨日、育司君に会われましたか」

「朝、声をかけたら、もうすぐ直るって言ってたよ」

「火野さんの奥さんには？」

「いんや。通りがかりだったからね」

「そうですか。カネダさんは、火野さんと親しくしていらっしゃるんですよね」

西瓜をさげてきたとき、親戚のおじさんみたいに打ち解けていた。ああやって、しばしば火野家を訪ねているのだろう。

「イクちゃん、いい子だからねえ」

「火野さんのご主人は中学校の先生ですよね。生徒さんたちと一緒の写真がたくさん飾ってありました」

「そうそう。何か、えらい学校の先生らしいね。だけど私はご主人のことはよく知らないんだ。仕事が忙しいらしくって、自治会にも奥さんしか出てこないから」

「そうですか。これまで、生徒が火野先生の家に遊びに来たことなんかありますかね。カネダさんはご存じないですか」

「はて、と」

ちょっと怪訝そうな目をされたので、私は愛想笑いをした。「実は僕も教師なんです。火野先生が生徒たちとわいわいやってるのが羨ましくて、ノウハウを勉強させてもらおうと思って」

「何だよ、調子いいねえ」

カネダさんも笑う。

「ちゃんとした先生は、ただ生徒と楽しくやってるだけじゃいかんのじゃないの。火野さんとこだって、生徒さんがわいわいしてるわけじゃないよ。あの家に遊びに来るのはイクちゃんの友達だけですよ」

「ああ、そうですか」

「そのへんはちゃんと線を引かんとね。友達同士じゃないんだから。先生は生徒より偉いんだから」と言って、

「あれ？　だけど」

カネダさんは皺っぽい口を丸くした。

「いっぺん、男の子がいたことがあったなあ。一昨日のおたくさんみたいに、お客さんらしくソファに座って、奥さんとしゃべってた」

やっぱりそうか。

「どんなって……イクちゃんよりは兄ちゃんだったよね」カネダさんは首をひねる。

「そういやぁ、イクちゃんも一緒にいたっけ」

「いつごろでしょうか。どんな男の子でしたか？」

去年の今ごろだという。

「もうちょっと前かな。夏休み前だったかもしれない」

「その子の顔を覚えておられますか。写真があるんですけど、見たらわかりますか」

私はスマホを取り出した。体験キャンプ事件の九名の顔写真を保存してある。だが、

カネダさんはすぐ嫌そうに手を振って、私のスマホを遠ざけた。

「そんなちっちゃいもん、メガネがなくっちゃ見えないよ」

「そうですか。すみません」

「回覧板か何かの用があって行ったら、その男の子がいたってだけの話ですよ。邪魔して悪いから私が挨拶したらば」

――先生の生徒です。

「その子も立ち上がって、私にぺこっとしたんだ。行儀のいい子でしたよ」

「ありがとうございます」

本当はカネダさんの孫の自転車を拝借したかったが、私はまた自分の脚で走った。

依然、火野岳志からも瑛子からも連絡は入っていなかった。育司は一人でぽつねんとキッチンのスツールに座っていた。

借りたタオルで汗を拭（ふ）いていると、メールが着信した。藤野弁護士からだった。

〈確かに様子がおかしいです　家にあげてくれません〉

育司はパンを食べたという。皿とコップが流しの水切りに伏せてある。

「来る途中でカネダさんに会ったよ」

「修理、あとちょっとなんだけど」

「カネダさん、お孫さんの自転車に乗ってた」

やっと、育司が少し笑った。「トモコちゃんのだ。あれ、プリキュアの自転車なのに」

「女の子向きなの？」

「はい。すごい人気のあるアニメです。杉村さん、知らないですか」

十歳の娘の父親として、本当は知っているべきなのだろう。

「僕も、あんましアニメとか知らないです。テレビ観（み）てるとお父さんが怒るから」

私は彼の横顔を見た。目尻（めじり）が下がり気味で、顎（あご）が丸い。母親似だ。

「今のお父さんは、君のお母さんが再婚して、君のお父さんになった人だよね」

育司は私の方を向いてうなずいた。

「ホントのお父さんは、僕がまだ赤ん坊のうちに死んじゃったんです」

「じゃあ、君はずっとお母さんと二人だったんだ」

「おじいちゃんとおばあちゃんと一緒のときも、ちょっとあったけど」

「お母さんはいつ再婚したの？」

「僕が三年生のときです。それで僕、二学期から転校しなくちゃならなかった」

「ちょっと淋(さび)しかったね」

また、うなずいた。

「この家(うち)は広いし僕の部屋もあるけど、前のアパートの方がよかった」

その言葉は、（お母さんと二人暮らしのころの方がよかった）と聞こえた。

「育司君、君の工具箱――自転車を修理するとき、大事な道具を入れてた箱ね」

「はい」

「あれ、ゲームソフトの箱だよな？　何だっけ、車を好きなように改造できるゲーム」

育司の顔が嬉(うれ)しそうにほころんだ。「杉村さんもあれ好きなんですか」

「ちょこっとね。でも宇宙に飛び出して青い地球を見たよ」

私が吹いてみせると、育司は乗ってきた。

「いいなあ。僕は水中タイプしか作れなかったんです。ソフト、友達に借りてて、耐熱タイルをゲットするにはAクラスのバウンティトロフィーが三つ要るって言われて、そんなの無理だぁって」

私のスマホに、またメールが着信した。

〈突破します〉

あのヒールでドアを蹴破る藤野弁護士を想像する間はなかった。育司が怯えたような目をしている。

「これは別件だから、何でもないよ」

何でもなくあってくれ。

「そう。じゃ、あのソフトの箱も、その友達にもらったの？」

「はい。でも、もうらんと前ですよ」

「去年じゃなくて？　お父さんの担任してるクラスの生徒じゃないの？」

「へ？」

では、カネダさんの勘違いか。

「あれ、古いゲームだし」と、育司は言う。「僕がやってたのも、前のアパートに住んでたころですよ」

たった七年前のゲームを「古い」と言うのは、育司がマニアだからではない。小学校六年生の子供には、七年前は立派な〈昔〉なのだ。だから、昔のことを思い出すために目を細めるようにして、育司は続けた。

「ジュンヤ君は、誕生日にお父さんに買ってもらったんだって。そんときは新作だったんです。でも、いっぱいやって、もう飽きちゃったから僕にくれるって」

唐突に名前が出てきた。話の流れからして、その友達の名前のはずだ。ジュンヤ君。

「ふうん、そうだったのか」

私は笑いを顔に張りつけてうなずいた。

「でもお母さんが、そういう高いものはもらえないし、ジュンヤ君もぽいぽい人にあげたらいけないって言って。僕、ほしかったんだけど。そしたらジュンヤ君が、箱をくれたんです。僕の好きなキャラの絵がついてたし、箱だけなら先生も怒らないよねって」

「なるほどね。そのジュンヤ君って、三好淳也君のことかな」

育司は目をくるりとさせた。「えっと、えっと——」

「君より三つぐらい年上の子だよね」

「はい、そうです」

七年前の五月に発売されたゲーム。その当時、三好淳也は七歳か八歳だ。育司は四歳か五歳。母親の再婚は彼が小学三年生、八歳か九歳のときだから、それ以前の、母子でアパート暮らしをしているころだ。

私はリビングの壁の数々の写真を仰いだ。火野岳志の教職員人生の栄えある歴史を示す記録。そこに妻子の影は薄い。

なかでも気になるのは、火野岳志抜きの、瑛子個人の人生の瞬間を切り取った写真がないことだ。ここには飾られず、排除されている。封殺されている。

あたかも、俺と出会い、俺が指導してやる前のおまえの人生になど、一片の価値もないとでもいうかのように。

火野岳志は、大学の恩師の紹介で瑛子と知り合ったのだという。彼の恩師が紹介する女性なら、その女性もまた恩師の生徒であってもおかしくはない。

私は自分で自分に呆れた。なぜもっと早く気づかなかったのだろう。

中学三年生だって、いきなり三年生になるわけじゃない。二年生のころも一年生のころもある。藤野弁護士はそう言った。それと同じだ。中学生は、いきなり中学生になるわけじゃない。その前には小学生の時代がある。

——先生の生徒です。

「ねえ、育司君」私は訊いた。「お母さんはお父さんと再婚する前、どんな仕事をしていたのかな」

「小学校の先生です」と、育司は答えた。「ジュンヤ君はお母さんのクラスの子だったんです」

私はゆっくりとうなずいた。

「でもお母さんは、お父さんと再婚して仕事をやめちゃったんだね」

「やめたくないって言ってたけど、引っ越しちゃったし」

育司の声が低くなる。怯えや遠慮ばかりではなく、そこに怒りの響きが生じたのを、私は聞き取った。

「お父さん、怖いから」

他者を恫喝し、支配する男。妻子も生徒たちも同じように。

スマホに着信があった。今度は音声電話だ。「杉村です」

「たった今、火野瑛子さんを保護しました」

藤野弁護士の声はやや高ぶっていた。

「よっぽど激しく殴られたんでしょうね。ボコボコですよ。顔が腫れ上がって面相が変わってました。顎の骨が折れてるらしくて、しゃべれないんです」

「で、その——」

「意識はあります。命は大丈夫でしょう。でも、ほとんど足腰が立たない状態だったんですよ。なのに、何の手当てもせずに、奥の座敷に寝かせてあって。というか隠してたんでしょうね。わたしたちが見つけなかったら、どうするつもりだったのかしら」

間に合ってよかった。

「母親は巡査に事情を訊かれています。息子を怒らせた嫁の方が悪いんだって、興奮してまくしたててるから、お巡りさん大変じゃないかしら。うちのボスがついてますけど」

「菅野先生もご一緒なんですね」

「出動してもらったんです。わたしじゃドアを蹴破れませんから——って、本気にしないでくださいよ」

嫁の方が悪いんだ、か。

「火野岳志の行方は知れません。自分の車に乗って出てるそうですから、傷害容疑で手配になれば、どこかでNシステムに引っかかるかも」

育司がキッチンのスツールから下りて、私の方に寄ってきた。私は口の端で彼に笑いかけた。大丈夫、悪い報せじゃないよ。お母さんは助かったよ。

家の外で車が停まる音がした。育司がソファの横をすり抜けて窓際に行くと、外を覗いて、言った。「お父さんだ」

私はとっさに肘掛け椅子の後ろに隠れた。

「育司君、ちょっと内緒だよ」

がちゃり。

玄関のドアが開いた。私は椅子の陰からそっと窺い見る。

火野岳志。

大柄だった。さほど長身ではないが、体軀が分厚いから大きく見えるタイプなのだ。顔はいかつくはない。むしろ端正な男前だ。半袖の白いシャツに膝の抜けたジーンズ。額に汗が浮いている。

「ただいま」

育司は、固まったようになって窓際に突っ立っている。火野岳志はせかせかと靴を脱ぎ捨てると、キッチンに入ってくる。

「おまえ、そんなとこで何やってんだ」

「――何にも」

そして育司は果敢に問い返した。「お父さんは何してたんですか」

キッチンで手を洗い、水を一杯飲むと、火野岳志は育司を睨みつけた。

「何だ、その顔は」

「お母さんは一緒じゃないんですか」

火野岳志のこめかみがぴくぴくしている。

「お父さんは忙しいんだ。また出かけないと」

「お母さん、お父さんに会いに行くって言ったのに」

次の一瞬、火野岳志が育司を怒鳴りつけるかと思った。が、彼は肉付きのいい肩をふうっと上下させると、一転して猫なで声を出してこう言った。

「おまえには可哀相だけど、お母さんはもう帰ってこないぞ。家出しちゃったから」

育司がぎくりとした。私は素早く立ち上がり、前に出て彼の腕を摑んだ。「育司君、僕の後ろへ」

「あんた誰だ？」

火野岳志は目を剝いて、息が止まりそうなほど驚いている。顔色が変わった。

「他人の家に上がり込んで、何してる」

汗に濡れた額がてらてら光る。車で来たのに、なぜそんなに暑い？

冷汗だ。焦っているのだ。顎の骨が折れ、足腰が立たなくなるほど妻を殴打してしまった。病院には連れていけない。世間に露見たら困る。そんなみっともないこと、この俺様の身にあってはならない――

だから、**お母さんは家出して帰ってこないことにしよう**。

「先ほど、弁護士の菅野先生が瑛子さんを保護したそうです」と、私は言った。「彼女は家出なんかしていない。あなたがいちばんよく知っているはずだ。なぜ育司君に嘘をつくんですか」

そして、妻をどうするつもりだったのか。

一度、二度、酸素不足の金魚のように、火野岳志は口をぱくぱくさせた。顔から血の気が引いていく。

「う、嘘なんか――」

育司は私の上着をしっかりつかんでいる。私はその肩を撫でた。

「お母さんは怪我をして病院に運ばれたんだ。でも大丈夫、よくなるよ」

私の身体の陰に隠れながら、育司がぶるりと震えた。その目は、両手でシンクに摑まり、今にも吐きそうな顔をしている火野岳志を見つめたままだ。

「火野さん」

私が呼びかけると、彼は胴震いして息を吸い込んだ。

「これは立派な傷害事件ですよ。しかも、あなたはその事実を隠そうとした」

彼の目玉が動いた。と思ったら、身を翻（ひるがえ）してキッチンを抜け、短い廊下を走って玄関から外へ飛び出した。

「火野さん！」

育司をその場に残し、私もあとを追った。白いシャツの大きな背中が、つんのめるようにして逃げてゆく。ひとつ先の角を曲がって消えた。

歯の浮くような急ブレーキの音と、ひと呼吸遅れて衝突音。

私はいったん脚を止めた。それから走ってそちらへ向かった。

細い十字路の真ん中に、フロントバンパーに大きなへこみをこしらえたワゴン車が、ちょっと斜めになって停まっていた。火野岳志はその向こう側に転がって、右脚を抱えて呻（うめ）いていた。

こういうのを天の助けという。

誰かが私の背中に触った。育司だ。

「死んじゃったの？」

「いいや」

私は一一九番通報をした。近所の人びとが集まってくる。次に一一〇番通報をした。先に救急車を呼んだのは、火野岳志のためではない。育司のためだ。小さな自転車技師の少年は、声を呑んで泣いていた。

「――体験キャンプ事件のことは、瑛子先生は何も知りません。僕らが――僕が勝手にやったことだから」

文京区役所の近くの救急病院の一角、ＩＣＵ専用の、妙にがらんとした待合室だ。火野瑛子は手術中で、まだ面会することはできない。それでも、藤野弁護士が連絡すると、三好淳也はやって来た。瑛子先生に会えるまで待つ、という。

待合室の椅子に、我々三人。西陽が窓に差し掛かり、淳也の頬を照らし、瞳にも映る。

「火野先生は、僕らＤ組とかＣ組の生徒をバカにしてました。すごく露骨にサベツしてたんです」

――おまえら、落ちこぼれなんだからな。

「部活のOBに聞いたら、昔っから口が悪いし、平気で依怙贔屓する先生だったけど、そこまで剥き出しにひどくはなかったって」

藤野弁護士が軽くうなずく。「そうでしょうね。火野先生があなったのは、斎木中等部長との確執が始まってからだそうだから」

Ａ組やＢ組の生徒ばかりを大事にし、もともと活動の盛んな部活の顧問をしたがり、そこで成果があがると自分の功績だと自慢する火野教諭を、斎木中等部長は快く思わなかったのだ。

「だから、この数年はわざとＣ組やＤ組の担任をさせてたんですって。火野先生の方はそれが面白くなくって、あなたたちに八つ当たりしてたのよ」

――おまえらの担任に、教師なんか必要ないね。調教師で充分だ。

「僕らも、そりゃ成績はよくないけど」

どこか肩の荷をおろしたような、放心したような穏やかな目をして、淳也は言う。

「お受験して精華に入ったんだし、そこそこプライドもあって。だけどここじゃ自分は劣等生だってわかってるし、だから火野先生の言ってることは、ひどいけど正しいのかもしれない。すごいねじれたみたいな気持ちでいるから、いろいろ言われると、しんどかった」

「辛かったね」と、私は言った。

淳也はふっと居眠りから覚めたかのように身じろぎして、こちらを見た。

「火野先生とうまくやってくには、先生に嫌われてる僕らが努力しても無駄なんだって思った。僕らが僕らじゃなくならない限りダメなんだって。火野先生にとっては、僕らはいない方がいい生徒だった」

だから生徒たちも、「僕らにこの先生は要らない」と決断した。

負の方程式だと、私は思った。教師と生徒、教える側と教わる側、導く側と導かれる側、圧する側と圧される側の組み合わせが間違っていて、だからどんな数字を入れたところで、マイナスの解ばかりが出てくる。

「火野先生を追っ払うために、ああいう事件をでっち上げようというのは、あなたのアイデアだったの？」

「そうです。何か不祥事を起こさせればいいじゃないかってのはみんなで言ってたんだけど、細かいことは僕が一人で考えました」

そんなことはなかろうと私は思うが、彼は自分だけで背負うつもりなのだろう。

「あとの八人を、よくまとめられたわね」

「——何となく」

「キャンプに参加しなかった六人のことは、計算に入ってたの？」

「だいたい見当がついたから。春ごろから、絶対参加しないって言ってたヤツもいるし、当日来ちゃっても追い返すのはカンタンだから。あいつらみんな、温順しいから」

「秋吉翔太君も、わりと温順しいタイプだよね。だから、だんだん怖くなって動揺してしまった」

三好淳也は眠そうにまばたきして、私を見た。「後悔してたわけじゃないですよ。ただ、火野先生が弁護士を雇ったりしてしつこいから、翔太、チビッちゃったんです」

藤野弁護士が長々とため息を吐いた。

「君は、お母さんを看取って辛い想いをしたころに、瑛子先生にお世話になったんだね」

私の問いに、彼は二度うなずいた。

「小学校二年生のときの担任の先生です」

すンごい優しくしてもらった——と言った。

その〈すンごい〉は、私のような四十路目前の男にはどうやっても真似のできない、軽みと切実さが同時にこもった表現だった。

「最初は、休みの日にアパートに呼んでもらったりしてただけだけど、僕がいつも一人でいるってわかったら、学校から帰ったら先生ン家に行っててよくなったんです。近所だったから、バス一本で行かれた」

淳也と育司は、兄弟のように過ごしたのだそうだ。

「瑛子先生も育司君のお父さんを亡くしているから、辛い想いをしている君を放っておけなかったんだろう」

「育司はお父さんの顔を知らないからまだいいなって、僕は思ったことあるけど」

思わず吐露してしまったという言葉だった。

「ずっとそうやって仲良くしてたのに、瑛子先生が再婚して教師をやめてしまったから、別れ別れになったのかな」

「そうじゃなくて、三年生の後半で、僕が転校したんです。千葉の、父さんの方の親戚が預かってくれることになって」

淳也はその家に居着くことができて、精華学院中等部に入学してからも、しばらくはそこから通学していたのだそうだ。

「でも遠くってめんどいから、父さんのところに戻ってきました。べつにもう、一人で平気だったし」

幼い自分が悲しく、辛く、淋しくて寄る辺ない想いをしているとき、切実に必要だった母親代わりを務めてくれた瑛子先生が再婚していたこと、その相手が、まさにこの精華学院で自分を担任している教師だということに気づいたのは、

「一年生の正月に、年賀状を見たときです」

「やっぱり、それしかないよね」

とにかく驚いて、口から心臓が飛び出しそうになった。そう言って、淳也は初めてうっすら笑った。

「そのころはもう僕、火野先生が嫌いだったから、フクザツでした。けど、瑛子先生と育司が幸せならしょうがないやって」

だが、二年生でも火野教諭の圧政下に置かれ、周囲の反発と不満の声を聞き続けているうちに、淳也のなかに迷いが生じてきた。

「あの優しい瑛子先生が、こんな威張り屋の俺サマ男と結婚して、ホントに幸せなのかなって」

育司のことも心配だった。

「あいつ、母子家庭だからっていじめられたりして、学校が好きじゃなかった。勉強

もあんまりできなかった」

そんな育司が、俺サマ男で、出来のいい生徒ばかりを贔屓する火野岳志に可愛がってもらえるとは思いにくい。いや、思えない。

「去年、西東京の火野家を訪ねたのは、それを確かめるためだったんだね」

淳也は驚いた顔をした。「何でそんなこと知ってるんですか」

「近所の人が君を覚えていた。君、ちゃんと挨拶したんだってね」

――先生の生徒です。

「行儀のいい子だって、褒めていたよ」

淳也は瑛子先生と育司に、自分のことは黙っていてくれるように頼んだ。

「僕がもっと成績がよくなって、火野先生に褒められるようになったら、実はあれはわたしの昔の教え子よって、火野先生をびっくりさせてくださいって言ったんだ」

それは上辺だけの言葉だった。淳也はまさにこのとき、精華学院からも、瑛子と育司の母子の人生からも、火野岳志を追い出すことを計画し始めたのだから。

「瑛子先生は、ちっとも幸せそうじゃなかったから」

押し潰され、窒息しかけていた。

「僕は昔の先生を知ってるから、すぐわかった。育司だって――あいつ、すごい手先が器用なんだけど」

「ああ、知ってる」

「そんなの、火野先生はぜんぜん褒めたりしないことだから」

油の浮いた浅い水たまりのように、淳也の目が鈍く光った。

「何か壊れたもんを育司が直すと、バカにしたり叱ったりするんだって」

――おまえは一生、人が壊したものを直して暮らす気か。

――そんな大人になってどうする。社会の底辺から出られなくなるぞ。

――やっぱり、女親は甘いからダメだな。俺がおまえを鍛え直してやる。

「育司君から聞いたのかい」

淳也はうなずき、ぎゅっと目をつぶった。拳も握りしめた。

「僕にはそれ、目に見えるみたいだった」

似たようなことを、毎日毎日教室のなかで言われているのだから。

「だけど、体験キャンプ事件の前に、瑛子先生に相談したりしてません。先生は何も知らなかった。瑛子先生と育司のために、僕が勝手にやったんだ」

だが、事件後に、火野瑛子の方はなにがしかを察したろう。体験キャンプ事件の被害生徒のなかに淳也がおり、加害教師の夫は「濡れ衣だ」と騒いでいる。AとBを結び付けて考えれば、彼女には構図が透けて見えたろう。

だから、秋吉翔太が自殺未遂めいたことをし、さらに家出してしまったとき、火野瑛子は「ちょっと泣いて」、思い切って夫にすべて打ち明けようと、小石川の実家へ向かったのだ。これ以上ことがこじれないように、夫を説得して学院側と争うのをやめさせる。三好淳也たちは確かに嘘(うそ)をついた。だが、彼らが何故(なぜ)そんなことをしたのか、あなたも考えてみて——

残念ながら、火野岳志にその訴えは通じなかった。瑛子が呼び覚ましたのは、彼の怒りと暴力だけだった。

——おまえ、あいつらの味方だったのか！

「君はまだ若いから」と、私は言った。

「夫婦のあいだの気持ちのやりとりとか、行き違いとか、そんなのはわからなくて当たり前だ。でも瑛子先生だって、火野先生にいいところがあって、好きになったから結婚したんだよ」

淳也は、私が何かひどく場違いな冗談でも言ったかのように、気まずそうに頰を緩めた。

「——そんなの、済んじゃったことだよ」

今はうまくいってないんだから。

「どううまくいっていないのかも、他人にはわからない。夫婦にしかわからないことだ」

淳也は鼻先で笑った。失笑だ。

「だから、君たちの計画が成功して火野先生を精華学院から追っ払うことはできても、瑛子先生が必ず火野先生と離婚するとは限らない。そうは思わなかった？」

「計画がうまくいけば、瑛子先生はあいつと離婚できるよ」

言い出しやすくなるから。

「まわりの目を気にして、我慢してなくてよくなるんだから。あいつがホントは悪い奴（やつ）だって、みんなに知れ渡るんだから」

ぴかぴかのリノリウムの床に目を落としたまま、藤野弁護士がゆるゆるとかぶりを振っている。

私は言った。「それは君の考えに過ぎない。夫婦の問題は、他人にはわからないんだ」

「わかってたよ。瑛子先生はきっと離婚するって。すぐ別れるって」

体験キャンプの結果ではなく、その結果を引き起こすべく企（たくら）んだ動機の側に、首謀者一人だけの秘密があった。彼だけの目的。彼だけの望み。胸の奥深くに。

「瑛子先生だって、あんなヤツと結婚したのを後悔してるに決まってるって、僕、わかっていたから」

わかってた、わかってた、わかってた。

瑛子先生のために、瑛子先生のために。

それは私の耳に、母親のような教師を慕う少年の声には聞こえなかった。自分のもとを去り、別の男を選んだ昔の恋人を取り返そうと、声を嗄らして呼びかける、諦めの悪い男の声のように聞こえた。

だが、彼は少年だ。だからこそ悲しく、痛ましく、グロテスクに聞こえた。

「ねえ、三好君」

藤野弁護士が身を起こした。

「わたしはあなたに――あなたたちに腹を立ててるの」

私にもそう言っていた。

「火野先生に問題があったのはわかる。はっきり言って、調べれば調べるほど問題教師で、あなた方は酷い目にあってたね」

だけど、それでも。

「問題教師を告発して追い出したいのなら、どうして正々堂々と戦わなかったの？なぜ、ありもしない事件を捏造したりしたのよ」

返事はない。三好淳也の頬を、一筋の汗が流れる。

「その方が手っ取り早くて楽だったから？」

藤野弁護士は、本当に中学三年生と同じ土俵に立って怒っていた。

「目的が正しくても、手段に不正があったら、すべてが不正になってしまうのに。悪い奴をやっつけるためなら、その悪い奴がやってない悪いことをでっち上げてもいいの？」

答えてよ。

「どうして、悪い奴がやってる本当の悪いことをこつこつ集めて、立証して、正面から戦わなかったのよ。どうして嘘に頼っちゃったのよ」

拳を固め、自分の膝をどすんと叩くと、一語一語に力を込めて振り絞るように、藤野弁護士は叫んだ。

「わたしは、それが、悔しいのよ！」

がらんとした待合室に響いたその声は、中学三年生の少女の声のように聞こえた。

陽がとっぷり暮れたころに手術は終わり、三好淳也は酸素マスクをつけて眠る火野瑛子の顔を見て、駆けつけてきた彼の父親と共に帰っていった。

「お疲れさまでした」

「杉村さんも」

病院の裏口から、夏の湿った宵闇のなかに出る。

「本当に先生がハイヒールの踵でドアを蹴破ったんじゃないんですか」

「うちのボスは巨漢なので、わたしの出番はありませんでした」

笑ってそう言ってから、彼女は真顔になった。

「瑛子さんを救出できたのは、杉村さんの機転のおかげです。あと半日、発見が遅れていたらと思うとぞっとしますよ」

火野岳志は妻を片付けてしまったろう。

「功績を認めてくださるなら、先生、質問に答えてください。さっき、どうしてあんなに本気で怒ったんですか」

藤野弁護士は軽く目をしばたたいた。

「子供を叱るときは、本気出さないとね」

「同じ土俵に乗って怒ることを、叱るとは言いませんよ」

私は粘り勝ちしたらしい。藤野弁護士は、今までになく優しい声音になった。

「ちょっと――昔のことを思い出しちゃったんです」

「昔？」

「二十年前のわたし。中学三年生のころの思い出ですか」

「ええ。ある事件の真相を知るために、三年生の有志が集まって、学校のなかで模擬裁判をやったんです。わたしは検事の役をしたんですけど」

へええ。私も本気で興味を引かれた。

「どんな事件です？　勝ちましたか」

藤野弁護士は、肘から上だけで万歳の格好をした。

「負けました。完敗。被告人にいい弁護人がついて」

「はあ。さぞ悔しかったでしょうね。だから今でもよく覚えているんだ」

「嫌だわ、わたし、そんなに勝ち気じゃないですよ」

そういう眼差しが勝ち気でなくて何だというのだ。

「それに今、うちではわたしの方が強いし」

「は？」

私の間抜けな合いの手に、藤野弁護士は屈託なく笑いだした。

「そのときの弁護人が、夫なんです」

「はあ？」

「市塵にまみれてるわたしと違って、彼は清らかな象牙の塔の住人でございましてね。学者って、ホントにどんどん浮き世離れしていくから困っちゃう」

「ははあ」

「わたしがいないと、我が家は成り立ちません。あ、でも、どっちの親にも孝行なお婿さんだし、子育てもしてくれてるから、それでトントンかなあ」

楽しそうに鞄を振り、ハイヒールの踵でくるりと半周する。

「じゃ、早く家にお帰りなさい」

「はい。杉村さんも寄り道はいけませんよ」

私には、帰りを待っていてくれる人はいない。だが、今はそれを言いたくなかった。かわりにこう言った。「藤野先生、お幸せに」

「そんなの、探偵が弁護士に向かって言う台詞じゃないですよ。杉村さんって変わってますね」

「まあね。今後も役に立つ貴重な教訓をいただいたから、感謝を込めて言ってるんです。素直に聞いておいてください」

そう、あれは立派な教訓だった。中学三年生を甘くみてはいけない。

「どこかで、またご一緒することがあるかもしれませんね」

言って、藤野弁護士は軽く手を振った。

「そのときは、懲りずによろしく」

そして、ヒールの音も軽やかに、夏の夜の向こうに去っていった。

解説

未来への問いと祈り

松山巖

ミステリーの面白さは、作者の仕掛けた謎を読者がページを追う毎に、その謎を解き明かしつつ、最後には、やはり読者がアッと驚くところにある。それだけにすぐれたミステリーは二度、三度の通読に耐える。

『ソロモンの偽証』の魅力はしかし、謎解きの面白さ、謎のユニークさだけではない。おそらく読者は読むときの関心の持ち方によって、実に多様な思いを抱くのではないだろうか。若い読者なら登場する少年少女の心の動きに共感し、働き盛りの読者なら同世代の登場人物に同情するかもしれない。政治や経済に関心のある読者ならば時代背景に反応するだろう。また東京の地理や歴史に興味を抱く方ならば、舞台となった場所を特定しようとするだろう。つまりそれほど『ソロモンの偽証』には、多彩な要素が贅沢なほど織り込まれている。

まず魅力的なのは物語の展開だ。筋を手短に追えば、始まりは一九九〇年、雪の舞らクリスマス・イヴで、舞台は東京の下町。イヴの翌朝、中学の屋上から落ちた中学二年の男子の遺体を雪のなかから同級生が発見する。警察は調査した結果、自殺と判断する。このため事件は落着と思われたものの、亡くなった少年は不良グループ三人に突き落とされたという告発状が校長などに届く。その告発状をテレビ局の記者が入手し、いじめが裏にあると報道したため、事態は一気に急変する。しかも亡くなった少年と同級の少女が交通事故で死亡し、加害者と目される不良グループの喧嘩で一人が大怪我をする事件も絡む。ところが学校側は校長などを辞職させ、事件の決着を図ろうとする。ここまでが第Ⅰ部「事件」である。

この大人たちの思惑に対し、第Ⅱ部「決意」は、翌九一年の夏休み前、死んだ二人と二年のときに同級でクラス委員だった少女が、三年になっても事件を忘れず、卒業制作を事件の真相解明にしようと、級友たちに訴えることから始まる。やがて彼女に賛同する生徒も現れ、卒業制作も不良グループのボスである同級生を告発状通りに殺人罪で問い、真実を知るための学校内裁判にしようと彼女は決意する。そして第Ⅲ部は夏休みの八月十五日、終戦記念日の朝から二十日の夕刻までの、六日間の緊迫したリーガルサスペンスとなる。

こう簡単に筋を紹介しても卓抜なのは、中学校で真実を知るために中学生たちが、自分たちの学校で、自分たちのために、自分たちによる裁判を行う、という設定だ。賛同者が集まり、また賛同者を募り、裁判官、弁護士、検事、陪審員、廷吏を決めて行く展開は、文中で一人が呟くように黒沢明監督『七人の侍』を思わせ、ハラハラした読者も多いのでは。なにしろ中学三年ならば、学校の思惑に楯突く行動は本当に勇気のいる決意に違いないからだ。

この展開には映画『七人の侍』の他に、実はもう一つの下敷きとなった作品がある。作者は、第Ⅱ部のエピグラフに「勇気のある人間が賢くなり、賢い人間が勇気をもってはじめて、人類の進歩というものが感じられるようになるだろう。これまではしばしば、まちがって別のことが人類の進歩だと言われてきたけれど」とエーリヒ・ケストナー作『飛ぶ教室』の言葉を引いている。

児童文学『飛ぶ教室』は、クリスマスに中学生たちが上演する劇のタイトルから採られ、未来の学校像と重ねられている。この劇中劇は飛行機でピラミッドや北極を巡り、天国まで行き、最後に役者と観客の中学生や教師たち全員が「きよしこの夜」を歌う。こう紹介すれば、『飛ぶ教室』がクリスマス、中学生が協力して作演出をするなどといった点で、『ソロモンの偽証』の下敷きの一つだと理解できるだろう。しかもエピグラフに引用した言葉は全篇に通じるテーマと係わってくる。

私は何も本篇がケストナーの傑作の真似だなどと言いたい訳ではない。むしろ作者がおそらく若き日に読んだ感動を忘れず、自分の作品に生かしたことに大いに共感した。読書は孤独な行為ではない。作中の人物たちへの共感もあれば、同じ本を読んだ者と語り合い、友を生む体験なのだ。だから人は若き日に熟読した本を忘れない。ケストナーの言葉を言い換えれば、若き日の行動や体験が人を作り、世の中を変えてゆく、これが本篇を貫くテーマだと読者はやがて気づくはずである。

つまり『ソロモンの偽証』は中高校生も読むに値する児童文学でもある。

それだけではない。もし経済や政治に詳しい方や中高年の読者ならば、一九九〇年の暮れは日本全体が、バブル景気が崩壊したもののまだその余熱が冷めない時代だったと思い出すだろう。歴史的にはバブル景気は八五年に始まり、八九年の暮れに終わるとされている。しかし実際には東京をはじめ全国の都市部では、バブル以前から地価は上がり続け、またバブルが弾けた後の一、二年も余熱は続いていた。当時、私は都心の虎ノ門近くのボロ屋に住み、また東京の下町を歩き、地上げが横行し、多くの人が住み慣れた土地を離れる事態を幾つも目のあたりにした。

実はバブルの後遺症は、本篇の第Ⅱ部の後半になり、事件と無関係でないことも明らかになるが、作者は決して時代背景を説明せず、登場人物たちの会話や下町の商店街の変化によってバブルの内実まで描写してしまう。
作者の描写力は第I部の冒頭から十分に発揮されている。クリスマス・イヴの夜、電器店と煙草屋を営む老人が、店前の電話ボックスから出てきた少年の怯えた表情、薄い積雪の上に少年の残したよれた足跡などを、その後もずっと気にかけるという場面である。

老人が常に電話ボックスを気にするのは、そこにたむろする少年少女が以前から、何度か問題を起こしたからだが、それだけではない。老人には十三歳のとき戦争末期の昭和二十年三月九日に疎開した記憶がある。その朝、急に乳飲み子の妹が病気になり、彼は母といちばん下の妹を残し、弟妹と電車に乗らねばならなかった。翌三月十日に東京は大空襲に遭う。下町は特に一帯が焼け野原になった。だから少年の足跡を見て、老人の脳裏には半世紀近く前の、彼と弟妹の乗る電車を見送る、母親の寂しげな表情とよれたような歩き方が蘇ってくる。

これも私事だが、私の家の菩提寺は東京深川の森下町にあり、墓石は大空襲で火が廻ったため幾つものヒビが入っている。そのせいで墓参の折、父は大空襲の記憶を時折話していた。『ソロモンの偽証』の舞台も作者が生まれ育った深川（現江東区の北西部）に間違いないだろう。それはともかく、この場面だけでも作者は描写によって老人の半生をさらりと描き出してしまう。小説家なら当たり前だと思うかもしれないが、そうではない。戦中から戦後にかけて篤実に生きた、東京下町の人々の隠された心情や気質を熟知しなければ書けるはずはない。しかも老人の見た光景はやがて事件解明の重要な伏線となる。

　こうした卓抜な展開と描写は数多くの登場人物の家庭を描く際も同様で、会話、住戸の様子、インテリアの趣味、飾られた写真、当時の風俗などで各々の家族の姿や家庭環境をリアルに浮かび上がらせる。そしてより巧みなのは、全篇を通して独りを主人公にせず、登場人物それぞれの事件への思惑や関心、人物相互の同情や嫉妬、あるいは自分への評価までを呟きなどで描き出し、全篇をいわば群像劇にしたことだ。つまり作者は数多い登場人物の心理や感情を、物語の展開に織り込むから、読者は登場人物各々の心理の変化に自分の思いを仮託せざるを得なくなる。

　やがて第Ⅲ部の学校内裁判で事件のすべてが明らかになり、深読みの読者でさえもアッと驚く結末が用意されている。それでも第Ⅱ部の前半に弁護士役を買って出る少年の登場で、私は「神戸連続児童殺傷事件」（別名「酒鬼薔薇聖斗事件」）をつい思い起こした。

　因みにこの事件は当時十四歳の中学生が二名の小学生を殺傷し、三名の小学生に重軽傷を負わせた凄惨な犯罪だった。『ソロモンの偽証』の事件よりは、九七年二月から数カ月に亘り起きたからほぼ七年後だが、作者が連載を開始した二〇〇二年十月の約五年前に起きている。しかも当初、学校側も対応に追われ、事件の猟奇性と特異さからマスコミの報道合戦ばかりが過熱した。こう事件を紹介すれば、『ソロモンの偽証』との共通点も多い。

それだけに作者が「神戸連続児童殺傷事件」を念頭に置き、もしかしたら、無口で頭の良い弁護士役の少年が自殺に見せかけて中学生を殺し、他のすべての事件も、あるいは学校内裁判さえも裏で操っているのではと疑った。おそらく読者のなかにも私と同様の疑いを抱いた方もいるだろう。無論、この疑念は第Ⅲ部に到って正否ははっきりする。

もう一つ、本篇の特色を挙げれば、登場人物それぞれが、少年少女たちのみならず父兄たちも教師たちも学校内裁判を通じ、一人ひとりが勇気をもち、知恵を得て、成長してゆく物語、いわばビルドゥングスロマンであることだ。だから読み終わっても、読者各々が一人ひとりの姿を自ずと思い浮かべることになる。私は作者の手腕に心から唸った。

実は最後まで読めば、事件から二十年後、裁判に参加した中学生が母校に教師として赴任することが分かるし、また作者が本文庫のために新たに書き下ろした中篇「負の方程式」ではもう一人、やはり二十年後に活躍する姿を作者は描いている。それだけに読者は他の、あの少年は、あの少女は、あの教師は、あの母親は、父親は、と思い浮かべるに違いない。

その上で、すべてを読了した読者のなかには、作者はなぜ、この大長篇に〈ソロモンの偽証〉というタイトルを付けたのかと、もう一つの謎を知りたいと思う方もあるだろう。

ソロモンとは旧約聖書『サムエル記』『列王紀』に登場する古代イスラエル王国の王で、神から知恵を授かった者とされる。とすればそれほどの権威を持つ者、知恵のある者が嘘をついたという意味になる。作者本人は、権力を持つものが嘘をついている意味、つまり学校組織や社会が嘘をいうこと、あるいは最も正しいことをしようとする者が嘘をつくことだと語っている。

要するに〈ソロモンの偽証〉というタイトルは、一つには体裁のため事件の真実を当初明らかにしなかった学校にも、思い込みで報道したマスコミにも、果たしてその姿勢は正しかったかと作者は問いかけているのだ。そしてマスコミに煽られ、バブル景気に踊らされた多くの日本人にも。また学校内裁判であえて嘘をつき、真実を明らかにした者を意味するならば、この人物が誰なのか、これは読者によって意見も異なるかもしれない。

しかしタイトルは現代日本にも未来の日本人にも通じる問いであり、『ソロモンの偽証』を貫く作者の思いだとわかる。当たり前のことは言葉にすれば恥ずかしい。だからこそ作者はこの大長篇に低く静かに祈りを込めたのだ。

少年少女よ、生き難く耐えがたく歪(ゆが)んだ時代であれ、自分らしく。人は独りではなく互いに結ばれて生きている、だからこそ、苦しくとも生きよ、と……。

(平成二十六年九月、作家・評論家)

この作品は平成二十四年十月新潮社より刊行された。文庫化に際し、「負の方程式」(書き下ろし)を収録した。

宮部みゆき著

魔術はささやく

日本推理サスペンス大賞受賞

それぞれ無関係に見えた三つの死。さらに魔の手は四人めに伸びていた。しかし知らず知らず事件の真相に迫っていく少年がいた。

宮部みゆき著

レベル7（セブン）

レベル7まで行ったら戻れない。謎の言葉を残して失踪した少女を探すカウンセラーと記憶を失った男女の追跡行は……緊迫の四日間。

宮部みゆき著

返事はいらない

失恋から犯罪の片棒を担ぐにいたる微妙な女性心理を描く表題作など6編。日々の生活と幻想が交錯する東京の街と人を描く短編集。

宮部みゆき著

龍は眠る

日本推理作家協会賞受賞

雑誌記者の高坂は嵐の晩に、超常能力者と名乗る少年、慎司と出会った。それが全ての始まりだったのだ。やがて高坂の周囲に……。

宮部みゆき著

本所深川ふしぎ草紙

吉川英治文学新人賞受賞

深川七不思議を題材に、下町の人情の機微とささやかな日々の哀歓をミステリー仕立てで描く七編。宮部みゆきワールド時代小説篇。

宮部みゆき著

かまいたち

夜な夜な出没して江戸を恐怖に陥れる辻斬り〝かまいたち〟の正体に迫る町娘。サスペンス満点の表題作はじめ四編収録の時代短編集。

宮部みゆき著　淋しい狩人

東京下町にある古書店、田辺書店を舞台に繰り広げられる様々な事件。店主のイワさんと孫の稔が謎を解いていく。連作短編集。

宮部みゆき著　火　車
山本周五郎賞受賞

休職中の刑事、本間は遠縁の男性に頼まれ、失踪した婚約者の行方を捜すことに。だが女性の意外な正体が次第に明らかとなり……。

宮部みゆき著　幻色江戸ごよみ

江戸の市井を生きる人びとの哀歓と、巷の怪異を四季の移り変わりと共にたどる。〝時代小説作家〟宮部みゆきが新境地を開いた12編。

宮部みゆき著　初ものがたり

鰹、白魚、柿、桜……。江戸の四季を彩る「初もの」がらみの謎また謎。さあ事件だ、われらが茂七親分――。連作時代ミステリー。

宮部みゆき著　平成お徒歩（かち）日記

あるときは、赤穂浪士のたどった道。またあるときは箱根越え、お伊勢参りに引廻し、島流し。さあ、ミヤベと一緒にお江戸を歩こう！

宮部みゆき著　堪　忍　箱

蓋を開けると災いが降りかかるという箱に、心ざわめかせ、呑み込まれていく人々――。人生の苦さ、切なさが沁みる時代小説八篇。

宮部みゆき著

理　由

直木賞受賞

被害者だったはずの家族は、実は見ず知らずの他人同士だった……。斬新な手法で現代社会の悲劇を浮き彫りにした、新たなる古典！

宮部みゆき著

模倣犯

芸術選奨受賞（一～五）

邪悪な欲望のままに「女性狩り」を繰り返し、マスコミを愚弄して勝ち誇る怪物の正体は？　著者の代表作にして現代ミステリの金字塔！

宮部みゆき著

あかんべえ（上・下）

深川の「ふね屋」で起きた怪異騒動。なぜか娘のおりんにしか、亡者の姿は見えなかった。少女と亡者の交流に心温まる感動の時代長編。

宮部みゆき著

孤宿の人（上・下）

藩内で毒死や凶事が相次ぎ、流罪となった幕府要人の祟りと噂された。お家騒動を背景に無垢な少女の魂の成長を描く感動の時代長編。

宮部みゆき著

英雄の書（上・下）

中学生の兄が同級生を刺して失踪。妹の友理子は、〝英雄〟に取り憑かれ罪を犯した兄を救うため、勇気を奮って大冒険の旅へと出た。

松本清張著

松本清張傑作選

戦い続けた男の素顔

―宮部みゆきオリジナルセレクション―

「人間・松本清張」の素顔が垣間見える12編を、宮部みゆきが厳選！　清張さんの〝私小説〟は、ひと味もふた味も違います――。

伊坂幸太郎著　オーデュボンの祈り

卓越したイメージ喚起力、洒脱な会話、気の利いた警句、抑えようのない才気がほとばしる！　伝説のデビュー作、待望の文庫化！

伊坂幸太郎著　ラッシュライフ

未来を決めるのは、神の恩寵か、偶然の連鎖か。リンクして並走する4つの人生にバラバラ死体が乱入。巧緻な騙し絵のごとき物語。

伊坂幸太郎著　重力ピエロ

ルールは越えられるか、世界は変えられるか。未知の感動をたたえて、発表時より読書界を圧倒した記念碑的名作、待望の文庫化！

伊坂幸太郎著　砂　漠

未熟さに悩み、過剰さを持て余し、それでも何かを求め、手探りで進もうとする青春時代。二度とない季節の光と闇を描く長編小説。

伊坂幸太郎著　ゴールデンスランバー
山本周五郎賞受賞
本屋大賞受賞

俺は犯人じゃない！　首相暗殺の濡れ衣をきせられ、巨大な陰謀に包囲された男。必死の逃走。スリル炸裂超弩級エンタテインメント。

伊坂幸太郎著　オー！ファーザー

一人息子に四人の父親!?　軽快な会話、悪魔的な箴言、鮮やかな伏線。伊坂ワールド第一期を締め括る、面白さ四〇〇％の長篇小説。

村上春樹著

世界の終りとハードボイルド・ワンダーランド

谷崎潤一郎賞受賞（上・下）

老博士が〈私〉の意識の核に組み込んだ、ある思考回路。そこに隠された秘密を巡って同時進行する、幻想世界と冒険活劇の二つの物語。

村上春樹著

ねじまき鳥クロニクル

読売文学賞受賞（1〜3）

'84年の世田谷の路地裏から'38年の満州蒙古国境、駅前のクリーニング店から意識の井戸の底まで、探索の年代記は開始される。

村上春樹著

1Q84

—BOOK1〈4月—6月〉前編・後編—

毎日出版文化賞受賞

不思議な月が浮かび、リトル・ピープルが棲む1Q84年の世界……深い謎を孕みながら、青豆と天吾の壮大な物語が始まる。

小野不由美著

月の影　影の海

（上・下）

—十二国記—

平凡な女子高生の日々は、見知らぬ異界へと連れ去られ一変した。苦難の旅を経て「生」への信念が迸る、シリーズ本編の幕開け。

上橋菜穂子著

精霊の守り人

野間児童文芸新人賞受賞
産経児童出版文化賞受賞

精霊に卵を産み付けられた皇子チャグム。女用心棒バルサは、体を張って皇子を守る。数多くの受賞歴を誇る、痛快で新しい冒険物語。

松本清張著

砂の器

（上・下）

東京・蒲田駅操車場で発見された扼殺死体！新進芸術家として栄光の座をねらう青年の過去を執拗に追う老練刑事の艱難辛苦を描く。

T・ハリス
高見浩訳
羊たちの沈黙（上・下）

FBI訓練生クラリスは、連続女性誘拐殺人犯を特定すべく稀代の連続殺人犯レクター博士に助言を請う。歴史に輝く〝悪の金字塔〟。

T・ハリス
高見浩訳
ハンニバル（上・下）

怪物は「沈黙」を破る……。血みどろの逃亡劇から7年。FBI特別捜査官となったクラリスとレクター博士の運命が凄絶に交錯する！

ドストエフスキー
工藤精一郎訳
罪と罰（上・下）

独自の犯罪哲学によって、高利貸の老婆を殺し財産を奪った貧しい学生ラスコーリニコフ。良心の呵責に苦しむ彼の魂の遍歴を辿る名作。

ドストエフスキー
原卓也訳
カラマーゾフの兄弟（上・中・下）

カラマーゾフの三人兄弟を中心に、十九世紀のロシア社会に生きる人間の愛憎うずまく地獄絵を描き、人間と神の問題を追究した大作。

フィツジェラルド
野崎孝訳
グレート・ギャツビー

豪奢な邸宅、週末ごとの盛大なパーティ……絢爛たる栄光に包まれながら、失われた愛を求めてひたむきに生きた謎の男の悲劇的生涯。

サン＝テグジュペリ
河野万里子訳
星の王子さま

世界中の言葉に訳され、60年以上にわたって読みつがれてきた宝石のような物語。今まで最も愛らしい王子さまを甦らせた新訳。

新潮文庫最新刊

宮部みゆき著
ソロモンの偽証
―第Ⅲ部 法廷―
（上・下）
いま、真犯人が告げられる――。現代ミステリーの最高峰、堂々完結。藤野涼子の20年後を描く書き下ろし中編「負の方程式」収録。

池波正太郎ほか著
縄田一男編
まんぷく長屋
―食欲文学傑作選―
鰻、羊羹、そして親友……!? 命に代えても食べたい、極上の美味とは。池波正太郎、筒井康隆、山田風太郎らの傑作七編を精選。

池内紀
川本三郎
松田哲夫編
日本文学100年の名作
第3巻 1934-1943 三月の第四日曜
新潮文庫100年記念、全10巻の中短編アンソロジー。戦前戦中に発表された、萩原朔太郎、岡本かの子、中島敦らの名編13作を収録。

石原千秋監修
新潮文庫編集部編
新潮ことばの扉
教科書で出会った名詩一〇〇
ページという扉を開くと美しい言の葉があふれだす。各世代が愛した名詩を精選し、一冊に集めた新潮文庫百年記念アンソロジー。

沢木耕太郎著
246
もしかしたら、『深夜特急』はかなりいい本になるかもしれない……。あの名作を完成させた一九八六年の日々を綴った日記エッセイ。

阿川佐和子著
魔女のスープ
―残るは食欲―
あらゆる残り物を煮込んで出来た、世にも怪しい液体――アガワ流「魔女のスープ」。愛を忘れて食に走る、人気作家のおいしい日常。

新潮文庫最新刊

青柳碧人著
ブタカン！
～池谷美咲の演劇部日誌～
都立駒川台高校演劇部に、遅れて入部した美咲。公演成功に向けて、練習合宿時々謎解き、舞台監督大奮闘。新☆青春ミステリ始動！

里見蘭著
大神兄弟探偵社
気に入った仕事のみ、高額報酬で引き受けます――頭脳×人脈×技×体力で、悪党どもをとことん追いつめる、超弩級ミッション！

森川智喜著
未来探偵アドのネジれた事件簿
―タイムパラドクスイリ―
23世紀からやってきた探偵アド。時間移動装置を使って依頼を解決するが未来犯罪に巻き込まれて……。爽快な時空間ミステリ、誕生！

三國青葉著
かおばな剣士妖夏伝
―人の恋路を邪魔する怨霊―
将軍吉宗の世でバイオテロ発生！　ヘタレ剣士右京が活躍する日本ファンタジーノベル大賞優秀賞『かおばな憑依帖』改題文庫化！

小川一水著
こちら、郵政省特別配達課（1・2）
家でも馬でも……危険物でも、あらゆる手段で届けます！　特殊任務遂行、お仕事小説。特別書下し短篇「暁のリエゾン」60枚収録！

石黒浩著
どうすれば「人」を創れるか
―アンドロイドになった私―
人型ロボット研究の第一人者が挑んだ、自分そっくりのアンドロイドづくり。その徹底分析で見えた「人間の本質」とは――。

ソロモンの偽証(ぎしょう)

第Ⅲ部　法廷（下）

新潮文庫　み－22－30

平成二十六年十一月一日発行

著者　宮部(みやべ)みゆき

発行者　佐藤隆信

発行所　株式会社　新潮社

郵便番号　一六二―八七一一
東京都新宿区矢来町七一
電話　編集部(〇三)三二六六―五四四〇
　　　読者係(〇三)三二六六―五一一一
http://www.shinchosha.co.jp

価格はカバーに表示してあります。

乱丁・落丁本は、ご面倒ですが小社読者係宛ご送付ください。送料小社負担にてお取替えいたします。

印刷・大日本印刷株式会社　製本・加藤製本株式会社

ISBN978-4-10-136940-2　C0193